绿色青春期

刘兆林 著

作家出版社

献给未来的岁月
——告别往昔真实的感情

目 录

写在前面　　1

1月篇　　1
2月篇　　33
3月篇　　59
4月篇　　94
5月篇　　121
6月篇　　156
7月篇　　172
8月篇　　198
9月篇　　220
10月篇　　232
11月篇　　249
12月篇　　266
又年1月篇　　268
又年2月篇　　269
后记　　282
《绿色青春期》的诞生　　287

附　录
　　美在生活　张志忠　　291
　　绿色青春的咏叹　李炳银　　294
　　刘兆林主要作品获奖情况　　307
　　刘兆林主要小说作品目录　　308

写在前面

假如哪天我突然死去——（我不是瞎假如，我亲眼见过活泼泼如一只小狗般可爱的小弟弟头天晚上还在炕上咿咿呀呀地玩着爬呢，第二天早晨竟咽气了，因感冒发烧突然被一口黏痰憋断气的；我还亲眼看见一位健康得五十多年连重感冒都没得过不知打针啥滋味的同事因扛一口袋大米上五层楼，便使心脏停止了跳动并再没跳动起来……还听说一个新郎正高高兴兴在街上走忽然被一个醉汉从楼窗口顺手扔下的酒瓶子击中头颅而倒地身亡……就不用说那些同敌国作战的勇士怎样行军路上便中了枪子或弹片，也不用说偶遇歹徒劫持良家妇女而见义勇为被歹徒刺死者等等例子了）——悼词中关于工作经历那部分，只需一句话就行：我是一个兵！

一个兵算狗屁？

也许会有自己虽也当过兵但并没当出啥名堂，或一天兵没当过却干出了大名堂者，这等口气反问我时，我定会理直气壮回答：——算——我——的——文——化——！

不懂经历也是文化吗？离开学校成为公民后的全部经历，我都是穿着军鞋走过的！每个脚印都带有军鞋底儿那特制的花纹啊！！最难忘当兵岁月我的青春时光——绿色而赤诚，真实又恍惚的青春期哟！！！

1月篇

若不是北国那个奇寒的早晨心血来潮搞什么长征,我肯定不会看见解放军被一个赤身裸体的疯女人当街抱住狂亲乱吻而差点被惊车撞死,因而肯定也就没有这部长篇小说了。一切都是机缘所致,或者还需加引一句一位大文豪的话——性格即命运。

一

那个早晨我几乎无法形容它有多么冷。反正人在屋外站一小时不动地方准会冻成僵尸。我们的血却热得燃烧了,火焰熊熊足能烤化一堆又一堆冰块。

离县城十来里远的松花江冻有三尺多厚的坚冰,同时上去十几挂马车几十辆汽车保险压不塌。可寒冷那鬼东西却像有把神刀似的,毫不费力就把钢铁样的冰层割开几里长几里长的大口子。江冰开裂时传出巨人受了刀割而宁死不屈般的沉重呻吟声,我们在城里都听得见。从大江上分出来的小河只剩浅浅一点水在冰下流,小河上分出的那些细汊子干脆就冻实心了,冻死的小鱼嵌在透明的冰里看去活生生的,准是正游着突然就冻住了的。最厚实最能忍耐的大地也冻裂了,甚至有些人家的单层窗玻璃也会冷丁嘎巴一声冻裂了纹儿。好出风头的风冻住不刮了，老是呼啦啦响的无数面红旗冻住不飘了，不管是家家的白色炊烟还是工厂的黑烟都像快要冻僵了，像一条又一条奄奄一息的黑龙白龙无力地向天上爬。麻雀那最没出息只会在热闹时凑热闹的小贼东西怕冻破了胆似的躲在屋檐下的窝里不敢出来。屋檐下一挂一挂的大冰溜子被冻急了眼，谁的手一碰到它立刻就会被咬住。为人遮风挡寒的门冻得最可怜，一推或一拉它就发出哭一样的吱吱声。太阳的光芒不知是冻掉了还是收回去暖和自己了，冷冷地缩成一个月亮。比啥都精神的正常人当然不会在这时候出来踱方步的。

我啰嗦这么一大通天气是想说明当时我们的血有多么热。我们二十几个红卫兵人人都穿着军上衣，扎皮带背行李，左膊戴红袖标右膊系白毛巾，半夜一点多钟就集合起来急行军，冒大雪绕县城走了两圈，二十多华里。吃饱撑的吗？一伙高中生还是住宿生，一月十几元伙食费无论吃什么也撑不着就是了，纯粹因为一腔热血烧的。一年前的今天是我们徒步长征去北京出发的日子，这次夜行军就是为纪念长征一周年搞的。

太阳刚露头时我们刚好来到西城门下。骄傲的我们觉得太阳用谦逊的眼光瞅着我们是应该的。虽然路上冷冷清清一个行人没有，我们内心一点不觉冷清。太阳在迎接我们，就是太阳在迎接太阳。我们不就是早晨八九点钟的太阳吗？我们满脑子都是自己的光辉业绩。昨天我们刚帮学校食堂的王师傅把他被拐跑的老婆和老婆带走的所有东西抢回来，还把拐王师傅老婆那老头子游了一顿街，看在那家伙贫农出身的分儿才没打他，只往他脖上挂了双破鞋拉倒。一个大字不识又瞎了一只眼有点瘸的王师傅买了好几张大红纸求人写大字报感谢我们。前天公审大会后枪决一个强奸老师又将老师杀死的流氓学生，是我们和公安人员一块把那家伙押上刑场的，执行枪决时我和另一个长征队员还参加了实弹射击……我们长征出发时，几乎全城的人都出来送行，除了两个女同学，我们十个男队员都理成了平头在宣誓了。别看我们人不多，打的旗帜却是"中国黑龙江学军长征队"，旗号之大可以想见我们雄心之大，或者说可以想见我们是怎样的不知天高地厚。当时县党政军第一把手都穿了军装亲自把我们送出这座城门。城门高翘的飞檐上风铃叮当作响，我们狂热的心里竟萌起"风萧萧兮易水寒，壮士一去兮不复还"的悲壮豪情。当时我们计划是经著名现代女作家萧红的故居呼兰过松花江进哈尔滨再到长春，奔四平至沈阳、锦州入山海关跨秦皇岛进北京，然后横穿整个中国到中越边界的友谊关，当抗美援越的国际主义红卫兵。计划只完成了一半，就被国务院"打回老家去，就地闹革命"的通知截回来，唯有一人只身从北京南下到了友谊关，虽然也没去成越南而复返了，毕竟是我们黑龙江长征红卫兵。

我们自我感觉良好地步入古式城门了。感觉良好到什么程度可以从走步的姿势和喊口号的表情上看出。使走步变成用力跺脚的齐步，"一二三四"喊得雄壮而节奏分明。加上城门四面的回音更以为那震耳的效果是因为我们个个有一鸣惊人的力量。我联想着解放大军进北平、进山海关、进大上海、进友谊关等情景。幼稚啊，由日本人监修的样式虽古却建于做亡国奴时代的小城怎能与那些具有历史意义的名城大关同日而语呢。

一进城门我们唱起毛主席的《长征》来。腰带束着的十几张肚皮努力鼓动着，一起一伏，嘴中便相应喷出一强一弱的歌声和一股一股的白气。

像有意和我们比试高低，城里迎面走来一支队伍。从队列口号的响亮程度和步伐的气势，分明觉出人家训练比我们有素多了。县城那些烂蒜我们全见过，没有这样的。哪路毛贼跑太岁爷头上动土了？我们不甘逊色，急忙停下将裤带紧束一扣，振作精神叫齐步子迎了上去。

万万没有想到，是解放军。这简直是一支光芒四射的队伍。从哪儿来的？干什么来的？啥时候来的？怎么神不知鬼不觉就出现了？但见人家四路纵队，一色草绿军装，红领章红帽徽白手套，抬手投足电动的一般，看得我们眼珠子直发绿光。我们相形见绌，心里自愧不如却硬撑着不肯示弱，两队擦肩而过时还先叫开了队列口号。

人家的口号声一下就把我们压倒了。"向——红卫兵——学习——！向——红卫兵——致敬——！"海浪般昂扬长雷般响亮，队伍仍一丝不乱地前进。我们这支长征红军却乱套了，没有跑步变齐步的口令便擅自停下来，脸都变成铁的，被那块巨大的绿磁铁吸转过去。军装崇拜那年代，我们一颗颗年轻幼稚的心在这阵势面前哪能不失常地慌跳哇。那一瞬间我被吸引得晕头转向仿佛自己不存在了。

巧合永远是有的，而细想那巧合后面也有必然。一个寒冷的大清早，没有任何人导演，街头怎么会演出一幕荒诞剧。谁也没防备，路边一家忽然跑出一个赤条条的女人来，抱住带队的解放军就狂亲乱吻，鸡儿啄米似的，头上两条辫子黑蛇般在雪白的背上痉挛。

所向无敌的解放军队伍乱了。英勇无畏的战士面对裸女人全呆了，没有敢上前拉一把或推一下的，甚至有的低了头或背过脸去。我们天不怕地不怕的"长征红卫兵"们也只见那裸女人闪电般耀眼的背影，没谁敢跑近前去看看。

这个史无前例的时刻我们吸转过去的脸又被一阵锣声惊转回来。小路上又拐出一个人，小贩敲锣卖糖样喊道："我是走资派——我对不起人民对不起党——！"

是我们的杨校长！

准是那帮头脑简单心地不善也不知痛苦为何物又喜欢恶作剧的混蛋同学们勒令他这样做的。这几天一伙人故意趁天冷指派杨校长往墙上抄写"老三篇"，写到《为人民服务》时不慎把"我们的共产党和共产党所领导的八路军、新四军是革命的队伍"中，"革命"后面的"的"字漏掉了，被一个细心的泼皮发现，非说是有意篡改毛主席著作。

真是巧合得离奇了。怎么非在这时候从岔道上又拐出一辆马车呢？马车拉着一个不很大的薄板红棺材。

马车惊愣了一霎。当杨校长拴着红布的锣槌又敲起来时，那几匹没见过世面的马像是商量了一下突然狂奔开了。杨校长毫没敢迟疑提着铜锣向马车冲上去,如果惊车撞了解放军他岂不罪该万死了?

不想他刚抓住车辕自己就被绊倒了,脸盆大的铜锣摔出轰隆巨响,惊破了胆的辕马更疯狂地一蹿,马脖子上成串的铜铃愈加哗啦啦响得惊心动魄,四匹惊马冲锋陷阵样朝前边的解放军和抱着解放军的裸女人奔去。三颠两颠车上的红棺材和车老板都滚下车,杨校长却紧紧拽住辕马鞍没有撒手。

解放军队伍迅速散到路边,可带队的首长还被裸女人死抱在路中间呢,忘乎所以的惊马们不管这些,仍毫不减速也不拐弯。

千钧一发之际被死抱着的解放军拼命一挣,裸女人一下倒向路旁得救了,他自己却来不及躲闪被惊马沉重地撞倒。后来才听说那裸女人是个未婚的疯姑娘,曾是一个军官的未婚妻,但不知何故而疯。

当人们七手八脚用红棺盖做担架抬着那解放军上医院时,我们知道了,他是新兵团团长。他们是来征兵的,昨天夜里才到。

啊?

啊?!

啊!!!

停课两年的我们终于碰上了一个新机遇。

这等于,全国,终于有一所大学——解放军这所大学校,开始招生了。

就在此时,我忽然萌生了一个念头,并且瞬间便长成一棵参天大树,不可动摇了。

二

连厚厚的灰尘都不肯擦一下我就伏在窗前写起讲演稿来。还臭干净什么,一进解放军这所大学,这身老百姓衣服该和我永别了!

我奋笔疾书:

"……翻开县志,自从跑马占荒地,反满抗日到如今,请问,全县曾经有过我们这样的长征吗？（我想这儿应运一下力气，然后突然抑扬顿挫道）没——有——从来——没有过——！（然后不给听众一点思索余地，突然江河直下般念道）两个月当中，天上有寒风袭击恫吓，地下有大雪围追堵截，东方红战士不畏艰难险阻，跨松江，过辽河，翻雪山，越草地，朝辞贫农院，夜宿工人家，披星戴月，一步步丈量完辽沈战役广大战场，从天下第一关又途经天津战场，终于胜利到达北京，并有一人南下到韶山，最后奔赴大西南，想代表东方红战士参加伟大的抗美援越战争做国际主义红卫兵……（我这是照毛主席'论长征'扒下来的，我自认为是杰作，写得激动不已，我是为我们团'纪念长征投笔从戎'大会写的。）

"讲到长征，请问有什么意义呢？长征是宣言书，它向全县人民宣告，东方红战士不愧是解放军的后备军；长征是投笔从戎的大演习，它使东方红战士学到了'三大纪律八项注意'，学到了军事常识，学会了宣传群众，学会了吃苦耐劳，同时也使沿途的红卫兵懂得了，只有长征的道路，红卫兵才能真正成为解放军的后备军。

"长征又是收割机，它收获了沿途所有能收获到的新思想、新经验，尤其是解放军的好传统好作风。一年多来，解放军的思想作风已在东方红兵团发芽、长叶、生根、开花、结果。

"今天，我们纪念长征，就是要投笔从戎！我们，毛主席的红卫兵，是解放军的后备军，就是要最最坚决地响应这个投笔从戎的号召！

"最后让我们振臂高呼：革命的红卫兵是积极的当兵派！不积极当兵不是真正的红卫兵！当兵是同工农兵相结合的最好行动！"

我放下笔，兴奋地搓搓手想琢磨几个更响亮的口号。

炉子烧得很热，结了厚厚霜花的窗玻璃被烘出个圆镜面来，礼堂山墙涂的长方形油漆像大红的电影幕布映进我眼里。红幕布上有个黑色的人在动。贴近窗子扩大一下视野，我看清是敲锣游街惊毛马车的杨校长登一架梯子在写《为人民服务》，他右手举一支毛笔，左手提一只白铅油小桶，小本"老三篇"用皮筋儿套在右袖头上。他看一眼袖头往墙上写一笔，每写一笔就把手送到嘴边呵一下。他呵一下，我心便像被捏了一下，我写讲演稿这屋原来就是他的办公室呀，一年当中最冷的一天全校人都在炉筒烧得通红的屋里闹革命，却让他在露天地里写字，手快冻僵了吧？他早晨游街撞伤了腿，不疼吗？他脸上没有一点怨气，心里也没一点想法吗？他将来……能……成为……我的……岳父吗？我当兵一走他的女儿……她……会爱我……吗？

两个戴袖标的学生忽然跑到杨校长脚下抖开一张大纸，"哗——"一盆水把那纸泼冻在墙上，呵着手赶紧跑回教室。

哎哟，杨校长从梯子上跌下去了？不声不响像跌下一个物件，我的心忽悠翻了一下，失声叫起来。

"大白天见鬼啦？"写完会标也在准备讲演稿的吴勇被我吓一哆嗦，笔掉了。

"智多星你看！"我指指窗外，"杨校长摔下去啦！"

我俩都看见了，杨校长像台黑色的永动机毫不停顿爬起来又登上梯子。白铅油粘满身，像换了件黑白混合的迷彩服。

"把他弄屋来批一顿吧？"我示意吴勇。

"管他干什么，'纪念长征投笔从戎'大会是大事。"吴勇也是我们东方红兵团负责人，许多事都是他出谋划策，我们团都管他叫"智多星"。

"哪怕咱俩把他叫来训一次话，时间长点就行，啥准备都不用！"

吴勇的眼睛狡黠地盯我一下。"我明白了，'宋江'同志的招安之心又来了，想叫他的'皇帝'回金銮殿暖和暖和，别冻坏喽！"

不怪人家骂吴勇是我们团狗头军师，我们团都用梁山泊军师吴用的绰号称呼他。他的贼眼睛真毒，一眼就把我心思看穿了。我说："今天能冻坏人的！"

"感情用事！大事还干不干？"

"军装一穿远走高飞，还有咱们什么大事？"

"'纪念长征投笔从戎'大会是大事，不少事还没准备呢！"

我只好自己溜到杨校长脚下，看见方才用水泼到墙上那纸是一张海报：走资派杨文轩故意制造惊车事件撞伤解放军，特定于明日在大礼堂召开批斗大会……

别的团还不知道征兵这件事呢，让他们瞎忙活去吧。

一滴血从杨校长手中甩下，正好把他的姓打了道柳叶形的红杠。

我的嗓子有点疼。"杨老师，勒令你马上下来！"凡是单独见到他我无论如何不好意思直呼他的名。那层见不得人的特殊关系使我呼不出口。

他连忙下来了，那样子倒像他是学生我是校长。我不敢正眼看他，强装愤怒道："不许你用血手玷污毛主席语录！勒令你立即戴上手套！"我把我的手套往他眼前一扔，"勒令你马上回家写检查，明天送交我们团部！"

他为难地瞅着我不敢走，我知道他心里肯定在问："革命造反团叫我写'老三篇'的任务咋办？"

我跑回团部打开扩音器向全校广播：

"东方红兵团勒令：杨文轩必须立即停止用血手玷污毛主席语录，滚回家写检讨书交东方红兵团批判用！"

杨校长这才瘸着走了。

我回到团部长吁一口气，想跟吴勇谈谈当兵的想法，我还不知他个人究竟怎么打算呢。长征时本来他也剃头宣誓了的，可真要出发他又说父母不同意不给钱什么的没有去。其实我怀疑他是看跟我好也跟他不错那个女同学没去，他才不去的。我把那次长征做了潜台词问："这次父母能同意吗？"

"身体合格，父母敢不同意吗？国家征兵又不是咱自己搞大串联！"他说得蛮硬气。

门忽然被推开了，进来的人带了电似的把我浑身上下从里到外都刺激了一下。这是那几天我最怕见到又最想见到见不到想得吃不好饭一旦见到又不知所措的人——我的同班同桌又同一个红卫兵组织却不是红卫兵的女同学杨烨。不管寒假暑假星期天还是长征途中我思念得最厉害的是她。她清秀的脸，利索的鼻子，果断的嘴，会跟我说话的幽深的黑眼睛，还有怎么看都比演员有魅力的一举一动，都使我经常朦胧地幻想，将来能和她一起生活吗？我相信她也这样想过，因为她曾在还我的一本书里夹过这样一张纸条："我是个男的多好哇，我们就可以总在一起啦。同志。"假期里她在给我的信中解释道：世界上没有比"同志"二字最美丽的字眼了，它包含了人间最宝贵的感情。

她使用这样动人的称呼跟我秘密通信，我觉得自己是全世界最幸福的人了。她学习成绩又出色并且是杨校长的女儿，因而她的一字一句一举一动都能拨动我的心弦。但我不敢公开炫耀我的幸福心情，不光因为那样等于出卖杨烨，在我觉得，只有秘密进行的交流才是最甜蜜的。可又觉得，甜蜜涨得太满时，没有一个人帮助分享也怪难受的，我就把我俩的秘密告诉了最要好的一个男同学了。"文化大革命"逐渐分了派。我和那男同学分别参加了对立派组织，他把我和杨烨的秘密及证据披露了。我是东方红兵团的头头，杨烨又因父亲"走资派"问题没能当上红卫兵而以"可以教育好的子女"身份参加了我们团。我俩的关系一披露我们不就被诬蔑成"明斗暗保团"了吗？秘密是长征走后传出去的，回来我就不敢和她见面了。

杨烨这时公然跑进我们团部来找我，我自然慌了手脚。我以为她父亲出了什么意外。

"我妈……告诉的……解放军受伤……做手术，需要输血……"杨烨喘得红霞满脸说。

杨烨母亲是医院医生，这消息肯定准确。我忽然镇静下来。不用怕了，当兵一走，谁说什么说去吧，当了兵就是革命战士，谁说什么也是白说。

"狗头军师，走，输血去，我们红卫兵的血和解放军流到一条血管里！"我不假思索抓起帽子要走，吴勇拽住我吩咐杨烨："你先走，我们随后就到！"

我和吴勇集合了八九十人，打着东方红兵团团旗跑向县医院。我们在大街上跑得神乎其神。"文化大革命"两年多也没遇过流血献身机会，现在去给解放军献血就是最神圣的献身举动了，跑着的时候血流就崇高得直胀脉管啦！

刚到医院，井冈山兵团和革命造反团一百多人随后也跟来了。院领导见呼啦来了一百多人，慌忙在门口阻拦着："红卫兵战友们，有事跟我说，我是革委会副主任，第一副主任，主任不在家……"

第一副主任立即被团团围住，乱七八糟的喊声石块般向他投去。

"我们来给解放军献血！"

"我们先来的！"

"我们！"

"我们！！我们！！！"

第一副主任害怕了。这些热血方刚又加了派性催化剂的红卫兵老爷别因为输血再闹出一场流血事件来。他转喜为忧举起双手连连呼喊："红卫兵战友请肃静，请肃静！你们主动来献血，这是对解放军的最大热爱，也是对我院新生政权的最大支持，我代表全院革命职工向你们致敬！但是我们没有血库哇，用不了这么多人输血呀！"他环顾左右哀求着，"先来的这个团留二十人就够了，其余各位小将请回吧，我再次代表解放军向你们致敬！"

"胡说，为什么光输先来的？"

"我们的血非和解放军流在一起不可！"

"让这个啰嗦第一副主任滚开，他代表不了解放军！"

……

我们三派组织的人抢着要往里拥。第一副主任头像一只水袋扎了许多小眼儿，汗一滴接一滴往外漏。他急中生智喊了一声："解放军来啦！"一窝蜂似的我们愣静片刻，他趁机回头朝走廊大喊："解放军同志快出来！"

真出来一位解放军，操一口我没听过的南方口音一挥手："都说你们黑龙江冷，瞧你们交谈得多热乎，哪有冷的意思？"

解放军把我们激烈的争吵说成交谈，紧张气氛一下松懈了。他学着黑龙江人用嘴呵了呵手："不过也确实冷，你们不顾寒冷来献血，我代表受伤首长向你们致敬！"他咔地一个军礼，然后快刀斩乱麻似的一放手,"但是,不可能人人都输血,不可能!你们不是总说,红卫兵是解放军的后备军吗?真这样认为,请听我指挥。"他稍一停顿,"不愿听指挥的靠边站!"

没有靠边站的。"那就是没有不听指挥的。那么,请听口令。"他用新鲜的南方口音喊出的嘹亮口令很震撼人:"立——正——!"

我们一个个歪斜的身子真都立正了,前边几个没立正的被他指指鼻子也不得不悄悄立正。

"向后——转!向前五步——走!"

三派组织的人都按他的口令做了。

他站在五步开外讲话:"我——命令,你们每个团,选出七名代表,五分钟内,把名单报我。不在名单的,马上离开医院。同意吗?"

"同意!"

"同意!"

我却喊:"不同意——!我们团先来的,名额要多!"

"反对解放军的命令不是革命派!"

"革命派坚决拥护解放军!"

解放军把手刀似的一砍:"先来的可以多一名。有反对的吗?"

没人敢说反对。

我在我们的团旗下模仿解放军的果断劲儿迅速点出七个人名:"多这个名额给杨烨,是她报告的消息。"若不是决定去当兵,我是不敢这样说的。我怕大家再争论:"救解放军要紧,时间就是生命,谁再争就是没有路线觉悟了!"

我没容大家争就把名单报给解放军,其中当然有我。输血本来是以前出重金都没人愿干的事,我们竟看成是一种荣誉和待遇。我说自己和杨烨名字时似乎像当今替自己走后门办私事样忐忑不安。

解放军公布名单念到杨烨时被打断了。

"不许走资派女儿的血往解放军身上流!"

"选这样的人给解放军输血别有用心!"

我忍无可忍赤膊上阵反驳他们:"解放军没说非选贫下中农子女!"

11

"你们自己没有路线觉悟吗？"

我说："输血为了救人，谁耽误时间才别有用心。"

"救人？她爹制造惊车事件撞伤解放军，她又来'救'，配合得好哇？"

我气得骂了："胡说！混蛋！"

各式各样的帽子便嗖嗖朝我飞来。"保护走资派，辱骂革命派！""东方红一小撮居心叵测！"

我们团和他们对吵，院里又乱成一锅粥。

解放军喊住大家问谁是走资派女儿。

吴勇说："杨烨父亲是我们校长，她同父亲划清界限了，是可以教育好的子女！"

"划清界限有什么表现？当场咬破指头让大家看看！"

我说："献血不跟咬指头一样吗？"

"不一样！""不一样！"

解放军说："那你们就换个人！"

我赌气冲杨烨吼一声："不换！咬给他们看看！"

她不咬却哭着跑了。跑得我好窝火，这火也包括解放军一份，解放军怎么也说换呢？

三

不知因为年轻力壮还是那年代人的狂热精神变成体内什么特殊物质了，输完血什么营养也不补充就连续熬夜，废寝忘食也没有疲劳感。参军报名体检后，我就骑自行车下乡家访。哪个团体检合格的，家访工作就由哪个团的负责人做。大烟雪埋住了乡间小路，我便扛着自行车在雪里跋涉，整整一个星期才回自己家"家访"。

我家离学校四十多里。柳条编的院门挂着锁头，柳条枝子被雪埋了半截，夏天园子里红红绿绿瓜菜的影儿一点不见了，怪凄冷的。弟弟妹妹们上学，爸爸妈妈哪儿去了？

我绕到房后看见井边瘦驴样悬着的辘轳。辘轳太像一头苍老的瘦驴了，像瘦驴探头喝井水时冻僵在那里。一层一层乳色的冰把井台筑得舞台似的，我曾在井的舞台上演出多少故事啊。有年夏天我们一帮小孩摇水喝，柳罐里摇上一大块冰来，你一口我一口边吃冰边唱道："我是一个兵（冰），来自井窟窿，夏天的烈日晒不化我，从春硬到冬。"井啊，我要远离你当兵去了，就是书上写的"背井离乡"吧？

我忽然望见爸爸。他蹚着雪，背一大捆柴从镇子西边往回走，眉毛胡子上都挂着霜。我跑上去接过爸爸肩上的柴，想说天这么冷，又有病，在家歇着得了，又说不出口。每年放假我都回家打柴，"文化大革命"以来寒暑假都没了，我一天都没回家，光说叫爸爸歇着，烧什么呀。爸爸病休每月只开四十多元工资，供着我们兄弟姐妹四人念书，妈妈又有病没工作，家里月月紧得不行。我长征串联去，爸爸咬牙预支了五十元工资加我预领的几个月助学金勉强凑够费用。太难为爸爸啦。他病休在家总不着闲却很少买什么吃的。秋天去县城看病还给我带一罐子肉炒咸菜和不少咸鸭蛋。我心里很不是滋味，真想回家侍奉他和妈妈几天。他却说："好好参加运动吧，别做坏事就行！"还特别嘱咐说："只要你别打人，别胡闹，家里不用你操心了！"所以"文化大革命"以来我几乎没在家闲待一天，没帮爸爸干一点儿活，这时怎好说些无用的空话呢？

倒是爸爸先放下背上的柴说："放假啦？"说着便是一阵咳嗽。爸爸妈妈一天总是咳嗽，那痛苦的咳声最让我难过了。剧烈的咳声使我没忍心马上说出要当兵的事来，就说："没放假，回来看看。"

"伙食费又没了吧？"爸爸咳嗽着。

我兜里还装着两元多钱，每天光吃饭不买菜，足够十天的伙食费了。我说："还有不少钱呢，就是回来看看！"

"不好好参加运动，回来跑啥？"咳了一阵，"复课还没有信儿吗？考大学也还没指望吗？"

爸爸也真是的，什么形势了还惦着考大学！他越这样关心考大学我越不忍心跟他说当兵的事了。我支吾着往家走。

妈妈不知上谁家串门也回来了。我忽然发现妈妈两鬓的头发全白了，我只在《白毛女》电影里看过白头发的人，妈妈的白发使我格外心酸，妈妈还不满四十岁呀。

妈妈见了我只淡淡地打了个招呼，就上炕做她的事去了。她从泥火盆里拿出烙铁烙窗子上的厚霜，她想烙出块透明的地方让屋里亮堂点。她就那么默默地烙着，两大缕银白的头发比窗上的霜还白。妈妈不会问我冷不冷饿不饿了，她两年前不知何故突然患了精神病，疯了一阵，治好后就这么麻麻木木的，一天佝偻着腰默默地干点什么，伴随她的就是发自她自己的永不停息的咳喘声。当不当兵的事不用跟她说，说了她也不关心。去年我徒步长征出发时，别的同学母亲都抹着眼泪送，我妈没事似的就那样默默地看着我走了，倒是爸爸送了我好远。

我生着炉子，给爸爸妈妈烧热水。我用两只大碗满满地冲了奶粉端给爸爸妈妈。

妈看了看问："这是啥呀？"

我说是奶粉，她也没问哪来的，便喝起来。

爸爸问："哪儿来的？"口气里带着猜疑和气愤。在他（在我也是）看来，拿钱买奶粉喝简直是败家子儿了。不是买的，那么是当红卫兵抢的或是偷的他会揍我的。我没敢说是输血发的，那样他不会喝而且要为我担心的。我谎说一个同学送的，便出去了。

我偷着拿了柴刀跑到镇子西边的小山上砍回一大捆柴来，看见爸爸在淘洗大米。那时每月每人才一斤大米，他舍不得买，就是买了也轻易舍不得吃，却给我做上了。我一激动，摸了摸兜里的两元钱，上街买回半斤熟猪肉、二两烧酒，自己又炒了一碗黄豆，连解放军慰问的奶粉、白糖和几个苹果一块摆上桌子。

弟弟妹妹们回来一见桌上又是大米饭又是酒肉，愣愣地看看不敢上桌，他们哪敢相信这些耀眼的东西会是他们的食物。弟弟最小，他经不住也掩饰不住这些饭食对他的诱惑，直咽口水，这时我对全家谁都那么疼爱，好像我当兵一走把沉重的生活担子都推给了他们，心里亏欠得不行，我不忍看弟弟流口水了，招呼说："都快上桌吃饭吧！"

小弟弟猫似的嗖一声蹿上桌，碗没端起来一只手已试探着伸向盛着十几片肉那只盘子，大妹妹瞪了他一眼，他迟疑着将手缩了回去。我咬咬牙给他夹了一片说："这几片肉是给爸喝酒的，你吃一片行了，来，咱们吃豆，葱花油豆可香了！"我一一给他们盛了一平碗大米饭。大米饭是装在小盆里的，旁边的大盆里是红色的高粱米饭。

妈和小弟弟端起来就吃。大妹妹却把大米饭倒给我，说吃大米胃酸，于是盛了满满一碗高粱米。我端着大米饭心里而不是胃里真有一股酸楚的水在涌，我把白饭推给小弟弟，也盛了红饭。

爸爸端起的酒盅又放下了，他给每人夹了片肉，说："都吃吧，我吃肉不行，更咳嗽！"

不管怎样无知我也知道，吃肉是不会咳嗽的，为了让爸爸那颗心吃了肉能踏实些，我带头把夹给我的肉咬下一半。不知怎的，咽下那半片肉我真的咳嗽起来，我知道那是心情激动的结果，我顺势把剩下的半片肉夹给小弟弟："吃肉真咳嗽，给你吧！"

小弟弟狼吞虎咽地将肉吞下去，说："我吃肉不咳，谁还咳给我！"

妈重重咳出一口痰吐到火盆里埋掉，用筷子点点小弟弟的脑门说："兔羔子，你个小孩崽子咳什么！"她把筷子从小弟弟脑门移到碗里，夹起那片肉吃下了。她已经没有正常理智不知疼爱孩子啦，她嚼着肉还数落着小弟弟说："咳什么咳，看，咳吗？"

大妹妹咬咬嘴唇将自己那片肉夹给妈妈，妈妈又叨叨着咽下了。

爸爸开始喝酒，其实只有三五片肉供他下酒，他便跟我们一样一颗一颗不停地往嘴里扔着黄豆。桌上响着全家人咀嚼黄豆声。两盅酒下肚，爸爸忽然伴着嘣嘣的嚼豆声说我："你回来好像有什么事？"

我终于说："爸，我要当兵去，体检已经合格了。"我盼望爸爸能像送我长征那样欢送我参军。

可是半晌爸爸才放下酒盅："这大的事儿应该和我商量一下！"

"爸，你在家养病，生活这么艰难，我是不该走，可是……现在我不也住宿吗？考大学不也得离家？"

"我不是让你在家伺候我。我当了这么多年老师，还不知道吗，咱们镇上，哪年征兵不去几十个？考大学的，十年八年都不见一个。国家兵源不缺，人才缺，又不是战争年代……"

爸爸病休几年不上班，确实跟不上形势了，他这种话要在学校说早该被批得体无完肤了。我说："爸，你在家也不听广播呀？"

爸爸回身拧开柜台上的半导体收音机，放了一会儿，关了："搞'文化革命'就更该重视文化教育嘛！"

"爸，我就是想当兵，一天也不愿在学校等了！"

爸爸异常感慨："又没发生战争，何必非让学生当兵呢？"

"爸，不是非让去的，我自己要去。"

"图虚荣！"爸爸有些生气了。

以前，爸爸的话对我们从来是有权威的，此时虽然我还尊敬他，但他的话却失去了权威性。我说："解放军也是大学校，我到这所大学校可以当军事家！"

"军事家？咱们祖辈没出过一个兵，到你这儿就能出军事家？"

妈妈不着边际插嘴道："挺大个人跟孩子打仗，要娶小老婆啊？你们爷俩谁娶？"

爸爸叹口气不说话了，闷头喝酒。我说："妈，我要当兵！"

"当尿冰当屎冰？屎冰尿冰多的是，还用人当？"

一听妈妈说疯话我的心便又酸又软了，但当兵的决心已定，无法更改。吃了一会儿饭，我又央求爸爸："爸，我当兵一走，家里还少个吃闲饭的，不交学费了，衣服也不用家里买了！"

爸爸还是闷声喝酒，不时咳一阵。大妹妹是初中生了，懂得小伙子该到外面奔个前程的道理，她替我说情："爸，让我哥去呗，家里活我干！"

妹妹跟爸爸是不敢讲道理的，她只能用感情来动摇爸爸的决心。她也知道，不管爸爸同意不同意，我都不会改变主意的，只不过爸爸同意了事情会圆满些。我很感激妹妹。

这时东院邻居传来争吵声。我过去看看，原来邻居家的小虎子也体检合格了，公社武装部家访，小虎子他爹不愿意儿子当兵，和人家吵起来。我回来跟爸爸说："小虎子他爹也不想叫小虎子当兵，和武装部的吵起来了！"

爸爸叹一声："社会青年也不想服兵役，这哪行。你就去吧，服完兵役再上大学也行！"

爸爸一说同意我反而更不安了，好像全家人都为我做出了牺牲，而我则是做了亏心事的自私鬼，是为自己奔前程去了。这种心情使我一连两天没出家门，里里外外帮爸爸妈妈干活，挑水、扫院子；清理厕所，给全家人洗衣服，带弟弟玩……我把"毛选"中的军事著作都读了一遍，又读了一遍《欧阳海之歌》，越读当兵心越盛。爸爸看我当兵心铁了，慢慢也高兴了："要当就好好当吧，咱家祖辈没一个当兵的，你也算代表老柳家为国尽义务了，我们就是光荣军属！"

四

一回学校吴勇就亲哥似的拽住我说："你光顾回家了，快找找去吧！"

"找什么？"我抽回胳膊。我不习惯男人之间拉拉扯扯的亲昵劲。

"名单定了，全校一共七十人。"

"没有你吗？"

"我最后一名。"

"当上就行，管他第几名！"

"没有你！"

"没有我？"

"真的！"

"开玩笑！"

我真以为吴勇开玩笑。怎么会没有我呢？绝对不。我身体一点毛病没有，表现可以说是最突出的，"打砸抢"等不法行为一点没有。只给一个人发军装也该是我，何况七十人。

"不信你问武装部去。"吴勇不像开玩笑。

我跑到县武装部一问，真像吴勇所说。我像当头挨了一棒槌。

以前我一点都不知道，爸爸反右派时内定为"中右"，他还是伪满洲国国立高等中学的学生，家乡解放光复那年学校黄了，他又和几个同学到敌占区继续上学，可能加入过国民党政权办的士官学校和"三青团"，而后两者是怀疑。武装部的人说历史不清比清楚更难办。

我害怕了。小时候在山里走夜路听见狼叫都不怕，造反、大批判、大串联……从来没害怕过，现在却怕得要命。"不是重在表现吗？"我问武装部那人。

"停征以来的第一批兵，质量要高！"

我忽然变矮了，矮了一截。我竟是个质量不高的人啊，还一腔热血，神圣地以为自己最革命呢！自以为赤诚却被排斥在革命队伍之外的心像被钳子夹着浸入苦醋缸里。

我跑回宿舍蒙头哭起来，想起自己抓过一个撕大字报当纸卖钱的捡破烂老头，因那老头有历史问题，我们就把他批斗了。原来自己父亲也有历史问题啊！

那个裸体的疯女人在我的泪水中出现了。我忽然理解了她被痴爱的人突然抛弃为什么会疯。我近乎精神失常在宿舍乱转。如果我疯了该抱住什么狂亲乱吻呢？我就这样被甩下了？甩在革命队伍之外啦？我怎么能受住被甩下的滋味啊。上小学那年，一块玩的孩子都上学了扔下我没人玩，我也非要上学，可不到年龄。我在家打滚哭，没办法，爸爸帮我瞒一岁才得以入学。初三那年团支部发展我入团，各方面都够，就是年龄差一岁，我很难过，是团支部书记亲自替我瞒一岁入团的。高中时选人民代表，全班同学都够公民年龄都有选举和被选举权，唯我不够，我又心里难受一回，是班主任老师替我瞒一岁才得以和大家一道参加投票的。在亲人和师长帮助下的三次瞒，使我人生开端心灵中就潜下一个可怕的阴影——怕被甩下，因而事事想抢在前面。那三次温暖的瞒使我没被甩下,现在又被甩下了,亲人和师长们无能为力帮我瞒了。

伤心、疑虑、憎恨、不甘,这四条汉子轮番同我交战,累得我精疲力尽。

……全校所有人都当兵走了,连杨烨也穿了军装,只剩我自己。我追上拉新兵的汽车扒上去,吴勇他们却往下推我,杨烨也帮他推。我恨透了,你咋也推我!我抡起拳头揍她……

我的拳头打着了吴勇为我端来的晚饭,两个馒头在地上滚着。"完了,当兵资格都没有了。"我有气无力说,"吃饭还有啥用!"

"不能完。我诅咒,一定让你当上兵,哪怕我去不成,不然那帮小子会说我们东方红头头隐瞒家庭历史问题被解放军甩啦,那我们团就得完蛋!"

"那怎么办?"

"办法有两个。第一,立即声明同你父亲划清界限,然后写血书。这叫重在表现,你肯吗?"

我怔住了。写血书可以,发表声明我做不到。

"第二,"吴勇回身瞧瞧是否有人才小声说,"让杨烨找接兵团长——"

"让谁?"

吴勇神秘地示意我小点声:"让杨烨,没想到吧?"

这时候了,他还跟我这个找救命稻草的人卖关子开玩笑,真他妈不是人。"别扯淡了,她自己还泥菩萨过河呢。"

"她过不了河能保你过河!"他以显示的口吻告诉我,新兵团长是杨烨的舅舅。她所以最先知道输血的消息就因为这个。

荒唐。杨烨爸爸游街撞伤自己大舅哥,杨烨却没资格为自己舅舅输血,而以往杨烨所有秘密都是我最先知道,现在竟由吴勇卖关子告诉我。一股酸酸的血水又从心头伤口渗出,但我硬逞能说:"这两点我都做不到!"

"想进门又不肯低头,那就只好进不去喽!"

"我既不低头又要进门。"

五

"长征红军来看望解放军这样子?"杨烨舅舅从病床坐起,摸出两个苹果:"没啥招待红军这样子,请坐吃个苹果这样子。"他很重的口头语跟苹果一样使我觉得新鲜。可我哪有心思馋苹果吃。"不吃!"我说。

"嘿,红卫兵没造反派脾气这样子,见着好吃的还不吃这样子!"他伤准是快好了,要不咋有心思跟我开玩笑。

"我吃你的苹果了!"

"嘿,真能说胡话这样子,你插隐身草偷吃的这样子?"

"给你输血受慰问吃的。"

"嘿,血都在我身上流了这样子,我还没感觉出来这样子!"他捏捏手腕暴出的血管,"看见了,果然有你的血这样子。"他拉我坐:"长过征,输过血,当了兵不成英雄才怪呢这样子。"

"兵都当不上,能成英雄才怪呢!"

"这么说你是找我……当兵这样子?"

"是。"

"你是战斗队长还是团长……这样子?"

"兵团团长!"

……

"那肯定是县里舍不得放你这样子,长征红军兵团团长比我官都大,谁舍得放这样子!"

我讲了原因。他没了玩笑,皱起眉头:"是这样子,是这样子。"

"这样子就不要啊,不是重在表现吗?"

"你的表现……我还……不了解这样子。"

"血都献给你了,三百毫升,还不了解?要不我再流点血,写份血书！"

"不不，不用这样子！"他被我不惜流血的劲头感动了，"我当兵时人家也不要这样子，哭哭啼啼硬跟去的这样子。"忽然改口说，"不过我那时……年代不一样这样子。"

我看出他的同情心便抓住不放了："要不要我也非跟去不可了，首长，你一定帮我讲讲情！"

严寒已对我失去作用。我虔诚地站在雪地里任落雪扑打着脸，眼巴巴望着县革委会议室的灯光。我已偷偷在这儿站两个多小时，雪快把我的脚埋住了。我等待着命运之谜快点揭晓，等得实在忍不住了神差鬼使走到窗下偷听。我知道这样是不对的，但管不了这些啦。

终于研究到我了。我听见杨烨舅舅替我讲情的话，也听见县里的人说我不能同父亲划清界限的话，还听见说我在对待杨校长的问题上立场也不坚定的话。我气得忘了是在偷听会议，突然闯进屋。在他们都愣住的当儿，我一口将右手中指咬破了，甩了甩，抓过会议记录本写了两个血字：当兵！惊叹号那一点我是狠狠顿出来的。人说十指连心，千真万确。写完血字我才觉出咬破的手指钻心疼。我一言不发站着盯住他们。

杨烨舅舅拿起血字问我："你是大联委副主任这样子，红卫兵团长这样子，我不明白，你为什么非要当兵这样子？"

我明白他是在替我问大家。

"你们为什么非要征兵呢？"我大声反问他，实际是反问那些不同意的人。

"好了这样子！"杨烨舅舅拿着血字说，"还有要说的吗？"

我已从他的口气里听出他要定我了。"如果没有要问的，我就没什么要说的了！"

他掏出手绢连他的手套一同扔给我："包一包戴上手套走吧这样子。"

我什么也没拿转身走了，不再在窗外偷听，也不在雪地等。我攥着流血的中指坐到收发室的火炉旁，听呼呼啦啦的炉火为我唱起了催眠曲。

童年啊！北方长大的男人们，谁的童年没有一首当兵谣哇。不管是由妈妈奶奶姑姑还是阿姨带大的孩子，哪个不盼着买一支好玩的枪呢？有钱的，会给孩子买一挺机关枪、冲锋枪。钱少的，会给孩子买一支大肚匣子或一勾嘎嘎响直冒火的手枪。没钱的也要用高粱秆或柳条给孩子绑扎一支长枪，再不就用木头削一把小手枪。而得到枪的孩子们哪，不管三个五个还是七个八个，到一块的时候最喜欢做的游戏就是模仿小人书或电影里的人物从军打仗。从使用热兵器的李向阳、杨根思、黄继光、董存瑞……，到使用冷兵器的林冲、赵云、罗成、岳云、托塔李天王……，大家都争抢着扮演。有时光为争当一个英雄角色就要混战无数场的，分不出胜负便不得不以真假某某告一段落。就连有些女孩也抢着充当花木兰、穆桂英以及双枪老太婆啦。我们的儿童战争几乎连年不断，从春秋战国打到大泽乡起义，然后是三国鼎立、瓦岗寨、梁山泊、三侠五义一场一场打下去，直打到抗美援朝再反复乱打，哪一个身上没有几处伤痕啊。有一回我跟妈妈去夜校听课，老师正教一帮妇女唱"王大妈要和平，要呀儿要和平"的歌儿，教完了叫妇女们讨论：你要战争还是要和平。我插嘴说，要战争呗！大人问我为啥要战争，我说，要战争好拿枪打仗呗。

我天天幻想当兵打仗，其实我十岁以前一个真兵没见过，都是小人书和口头故事的影响，那就是所谓的文化积淀吧。十岁那年秋天我们镇子西边少陵山的山脚下忽然支起一顶帐篷。上山打柴的大人们说那是来了三个解放军，我就像听说来了三个神仙，和小伙伴们秘密串联好，各自偷了家里的洋柿子、黄瓜、白菜、大萝卜、土豆，悄悄给解放军送了去，目的就是看看解放军啥样，最好再能摸一摸真枪。我们的交换成功了。见人家很热情又得寸进尺了，每人要了一个子弹壳。回到家，大伙儿挖空心思把子弹壳接上铜管做成真手枪，用爆竹的火花装进膛里去放响，装了砂粒竟打死过一只小鸟。

解放军走了，他们和他们的帐篷、冲锋枪还常常回到我的梦乡。从此《我是一个兵》的歌儿就被我们唱得滚瓜烂熟了。冬天"除四害"，我能在拉开皮条弹弓向树上的麻雀射泥弹时信口唱出："我是一个兵，打你不留情，老师向我要你的腿，不打咋能行……"夏天，从深井里用辘轳摇上一罐水，忽然发现里边有几块冰，大家疯抢着含进嘴里解渴时，又可以顺嘴唱出："我是一块冰，吃了肚子疼，跑肚拉稀别怨我，怨你好吃冰……"不管春夏秋冬，干啥事时我们都能顺口把歌词儿改一下唱起来。

春节啦，奶奶烧上香，点了许多蜡烛供家谱，我就面对老祖宗的牌位哼唱："我是一个兵，来自老祖宗，上学考试难住了我，分数是个零……"边唱边问奶奶，那些祖宗们都是干啥的。奶奶就像讲故事似的讲起了他们。听完我便失望地仰脸问奶奶："咱家祖辈到现在，咋没一个当兵的呀？"奶奶说："好铁不打钉，好人不当兵。种地也比当兵强！"当然了，奶奶说的是解放前。可惜的是，我们家中我这一辈人都失去了当兵的机会。爸爸是他那一辈中唯一的读书人和教书人，他当过校长，后来当中学老师，所以我没到当兵年龄便考上了高中。上高中都是为考大学的，慢慢地，童年和少年的憧憬又被青春的理想取代了。

可是啊，刚刚成为青年就刮起的这场急风暴雨把我心窝中还没长出羽毛的理想又吹跑了。我又被一首《当我十九岁的时候》的诗所燃烧：

> ……
> 倘若我能提前三十年诞生，
> 我一定背一支小马枪、戴一颗红五星，
> 跟着伟大统帅，
> 迈步在雪山、草地的队伍中。
> ……

一只手把我从梦中揪醒，眼前还是一个朦胧的人，就听他说："还不快点报喜去这样子！"

杨烨的舅舅，简简单单一句话我听得清清楚楚，但以为还是梦中。"批准啦？"我问。

"你所有的官衔都被免了这样子，连'红卫'两个字也免掉了，只剩一个'兵'字这样子！"他的巴掌重重落在我肩上，我觉得那是有生以来挨过的最亲切的一巴掌。我的嘴和脸都哆嗦了。解放军的一员，哪怕最小最小，每个行动都真正和革命连在一起了，我深深鞠了一躬，好像这便是告别学生时代，从此将永远使用军礼的最后一个鞠躬礼了。饱涌的泪水被甩出了好几滴。我像捧着整个一颗心说："谢谢您，首长！"

"不过，你要同父亲划清界限这样子，好好干这样子！"

我怔了一下，只稍稍一怔，便真诚而沉重地"嗯"了一声，然后撒腿冲出县革委大院，发狂地朝大街跑去。天微微亮，路上没有行人，我不知被大脑的哪根神经支配着，在大街上肆无忌惮地狂跑，竟没意识到跑向哪儿。少陵山顶给过我子弹壳的解放军啊，祝贺我吧，我当兵啦！长征路上给我们讲过行军常识的解放军啊，欢迎我吧，我当兵啦！长眠的祖宗啊，祝愿我吧，我当兵啦！奶奶妈妈弟弟妹妹，同学和老师们，欢送我吧，我当兵啦……我当兵啦！我有点像范进中举似的，兴奋疯了吧？

跑哇跑哇，不知不觉竟跑进一家院子。当我举手要敲门时，才清醒过来，这是杨烨的家。

一只公鸡扯着脖子长长地一声唱，我冷丁意识到，天才蒙蒙亮，这时候敲她家的门，真是疯了。

我转身又向学校宿舍跑。一进屋，我把吴勇的被子掀掉，搂住他的脖子大声说："他妈的，我当上兵啦！"

全宿舍的人都被我吵醒了。我抱住吴勇就地打了个滚又喊了一声："我当上兵了！"

我的棉衣似铁，只穿背心裤衩的吴勇打着冷战把我推开："我呢？还有我吗？"

我这才止住疯狂，犯了错误似的敲着自己的脑袋，我真自私，我太自私了，高兴的时候怎么忘了问问战友行没行呢？

吴勇智多星的派头无影无踪了，幼稚顽童样不安地问："我排最后一号，批准你，会不会挤下我呀？"

我更觉得自己自私了，怎么就没想到会不会把战友挤下去呢？

六

从被首长嘱咐过划清界限起，我变得胆小了，卑微了。就要离家远行，想回家看看爸爸妈妈及弟妹们都不敢。还想到杨烨家跟她告个别，左思右想也没去。现在想来多么难以置信，那时人的心不是肉长的吗？生平第一次离家远去不知几年而归，竟能与共患难的父母兄妹及朝夕相处日夜想念的女同学不辞而别？却就那样做了。只能和学校告个别吧。尖厉的小北风裹着雪粉嗡嗡铮铮地扑打着学校，七十多人当兵一走，各派组织都散了架子，没人到学校来了。满院大字报被风刀割得残破凋零，一片冷清凄凉。只有敲钟师傅住的水房子冒着一缕烟。水房门锁着，不知老钟头哪儿去了。看看图书馆的"老书头"吧，那回"扫四旧"烧书，他从火堆给我偷出好几本。

走到图书馆窗前看了看，"老书头"也不在，五六个"黑帮"老师在写检讨材料。要走了，连看见母校这些"黑帮"老师也觉着留恋，可跟他们说什么呢？我在窗外看了一会儿，他们也用友好而怯生的目光看着我没戴领章帽徽的军装，不知该说什么。不过那复杂的眼光都懂了，这就是告别。

几声马嘶呼唤着我。有年去农场劳动，我被蛇咬了，没车往医院送，是那匹大红马驮我去的。看看马儿吧！

马棚收拾得比哪个教室和兵团团部都干净，我真羡慕无忧无虑埋头吃草的四匹大马，它们用不着和谁划清界限，也不用和谁闹派性，吃好饭了好好干活就是了。我上前摸摸大红马的脖子，无限深情地说："保重吧，我要远走他乡，不能和你一块建设学校了！"我满心头的告别情绪控制不住对马发泄起来,马抬头舔了舔我的手,竟舔出我一串眼泪。大红马好像认得眼泪是什么,善良地冲我咂吧着嘴。

"放心走吧,我们会把学校搞好的!"

吓得我打了几个冷战。见鬼了吗?我感觉到身后有一双眼睛看我,回头见墙根的谷草堆上站着杨校长,杨烨的爸爸。他缠着白绷带的手里捧着一本红塑料皮的书,眉毛、胡子、帽耳朵上都是白霜,他借着后窗投进的弱光在读书。他一定以为我方才是同他说话,所以才站起来回答我的。他是杨烨的爸爸呀,无论如何我应该跟他说几句话,马棚里没人看得见。可他也真是痴心妄想,谁都在同他划清界限,哪还能用他建设什么学校?我虽然暗中保护过他,但也违心地当着对立组织的面用不切实际的言辞批判过他,我总觉得欠了他的账。他以为我的眼泪是为他道歉而流的,不安地安慰我:"你们没有错,我是应该好好批一批。给你当了好几年校长,连你家住哪儿都没问过,这不是资产阶级知识分子是什么?"说着也擦了擦湿乎乎的眼睛。

我无法回答他。

他大人关心孩子似的问我:"你家在哪?"这好回答。"西镇的。"我说。

"我有个同学在西镇中学,跟你同姓。"

他的同学竟是我爸爸。

"哎呀,过去的师生关系确实成问题,老同学的儿子在我眼皮底下都不知道。你父亲那人刚强、学问好,品行也好,你们爷俩有点像!"

人家正说我和父亲感情深,要我划清界限,他却说我们有点像,我赶紧说:"他有严重历史问题!"

"我了解他,人很老实!"

我害怕有人路过听去这些话,慌忙推说有事走出阴暗的马棚。他赶了几步招呼我:"杨烨这些天出远门了,回来的话我告诉她你当兵去了!"

我感动得眼泪又往外涌,但没回头,装没听见走了,走向我们班教室。

教室空无一人。"大批判"专栏里一份份厚厚的批判稿被棚顶斜吹出的凉风吹得哗啦啦直响，大黑板上落着薄灰，我捡起一截粉笔在旁边写道："再见了，同学们，即使我们远隔千里万里，也会奋斗在同一面红旗下，愿再相见时我们都成为真金、纯钢、祖国的栋梁。"写完怅然若失坐到我许久没坐了的书桌前，好像旁边还有一个人坐着，我心里完全清楚，黑板上的话主要是留给她的，她一看就会明白，因为引用了她送我长征时的话。

杨烨，你知道我当兵要走为什么还出远门呢？难道我们就这样不见而别了吗？几年来我们被很深的感情联系着，心心相印，就这样从此失去联系？我终于不忍，到街里选购了一本最好的日记本匆匆跑回教室，给她写道："同志，我们分别了……"我使用了她最珍视的"同志"二字。"……我们分别了，谁知道再过多久，在什么地方还能见面呢？或者一年、两年以至永远。但我坚信，只要活在世上，即使远在天涯海角，我们都会奋战在同一面旗帜下，这就是毛泽东思想的伟大红旗！同志，1968年1月×日"写完了，我又读了一遍，一股不可克制的心潮冲撞着，我像酒醉时那样大了胆子朝马棚走去，把本子交给杨校长。

七

在我十九岁以前的日子里，是没见过新兵启程那种盛况的，比县革委成立大会那天还要隆重。县革委成立大会那天只主席台上有县武装部几个穿军装的，加上主席台两边六个站岗的，解放军也不过十个，人少不说，还是县中队看监狱的。而我们新兵走那天，光新兵自己就近千人，每车一个排，共三十多辆卡车，简直可以说浩浩荡荡啦。陆军在前，还有三卡车海军，每人胸前一朵红花，每人手中一本红如火焰的《毛主席语录》，这两样东西弥补了没戴领章帽徽的缺欠。车是无法开快一点点的，像蜗牛一样慢慢向前蠕动，因为全县城各行各业的所有单位几乎都停止了工作，加上从各公社来送行的人们，县城的几条主要街道忽然像干枯的河床突然涨满了，而那满满的东西不是水而是黏稠的人流。三十多辆卡车像在淤泥的江河上行走不起来的客船，只好慢慢蠕动。那人流的淤泥又是彩色的，彩旗、标语牌、语录本，还有不远几步就会出现的很长一挂挑着的鞭炮，不光各单位的一面又一面锣鼓，还有一伙又一伙往年谁家办喜事雇用的那种民间乐队也自动出来义务送行。县文工团和几所学校联合组成一支混成军乐队做前导。扩音器传出解放军指挥员动人心弦的口令："各——车——注——意——，准——备——""备"字拉得很长很长却又很响很亮，振奋人心，排山倒海，若是在剧场里哪个演员喊出这么出色的声音肯定会博得山呼海啸的掌声。那"备"字拖长的响亮声音把所有人的心弦拖紧之后，突然爆炸出两个字：出发！

瞬间出现了比剧场里要求演员返场的掌声强烈千百倍的轰鸣。锣鼓、乐队、鞭炮、汽车马达和喇叭，每个人的喉咙一齐发出全力以赴的音响。我们在车上真的感觉到了那热烈的声浪如汹涌澎湃的海潮直冲身体撞来，迅速在我们全身心击起热血沸腾的激动，眼圈、鼻翼和心头都在分泌潮湿有味道的东西。那味道传导给我们的手臂，千多只手臂便一遍遍不由自主挥动起来，手中攥着的红色飞起飞落像闪电在低空划动。爆竹炸起满天乌云和碎纸，那巨大的混合的惊天动地交响像不可抵挡的狂潮，个人的多么沉重的心情也会被鼓舞起来，我那些伤痛迅速被淹没了。喉咙随着大家呼喊，胳膊伴着喊声挥动。

走着走着，便看见亲人们随车挤动形成的暗流了。多是妈妈跟儿子、姐姐追弟弟或未婚妻女朋友尾随心上的人。

我没有这些人来送行，但胳膊也一直扬着，遇见认识的人就使劲摇动几下。仿佛自己的军装闪着金光，一摇一闪那些熟人肯定会看见。可是总没使出最大的力量尽情地摇一次，能把灵魂都甩带出去的那种摇。我把这一次留着，搜寻着盼着杨烨会忽然从哪个角落钻出来朝我挥一挥她那条蓝围巾。

车开得渐渐快了，县里领导和前导队已经撤到路旁同接兵部队首长握别了，也没见杨烨的影儿。

我乘的那辆卡车已进西城楼，最后一缕希望散断了，我在心底长长呼唤了一声：杨烨啊，你在哪里？

卡车刚一钻出城门，有人喊一声我的名字，一卷东西同时朝我投来。啊，那是爸爸！没等我考虑是否伸手去接，那东西已毫不犹豫落入我手。按当时我向首长表示的态度和决心，应该反手再把东西扔下去，但手像被一块沉重的铅砣坠住了，怎么也没抬起来。我看看身边的人，没谁知道那是爸爸。我迅速打开那卷东西，是一双毛手套和毛袜子，新的，一定是刚从百货商店买的。毛线的东西我和我家所有人那时都没穿戴过啊。刮脸刀似的冷风刚开始上手上脸，不见边际的田野冰封雪锁，城外的寒冷将我的鼻子抖动了几下。爸爸穿得暖和吗？我想回头望他一眼，后边的车队把我的眼光挡住了，我站起来翘首再望，见爸爸还在城门下站着。我再也忍不住了，在心里暗暗地呻吟了几声。爸爸呀，您知道我当兵的经过吗？我不能回家跟您告别，您会理解吗？风雪发着尖长的呼叫，像是在替爸爸回答：理——解——，理——解——！可是当时我却无论如何不能理解爸爸。若是现在，我绝对没有力量这样做的。

不知哪辆车起头唱起了歌。歌声受到风的干扰时强时弱，像顽皮的孩子听收音机唱歌时在旋弄音量开关玩儿：

>   我是一个兵，
>   来自老百姓，
>   打败了日本狗强盗，
>   消灭了蒋匪军。
>   ……
>   嘿嘿嘿，
>   枪杆握得紧，
>   眼睛看得清，
>   谁敢发动战争，

坚决打他不留情……

　　歌声因被旷野的冷风吹散了，不响亮，却起了酵母作用，各辆车都相继跟着唱起来。唱歌是当年人们的拿手好戏之一，什么环境和场合都能唱。那时的歌像烈酒一样，能浇愁，能将柔弱多情的心变得麻木、无畏，因而也能克服掉心中自然产生的情感，粗糙大度，坚硬起来。

　　我是一个兵，
　　爱国爱人民，
　　……

　　大家都像豪饮烈酒一样亢奋高昂地唱着，我也卷在其中跟着唱，但我发出的声音不大，就跟我吞下的不是烈性白酒而是低度白酒因而兴奋的程度也不同一样，我心中的歌词是这样的：

　　我是一个兵，
　　来自红卫兵。
　　革命风雨考验了我，
　　立场更坚定。
　　嘿嘿嘿！
　　枪杆握得紧，
　　眼睛看得清，
　　谁要不愿革命，
　　划清界限不留情……

　　这歌词在我心里隐隐约约有些勉强地跳跃着，等到前面又唱起"革命不是请客吃饭"的时候，我才和歌的词及旋律一致起来，也如大口大口吞下烈酒：

革命，不是请客吃饭，

不是作文章，

不是绘画绣花，

不能那样雅致，

那样从容不迫，文质彬彬，

那样温良恭俭让……

杂牌杂色的车队载着一色（还有三车灰色）新兵唱出的钢铁般一律的歌声在光滑的雪路上前进。脸被寒风刮得麻辣了，身上的血却急流涌进，冰冻的野山丘和公路都在明亮但不十分热情的太阳下精神抖擞地闪烁。这是通过我家的路，四年十六个季节我无数次地在这条路上往来。有年放暑假回家路过少陵河大桥时我正手拿俄语课本在朗读《卓娅和舒拉的故事》，后边来了汽车。我总是步行，所以既羡慕又嫉妒乘车的人，我便不肯抬头看车，继续低头读我的俄语。可是车擦身而过时有人喊我。"喂，我去姥姥家，哈尔滨！"杨烨喊我，她又喊了一句俄语，"我给你写信。"随即抛给我两个大大的黄杏，我知道是她家园子那棵杏树结的。她在树下亲手为我摘过。我到桥下用清清的少陵河水将杏洗了无数遍，洗到后来失去洗的意义了，完全是借助河水来扩大和延长甜蜜的心情……

车一上大桥，前边那辆车忽然停了，我们的车也急刹停住，车上的人被重重一推，硬如钢铁的歌声立时被折断。有两个小伙子从桥底下跳出来截车，还没等司机探出头去大骂要和他俩的娘结婚，两人已绕到车后，攀上车厢，两人都是我们学校的学生，有一个还和我一块长征过，他政审没问题，就因为扁平足被拿掉，而他又是我们长征队最能走路的一个。带车的解放军很年轻，劝说不住，看看表，急忙命令车上的新兵往下推。新兵们下不得手，小解放军亲自跳上车："赶不上火车你们都别想当兵啦。想当的听我命令，推！"一车新兵这才呼叫着动手推。两个扒车的同学用脚掌抵挡着不让接近，最后寡不敌众还是被抬下车，鞋和帽子都扯掉了。大家把他们按在地上七手八脚重又穿戴了帽子，怕他们松开后再扒车，便一直按在地上，让后边的车先过。

路过我家西镇时最先看见的竟是我家邻居小虎子，他仰头向我挥手送别。本来他自己是愿意参军的，因父亲为发家致富而向接兵部队扯了他后腿，他才没走成，这反倒使我更庆幸自己如愿以偿了。

我就这样登上了远行的军列。

没有窗子的闷罐列车，黑蟒似的在东北大铁路上呼隆呼隆地奔驰了一整天又一整夜。

2月篇

　　一个小朋友无限崇拜地叫了我一声叔叔,我欣喜地摸摸他的头后,他竟无比激动地喊起来:"妈妈!妈妈!!解放军叔叔摸我脑袋啦!!!"那声发着颤音的喜悦之喊,使我的心灵产生了一次跳跃,分明感觉到,我鲜红的青春之血在那一刻忽然变成绿色了。

一

　　一场短暂而漫长的风暴过去了,我从心灵到肉体到服装经过这场风暴的撕扯之后都发生了巨变,从头到脚从里到外,身上的每一根纤维都是新的。从家带来的汗泥虱子和头发中的灰尘被军营的热水一夜之间冲洗得无影无踪,连在家乡最后喝的那点生水也被滚热的浴水蒸作淋漓的透汗付诸浊流了。咬破的手指已经愈合,同家人同同学同老师的牵连已经割断,苦辣酸甜的心情已经归于平静,我从四分五裂的虚幻状态变得具体了,简单了,集中了,那是走向成熟的过渡点,而实际上也许增加了几丝更加幼稚的成分。不管怎么说,那变化对于我是翻天覆地的。经济上物质上不再受制于家庭,也不再有衣食温饱的担忧,由原来被父母称为儿子被弟妹称为哥哥被老师称为学生被社会其他人称为红卫兵，一变而被干部称为战士被路上的小朋友称为叔叔……尤其一个小朋友无限崇拜地叫了我一声叔叔，我摸摸他的头后他竟对妈妈惊喜地喊起来："妈妈，解放军叔叔摸我脑瓜儿啦！"那声喊真正使我的心灵产生了一次跳跃。我分明感觉到，我青春鲜红的血液在那一刻忽然变成绿色了。我变得大度严肃起来，肩上有了沉甸甸的责任感。而这一切变化都是营门带来的。军营的大门啊，你是我人生长途的转折点、里程碑、分水岭……直到今天，二十年瞬息万变的风风雨雨也没能将我第一眼见到军营、第一次走进军营、第一回在铁打的营房里做了一个流水新兵的梦那新鲜的记忆磨灭。

军营在我眼里简直是一片仙境。

所有建筑都是红砖的，像一座红色小城坐落在白雪覆盖的山谷里。队列一般齐整的红房子依山临河。

山是靠海的群山。

河是入海的小河。

河那边的另一个山谷里有个不小的镇。镇里人来营房或营房的人去镇里都要从河上的"从军桥"走过。从军桥是绿色的，我从没想到世界上还有绿色的桥，真是军人的杰作。

我就是在一个太阳刚刚出山的早晨通过"从军桥"进入军营的。

新军营里有一座高高的水塔，水塔上装着好几个高音大喇叭。每天天不亮，喇叭就放起嘹亮的军号，于是，黎明的大操场上，齐整雄壮的跑步声和"一二三四"有节奏的喊声便震得长长的山谷都发出回响。

军号多么动听啊。部队一天的每项活动几乎都离不开它。它呼唤我们起床，它催促我们出操，它告诉我们开饭，它指示我们上课，它提醒我们休息，它命令我们熄灯——那时我觉得，世界上再没有比军号更动听的音乐了。在从来也不嘶哑的号声伴奏下，我们站队出操，站队吃饭，站队看电影，站队上街，站队听报告……所有活动都要集合站队。军人对于号声和队列简直就像家庭里的孩子对于爹娘，爹娘对孩子永远是用人生的高标准管束着的。

不列队的时候，也有无形的队列约束着。学习讨论，即使坐在床上也要坐得端端正正，不许扶什么，靠什么。被子须叠得四四方方有棱有角，说话要经过允许，上厕所要请假。走在队列里，鞋掉了必须喊一声报告，批准后才能出列穿上。早上起床号一响，几乎是唰的一声同时爬起来。晚上熄灯号一吹，所有屋子里的灯光也几乎是唰一下同时灭的。吃的、穿的、用的都一样，一切都在统一指挥下进行，同时又是在指挥员指定的目标竞赛中进行，而竞赛的结果每天晚上必定通过指挥员的嘴向全连揭示，先进者点名表扬，后进者隐名批评，大概就是这样日久天长的陶冶形成了军人们大多都有的争强好胜的性格吧。

军队的传统，军人的血性就这样通过一个又一个大大小小指挥员的话传下来。到营房后杨烨舅舅第一次大会讲话我现在还记得，"……部队必须讲究服从命令听指挥这样子，不管革委会委员还是造反团司令这样子，或者战斗队队长这样子，走进营房一律是新战士这样子，统统听副班长指挥这样子。别说贴大字报不行，小纸条也不许贴这样子！但是，我告诉你们这样子，部队是出英雄出将军的地方这样子。现在总参谋长还是代理的这样子，谁知道你们里头能出几个英雄几个总参谋长或者军长师长这样子？再过十年八年，你们就可能有人指挥我这样子，那时候我保证听你们指挥这样子。不过，现在，你们不仅要绝对听我指挥这样子，连副班长或老兵的指挥也得绝对听从这样子！"

这样的话要在学校早被我们批臭了，可一进营房便具有了真理性，即使有疑问也在心里装着。一切新鲜的东西都具有吸引力。我完全被这新鲜的生活节律吸裹进去，拼命地抢做每一项工作，一点都不感到紧张和劳累。

二

我病了。病得不十分重也不能算轻，但听说下到正式连队前还要复查一次身体，查出病变的一律往回退。我便咬牙挺着，熬到第一个星期天才偷偷找吴勇商量，想让他上街时悄悄给我买点药。那时候真幼稚，以为发烧感冒这类病也在复退之列，其实主要复查体检时不合格混进来的。

吴勇也病了。真他妈不争气。"东方红兵团"两个头头都病了，人家会说我们团是没有战斗力的乌合之众的。

"吴勇，祝家庄还没打下来你睡什么大觉！"我推推蒙头躺在铁床上装死的吴勇。

"听见你来了。又没任命你当总参谋长，高兴什么？"吴勇头还蒙在被窝里，一动没动。他睡在双层铁床的下铺，这种铁床是苏军用完留下的，又高又大，像憨厚的哥萨克士兵一样结实可靠。我用手指甲使劲掸敲了几下粗壮的铁管震了震他说："团长的职务在履历表上给你记着哪，愁什么！"说着我就掀他的被子。

"别闹别闹，腰疼得厉害，腿也疼！"他"哎哟"着说。

我忍着头疼："怎么腰腿忽然疼起来啦？"

"老毛病了，一惊一累就疼，这山沟气候明显不适应。头也晕，大概高血压又犯了！"

他血压有点高我知道，可从没听说他有腰腿疼痛。我说："我也头疼、嗓子疼，浑身难受，一定是冷丁不适应环境感冒了。走，我陪你散散步去，越躺越重！"铁床上铺探出个光头来，是初中入伍的小家伙，很单纯地说："想睡懒觉呗，我怎么哪儿也不疼？头儿！"他还像学校时叫我头儿，而没按连长教导的那样称我的职务，我已是新兵班班长了。

我摸了一下他的光头："当兵又不是出家当和尚，出洋相！"

"洗头省水，利索！"他很脆地弹了自己一个脑瓜崩，又把头缩进被里。

吴勇坐起来了："听说下连前还体检，发现有老病的往回打发！"

"那你还死躺！"我低下头小声问，"是光退有老病的吗？"

"医生说的，他说每年都退几个。"

我反倒轻松了一点。我没有老病！但这是吴勇的话，谁知有多少准头，我还是不放心："走，出去走走！"

他说:"腰腿疼还走!没事搀我去医院看看病。"

看来他疼得确实很厉害,攀着我的肩头直叫疼。出了屋我悄悄说:"上街买点药算了,去医院露馅被退回去咋办?"

吴勇闷闷不乐地说:"咋办?服从命令呗,又不兴造反!"

"一说就是造反,那你这个智多星就真成吴用了,不会想想办法?"我不高兴地说。

他也不高兴地说:"为啥非要想办法?服从命令本身就是革命行动!"

我很奇怪,记得我被批准入伍那天晚上,他曾担心地问我:"批上你,能不能挤下我呀?"现在怎么又对被退回去无所谓了呢?我说:"真要往回退你你就甘心?"

"我可不是写血书来的,不当兵也有的是出路!"这小子言外之意是我政审有问题,当不上兵干别的没出路了。

"难道谁当兵是为了找出路?"

"不一定这么说,但……"他没把一句话说完整就撂了,但潜台词是明显的。

我说:"那你当初为啥担心被挤下去。"

"说实话吧,我是担心挤不下去!"

我大吃一惊,吴勇竟是这等想法,这小子,好一个智多星!"那你又为什么积极报名呢?不报名也没什么呀?"

他说得更坦白了:"我以为血压高验不上,体检时再吃点升压药肯定更把握,没承想吃了降压药,他姥姥的,血压反倒正常了!"

我又吃一惊:"那么你……现在的'老病'也是装……?"

"不,不,我不怕被退回去是真的,腰腿疼也是真的。"

我十分不理解他:"你怎么会不愿当兵呢?"

他好像忘了疼:"你想当英雄,这我知道。我想当政治家……我认为,想当英雄和想当政治家都无可非议。不过他姥姥的,现在什么家都犯忌讳是了,那我就换个说法,我想当个革命家行吧?可是古今中外,你应该承认,军队只是培养英雄的地方,当然你怕退回去,我就不怕啦！可是你要知道，现在不是战争年代，部队的英雄也只能是救火英雄！救人英雄！像欧阳海、刘英俊、李文忠那样的。这样的英雄别的地方也能出！"

"那为什么几乎都出在部队？"

"这不奇怪。军队属上层建筑，从不以物质生产为主，不管什么年月，英雄主义教育都是它的重要任务。教育成果嘛，显示在战争年代就是战斗英雄，和平时期那就是拦车英雄或救火英雄啦！"

我想继续同他辩论，他又叫起疼来："算了，算了，不可能总失火惊车吧？遇不上这类事，你当什么英雄？"他捶着腰腿，"相信我的辩论本领吧，争论的话，最后没词儿的不会是我。走吧，看病去！"他把胳膊搭在我肩上，我立刻感到了压力。心想，这小子可能是真疼。

我蹲下："干脆，我背你去吧！"

他不好意思，只说让我使点劲搀他就行。

营区很大，拐了几个弯，我看见披雪的山坡上有一行用长青松栽成的大字：保卫祖国。我又激动了，想，老战士把誓言种在山上了，我们怎么能三心二意呢？我说："还是别退回去好！"

"骑驴看唱本吧，说不上哪天，大学一招生，没来当兵的——杨烨她们上了北京大学。"

他忽然提到杨烨，我心里又有点不是滋味，真的也想她呀。

拐过山角就到了师医院。我记忆里的师医院比串联去北京看过的首都医院还干净。水磨石屋地擦得可以照人，医务人员的白大褂也直耀人眼，若在战场她们冷丁一出现，敌人准会误认为插出一面投降的白旗，真白，白得让人生畏。往走廊一站，看不见一个污点，听不见一点噪声。多重的病情一进那样的医院也会减轻的。这也许是错觉，就像小时候觉得自己家乡的山高不可攀、家乡的河深不可测，可一二十年后回家一看，家乡的山还叫山吗？河也不好意思叫河了！

我扶吴勇在诊视室门前站住，正正规规喊道："报告！"我以为看病也要喊报告，因为医生也穿军装，是医官嘛。连长讲的，进连部和机关任何办公室都要喊报告。

没人喊请进，我又喊了一声，还没人理。跷脚往里一望，医生把听诊器挂耳朵上正给一个军人听诊，便老实得猫似的等着。吴勇故意大声说疼，被我制止了。

被诊视过的老兵出来后，里面很好听的女声喊："进来吧！"

我们第一次听见女军人的声音，很觉新鲜。我们拘谨地进去后，她像女老师看男学生那样大胆而不在意地看着我们："到医院看病不用喊报告。看吓着别的病人！"

吴勇跟她斗嘴："解放军哪有胆小鬼，喊声报告就能吓着。"

她模样很顺眼，眼睛却不饶人，她沉着地白了吴勇一眼，不屑回答地说："你们俩腰腿疼啊还是头疼？"

这女军医真神了。年纪不大医道这等高超，我和吴勇的病叫她搭眼就看出来了，火眼金睛吗（要是现在我会用"特异功能"这个词的）？部队怎么尽是能人！

她先问吴勇："你？"

"我腰和腿都疼，是他背我来的。"这小子顺嘴就把"扶"改成了"背"。那也没使顺眼的女医生把眼光变得温和些，她又问我："那么你是头疼啦？"

我连忙摇头："我哪儿都不疼，陪他来的。"

女医生叫吴勇坐下，按腰捏腿，动哪儿吴勇都说疼。医生问他疼几天了，他说到部队第二天就开始疼。医生又问他以前是否疼过，我忙替他打掩护说以前没疼过。

"四五天就疼成这样？"女医生好看的眼变得好严厉。

吴勇迎住她的眼光大胆地瞅着："他不知道，我在家就有这病，一阴天就疼。"

女医生以军人的口气批评我了："当了兵还不诚实？"

我被说红了脸，好像心里别的不诚实想法马上也要被她发现似的。她又问吴勇叫什么名字，并记在诊疗登记本上。记完，她叫吴勇脱掉棉裤，解开棉袄扣子躺在诊床上。

她不注意我了，我便有机会注意她，要是老头老太太或一般的男军医我也会注意的，刚到部队即使一匹马一头猪一条狗我都会注意与地方的有什么不同，当然她又是个长相很顺眼的年轻女军医。那个年龄的我们，见到年轻好看的女人，不管怎样严肃正经，内心里也是极想偷偷多看几眼的，如果说见到她们没有异样的感觉那肯定是谎话。

她拿过一个长条铅盒，从里面捏出一根闪亮的长针，然后让吴勇将绒裤脱至臀下。吴勇脸红手拙了，磨磨蹭蹭没有照办。她亲自动手一把拉下绒裤，吴勇的整个臀部便裸露出来，连我都不好意思看，女军医却上下左右捏来按去，然后用酒精棉球擦拭了几个地方，说："认真体会，随时把感觉告诉我！"说时迟那时快，猛的一下针已刺进肉里，她一边扎土豆萝卜似的上下捻针一边问是疼是酸。没等吴勇吭哧出是疼是酸，针已拔出，针孔处旋即冒出小米大小一颗美丽的血珠。吴勇翻身时下意识一摸，指头上便沾了挤死一只虱子那么多的血，又开始斗嘴："哟，掌鞋不用锥子，直（针）行，一针见血！"

医生把吴勇的手推开："脏手乱摸，小心感染。"

"感染是下一步的事，得先解决别针针见血问题！"

女医生没停针："年轻人血气方刚，渗出放大镜都看不清的一点红水儿，有啥可大惊小怪的。"她把吴勇的裤子又往下拉一截，腿根都露出来了。"'三疼一迷糊'是部队常见病，针灸疗法最灵。"她教导开吴勇了，"做好思想准备吧，针灸都受不了，打仗还不当熊？"

吴勇再能辩论毕竟是新兵，何况被女军医捏着屁股，怎么说也不是对手，朝我做几个鬼脸不作声了。女医生一连在他腰上、腿上扎了十几针，扎得他满头冒汗，却没再敢耍贫嘴。医生问他感觉咋样，他连连说好多了。医生叫他每天来针灸一次，直到不疼为止。

回新兵连路上我不住惊叹说："部队医生真神，咱们一进屋就知道哪儿疼！"

"神个屁哟，腰疼得那样谁还看不出来？针灸治腰腿疼卫生员都会，扎的回数多了，疼也不敢说疼了。军事疗法，要命！"

路过军人服务社看见卖苹果，馋得不行，一人买一斤躲墙角狼吞虎咽吃着，我们怕人看见，连长指导员总批评买零食的新兵没有艰苦奋斗思想，我们两个班长怎好带头这样。

我看见身边的大杨树上长着一大团冬青，冬青泛着醉人的翡翠色，上面蹲着一只白鸽子。当时的心情使我讨厌象征和平的鸽子，这种鸟儿落在军营里，对我这个盼着打仗当英雄又怕被退回去的新兵似乎是不祥之兆。我咽着苹果问吴勇："好点吗？""头痛医头，脚痛医脚，说不上好赖！"他说。

几声扁担碰撞铁桶的响动把鸽子惊飞了，我们这才注意到大杨树后边是个猪圈。真漂亮，猪圈也是红砖的，圈墙写着"身在猪圈，心怀天下"雪白大字。离猪圈这么近竟没闻到猪臭味，军队的猪舍比老百姓宿舍都强，猪肉味儿都特殊吧？我好奇地寻看那猪是怎么喂的。

我看见一个女兵喂猪的背影。噢，猪是女兵喂的？！她哼着歌："雪皑皑，野茫茫，高原寒，炊断粮，红军都是钢铁汉，千锤百炼不怕难……"动听的"长征组歌"更把我们吸引住了，她齐耳短发和适称身材我觉得既像《英雄儿女》里的王芳，又像《红色娘子军》里的吴琼花。

说不清当时的心情是否健康，我俩被这女兵迷住了，觉得这女兵像女的，不像女军医像男的，便不约而同走到猪圈边看。

女兵发觉身后有人，回头见是两个新兵便没有在意又喂自己的猪，只是歌儿不唱了。

吴勇忽然捅捅我，贼亮的眼光好像发现什么稀世之宝，没等我明白怎么回事，他叫起来："杨烨！"

这是演的哪出戏呀，杨烨也来当兵啦？

杨烨并不觉意外，她似乎不愿意我们这么早就发现她。我看她的军装样式虽然跟我们一样，颜色却有点不同，做工也显粗糙。

原来她是背着家里跑出来的，先说到哈尔滨姥姥家串门，在姥姥家求人做了套军装，又按舅舅的通信地址找到部队，赖在招待所就是不走，帮着喂猪、做饭、刷碗、挑水、洗床单……她说死也不回去了。还有几个像她这样的小伙子也都赖在招待所呢。

"每天吃饭咋办？"我乐极了，掩饰不住乐劲儿地问。

"在招待所。"

"让吗?"

"买。"

她一说到"买"字,吴勇神经病似的突然跑了,自从来部队还没见他跑过。我又问杨烨:"钱呢?"

"带了点。其实那几个兵也没收我钱。所长说了,我天天干活,也不算白吃!"

"他们知道你舅舅吗?"

"凭啥让人家知道这个,'走后门'革命可耻!"

"你舅舅忍心看你遭罪?"

"我可没感到遭罪,大家都拿我当红卫兵看待,比在学校挨骂强多了!"

我残缺的心立时感到了圆满。

吴勇给杨烨买来一帽兜苹果,杨烨不要,我和吴勇执意让她收下,她才用手绢包了一半说:"还没当上兵就吃苹果,让人看着该说不艰苦奋斗了,我给炊事员们留着。"

"那给你点钱吧,我从家里带了些钱。"吴勇伸手掏钱,扑了空,他忘了战士的衣服是没有下兜的,又把手伸进胸前的小兜,掏出一张十元的钱来给杨烨。十元,当时对于我们新兵可是一笔巨款。

杨烨说:"算我借的,到时还你。"

"那得带利息,十元还百元!"吴勇有心思说笑话了,腰腿肯定疼得轻了。

我一分钱也没从家里带,兜里只剩三元花剩的津贴费,也掏给杨烨,她接了:"也放高利贷吗?"

我不希望她同我开玩笑,我一向觉得最要好的人该是用最深沉的眼神和话语交往的,我笨拙地说:"你说了算。"

"用不用我们每天来帮你挑猪食?"吴勇问。

"我帮人家,你们再帮我,帮倒忙。不用!"她用眼光抚弄着钱,"有机会把你们学了些啥给我讲讲。"

我点头。吴勇说:"那当然。过去我们是同学,现在是同志了,同甘共苦!"

我一下又重温起杨烨关于"同志"的解释。"你俩咋知道我在这儿?"

我说是陪吴勇看病路过,她问吴勇:"刚才还跑着买苹果,啥病啊?"

吴勇喝了酒样兴奋:"刚进山沟腰腿疼了几天,针灸好了点,你看,好多了!"

"那也要注意,我妈常说腰腿疼最难治。"她说,"喂完猪还得洗床单,我得回去忙了。等批准当兵了再去看你们!"

她挑着桶走了,匆匆而坚定的脚步踩着我的心弦,一支朦朦胧胧的旋律像要诞生。

吴勇忽然喊她:"杨烨,你住哪屋?"

她回头摆摆手:"暂时保密,等你们下连后再告诉。"

她走进招待所大院。我问吴勇:"你说她能当上兵吗?"

吴勇竟像训练似的拔了几个正步,滴溜一个向后转:"一定能!'重在表现'。只要她用愚公精神表现不止,肯定能感动上帝,何况这个上帝不是别人,是她亲舅舅。"他攀着我的肩跳了个高,"我们也得重在表现!"

吴勇毫不掩饰自己的喜悦,扯起我的袖子往山上跑,"爬爬山,也治腿疼!"

吴勇拉我顺一条小路跑上山。我们这是头一回上山。我真后悔没早点上山顶看看。站在山顶,心开四面窗口,身迎八面来风,像跳进广阔无边的清波凉海里了,舒服而又豪爽。大海就和营房隔着几座山,原来冬天的大海是不冻的。明晃晃的海和天仿佛彼此不分,隐约可见水上船只。在营房看山时觉得是峰,在山顶侧看是一道道大岭,崖谷间还散落着一些小片营房,那是师直属的某些连队。从军桥和桥下的河变得那么细小,像一条白线上爬了只绿甲虫。

吴勇望着小河唱起了"一条大河波浪宽"。这小子一高兴歌唱得还真不错。

43

> 一条大河波浪宽，
> 风吹稻花香两岸，
> 我家就在岸上住，
> 听惯了艄公的号子，
> 看惯了船上的白帆。
> ……

心情太好了，我也跟着哼起来。他忽然大声喊："看！"

越过大杨树上的冬青，我看见吴勇手指的红砖大院里晾着一片片白色的东西，大概就是招待所洗晾的床单被套吧。真像是一片片船帆，帆丛中有个绿色的小点儿在缓动，是杨烨吧？

"姑娘好像花儿一样——"唱到这句时我把词省略了，似乎这是一句被批判过的不健康的词，就是不批判，从我嘴里直唱出去也觉不好意思，可吴勇唱得真切而清楚，比别的句更好听。我明白，他情绪的变化是因为杨烨。我不唱了。

"喂，唱啊，一回去就不兴唱这支歌儿啦！"

我勉强笑笑："我嗓子不适合唱抒情歌曲！"

"那就唱队列歌曲！"吴勇像《霓虹灯下的哨兵》中的连长那样打着拍子唱道，"向前向前向前——我们的队伍向太阳——"

他唱着"向太阳"，脸和脚步却朝着挂有无数白帆似的大院。我说："太阳在南边，朝北那不是向招待所了吗？"

他笑起来，笑声顺着一股松散的山风支离破碎地向招待所飞去。

三

经历不同，教养不同，家庭出身和年龄不同，性格各异的小伙子们像生龙活虎的各种动物在放进公园之前先要训练一番一样，我们整天关在新兵连训练。从敬礼、走步、称呼、队列、吃饭、睡觉、打行李，到说话用语全都要训到一个标准上来，因此既苦又累且笑话百出。由此我也可以按当今的说法把新兵连比喻成"社会主义初级阶段"，既是初级阶段那些可笑的事就可以理解了，诸如回答指挥员的呼叫不答"到"而说"来了"或"唉"，管排长不叫"排长"叫"大哥"了，用左手敬礼了，夜间上厕所回来走错屋上错床了，紧急集合赶不上趟光脚提裤子跟着跑了，行李跑得散花东西掉满一路了，几个人因吹牛比家乡好坏言辞不逊打起来了，偷小东西被捉住"游院"了，直到训得指挥员用极简单的口令就可以把一盘散沙调动成各种方队。所以新兵连的每项事都不觉乏味。我的那次感冒很快好了。吴勇也不再说女军医"一针见血"，而到处讲她"手到病除"了。我俩又开始像在学校那样活跃起来，常一起商量些点子同其他排竞争。

那时的竞争主要出于荣誉心和风头主义，不像后些年的新兵明争暗斗为的是当司机当技术工人什么的，那时我们得常学毛主席"有些同志鄙薄技术工作，以为不足道，以为无出路"的教导呢。分到师直的新兵是从三个地方来的。哈尔滨的一个排，抚顺的一个排，还有我们学校的一个排，每排六七个班就跟一个小连队差不多了，所以一个新兵连就等于三个连队的人数。排以上干部是由部队干部或班长担任。班长和比正规连队临时多设的副排长由新兵担任。我和吴勇都是我们排的班长兼副排长。尽管连里一再强调不许闹派性和地方性，三个排无形中还是形成三国鼎立局势。青年人的荣誉感和争强好胜心时时都要有个具体内容的。当时的具体内容就是，哪件事都不能落在那两个排后面，从连长指导员嘴里说出的名次应当是，我们排总第一。队列、纪律、投弹、射击等我们第一不必说了，就说最见水平的文艺节目比赛吧。

我亲自动笔写了一个荒诞现实剧《英雄来到我们排》。董存瑞、欧阳海、雷锋、罗盛教、李文忠等最有名的烈士被扮成角色来到我们排直接和新兵对话。新兵们提的问题当然都是最关心最迫切的，而每个烈士都使用自己家乡的口音，效果极棒。一个新兵模仿山东腔调皮地问董存瑞："我说老董大哥，你说，现在也不打仗，我们上哪学你炸碉堡的英雄行为去？"董存瑞则用他家乡口音说："不打仗还不好吗？不打仗天下太平老百姓享福！可是你想，能总不打仗吗，所以要加强训练，常备不懈嘛。再说，你看看人家欧阳海、刘英俊，和平年代不也当了英雄？"董存瑞拉过欧阳海和刘英俊。

又一个新兵学辽宁锦州口音问三位："我说欧阳大哥和刘大哥，你们说，这惊马不好遇呀，遇不上怎么成英雄？"

欧阳海用慢腔长尾音的广东话回答："小同志呀，我首先纠正你一个错误，咱们部队有规定，不能像在家乡称兄道弟的，要叫名字或职务。这些小事也要认真对待，军人了嘛！"小个子的欧阳海跷着脚拍了拍大高个新兵，"小同志呀，遇不着惊车惊马不就省得死了嘛！你说我和刘英俊，要没遇上惊马，今天不还活着嘛，说不定当你们的师长政委哩。你看雷锋同志，啥子险情没遇上，净干普通小事了，毛主席亲笔题词表扬他，全世界都知道。你看我们，拦惊马撞死了不是照样不如干平凡小事的雷锋名气大？"他问雷锋："你说呢，雷锋？"

雷锋则用跟毛主席一样的湖南口音："我不是跟你一样，也死了吗？"

这时我扮演的一个新兵高声朗诵道："不，英雄们，你们没有死，没有死！"

全排同志齐声合诵："没有死！没有死！没有死！"

"我是活着的雷锋！"

"我是活着的欧阳海！"

"我是活着的刘英俊！"

"我是活着的……"

这个节目一时成了指导员逢会必讲逢人必提的话题："我们要像二排节目演的那样——"

我们二排在帮厨、挑水、打扫厕所、扫院子、做好事方面也占领先地位，一是我带头作用强，二是其他两个排都是大城市兵，体力劳动方面的吃苦能力不如我们。还有，吴勇在全新兵连独一无二地写了份入党申请书，其中有句话，"把毛泽东思想融入血液中"，也成了指导员的一个"言必称"。"我们要把二排吴勇这句话当作一个口号喊出去——把毛泽东思想融入血液中。"不几天军区报纸上出现了跟这相同的口号，但比这又多了半句——"落实在行动上"。吴勇乘胜前进，配合这句口号搞了一套队列口号，指挥员每下一个口令，大家做队列动作的同时呼一句相应的口号：

　　立正——
　　立场坚定！
　　向右看齐——
　　批臭资本主义！
　　向前看——
　　忠于无产阶级革命路线！
　　向左转——
　　前途光辉灿烂！
　　向右转——
　　批臭帝修反！
　　齐步走——
　　斗私批修！
　　向后转——
　　埋葬帝修反！
　　……

这套队列口号马上推广全连，由吴勇他们班示范表演，果然增加队列气势。虽然哈尔滨排把原来开展的"一帮一，一对红"活动发展为"一帮一，一对忠"被全连推广；抚顺排在全连紧急集合时全没带牙具，但每人都带了《毛选》四卷，他们说"牙可以一天不刷，脸可以一天不洗，毛主席著作不能一天不学"。这也在全连受到表扬，但声势和规模终不如我们二排大,所以我们排在鼎立竞争中始终占优势。

但这种优势得靠每天十二分努力才能保持住,我们必须时时转动大脑。

一天,吴勇忽然拿着一根花针悄悄问我:"能不能想法在针头上磨个小眼儿呢?"那神秘的口气无异于同我商量一项重要新式武器改革。

我拿过针头看了看,知道他肯定又想出了新点子,但不知究竟。"磨眼?给针头!干什么呀?"

他支支吾吾不肯告诉我。

"磨出眼,穿上线,就能绣东西,你大串联时没看过南方的民间刺绣吗?"

"大串联你天南海北跑个遍,我不是光用脚丈量地球了吗,丈量到北京就被劝回老家就地复课闹革命了吗,上哪儿看南方刺绣?"

"反正能行,想法弄眼儿是了。"

"你想绣什么东西?"

"随便绣什么都行。"

"随便?你小子可不是随便。"

"是随便,真是随便!"

"那我可要抢先发布一条消息喽,我想试验在挎包上绣毛主席像!"

"我正要绣毛主席像呢!针头都要来了,发明权是我的!"

"小心眼智多星!还随便绣啥都行呢,我猜你就不是随便绣啥。针头是'一针见血'给的吧?你给她领导写了表扬信,没给她个人写封什么信?"我连说带笑装得无所谓,其实说得很开心。他不是不知我和杨烨的关系,他不应该不考虑到我的存在而对杨烨过分热情。他好像怕我把关于"一针见血"的话传给杨烨,连说:"没的事儿,没的事儿,堂堂智多星哪肯给'一针见血'写信!"

我并没心思破他这种小案子:"干脆把这设想跟连长、指导员说说,叫全连一齐想想办法!"

"不不不,眼瞅要下正规连队了,弄半道上带各连去算谁的?"

我忽然想到排长是军械修理所的技工班长："让排长拿修理所去试试，差不多行！"

"算了，算了，以后再说。"

四

老兵说，红星是一颗心，领章是两只眼，新兵非得戴上领章帽徽以后，才能像画龙点睛一样显出军人的神气。

我找不出一个准确的词句来形容发领章帽徽时的心情，只是全身心地品味着老兵的话，用钢笔小心翼翼在领章背面填写："姓名：柳直　血型：O　部队代号……"填完，全连集合在大食堂里，由指导员讲明领章帽徽的含义。他的话像诗句一样，把我的心情全说出来了。

"……红五星象征着秋收起义的星星之火，红领章就是'八一'南昌起义的红旗。秋收起义和南昌起义的两支革命武装，在井冈山会师，建立了中国工农红军。人民解放军是由红军发展壮大而来。从戴上鲜红的领章和帽徽起，你们才真正属于中国人民解放军的一员啦。你们应该时刻想到，帽徽和领章是几代烈士们的鲜血所染成，今后，戴着它，说每一句话做每一件事的时候都要想到，是否玷污了它，是否为它增添了光彩。同时，为了保持它的颜色，在需要的时候，我们要勇于流血牺牲……"

指导员亲自穿针引线用他粗糙的真正男人的手教我们一针针把领章帽徽钉好。那是入伍后第一次使用针线啊，在家所穿的破旧东西全都换成崭新崭新的了，没有丝毫旧物可以缝补，所以第一次穿针引线便在记忆中留下了寥寥几笔却永难磨灭的印痕。二百多个新兵集体做着这个属于自己的第一次，红线在灵巧的拙笨的和不灵巧也不拙笨的手中扯动。男人手中线，红色的，几百条，像在一片绿林中闪射，满屋红线闪闪，如果那情景中没有诗意的话，世界上就不存在诗意了。

真是的，戴上领章帽徽在军容镜前一照，自己都不认得自己了，就连我这么个相貌极其平常的人也像又多了一个灵魂，老兵说得太对了，领章帽徽是军人的点睛之笔，这一点，神透了。

全连被点过睛的新兵列队在军旗前宣誓，唱片播放的军乐伴奏，我感觉比电影里看过的所有宣誓包括圣徒们在教堂做弥撒和洗礼都要庄严。誓词是一段《毛主席语录》和两句英雄格言——"成千成万的先烈，为着人民的利益在我们前头英勇地牺牲了，让我们高举起他们的旗帜踏着他们的血迹继续前进吧。生，为捍卫毛主席的革命路线而战斗；死，为捍卫毛主席的光辉思想而献身。"

宣誓后又让我们参加了一次追悼会。死者是炮团的一个连长。炮团刚从抗美援越战场回来，连长就是撤离前牺牲的，说他因为掩护越南老乡被敌机用枪弹射中。这就使我们的誓词具体而生动了，革命烈士就在我们师，我们怎能不踏着他的血迹前进呢！

我把指导员的话和誓词都记在日记上了。记完连夜写了两封信，一封给全体同学，一封给弟弟妹妹（没有带上爸爸的名字）。写完还觉得该去看看杨烨，我戴上领章了，她还在喂猪呢。

晚饭后自由活动，我请了假说去招待所看老乡。

不想招待所住满了开会的人。打听招待所的人都说杨烨被撵回家去了。我一下急了，她咋悄悄就走啦，被撵回去她该多难过！一个娃娃脸四川战士见我急得要哭，偷偷问我："杨烨是你啥子人？"

"同学。"

"不是一般同学吧，看你的眼睛。"

我擦把眼睛："要好的同学！"

"她是被撵走了，招待所给买的车票，所长亲自送走的。不过当晚又跑回来了，谁都不知道。"

他指指师机关的大礼堂："她躲在舞台后边，化装室，过几天可能换地方。"他又嘱咐我一定别声张才走。

白天开追悼会的礼堂晚上庄严肃穆得怕人。我悄悄从旁边小门摸进去，一股深深的凉气扑上脸，黑咕隆咚好似进了一片墓地。我连过道也摸不清，加上阴森得让我毛发直竖，便退出来，回去找盒火柴再次摸进去。走几步划一根火柴，一根接一根划到舞台前。

白天开追悼会印象太深，带黑框的烈士遗像和雪白雪白的花圈像版画刻印在眼里，黑暗中瞅哪儿都是遗像和花圈，连哀乐声也像刻在耳膜上了，呜呜隆隆响个不止，同时又觉着有具与烈士灵魂不相干的尸体在黑暗中。烈士的灵魂是高尚的，尸体却有点阴森吓人。

半盒火柴快要用完了，终于发现舞台后边一线弱光。我猫似的轻轻走过去，划根火柴一照，上面正写着"化装室"几个字。我像后面有个追鬼似的慌忙敲门。灯光忽然熄了，并且没人应声。我心儿突突地叫道："杨烨，我是柳直！"

门开了，杨烨擎着一支蜡烛探出头来，我这才心石落地，身后的追鬼逃跑了。

杨烨见只我一人稍定了定神问："你咋知道的？"

我说了经过，她才把我让进屋里。

一时我以为眼睛发生了幻觉：屋角那一堆雪白雪白蓬松刺眼的是花圈吗？暖气片旁浑圆、椭圆、贴着黑字白条的是花圈吗？地下那些像棉桃穿成圆串、一个压一个的是花圈吗？用手一触，嚓嚓啦啦响，并非幻觉，都是花圈。

十多个大花圈铺成一个地铺，上面放着一床招待所的被褥和一件军大衣，还有一本《欧阳海之歌》。当时这是青年中流传最广的书，显然她正在秉烛夜读。

当时我一阵幼稚的冲动，在心里默诵出几句诗来：啊，花圈铺就的棉床，替父从军十二载的花木兰将军睡过吗？生的伟大死的光荣的刘胡兰睡过吗？我的同志，杨烨就睡在这里，秉烛夜读一本英雄的故事……

"你……不怕吗？"

"怕有啥法！"她摸弄着红烛，"怕的时候我就对自己说，别怕别怕，红卫兵怕革命烈士，马克思知道了会笑话说中国人真会搞笑话。何况，烈士连死都不怕，我为什么要怕烈士的花圈呢？"

这个道理谁都懂得，可直到今天，一般的中国人哪有夜间不恐惧尸体的呢，哪怕是最伟大最和蔼可亲的导师的遗体！我说："你可真行！"

"还行呢，一点响动就摸一遍枕头下的刀！"

"你有刀？"

"招待所那个娃娃兵借给我的菜刀。"她故意往轻松里说着，"招待所有人给当炊事员，电影队有人给当警卫员，还有人给当保密员，简直是首长待遇！"

一听有这么多人暗中关心她，我本该感到宽慰才对，可真不像话，竟醋丝丝地问吴勇来没来过。她说没有，我才把带给她的领章帽徽掏出来："我来给你送这个！"

她接过去心爱地看着。那时多少年轻人眼中一副崭新的领章帽徽比珍珠玛瑙都要宝贵。她抚摸着，正面背面都仔细看过了，又看看我头上领上戴的，"多余的吗？"

"每人发两套，这是往另一套军装上钉的，先给你，我换着用一副就行！"

她又看了几眼还给我："你用吧，以后我自己会有的！"

我又递给她："这是我给你的！"

"给我有啥用，又不能让我戴？"

"揣着，灰心泄气时看一眼。"

她接过去了，深深看我一眼。我从那深深的一眼里闪电般重温了以往的生活，尤其她说的那句话："我要是个男的多好，我们就可以总在一起了！"是的，她要是个男的或我是个女的多好，我们就可以随随便便在一起了。她既已接了领章表示收下了，我便不知再该说什么话，似乎办完了这件具体事就该走了，再磨蹭下去会给她留坏印象的。我说："没啥事了，我走了。"

"离吹就寝号还有一会儿，坐一会儿再走吧，我可以少害怕一会儿！"

我拘拘束束笨笨拉拉在她铺边坐下了。一坐的时候，发现枕边放着个绣了半个"忠"字的新挎包，绣针还在挎包上插着，就是药针头磨的，我马上想到吴勇，她不说吴勇不知这儿吗？我问："这，包上的字……？"

她不经意地说："吴勇拿来的，他叫我试试行不行！"

"你不说他不知这儿吗？"

"来这儿之前拿的。"

这小子自己偷偷来过了，我心里又掠过一丝别样的感觉，虽然我也是自己偷偷来的。

她也在铺的另一头坐下了，把红五星放在手心看了一会儿问我："你说这像什么？"

五角星在烛光下射出几条红红的光芒。白天往棉帽上钉时我就想过了，端端正正，鲜红光亮，应该像老兵们说的，一颗红心。我说："像战士的心！"

她又眯起眼细看了一会儿，轻轻说："我手里这颗呢？"

"这颗？不也是一样的吗？"

"这颗是你的！"

"我的怎么啦？"

"我咋知道你的怎么啦？"她嗔怪地瞅着我。

我想了一会儿，心忽然跳得激烈了，她是说这颗五角星像我的心吗？当然像我的心，可是我不好意思在嘴上说出，慌忙把话岔到领章上："这上面还得填姓名、部队代号、血型！"

可她瞅我一眼，把领章翻到背面看了一会儿："你给我填吧，你的字好看，好久没看到你的字了。"

我紧张局促又十分高兴地接过来放在膝盖上要动笔，她又叫住我。她平时朦胧深邃不可测的眼睛在跳跃的烛光前乌亮乌亮一闪一闪的。"咱俩打个赌，你能猜着我让你咋填的话，你要啥我给啥！"

"你能有啥好东西？"

"除了没有领章帽徽，哪样东西不比你强？"

"猜猜看吧，我可不要你东西。"

"不要东西就不让你猜了。"

"猜不着哪?"

"能猜着。"

我看着领章背面用心猜起来。她像怕我猜错似的用眼光启发我、诱导我,甚至想偷偷变成一个什么精灵钻到我的脑子里拨动那根记忆的神经。活泼变换的眼神像在为我放一部参考资料影片,希望我能把这道难题答对。我从那眼神里看到了过去许许多多镜头,我们心灵又全部沟通了,仿佛天上人间就化装室这么大,绝不存在其他人了。当我的眼光承受不住复杂的力量移开她落在"血型"那一空格时,答案忽然出现了,肯定不会错的,我变得孩子样地欣喜:"猜着了,你给啥吧?"

她好像特别担心我猜不对,再一次叮嘱:"一定有把握了再说!"

我把握十足地用俄语说了一句:"杨烨O型血!"我们俄语课本有篇白求恩给病人输血的故事,学那课时我写了首顺口溜式的诗——"O型血无私,我有无私血,待到洒血时,必定为祖国。"被杨烨看见翻译成俄语,她俄语成绩最好,新年晚会上她就是用俄语朗诵的这首诗。

她激动得脸跟领章一样红了,嘴唇动了半天才说:"说吧,你想要啥?"

我也为自己猜对而激动了,"你给啥我要啥!""不,你要啥我给啥!"

"你给啥我要啥!"

僵持一会儿,我说:"我想要我给你的东西,但你现在还没有!"

"你给我的哪样东西?"

"在你手里。"

"红五星?"

"你现在有吗?"

"我问你,你说过红五星像什么?"

"像战士的心!"

"你不是说过，在你心中，我已是战士了吗？"

我不作声望着她，默认了。

"那你能说我没有战士的心吗？"

她的……心……给我……我说不出话来了，她的心给我一百颗我会嫌多吗？可这不是情话吗？她的眼神叫我发抖了。

"你能说你要的东西我没有吗？你……要……"

要是现在，我早说出我要说的话了，何止是说，肯定已采取行动将她的心拿过来了，还不好拿吗，将装着心的身体牢牢一抓……可那时我要这样做，也就不是那时了，我也就不是我而是个坏人了！

我舌头硬得费好大劲儿弯过弯来："指导员说，从戴上红五星起，就正式成……成为解放……军的……一员了，应该时刻想……想到红五星是烈士鲜血……"

"烈士鲜血所染成……这谁还不知道。"她生气了，"我是想问你，我给的东西你要不要？"

我艰难地张开嘴，发音却又弱又含混，连我自己都听不清，那么简单一个"要"字怎么也不敢轻易说出来。杨烨期待的眼里既像藏有一团欢乐的火，又像汪有一囊难过的水，而且马上就可以由于我的回答而冲出火或是水来。我终于用最大力气从嘴里赶出那个羞羞答答的"要"字。

她正要说什么，礼堂过道有脚步声和说话声传来，我俩都吓得一时不作声了。烛光也跟我们一样"吓"得直抖。杨烨用手我用身子挡住灯光，我俩屏住呼吸倾耳细听，越听呼吸越紧张，鼻孔呼哗呼哗的气流吹得烛火一弯一扭的。脚步声偏偏往我们这儿来了。我心跳得快把胸口撞破了，杨烨肯定也是这样。她噗地将蜡烛吹灭，我俩立即进入黑暗，像进入梦境一般。我发抖着问："咋办？"

她也声音发抖，极小声说："别动，别弄出响声来，我把门闩上！"

她悄无声响闩了门，回身抓住我的手。我的心跳更加剧烈，也感觉到她的血管在跳，呼吸声都像风雷一样惊心动魄。我真后悔为什么没叫吴勇一起来，三个人在场，即使被发现也好解释，可是现在，就

55

我们俩，一男一女，深更半夜，在秘密的黑屋子里，被人堵住，就算浑身每个汗孔都是嘴也分辨不清的，一旦传出去，她更当不成兵，我也许被退回去或受个什么处分，虽然我们什么事也没有发生，只是惊吓中她忽然抓住我的手在壮胆。

有手电光射进门缝。我像触了霹雷之前的闪电一样倏地一哆嗦。

"招呼她，说我来了。"来人在说话，声音有些耳熟。

另一个年轻人的声音："小杨，主任来看你！"

杨烨用比蚊子飞动还要细小的声音说："是我舅舅！"她舅舅是师政治部副主任，接兵团团长是临时职务。若是他……还可以解释，但是……但是……毕竟他也不太了解我……我想藏起来。这时，刺啦一声，杨烨划着火柴点燃蜡烛，她脸都吓白了。我肯定也好不了。

她去开门。我的心悬得绳勒一样紧张，等待门开后的结果。

门开了。一束罩子似的手电光罩住烛火，漫网似的烛光也网住手电光。八只眼睛借着自己的光亮看见了对方。杨烨的舅舅和一个放映员站在门前，显然我的存在使他们十分意外。静默了半分多钟，大概是看我，思考我为什么此时此刻在这里。

"我让他来帮我收拾一下屋子。"杨烨镇静下来，"有事吗？"她看着舅舅却没称呼出口，她和舅舅都不想让人知道这层关系，大概除我和吴勇没谁知道。

她舅舅把放映员打发走了。

趁舅舅还没说明来意，杨烨以攻为守说："舅，你来撑我吗？"

她舅舅先没回答她，而对我说："你是战士了这样子，和女同志在一起要三人以上这样子！"

我确实不知和女同志在一起需三人以上，指导员只在讲解"三大纪律八项注意"时强调过第七条尤其要注意。

他又说杨烨："你既然明白我来干什么这样子，就不该叫我为难这样子。出了事满城风雨不是这样子？知道是我外甥女这样子，影响更坏不是这样子？叫我怎么工作这样子？"

在舅舅面前杨烨不怕了："就是怕影响你，我才没找你走后门，没人知道你是我舅舅!"

"知不知道反正是这样子,我得替你负责这样子!"

"负责就该帮我创造条件,早点当上兵!"

"你爷是走资派这样子,我有什么办法这样子?"

"我姥爷还是历史反革命呢,兴反革命的儿子当首长,就不兴走资派的女儿当兵啊!"

她舅舅火了:"我和反革命阶级打过仗这样子,你能和我比吗这样子?"

杨烨也火了:"我和走资派斗过争,我是红卫兵!"

"简直是儿戏这样子!"她舅舅气得哭笑不得,原地踱了一圈,无可奈何地指着花圈说,"一个女孩这样子,哪能行这样子?有个好歹怎么交代这样子?"

我替杨烨求情:"首长,你就帮她说句话吧!"

"你们想怎么的就怎么的这样子,光知道自己痛快这样子,话是那么好说的吗这样子?收了你个不合格的这样子,还能再收一个吗这样子?还是女的这样子!"

我和杨烨都不吭声,以沉默对付他。他开始恳求杨烨了:"我就不理解这样子,你为什么非要当兵不可这样子?"

"你小时候为啥非要当兵?哭哭啼啼别人不也不理解吗?"

"你是女孩这样子!"

"红军长征还有女的呢!"

她舅舅差不多是哀求了:"你们哪!你们哪!真拿你们没办法这样子。先回去不行吗这样子?等你爸有了结论这样子,我一定帮你当兵这样子!"

杨烨哭了,有声有泪的,我认识她以来第一回见她哭。"当不上就先不当,在这喂猪也比回去闲待挨骂强!"

眼泪最是软化剂了,她舅舅被她哭软了:"那就到家去住这样子,住这不行这样子!"

杨烨越发嘴硬:"我不去,我知道,明天会就结束,我还回招待所！"

她舅舅毕竟是首长，懂得怎样治理年轻人，他突然吼道："在部队就得守纪律这样子！搞红卫兵战术不行这样子！这些个花圈，失了火，说你走资派女儿破坏无产阶级专政柱石这样子！枪毙你这样子！"他吼得好凶，"我命令你跟我走这样子！"

杨烨只好走了。我心里七上八下溜回新兵连。

3月篇

　　死后脑袋烧成炭我也忘不了全副武装下连队那天的情景。从那天起我才不光是用心而是用六腑五脏四肢感觉到，我浑身的血液里真正注入了军人的情愫。那天深夜，复员老兵泣不成声登上汽车，我们躺在离去老兵腾出的床上，我顿悟了新兵连听说的"铁打的营盘流水的兵"是怎么回事。钢铁般经久不变的营房像水泵一样吞吐着流水似的兵源，新的吞进来，老的又不完全吐出去。吐出去的滤积下浓厚的情感，留下的则像一团团酵母，将滤积的情感发酵。于是那地久天长的营盘便在兵源流动的过程中日积月累积淀出代代相传的军营文化。

一

　　师直属队在大操场上隆重阅兵欢送我们新兵下连。阅兵的确是军人最得意的节目。具体情景谁都在电影里看过，我就不再一一嚼舌了。

　　临近晚饭的时候各连来接人。为什么选在傍晚来接，当时没人讲我们也没有想，几年以后明白了，复员老兵夜间离去，新兵去早了没有床，像一个萝卜顶一个坑一样，一张铁床一个士兵。

各连长带着文书在我们新兵大队列面前站成一个小队列。军务科长和军务参谋拿着几纸名单站在两列中间一步不动，光用嘴很快就把两列人导演成十多路纵队，一路纵队排头是一个连长。不知怎么就把我拨拉到加农炮六连连长名下了，我便成了炮兵团加农炮六连的兵。

　　我们连长是小个子，长相离英俊相去甚远，简直有点单薄小气。我非常遗憾没分到一个相貌堂堂身材魁梧的连长名下，可我们新兵排长说六连是全师的先进连，没看拨给六连的兵都是挑的吗？我这才发现，可不是吗，吴勇也分在六连，还有我们学校另外几个突出人物以及其他经常受表扬的都在我们连。我忽然感到光荣起来，再看连长也觉浑身有光了。

　　我们连长声若洪钟，一开口就显出军人素质与众不同。他一声令下最先把我们带出操场，不容分说背过我的行李就走。

　　我是排头，紧跟着他感到心里好热乎。

　　出了师部大院，过了从军桥又翻过一道山梁才是我们连。四五里路连长一句话不说一路疾走。

　　我们连驻在一个背风向阳的大山沟里。指导员早已带着摘了领章帽徽的老兵们在营门口接我们。二十个老兵接二十个新兵，一人抢过一个背包，几乎是拉着我们手走进连队的。他们的手很有劲儿，我第一个感觉就是军人的征服力。不由分说也不容拒绝地把你的行李夺过去就让你跟着他走。他们的热情是极有力量的，拒绝不了。

　　不复员的老兵们列队在院子里，走完鼓掌喊口号之类当时必不可免的形式后，又一个个上前抢复员老兵手中的背包。谁属于哪排哪班已经定好了。我们的背包就这样传接力棒似的被传到各自的铁床上。床下放着为我们腾出铺位的复员老兵的行囊。那年正是军装由秋黄色改成草绿色的交替阶段，老兵们都穿着洗白了的黄军装，我们新兵则是一色的鲜草绿。

　　复员老兵把曾经属于他们的枪亲手交给我们。我得到一支半新的带枪刺的冲锋枪。"枪是军人的生命，要像爱护自己的生命一样爱护它。"老兵交枪时这样说。我接过我的"生命"心才真正踏实了，那一刻才正式与能否被退回去的担心告别。

老兵们从铺行李开始"传、帮、带"了。那动作简直是艺人在表演,同样的行李经他们手一铺就变成可供欣赏的工艺品了。一折一叠一扶一压一捏一抻,一床软塌塌的棉被便有棱有角又丰满又直线地成为一个立体,方箱似的摆在床头。最艺术的是床单的铺法了。两条一寸多宽的板条将床单两头缠住,往褥子下面稻草垫两头一掖,一条白白的床单抻得一条细褶全无,光洁平整如一块冰面。挎包、牙缸、脸盆都放到固定位置和整体成一条直线,零杂东西一律十分条理地放入床头柜里。

粗糙坚硬的男人的手怎么会这般灵巧哇!男人成堆的地方男人的性格就容易异化吗?给我铺床那老兵军龄九年了,贴帽檐那一圈白发让我又奇怪又尊敬。怎么好几个老兵都在帽檐下有圈白发呢?他用他的茶叶我的牙缸泡了茶水,大哥哥样温厚地端给我。我喝不惯茶,但第一口茶水下肚时苦涩丝丝清香幽幽热热乎乎的感觉刻在我喉管上了,使我直到今天还学那老兵的感情对待身边的每一个新兵。他把准备带回家去的好烟打开一盒让我抽。我不会。他语重心长说:"最好永远也别会。部队什么传统都好,就是抽烟这传统糟践人。你就别学了。"我真就二十年后还没学抽烟。

发大衣班长为难了。六个新兵六件大衣,三件新的三件旧的。班长说:"新兵本该都穿新的,可是有三件旧的,吭,我没法发,你们随便拿吧。"他又做了做思想工作,"不过要'斗私批修'发扬风格,吭,大衣事小可以检验人的品质!"

我们六双手都朝旧大衣伸去,剩下三件新大衣没人理。我抢到一件旧的,特别高兴,可没抢到旧的那三人说啥也不要新的。班长只好说:"那就都放下,我闭着眼睛随便扔,扔给谁哪件算哪件!"结果我得了件新的,本想换件旧的,又怕老兵以为斤斤计较荣誉才勉强算了。

洗脸水洗脚水也是老兵给端的老兵给倒的。这些难忘的小事连同那个年月一并载进我的史册,以后再过多久想起来还会产生一丝温馨的。

新兵的第一顿饭复员老兵的最后一顿饭,十样菜。老兵管这种吃法叫"改善生活"。

饭前在食堂门口列队唱一支歌,这在新兵连就习惯了。饭前会前课前训练前都要唱。那次唱的是《我们都是来自五湖四海》。

"新兵同志们,方才你们还算是客人。"五官端正身材高大面目和善的指导员歌后讲话,"老兵同志为你们端茶倒水铺行李。你们已有了床位,有了班排,有了武器,那么从晚饭开始你们就是主人了。复员的老兵同志把一切都交给了新兵,从现在起他们就是客人了。吃饭的时候,新兵同志就该以主人身份给复员老兵倒酒端饭。他们在你们的铺位睡了五六年、六七年、七八年还有八九年的,为我们连队建设立下了汗马功劳,今晚的酒菜里就浸透着他们的汗水和心血。我们新老同志一定要吃好这第一顿饭和最后一顿饭!"

指导员和连长从相貌到言谈举止反差都很大。出发时给我这样一种感觉:连长威严干练有魄力,像一个家的父亲;指导员热情和善苦口婆心,像一个家的母亲。我无比温暖地跟着父母兄弟似的走进饭堂。

一丈长、三尺宽的饭桌每班一张。长条板凳和长条饭桌通过腿部结实地连在一起,故意弄乱也不可能,显得非常齐整。每桌十样菜,都是大盘海碗小盆子。白酒也是盛在饭碗里,让人不由得想到武松打虎时的豪饮。

全连按每班一桌坐好。

"全——体——起立——!"连长的口令每个字都带一股冲击力,全连唰啦一声如一片树林立起。

连长:"首先,让我们共同敬祝伟大领袖毛主席——"

全连:"万寿无疆!万寿无疆!"

连长:"敬祝他的亲密战友——"

全连:"身体健康!永远健康!"

连长:"下面请指导员致祝酒词!"

指导员默立了快有一分钟才开口，感情深重，肃穆动人："让我们新老战士共同端起酒碗！"待大家将酒碗端起，"第一碗酒，我提议，先敬牺牲在——抗美援越战场的——老连长。由我和连长代替，大家免了！"

　　连长、指导员双双将碗中酒轻轻洒在地上，然后复又斟上。指导员："第二杯酒，敬复员的老兵同志，你们劳苦功高，祝一路顺风。干！"

　　连长、指导员和本桌的老兵撞了下碗，一仰脖将碗中酒饮尽，再斟上。指导员："第三杯酒，敬新兵战友，你们生龙活虎来到六连，祝你们早日为英雄连队添光彩。干！"

　　连长、指导员空腹连饮三次全连才坐下进餐。连长抑制不住激动再次站起来说："部队本来是禁止喝酒的，今天特殊，破例了，以不喝醉为原则，喝吧！"

　　跟以前没喝过茶也不愿喝茶一样，那是第一次喝白酒，也不愿喝，多辣呀。可是老兵们喝糖水一样一口口喝着，喝得脸红脖涨，两眼放光，不住地找人对饮。谁推辞便会招一句骂："你小子不够意思！"一句骂比什么都管用，在一起生活了好几年就要分别了，谁愿不够意思呢？我也是爱动感情的人，禁不住感情真诚人的劝。腾给我床铺那个老兵脸红红地端着碗就跟我"当"的一碰，碗口碰掉一块瓷："学喝酒也没啥好处，今天不能不喝，喝，以后别喝就是了！"我说喝了头疼，他愤怒了："我在部队干了八九年，懂吗，八九年！让你喝口酒嫌头疼，有出息吗？听说你还是红卫兵头头，喝口酒怕头疼，有出息吗？"

　　我被他的真诚和强硬征服，咕嘟喝光了碗中酒，就像喝下无数条火蛇在肚中乱窜，很快火蛇又变成亿万微小的火虫窜遍全身每一根毛细血管，兴奋得身轻如燕，愿说话，想走动。我敬完我们班的老兵又到别桌找到吴勇，他也和我一样被酒纵得更能说了。我俩站到屋中央把全连喊静下来，由吴勇讲话说："我俩代表全体新兵喝两杯酒，柳直那杯敬走的老兵，我这杯敬不走的老兵。新老战友们，干杯！"

　　老兵为我俩的举动鼓掌欢呼起来，并且有人乘势喊："欢迎两个新兵表演节目！"

我们兴奋得忘乎所以了，竟不推辞，还争先恐后的样子。我俩共同唱歌。那天我才知道，酒这东西鼓励人敢想敢干，平时很少当众表演的我竟手舞足蹈和吴勇唱道：

  今年哎一开春，
  我参加了解放军，
  同志们手拉手，
  真是乐死人嘿真是乐死人……

我们这一唱不要紧，引得几个老兵跳起舞来，跳舞的老兵参加过演出队，他们跳的是"战士见到毛主席"，类似后来全国兴起的忠字舞，但当时我看着十分开眼界，觉得那是文艺和武艺的结合，是军人们的独创。

大家乐到高潮处，指导员又讲话说："今晚是复员老兵和我们告别的时刻，可是，有两位老兵现在还在哨位上站岗，还有一位在连部守电话作战值班。这是我们英雄六连的传统，老兵临走站好最后一班岗，新兵下连迈好第一步。我提议，选两个新兵向正在岗位上的三位老兵敬酒！"

因为我和吴勇刚出过风头，大家就推我俩代表。指导员拿上酒瓶酒杯带我俩来到哨位。

"口令？！"哨兵老远发问。

"斗私。回令？！"指导员走在前面答得利索。

"批修。"

指导员："两位新战友向你们敬酒来啦！"他在哨位前摸黑斟了酒，交给我，我已头昏脑涨醉眼蒙眬了，接了酒一仰而尽说："向老战友致敬，我们一定接好你们的班。"我对战斗连队的哨位怀着深深的神秘之情，一排炮车、一排大炮就在眼前，还有弹药库，尤其想到山那边就是海防线，更觉哨位神圣，我再三恳求留下接替老兵站岗，指导员说："兵好当，岗难站，以后有你们站够的时候！"

我俩又被带到连部。值班老兵正拿话筒对话说"保卫祖国"，大概对方说的是"提高警惕"。他站起来朝我和指导员点头致意，仍对话筒说着："是！是！"他在值班记录上写道：司令部通知……

我端酒的手激动得微微直抖。司令部通知，解放军的司令部，就是革命的司令部，就是无产阶级司令部，我们每天干什么都由它指挥，真来劲。

司令部通知离队老兵九点务必准时到达师部，集体出发。

已经八点半了，钟针咔咔地不肯减慢一点，这老兵还没吃饭。吴勇代表向他敬过酒，指导员叫他马上去吃饭，他非坚持站完最后一班岗不可。

我们回到饭堂，气氛已达到了高潮，全连都醉眼蒙眬得"集体无意识"了，有的划开了拳：

一颗红星头上戴呀，
革命红旗挂两边哪，
三心二意要不得呀，
四海为家天地大呀，
五好战士戴红花呀，
六年老兵有白发啦，
七载铁床腰杆硬啊，
八……八……八年啦……

指导员悄悄把司令部通知交给连长。连长也有些醉了，忽地站起来宣布："会餐结束，半小时后集合！"

离队老兵们最后一次为连队做好事。有抢过扫帚扫院子的，有抓过扫帚扫厕所的，有抢扁担帮炊事班和塑料暖棚挑水的。两副扁担被一帮人几乎抢断了。有个老兵抢到裂了纹的扁担，挑满了两桶水往厨房走，嘴里酒意勃勃地唱自己即兴填词的歌：

当兵六年整啊，
年年五好兵啊，
喜报邮回家呀，
没有个人儿给往墙上挂……

步履蹒跚加扁担裂了纹，三悠两悠断了，两桶水倒地，饭堂立即成了河，那老兵顺嘴又吼了一句："赔了夫人又折兵啊！"最后半句是哭出来的，声若进屠宰场的牛，哀壮感人。

连长上前如雷贯耳一声大吼："不像样子！不像话！"

两声吼如两瓢兜头凉水，老兵立即清醒不再唱了，可他最后两句唱词却深深烙在我心上，别的新兵老兵也都静默了一阵，不知在各自的心中起了什么反应。我当时十分惊疑：革命大学校锻炼了六年，他怎么说出这种……话？

老兵登车前十分钟，全连集合在炮库前的操场上。连长、指导员准备讲话。

连长："明天晚上点名，就再也叫不到你们的名字了。现在让我最后再点一次名！"

连长叫到一个复员老兵的名字，那老兵便在黑暗中立定喊一声"到"，两脚并拢时磕大头鞋的声音清清楚楚。谁也看不清谁的脸，却听得见粗粗细细的呼吸声。连长用手电照着名册，一个挨一个点着。开头还叫得响亮，叫着叫着就颤抖着弱下来。叫到后来，有一个名字只说完姓便停住了，停了好半天却怎么也叫不出名来。连长发出了哽咽之声，像导火索点燃似的，老兵队列一齐哽哽咽咽哭起来。

静静的山沟里，男人们集体的泪大于声的低咽真是激动人心，我的头发都痒痒地动，眼睛就像电影看到动人处那样湿了。

连长无法将二十个人名点完，后来是由指导员接着点的。指导员亲手把一袋袋苹果交到每个老兵手里："路上渴了吃，吃时想想是连队送的，就不会忘了最后为连队争一次光啦！"

老兵们更哭。时间到了,连长下令:"上车!"

老兵们唏嘘着爬上炮车,马达声呼隆隆掀着心潮。

"出发!"连长又一声令下,炮车开动了。一出营房拐弯时,黑暗的炮车上突然抛下一阵泣不成声杂乱无章的喊声:再见——!再见啦——!

月光下看见一只只扬起的手,还有一个飞来的苹果重重落在我肩上……

二

尽管这样一个特殊日子,全连还是按时就寝。我正趴在床上一边嚼着发给的苹果一边写日记,刚写两句熄灯哨响了,哨音还没结束,灯便熄了。黑暗中还有咬苹果声,排长立即说:"把苹果都放下,嚼碎的咽下去,马上睡觉!"

我嘴里的苹果刚嚼两下,既没碎也不是刚咬下来的,咽又咽不下,便轻轻又嚼了几下。

"靠东墙的上床是谁?马上把苹果吐掉!执行命令拖泥带水,咱连没有这个作风。"排长的声音。

我连忙咽下苹果,全屋什么响动也没有了,静得谁轻轻一翻身都听得真真切切。我极小心地插上笔帽,又把日记本拿到被窝里轻轻合好,唯恐弄出响动再引出排长的声音。

我一动不动躺着却一点困意没有,只好睁眼看屋棚。夜黑得像暗室,睁眼闭眼一个样,眼前的东西什么也看不见。存在的东西越看不见,不存在的东西越是纷至沓来,清晰杂乱如意识流电影。红红的领章帽徽在棚顶放光,红袖标和长征队的红旗在雪野飘动,老兵一张张哽咽的面孔,输血,写血书,爸爸,喝醉酒唱"赔了夫人又折兵"的老兵,杨校长,花圈上的杨烨,精神失常了的妈妈。杨烨,你啥时能戴上领章帽徽呢?

呼……噜……呼……噜……！不知哪个一帆风顺的新兵还是哪个疲劳过度的老兵打起了鼾。我想早点入睡，明天好使劲儿工作，可那鼾声像雷声又像海涛，感染得好几个人跟着打起来，此伏彼起一浪接着一浪，我便蒙了头。

突然有哨声急剧而无节奏地响起来，压住了鼾声。我急忙把头钻出被窝，听清这是屋外在吹紧急集合哨。排长也不知睡着了没有听见哨音立刻醒来还是压根就等着这哨声没睡，哨音没落他就招呼道："有敌情！快，紧急集合，打背包，带武器，不许开灯！"

下连就遇了敌情，我又紧张又高兴，哨子吹得那么紧急吓人，一定是重大敌情，立功当英雄的机会来啦。我慌乱地在上床瞎摸着，只听满屋是慌乱的说话声。

"背包绳，我的背包绳！"

"错了，我的。"

"枕头！"

"不用带枕头！"

"谁把我的鞋穿上了？"

"能穿上就行，快点！"

我在上床，虽然东西弄不混但地方狭窄，打背包怎么也转不开身，我索性抱着被子跳下床，在地下捆起来。不开灯，眼像用布蒙了似的，全凭感觉弄吧。新兵连学的简易快速打背包法用上了，也不知捆得咋样。抓到牙具又去摸鞋，摸到的两只大头鞋一大一小，说什么也不行了，就一大一小穿上，抢先跑出屋。忽然想起忘了拿枪，等我拿了枪再出来，全连已成三列横队站好。

"同志们！"连长压得低沉而神秘的声音一出口，全体唰地立正，这是队列规定，但他却没按规定喊声稍息就说，"小孤山一带发现小股匪特，是从海上窜过来的。司令部命令我连在一个小时内赶到指定地点集结待命，请大家把白毛巾扎在左臂作为标记！"

小股匪特有多少？多点，一人能抓住一个或打死一个就好了。我边扎毛巾边想，我们受伤几个不要紧，别死就行，最好别死。

紧接着指导员作简短动员:"共产党员和共青团员同志们,考验我们的时候到了!在行军作战中要发挥先锋模范作用,吃苦在前,冲锋在前,撤退在后。"

全连迅速出发了。连长、指导员在前,副连长、副指导员断后,我们在中间一个紧跟一个,只听嚓嚓的脚步声在黑夜的雪路上响着,还能听见自己紧张的心跳。我因长征过,最不愁走路,走得很快,不时踩着前边人的脚后跟,我嫌走得太慢,一会儿敌人都跑了咋办?

一拐上山坡小路,队伍由三路变成一路。路上雪早踩硬了,滑溜溜的,前边就传下口令:"小心滑倒,别出响动!"前边传给我,我又赶紧往后传。刚传下去,前边就有人滑倒了,马上就顺坡滑到我身边。我一把拽住他,原来是吴勇,我小声问他:"什么玩意儿响?"

"语录板!"吴勇喘得像拉风匣,"走得太急了,腿肚子直转筋,帮我拎会儿!"

他没长征过,也不爱体育锻炼,冷丁这样急行军确实受不了,我就把语录板接过来。沉甸甸地挂在脖上,弯腰爬山路别扭极了,我小声嘟囔他:"抓特务还带这东西,纯粹扯淡!"

吴勇也不吭声,几步又抢到前面去了。翻过山岗又是谷底平地,前面忽然又停下来,队伍又变回三路。变完队形,连长用手电照了一遍大家。手电光停在我脖子挂的语录板上了,我这才看见语录板上有蹭模糊了的语录:"政治是统帅,是灵魂。"连长闭了手电说:"扔掉!急行军带这东西,容易暴露目标!"

我想解释一下不是我带的,话到嘴边又憋住了,反正也没指名批评我,就默默把语录板摘下放到路边。连长让大家整理一下行装又继续前进。平地好走,行军速度加快了,这对了我的心思,可吴勇从另一路队里捅了捅我小声说:"走不动了,帮扛扛枪吧!"我不觉累就把他的枪接过来。

走了一会儿我胳膊上的毛巾开了,我让吴勇先把我俩的枪暂拿一会儿,扎完毛巾再给我。他刚接过去,两支枪又弄出了响动。连长的手电马上照过来,吴勇肩上的两支枪当当正正罩在光束里,连长这回

69

什么也没说。我扎完毛巾又把两支枪接过来，一点不觉沉，只盼快点到达集结地投入战斗。

没到集结地，后面跑上一个老兵向连长报告说抓住一个跟踪特务。我在指挥排侦察班，紧挨着连长，听得很真切。连长和指导员嘀咕几句，悄声让那老兵带一个人将跟踪的人看押住，全连继续急行军。

我更加紧张兴奋，还没到集结地点就抓到一个特务了，看来小股匪特还不少。

到了集结地点才知道，根本没有什么小股匪特，也不是司令部通知，而是连队自己出的假情况。但半道上抓的"特务"却是真的。带上来一看，太叫人失望了，什么特务哇，是杨烨偷着跟来想一块参加抓特务战斗，妄图乘机立一功好争取入伍。可她怎么会知道我们紧急集合抓特务呢？我们连和师部隔着一座山！

半道她就被两个老兵送回师部。我想，这回她可惹了乱子，非被押送回家无疑了。

返回连队小结时，连长说："……这次紧急集合，目的是让新兵下连第一天就打个烙印——当兵就要时刻想到打仗。国际国内的敌人每时每刻都可能破坏捣乱，我们就要每时每刻提高警惕，准备打仗。有人擅自带了语录板，弄得哐啷直响，这不符合打仗要求，因为是新兵，就不点名批评了，下次注意！"他又非常严厉地说，"但是，这个女学生跟来的事，必须严肃追查是谁泄露的情况。部队的这类行动都属军事秘密，泄露军事秘密，而且是向一个女的，这是严重违犯军纪行为。肯定是本连人泄露的，现在我不知是谁，没法点他的名，但肯定要追查。是谁，希望他早点承认错误！"

我又怀疑是吴勇，可又没理由，他也不知道今晚紧急集合呀，就是知道他也没法通知杨烨。

"是……是我告诉的，连长！"我听出是我们同校入伍的丁大高。他分在连部当通信员，连里安排抓"特务"的事儿他提前一个多小时就知道了，他以为是真的，就偷着往招待所打电话告诉了杨烨。

连长当众狠训了丁大高一顿，并当场宣布取消他当通信员的资格，下炊事班锻炼三个月以后再说。连长批评够了，指导员接着从正面总结："这次紧急集合，不少新同志表现很突出，比如无线班（指挥排电台通信班）吴勇，他能在很累的情况下帮别人扛枪，这种精神值得其他新老同志学习。新兵的积极性很值得表扬，尽管出了点问题，动机是好的，比如带语录板、泄露情况，虽然违犯了规定，但他们的路线觉悟和杀敌立功心切是积极的……"

解散后吴勇走到我床头扔给我一块奶糖："连长、指导员都官僚，柳冠吴戴，吴冠柳戴，全颠倒了！"

我剥开糖放到嘴里，一边吃一边讽刺他："有意见当面提，背后犯自由主义不好！"

"保皇派！"他嬉皮笑脸在我肩上打了一巴掌，又说，"丁大高这小子表面老实巴交的，也暗中惦算着杨烨！"

我非常讨厌吴勇提杨烨，讽刺道："睡觉，惦算她的人多了，关你什么事！"

三

深夜，我睡得正香又被拽起来站岗。每班岗一个老兵带个新兵。带我班的就是我们班说话好带"吭"字的小老兵。说他"小老兵"，因为看上去年纪好像比我还小，个头也不比我大，只是口气不小。一走上哨位他就教导开我了："你们新兵没站过岗不知道哇，兵好当，岗难站，尤其冬天夜岗，最遭罪啦！吭，懂吗？"

"没事，一个半钟头一会儿就挺过去了！"

"没事？吭，新兵一开头就养成啥也不在乎的作风还行？咱们连，吭，全师出名，啥都严格，你们新兵站岗可不能马马虎虎，吭，懂吗？站岗一不能抽烟，二不能打瞌睡，三不能说话，四不能看书写字，吭，懂吗？"还没等我说"懂"，他又接着说，"还有，五不能胡思乱想，六不能擅离岗位。不能擅离岗位就是没人来接岗就得瞪大眼睛站着，吭，懂吗？"

"懂！"

他听我回答口气有点硬，可能以为不太虚心，说："懂？你把这六条重复一遍我听听！"

"一不能抽烟，二不能打瞌睡，三不能说话，四不能看书写字，五不准胡思乱想，六不能擅离岗位！"我一口气说完，以示他对我的不信任是错误的。

"完了吗？"

"完了！"

"完了？再想想把什么漏掉了！"

他嘱咐的六点都说了，我没再想起什么。他提醒着问："什么叫不能擅离岗位？"

原来他指的是漏掉了那句解释，我马上说："就是，没人来接替就得聚精会神站着！"

他狠吸一口烟："聚精会神和瞪大眼睛是一回事，说是说对了，能做到吗？"

"放心吧，老同志，我能做到！"

"真能？我不相信。一个新兵头一次站岗能做到这六点，吭，我就保证他今后能立功！"他又抽口烟，"不抽烟能办到？"

"我不会抽烟。"

"不会肯定能，吭，不打瞌睡能办到？"

"在学校写大字报常打通宵！"

"这么说也差不多。吭，夜里一个人不能说话这也好办，不看书写字你能办到吗？"

我十分不解："黑夜在岗楼里我怎么看书写字？"

"嘿，有些知识分子就好这么干，吭，拿个手电，趁站岗的机会写写日记呀，情书呀，再不就是偷看几遍对象来信什么的，邪门！"

我心里暗笑，说："我一不是知识分子，二没手电，三没对象，怎么能干那些事呀？"

"大高中还不算知识分子呀？学校待十三年，全连数你文化高，吭，没对象可不一定就不胡思乱想，这一条我看你一定做不到！"

"保证做到！"

"保证？"

"保证！"

"吭，那我看你不是个有雄心壮志的兵，懂吗？"

这个嘴巴没毛的小老兵真怪，保证做到他又说没雄心壮志。"那你叫我咋办？"

"我还是叫你那么办。吭，我是想，一个新兵下连头一天连入党、立功、当英雄等等都不想，你说他能有什么雄心壮志吗？吭！"

这个小老兵太有意思了，想入党、立功、当英雄也算胡思乱想，我不同他计较，哼哈答应了。他这才说具体要领："冬天站岗不比夏天，冻脚，可以来回走动走动，吭，不过要在隐蔽处，要不容易暴露目标，懂吗？"我连连点头称是，他才停止教导走了。两步后又回头问："你害怕吗？吭，怕我就陪你站！"

我说一点都不怕，他又说："今天实在不行了，要不不害怕也得陪你站，吭，头一回嘛！不过，吭，头一回严格点也好，咱们连有这个传统，要不也不能非赶在今晚紧急集合！"虽然这么说了他还是没走，他把两手举成喇叭放嘴上朝食堂后面轻轻呼唤："刘少奇！刘少奇！"

我很奇怪连里怎么还有叫刘少奇的。不一会儿跑过来一条大花狗。小老兵说："这就是刘少奇，吭，你不知道，咱们六连大批判空气浓，是动物就有名，那头驴叫罗瑞卿，那头大猪叫陶铸，兔子叫邓拓，吭，不啰嗦了，叫刘少奇陪你站岗吧，这家伙有两下子！"他这才拉过我一只手，"给！"他把一个苹果塞给我，还有点温热。我攥着苹果问："那，在哨位上吃东西行吗？"

"抓紧时间快点吃，吃时别忘了观察情况。科学家吃饭都不影响研究问题呢，吭，这跟抽烟不一样，抽烟有火亮，暴露目标，懂吗？"

哨所在营房门口，三面都是黑黝黝的山。阴冷的风从山背后怪怪飕飕地吹下来，怪瘆人的。"刘少奇"在我身边蹲一会儿就走了，跟

73

新兵不熟的关系，我怎么叫它也不回来。剩我自己还真有点怕，我神经紧张地死握着枪，有一点响动就以为是什么情况，手指扣在枪机上支棱着耳朵听。风吹折一根干树枝我也要紧张上一二十分钟。

顺风传来一声轻微的咳嗽，我立刻喊："口令！"没人回令，再问仍没人回，我分明听见了咳嗽声，怎么没人答应？我浑身汗毛忽地直竖起来，手指又扣到枪机上。又一声咳喘，这回听得十分清楚，喝问还是没人答。我端起枪，眼眨也不敢眨地往前走，看什么都像是坏人影，真正的坏人我一个也没亲眼见过，都是电影里的敌人形象。我正提心吊胆往前搜，又是一声咳，我一下趴倒在地，但马上意识到这是怕死行为，立即拔出刺刀，心一横，一步蹿上去吼道："不许动！"

一头猪哼叫着站起来。他娘的，并不是阶级敌人是"陶铸"。

惊出一身冷汗，脚也踏在一块石头上扭了，疼得坐在地上不敢动。我就坐在那里观察着，倾听着，一点不敢放松警惕。

遥远的地方传来火车的汽笛，我还是第一次在这样的深夜听到悠远的汽笛，听来与往日的汽笛声那么不同，像军号，像诗句，像音乐，当时我只能做出这几种想象，反正归根结底想象成是为守卫安睡的祖国的战士而歌唱。抓特务是假的，又误把猪当成敌人，我就不太害怕了，开始顺着汽笛声扯开了思绪。火车的汽笛变成了汽车喇叭，汽车缓缓驶出家乡的城门，忽然飞来爸爸抛出的毛手套毛袜子。爸爸看到我在家信上没有提到他，会怎么想呢？汽车喇叭又变成火车的汽笛，杨烨站在花圈旁向我要什么……

"五不能胡思乱想，吭，懂吗？"小老兵的嘱咐忽然在耳边响起，我急忙将思绪在杨烨这儿掐断，又四下里倾听张望，瞪大眼睛执行着哨兵的职责。

每班岗规定的一个半小时好像早到了，小老兵咋还不叫人来接岗？又过了好长时间，还没人来接岗。听说小老兵是病号，加上喝了酒，准是睡死了。我唤来"刘少奇"，做了半天各种手势，它也听不懂，以为我在跟它玩，撒了几个欢发觉我并没心思跟它玩，悻悻地走了。怎么办呢？脚冻麻了，浑身都冻透了，我只好站起来，在隐蔽处来回走动。后来，我看见饭堂的灯亮了，有人影在动，等了半天，不是接岗的，我想去问问，终于没去。饭堂的灯一直没熄，但也一直没人来接岗。

脚猫咬似的疼过之后，又像轻微过了几下电流就不疼了。我知道，这是冻僵失去知觉了，仍在坚持。

饿了。想起小老兵给的苹果。手也冻得僵僵的。我把枪挂在脖上，两手捧着苹果啃，同时按小老兵的嘱咐小心观察。我就这样一直站到起床号响了。

四

第二天，早饭我坚持着用冻麻的嘴和大家一块吃面条。连队的饭堂任何人都不许说话，只听一片呼噜噜呼噜噜的吞面声。我的嘴张合困难，便慢慢吃，听那极雄壮的吞面曲。忽然一个老兵站起说道："连队饭堂小广播，现在开始！今早广播内容是，由侦察班通信员报道两则重要新闻！"吞面声顿时小了些。饭堂还有自编广播节目，我很觉新鲜。

带我班站岗的小老兵拿张纸站起来。"重要新闻是三条，吭，不是两条！"他照纸念道，"向阳花开一朵朵，新兵下连好事多！吭，重要新闻第一条，昨夜我带班睡过去了，误了岗。新兵下连头一天我就出娄子，掉了老兵的价，影响很不好，我检讨。吭，但是，重要新闻第二条，新兵柳直坚守岗位，脚冻僵了不下岗，一直站到天亮，吭，这不是小事情，说明新兵路线觉悟高，值得老兵学习！"

我的事竟成了头条重要新闻，部队真是明察秋毫，做了好事马上就有人表扬，当红卫兵就全靠自吹自擂啦。

"重要新闻第三条，吭，新兵吴勇半宿没睡觉，给他们无线班另一个新兵挎包绣'忠'字，吭，两人自愿结成'一对忠'，把我们连原来的'一对红'活动发展到新高度！吭，懂吗？"

他广播时还使用口头语，老兵们也不笑，我们新兵觉得特别好笑。他没事似的继续广播："他俩是对立派的红卫兵，一下连就结成'一对忠'，这不是小事情！吭，饭堂小广播到此结束，中午再会。欢迎新兵同志踊跃投稿！"

一夜之间我和吴勇成了连队新闻人物，部队就是跟老百姓不一样。

因为一夜未睡，脚又冻了，排长不叫我参加劳动，让我补觉休息。我实在困急眼了，也没推辞，蒙头大睡起来。正糊糊涂涂地做梦，有人把我推醒："你不用起来。我是文书，问个事你再继续睡！"他按我躺下，"你昨夜坚守岗位是怎么想的？"

我认真想了想："我想可别违犯规定，一下连就受批评！"

"你知道有这样的规定？"

"带班老兵一再强调了。"

"带你班那老兵有病，本来批准他住院了，赶上新兵下连，他就没去，昨晚急行军一累，病重了，一沾床就迷糊过去了，因为这个误的岗，他是连队的老黄牛！"

我很感动，说："他有病，还把自己的苹果给了我……"

中午，文书在饭堂小广播发表了"评论员文章"，对早饭播发的三则新闻做了这样的评论："……老带新，新促老，新兵下连起步高。迈好第一步，连队大飞跃……"

受了表扬我就躺不住了，主动要求和全连一起参加劳动。脚火烧火燎地疼我也不声张。正咬牙难以坚持的时候，文书领来一个年轻干部找我和吴勇，说是师政治部的干事，找我俩了解昨晚的事。我头一回听说"政治部干事"这个词，也不知相当于什么职务，以为是来追查误岗的责任。

干事问我："你脚冻僵时想什么了？"

"什么也没想，就盼接岗的快点来。"

"你可以走哇，什么思想指导你没走呢？"

"带班老兵讲了，不能擅离岗位。"

"除了想到要求，不会一点没想到别的吧？"

"老兵说站岗时不能胡思乱想,所以我刚想了点赶紧就不想了!"

"刚想了点什么?"

"想到了我爸爸,还想到一个同学!"

"你爸爸临走嘱咐你要好好干?"

"我没和爸爸告别。"

"没和父亲告别就走了?为什么?"

"他有严重的政治问题和历史问题。"

"那你是想怎样同他划清界限,提高阶级斗争觉悟,为革命站好岗吗?"

我认真想着是不是这样,干事紧接着说:"肯定会这样想,不然你怎么能不和他告别呢!"

我没再说什么,默认了。干事记完又问:"不是还想到一个同学吗?什么同学?为什么要想呢?"

"一个女同学。"我一说这话,看那干事、文书和吴勇眼光都有点异样,脸便忽地热了,忙解释说:"她想当兵,没当上。"

"所以你想以双倍的努力代她出一份力!"没等我回答他就说,"好了,你说!"他问吴勇,"你为什么给对立派的同学绣'忠'字呢?"

"因为我们都是毛主席的红卫兵,虽然参加了对立组织,并没原则分歧,原来因为路线觉悟低才闹派性,进了毛泽东思想大学校,一起步就应该从'忠'字出发!"

"好!那么你从哪儿弄的绣针绣线?"

"针是我自己用药针磨制的,线是买的!"

"磨针是很不容易吧?"

"非常不容易!"

"好!好!你自己挎包的'忠'字啥时绣的?"

"新兵连。"

"你一个男同志怎么会刺绣呢?"

"只要怀着深厚的无产阶级感情,啥都能学会!"

文书插言道:"昨晚急行军你还帮别人背枪,受指导员表扬了!"

吴勇看我一眼："互相帮助，应该的！"

"你很谦逊，这好！"干事问，"你和你的'一对忠'过去有过个人恩怨吗？"

吴勇含混其词说："对立组织的，互相攻击呗！"

吴勇真能扯淡！那是初二小同学，虽然两个组织，在学校基本不认识。

"那为什么在校时是仇人，入伍后很快成了'一对忠'？"

"环境和条件都变了，这就是'橘生淮南则为橘，生于淮北则为枳'！"

"好！好！'生于淮北则为枳'，枳是什么？"

这是中学语文课本里一篇古文《唐雎不辱使命》中的话，吴勇忙解释："则为'枳'，跟橘子差不多，但远不如橘子好吃！"

"怎么写？"

吴勇记住了"枳"字的音，却忘了怎么写，他瞅瞅我。我说："'木'字旁加个'只'字！"

不几天，饭堂小广播总编辑用不亚于中央人民广播电台播送我国第一颗原子弹爆炸成功的喜悦声音念道："军区报纸头版三题文章：《向阳花朵早开放——记某部英雄六连新战士柳直扎忠根的故事》。"

全连老兵无不惊叹，下连几天就上报纸，这可为英雄六连谱写了新篇章。我一下在全团出了名。连师里来的人都要找我谈谈。而吴勇的事报上没登，团里师里来的人就不注意他。他哪能甘心，很快在饭堂小广播发表了一份倡议书，倡议全连每人挎包上都绣"忠"字。指导员表扬他，说他是连队建设的好参谋。连长却纠正吴勇的倡议说："统一起见，还是绣'为人民服务'，这是我军建军宗旨，既具体又根本，还符合上级规定——总政发的语录胸牌就是'为人民服务'，这个事可以利用星期天或其他自由活动时间，不要打通宵。打通宵不符合条令要求！"

不几天，雨后春笋一样，全连每人的挎包上都出现了鲜红耀眼茸笃笃鼓溜溜的绣字"为人民服务"。连长、指导员的挎包是吴勇亲手绣的，可吴勇的名字还是局限在六连没出去。原来和我平起平坐想当政治家的他一时与我拉开这么大差距，不免暗中着急。

五

老兵和干部都说我们这批兵是建军史上最特殊的兵。我们联系当时全国情况一想，史无前例当中入伍的兵嘛，就应该是建军史上最特殊的一批。可是怎么个特殊法我们也感觉不大出来，老兵一说我们才明白。

"你瞅瞅你们，学习讨论个顶个比比画画，比连长、指导员能讲，我们那阵，班长、老兵都说完了剩下时间让我们说几句就说几句，不让说比捡着个钱包还乐和。我们那阵，哪有老兵给新兵倒洗脚水的？都是老兵刚一摸擦脚布，新兵麻溜就把盆子端走了。你们可好，就差没让老兵给你们倒洗脚盆子啦！我们那阵，别说随随便便就找连首长说个事呀，有事先跟老兵说说，老兵完了才是副班长、班长，屁大点事儿就能找干部？你们可好，动不动就找连首长建个议。连指导员说了句'党支部就代表党'，你们也要找上门讨论一番正不正确……一个新兵伢子，在饭堂一站就敢向全连发什么倡议，喊，都是毛主席把你们惯的！"

这下可叫新兵抓住话柄了。好哇，你敢诬蔑毛主席！于是哈尔滨、抚顺和我们学校这些学生兵便一齐开口，一人两句就把老兵批得体无完肤：毛主席叫我们要关心国家大事你说是惯？毛主席叫我们敢想敢说敢做你说是惯？毛主席叫我们批判旧思想你说是惯？……十多个学生兵个个都是口诛笔伐能手，老兵们哪里是对手？便经常往连里汇报，想通过干部的嘴堵我们。干部跟老兵年头多，当然容易听老兵的话，但干部有干部的角度，干部还想利用新兵触触那些虽不乱说乱动但好消极怠工的老兵呢。连里有什么紧跟新形势的号召老兵不积极了就来找新兵。新兵上进心强又都有点造反派脾气，特别看不惯老兵倚老卖老，因此针对老兵缺点开展的活动相当有战斗力。

炮二排有个结巴老兵家里有个对象等他复员回去早成婚，因为需要，连里没让他走，他便泡开病号了，不出操，不上课，什么劳动也不参加，天天压床板睡足了大觉，晚上趁指导员疲劳不堪时找谈话，施行蘑菇战术。指导员把这情况透给新兵。吴勇稍一动脑筋串联十个身强力壮能说能讲的新兵成立个大批判小组，专门在那结巴老兵宿舍摆开批判资产阶级臭思想的战场。有连里支持，一批就是一天，虽不指名道姓，但件件事都和结巴老兵的行为相似，结巴老兵如躺针毡，一连三天就被批判得躺不住了，掏钱买了一斤糖块往大批判小组同志们床上一扔，干活去了。

我因思想上有包袱，加上从小就性格内向，凡事不喜欢毛手毛脚，所以不愿像吴勇那样咋咋呼呼，也不愿狭隘地站在新兵角度和老兵们作对，相反倒非常愿意和不卖老的老兵们交朋友。由于老兵对新兵有惧怕心理，所以像我这样大名鼎鼎的新兵稍一表示对老兵尊重，他们便特别对我有好感。我前边说过了，那年正赶上军装换成草绿色，一开始眼里总是黄军装好看。我就想和老兵们换套军装。一套旧的换套崭新的当然都愿意，但谁也不好意思占新兵这个便宜，后来央求到泡病号那结巴老兵，他正想多攒几套新军装来年回家结婚，就换了。遂了我的心愿却冤枉了结巴老兵，连里批评他资产阶级剥削思想作祟占新兵便宜，我呢，被表扬说喜欢艰苦朴素。

不久连队团支部和"革委会"改选。据说凡新老兵大批交替时都要改选。我一是没想到部队也有"革委会"，二是没想到我能当选革委会副主任和团支部副书记。吴勇那小子心里痒痒的，不得不装着道喜的样子打我一拳说："你小子有官气，不但官复原职还多了个官衔！"消息传回家乡，不少同学写信祝贺，以为我当了多大的官儿，岂不知连队的"革委会"跟当时地方的政权机构革委会不一样，全称叫"连队革命军人经济监督委员会"，定期研究伙食的，每届都要有个新兵代表，而团支部在连队根本不重要，都到了入党年龄还在团里混着或连团员都不是，那是极叫人笑话的。不管怎样，在全连眼里我是个代表人物，尤其新兵，或嫉妒或敬佩或不服，总要高看我一眼。有不好办的事时好找我表个态！

有回星期天，全连干部都到团里听报告，有个老兵透露说结巴老兵又溜到连队旁边的老乡家跑骚去了。那时我还不明白什么叫"跑骚"。"就是'挂马子'！"老兵说的"挂马子"我也不明白，老兵不得不对我们新兵的无知表示极大的遗憾，用最通俗的术语解释道："喊，就是搞破鞋！"

"胡说！简直胡说！"我认定那老兵是人身攻击，解放军里哪能出这事儿，就刺激了那老兵一句："老兵嘴上也不放个岗，闹着玩也不能说这话！"在我们眼里"搞破鞋"是全世界最耻辱的事儿，全中国老百姓也是这样认为。开始批判走资本主义道路当权派时，怎么也批不臭的后来就拿搞不正当男女关系来添油加醋，一家伙就臭透了。

"老子吃五六年高粱米籽了，跟你新兵伢子闹着玩儿？不信你们去抓抓看！"他告诉我们到哪院哪屋去抓，还出主意叫我们说是去借菜刀，以免打草惊蛇。见我迟疑，成立过"一棵松战斗队"的一个哈尔滨新兵把大批判小组几个人一招，说："跟我走，抓去！"

大批判小组是吴勇串联成立的，他怎么会让"一棵松战斗队"把功劳抢去，拦住说："慢着，现在不是红卫兵了，是不是请示下革委会副主任、团支部副书记呀？"

我既不相信这事是真的，又觉得即使是真的也不该这样去抓，出人命咋办？如果人家只是去说说话或办个事，就像那晚上我去礼堂看杨烨，若被生人堵住也传出去说搞破鞋，那不冤枉人家跳到黄河洗不清吗？那老兵又加了把火："你们新兵全他妈口头革命派，成天批这批那，真遇着坏人坏事又鼠眯了！"

"他妈的，走，谁鼠眯谁不是人！"哈尔滨那位"一棵松战斗队"骂骂吵吵又想把人带走。

吴勇把手一招："跟我走，出了事大批判组负责，我负责，我无官一身轻！"

他这一激我就跟去了。我们敌后武工队似的摸到那家。从院门缝里真的望见炕上躺着个穿黄棉袄的，旁边还躺着个花棉袄。

等我们敲门说借菜刀时，出来开门的是一个老太婆。老太婆说让我们进屋，连忙回去拿菜刀。我们借口说喝点水一下拥进屋，可黄棉袄花棉袄都不见了。

就那么两间屋子，西屋空空如也，地缝儿没有，东屋就那么一个门，我们眼盯着，根本没出来人，难道方才见鬼了？

"一棵松战斗队"忽然发现那屋的灶炕里露着两只大头鞋。好家伙，肯定有鬼无疑。主动跟来的那只连队的大黑狗，积极地摆动着尾巴，跟了进去，在屋地那口比炕还高大的柜前猖猖地嗅。大柜没上锁，"一棵松战斗队"上前一掀。天爷呀，我们全都呆若木鸡了，结巴老兵和花棉袄藏在柜里！

"一棵松战斗队"可能在哈尔滨"扫四旧"见过大世面，没有怯阵，一边大喝"滚出来"一边动手往外拉。两人提着裤子被拉出柜子，女的不知故意的还是吓哆嗦了，裤子掉了也不提。白晃晃一段下身将我们几个吓得抱头鼠窜挤到屋外，只剩那只狗兴奋地舔着花棉袄的大腿，好像那上面粘着特别有滋味的东西。

老太婆见我们原来是没见过世面的黄口小儿，忽然骂起结巴老兵来："不要脸的，咋钻进来的呀，竟敢强奸我儿媳妇，欺负我这个寡妇老太太呀！我告你个杂种的，判你刑，枪毙你……"

老太婆一骂，结巴老兵吓得结巴话也说不出了，嗵一声在外屋地给老太婆跪下了。屋里的花棉袄仍不提裤子，哭叫："啊——啊呀，我不活了，我上吊去，我再不守这个活寡啦……"

见这阵势我忽觉问题严重了。张扬出去不光是结巴老兵的事了，我们英雄六连我们整个部队都跟着丢脸，包括我们自己。而这婆媳俩又全然没把我们放在眼里，我不禁怒火烧心，一把先将结巴老兵拽起，骂他，实际是吓唬那娘俩。"软骨头！意志薄弱！经不起糖衣炮弹的袭击！阶级敌人千方百计腐蚀解放军，你却丧失警惕。还不站起来，擦亮眼睛！"

其他人也清醒过来一齐发动反攻，企图吓住两个女人，把结巴老兵保回去了事。

"一棵松战斗队"说:"光天化日之下开窑子,绑起来枪毙!"

花棉袄:"快把我枪毙吧,我活够啦!"

吴勇:"婆媳俩合伙卖淫,先抓教唆犯!"

我说:"擒贼先擒王,老太婆老实交代,为什么教唆儿媳妇拉革命战士下水?"

吴勇:"坦白从宽!不老实交代捆起来送公安局!"

一提公安局老太婆被吓唬住了,忙骂开了儿媳妇:"你背着我干这不要脸的勾当,我上儿子部队去告你,休了你个丢人现眼的。还不把裤子提起来!"

我敢说我们几个都乘机偷偷向花棉袄的裸部使劲看了一眼。不知别人咋样,我虽只溜一眼却在脑中留了个毛乎乎的黑影,并与以前见过的疯女人裸体叠合在一起,以后好长时间还闭眼就能出现。

花棉袄忽然不哭不叫了,穿戴完毕像电影里英雄赴刑场前临危不惧地理理头发,"都别吵了,罪过全在我,是我勾引他的。他来借针线补袜子,我说我给他补。他脱袜子上炕我就脱了裤子,强迫他,说不同意就喊人来,他没办法……"

人心这东西真是的,经花棉袄一闹腾,我们心情又变了,觉得她比结巴老兵有骨气,有点敢作敢为的英雄气概,而且挺俊俏善面的。盘问一阵,原来她是军属,她男人在外地当兵,回来探家到我们连队玩认识了结巴老兵。她男人跟结巴老兵军龄一样,也八年了。她天天盼着男人回来也回不来。一听是军属,我们像入伍前搞派性那样,更觉这事属于家丑不可外扬了。再说我们也并不是刻骨仇恨女人,往往热衷抓这类事的人内心深处都多少潜藏了一点阴暗心理,不过是没意识到或羞于承认罢了。

我们几个开始大眼瞪小眼了,不知如何往下进行。

老太婆开始说软话:"我死鬼儿子八年了也不回来,里里外外都是媳妇吃苦忙活,把她煎熬苦了。没了她我这日子没法过啦!"

我看大家也没了非抓不可的情绪,决定收兵了事,说:"我们几个都是新兵，就当我们啥也没看见得了。但是他们俩得做个保证，以后不得再这样，再的话……"

"让他俩写保证书！""一棵松战斗队"说。

结巴老兵怕得要哭，老太婆也像我们是爷爷她是孙女，求情说行行好饶了他们这一遭吧，再出事她负责。

我们饶了他们。老太婆乐得又娶了回儿媳似的留我们喝酒。花棉袄也说："我家难得热闹一回，都留下吃顿饭吧！"

我们虽没留下吃酒，却带着说不清的心情离开她家。结巴老兵不放心，让我们到山沟把事情再说说。

"老兵，到底是你勾引她还是她勾引你的？"我们在山沟审他。

"新战友……饶饶……我吧，是……是……我没……没出息。嚷嚷出去家……家里那个非完不可。等……等发了津……贴我给……给你们买钢笔！"

"钢笔好几管了，听说你攒七八顶军帽，一人给一顶军帽。"

"只要你……你们别……别说，给……给军装也行！"

"谁稀罕你东西。你说干没干真事吧？"

"新……新……战友别……别难为我了！"

"不说就是没有后悔之意，我们报告喽？"

"别……别……我说，真……真的了！"

"不怕怀上吗？"

"她说她不……不能生育。她男人说……说再不生……生就不要她了。"

"你他妈还成学雷锋做好事了？！"

"不……不是，我以……后肯……肯定不了！"

我不忍看结巴老兵受折磨，说："算了。老战友必须保证，不仅不再发生这事还要带头积极工作，稍不积极就向连里报告。"我怕别人嘴不严漏出去，提议向毛主席发誓，谁漏出去谁不是人。

我们几个真当着结巴老兵面认认真真发了誓。结巴老兵从此也真工作特别积极起来，事事比别人多出些力。连里以为是大批判和学习的结果，几次向团里汇报都拿他当例子，可一让他在连里谈谈体会却死活不敢上台。

六

结巴老兵和花棉袄这事，可以说是我青春时代烙印最深的事件之一，使我仿佛翻越了一道人生的大岭，提前看到了该再晚些年看到的秘密，尽管雷电般一闪而过，却更加神秘而难忘，再在女人身边走过时便闪电般现出那情景，脸上的红疙瘩（老兵们称之为青春痘）更多了，涨得火辣辣的。老兵说这就是青春灿烂。我开始注意，不少老兵脸上都在青春灿烂，个别新兵也开始灿烂了，夜间的梦也格外多起来，有时辗转反侧两三个小时睡下后就做梦，直到起床哨响。而梦中常常出现结巴老兵和那花棉袄的情景。有次梦见站岗时花棉袄来勾引我，我吓得左躲右躲没处躲了，被她挤在岗楼里，浑身发涨打抖，突然一阵痉挛尿了裤子，尿得汹涌澎湃不可抑止并带着剧烈痛感。醒来以为真尿了床，一摸原来不是尿，黏糊糊湿漉漉一摊东西浸到床单上。那时我已从书上懂得那是什么东西了，第一次出现这东西是在学校，我吓得不知怎么回事，一个乡下的大同学告诉说这不是病，一到了时候谁都会有，他管那现象叫"走羊"。在学校住宿时走那几次"羊"都很轻微，而且朦朦胧胧没有具体对象和情节，这次……我几乎一夜没再入睡，反复用手绢擦拭那群"绵羊"，直到连擦带用体温将"羊"烤干为止，可早晨叠内务时一看，白床单最显眼那地方鲜明地印着一幅辽宁省地图，这可咋办？叫人看见丢死人啦，当时我总觉得谁一看见地图就会知道我夜里那个丢人梦似的。绞尽脑汁终于想出一个办法，用一本学毛著经验汇编放上面遮住了。可班里一天几乎要检查三四遍内务。我们班小老兵检查到我的铺时当着全班人说："内务上啥都不兴放，必须一看是块镜面。书也只能放床头！"他亲手将我遮盖"辽宁地图"那本学毛著经验汇编拿起来，刚要往床头摆，忽然笑话道："哎呀，新兵跑马啦！"

羞得我满脸青春痘差点没冒出血来，支支吾吾任他们嘲笑。别班一个老兵打趣说："什么跑马，新兵身在连队胸怀全省，睡觉还画全省地图呢！"

傻新兵偏又问老兵啥叫"跑马"，小老兵便在我画的地图前开起现场会了："黑龙江叫'走羊'，吉林叫'放熊'，辽宁叫'跑马'，吭，咱们部队驻辽宁所以有人这么叫，其实咱们部队自己的说法叫'画地图'，吭！"

一张地图羞得我好几天脸上火辣辣地要冒血，好在那张地图只有一片杨树叶子那么大。我把褥单撤下来悄悄拿到井边去洗。谁知那地图像油印的一样，打了不知几十遍肥皂，搓得也快破了，就是洗不下去，没有办法只好硬着头皮晒干铺了。地图还是清晰可见，不时被人指点几句。小老兵见我羞成了思想负担，趁没人时把我拉到床边，手指在脸盆中，滴了一滴凉水往地图上一点，接着拔出钢笔在地图上又一点，蓝色的钢笔水随着凉水飞快将地图盖住，不知底细的人一看准会以为伏床写字时不慎将墨水滴落床单，而不会想什么"跑马"或"画地图"了。后来我发现，不少老兵床单上都有这种墨水点，可顶多只有两三点，点多了便露馅了。有病吗，总往床单上掉墨水？我进一步发现了秘密，地图画多了，老兵们还有新的消图法，就是将床单从中间一撕两截，再将画了好几幅地图那条撕去，然后把两头变为中间一缝（大多拿到街里花一角钱用缝纫机一轧），便成为一条新的。但这顶多只能撕两次，第三次便怎么也不够长啦。这种"床单文化"都是新兵老兵费了多少苦心暗自摸索私下流传的，连里干部从来没公开讲过。也许一熬到干部就没这份担心而好了伤疤忘了疼吧。干部可以自己任意选购花繁叶茂那种彩色床单铺，画多少地图都隐在花荫下一点看不出来的。而士兵只许铺后勤部发给的白布床单，自己买的哪怕一模一样也不允许。这是纪律。战士们光这条床单就凝结了多少诉说不尽的辛苦哇。兵啊兵！

这都是现在回过头来反思出的辛苦，当时是一点不觉得的。当时总以为自己思想不干净，偷偷在心里批斗了多少回资产阶级思想啊。那时真是没有一点空闲时间觉得累，其实是累极了，只不过正值精力最充沛的青春期，并且那个年代给每个人都增加了百倍的精神力量而已。千百倍耗费心血的岁月啊，拔正步，爬山，抬石头，训练……动不动就汗水湿透棉袄的劳动并不觉累，累人的就是每天不断的"一事一议""灵魂深处闹革命""狠斗私字一闪念"等等事情，付出汗水做完了就要搞这些活动，多大的事儿都搞。买块糖买管好牙膏买块好香皂便是资产阶级思想，买雪花膏擦香脂更不用说了，洗脸要使凉水，干多脏的活儿也不能戴口罩……我每天都捕捉属于灵魂深处的各种一闪念冠以名利思想亮出来斗一番，比如帮炊事班挑水想到受表扬啦，劳动中拼命干有争荣誉的想法啦，看不起司机班的同志鄙薄技术工作以为不足道啦，训练时极端认真有单纯军事观点苗头啦……连吃饭时想节省时间也要亮一亮。我吃饭慢，常常吃完一碗盆里就光了，而别人已吃完两碗饱饱地走了。老兵告诉我个绝招，第一次盛半碗，吃完半碗时别人一碗肯定没吃完。第二碗再盛得冒个大尖慢慢吃，这样就不会吃不饱等二锅耽误时间了。我试了一次果然见效，可那天的灵魂深处闹革命会我实在没啥说的了，便把这事揪出来，为此指导员表扬我亮得彻底，斗得深刻。

　　该死的"彻底"二字折磨死人了。我没法亮得彻底呀，尤其我自认为夜里多次梦见结巴老兵和花棉袄而画了地图那严重的资产阶级思想是怎么也鼓不起勇气亮出来的。后来梦中花棉袄还时常荒唐地变成杨烨，杨烨死拽住我手说我要什么她给什么。我不寒而栗抬头一看竟又是花棉袄。这就使我愈加感到资产阶级思想严重，不敢亮，只好悄悄在内心一次次狠斗。

七

　　不管怎么悄悄在灵魂深处闹革命，也没法使我克服对杨烨的想念。虽然没条件见她，还是每天都要见她几面，当然是在梦中。梦中相见也很艰难，每次都紧紧张张心情极不舒畅。印象那么深刻的人梦中竟总看不清面孔，倒是常常和杨烨一块出现的裸女人和花棉袄眉清目楚的。

有天休息正好那天是我生日，我实在按捺不住，就借口说上师部买东西请假去看她。她说过，学了什么新东西给她讲的。

路上碰见一只不会飞的小喜鹊，顺便抓住当礼物给她带上了。

她又在猪圈喂猪。见了我高兴地扔下猪食瓢说："在先进连队进步真快，听说你当革委会副主任，还有团支部副书记啦？"

"照样归副班长管！"我看看她身边一圈猪说，"不过我们连政治空气比你们这儿浓多了。我们连的猪驴狗都有名，你们师部反而冷冷清清，灯下黑！"

"你们连当然热闹了，听说你们抓什么……结巴老兵花棉袄……？"

"你……你……你听谁说的？"我冷丁结巴了。

"反正不是听你。"

"你……听谁说的？"

"你瞅你，新兵穿套旧军装，结结巴巴的，好像你是结巴老兵！"

她把这么秘密的事儿当儿戏开玩笑呢，我一生气不结巴了："你瞧你，里边穿花棉袄外边套假军装，冒充解放军也还是花棉袄！"

说完我俩都发觉走嘴了。她慌忙抓瓢去喂猪，我则手伸进裤兜瞎抓挠。碰着兜里那只小喜鹊了，我才想起生日的事，掏出来给她。"今天……是我生日，道上抓了只小喜鹊！"

她脸红红地接过喜鹊，掀起罩衣角擦弄着。我又看见了她的蓝底白花棉袄。"肯定是吴勇告诉你的。"我努力控制自己别再结巴。

"嗯，是他说的。"

"他不该说，我们向毛主席发过誓了，谁说出去不是人。"

"包庇坏事还向毛主席发誓，捍卫的是什么路线？"

我一边骂吴勇不是人，一边叮嘱她千万别再跟其他人说。她怪我："你啥都跟我保密，都不如吴勇！"

"这种事……跟你咋说……"

她脸又一阵红："能是真的？"

我极不自然地点点头。

"可别跟那种老兵学坏了！"

我俩都不好意思看对方了。她摆弄手里的喜鹊，我看她的猪吃食。一头公猪忽然爬到母猪背上，光天化日之下哼哼唧唧地旁若无人。我装没看见连忙背向杨烨。

约莫那俩家伙已经完事，我回头一看还没完，却发现杨烨脸充血似的在看，我忙又背过身，装上厕所去了。

猪消停后我才回来。我俩更不敢互相看一眼了。我眼光落在她手中的喜鹊上，故意扭转气氛说："找根绳拴你屋里。这是喜鸟，八成你快入伍啦！"

她一松手，小喜鹊飞了，她刚平静的脸又羞得血红，慌忙一转身绊倒了猪食桶，她自己也倒了，黏糊糊的猪食湿了她的上衣。我也不好意思拉她。

她羞得不敢抬头，自己脱了罩衣，我面前站的就是一位花棉袄了。不过是蓝花，和那位丢脸的花棉袄不一样，那位是粉红花。

她慌慌说："我得洗洗衣服去。"

她往回走，也没招呼我去她宿舍坐。

我喊："你当兵的事有信吗？"

"没有！"她没停步。

回连刚想躺下平静一会儿，连部文书来找我说出去走走。老兵们说出去走走就是找人谈谈心。屋里没静地方，战士们谈心都是在外边走着或是坐哪僻静处谈。

"你要树立长期战斗队思想！"我们走在山坡上，文书没头没脑这样说。

"长期战斗队思想"原本是毛主席在《古田会议决议》中要求红军要牢固树立长期作战观念，后来慢慢演变成要长期在部队干的意思了。如果跟哪个士兵讲你要树立长期战斗队思想，那就是让你做好思想准备，要提你当干部。这意思文书找我谈话时我还不懂。

"喝了十三年墨水，当过红卫兵头头，现在又这么重视你，"文书神秘地看着我，"要提前有个思想准备，别辜负组织对你的期望。"

我还是听不懂他话的确切含意，党组织的期望还是团组织的期望？什么期望？我疑惑地瞅着他，极虚心地听。

"严格要求自己，准备挑重担！"

"……？"

"要经得住考验，别跟一般同志一样对待自己！"

我极庄严地点着头，等听经受什么考验哪，他却说："我事很多，特别忙，就不多谈了。你回去休息吧！"

文书不过就是跟班长一样大的兵，我当时却以为在连部工作肯定比排长们重要，他的话大概是代表连里说的。虽然不确定是什么事儿，可能要比别人受重用这意思是能领会的，就是提醒我要经受住考验呗。当几年兵以后明白了，那文书不过好故弄玄虚，看我将来能出息成个干部起码可以当到不小于连长的官儿，所以摆着老资格同我套近乎卖个好而已。可他的话却唬了我好一阵子，尤其那句神神秘秘的"考验"二字，折磨得我比别人多耗多少心血啊。

生日那天整个下午都被文书那几句当时听来极其奥秘现在想来十二分浅白的话占去了。花棉袄、结巴、老兵杨烨的事都丢到脑后，一心琢磨将会遇到什么样的考验，这考验会多久，考验落到我肩上的重担会是什么。

下午是例行的团员生活会。会前团支部书记讲话，既浅白又简短，但比文书那几句话更让我犯寻思。

"团员应该带头执行'三大纪律八项注意'，但是有的人总把握不住自己，寻寻摸摸就好单独接触女的，想干什么？部队不是老百姓！"

团支部书记就是副指导员。他这不知冲谁去的话一箭三雕。首先，全连岁数最大的团员——结巴老兵脸白了，汗珠子顺脸直淌。我也心惊肉跳脸滚热滚热的，以为去看杨烨的事让他知道了。我想会后找他解释一下，不想吴勇当场站起来自我批评道："我知道副指导员说的是我，我多次单独去师招待所看一个叫杨烨的女同学，给她送过东西，一块吃过饭谈过心。我们是同班同学，又是一个组织的好战友，她跑部队来非要一块当兵又没当上，非常需要我的帮助。领导批评得很对，现在不是老百姓了，男女来往一定经领导批准。今后不经领导同意，我决不单独去看她了！"

吴勇当众说这些话什么意思？他只字不提我和杨烨的关系，一口承认自己和杨烨是好战友，是主动承担错误还是别有用心？在会上点名道姓说和杨烨好，这不是同我争夺吗？

副指导员却说："新兵吴勇自我批评精神很好，凡有这类毛病的都要改一改。但是，我方才指的不是吴勇。是谁，谁自己知道，他自己照量着办吧！"

这招真够损了，不但我和结巴老兵暗自害怕，连去抓结巴老兵那几个人心里也没底了。疑心我们发誓保密那事连里知道了。会后我们几个凑到一块，谁都说没向连里透露，但还是担心连里已经知道，有人提出主动交代算了。

结巴老兵急了："还……还是先……先别说，以前连里也也经常这么敲……敲山震虎，胆……胆小的就主动交……交代事。其……其实连里不……不知道！"

我们新兵不懂"敲山震虎"这一说，经不住结巴老兵哀求，又统一了口径，再等些日子看看。

我疑心我和杨烨在猪圈那些事让副指导员听去了，还疑心文书说的"考验"是不是也指这个。

我疑虑重重，吴勇却轻松得直唱歌。这小子开始明显和我比着干。

晚上去火车站卸石灰，我不戴帽子他也不戴，我不围毛巾他也不围，后来我索性连风镜和口罩也不戴了，他比我更狠，连棉袄都脱了，只穿绒衣。卫生员批评我们不注意卫生我们也不理他的茬，心里想，晚上连长、指导员点名一表扬不怕脏不怕累什么都有了。

可是干完活既没有点名也没集合，带着满嗓子眼石灰上床时就是睡不着，觉得还应做件谁也不知道的好事，这样即使副指导员说的是我我也好过多了，我还做过谁也没告诉的大好事呢？我就琢磨干件什么事好。

我想到长征路上两件小事。

一个风雪弥漫的早晨我们路过长春市郊区，一个光脑袋的小男孩从村里跑出来拦住我们。"红卫兵大哥哥，你们去哪儿呀？"他蓬乱的头发间满是雪花。

"北京！"

"北京？！"男孩十分惊讶，"到北京能见到毛主席吗？"

"当然能！"我们并不是糊弄小孩而是真就那样认为的，因为我们乘车串联到北京那次已见过了。

"见到毛主席给我问好行吗？"

"当然行。"这我们也不是糊弄他，当毛主席在天安门向我们挥手时，多喊一声"毛主席万岁"不就是替问好了吗？

小男孩高兴得仿佛毛主席已知道他是谁了，搓着小黑手直踢雪。

我们又匆匆往风雪的前方赶路了，忽然小孩又追着我们喊："红卫兵大哥哥，还有一个事！回来给我捎个毛主席小脑瓜呀！"

男孩指的是毛主席像章，他的天真令我们好感动啊，我们使劲挥挥手答应他了，他也没问我们姓甚名谁来自哪里就乐颠颠跑回去了。在孩子们天真的心里，答应了的绝对就该兑现，何况是红卫兵大哥哥答应的事呢。那天我们受他鼓舞多走了二十里路。可后来并没把答应他的话当真。

另一件是在一个夜晚。我们赶到辽宁一个山村投宿。房东是个中农老大爷。他听我们说去北京，激动得咳嗽喘了，非让我们代他写封信给毛主席捎去。他口授，让我们原话记："……首先敬祝毛主席您老人家万寿无疆！我是中农张万福。托您的福，我过上了吃饱穿暖的日子，就有一件事想求求您，我们中农得不到您的像章和您的书。您能不能给下边发个指示，再多弄点……"

那位中农老人用他一生搬弄土块裂开道道血口的右手食指打了个手印，他蘸了好几遍印泥的手印按得那样庄严！信是带上了，可想而知我们没法当面交给毛主席，投进北京信箱里谁知道毛主席收没收到呢？

　　这两件事使我决定，借十元钱，买五十枚毛主席像章、五十本"老三篇"，匿名寄给我们连驻地不远的一个生产队，收件人就写"全队的小朋友和贫下中农"（特别注明"包括中农"），寄件人只笼统写我们师的代号。这样我才踏实地睡了。第二天就认真付诸实施。直到现在也没人知道我做过这样一件事，它的价值也就在于使我自己不安的心理得到平衡而已。

4月篇

在我漫长的当兵生涯中总共只评过一次"五好战士",而我们连从开展"四好"运动以来就没评掉过。那年代的军人,谁的灵魂没在"四好""五好"评比的沸水中煮过几煮哇。

一

入伍三个多月便到了"四好""五好"小评的日子。评比共分这样三步走:一季度搞次小评,半年搞次初评,年终总评。

小评时团里派了个工作组,新任团长亲自带队。我们新兵都没见过首长亲自带队同吃同住的工作组,着实认真按连里要求搞了一大气卫生,连一个他父亲是军分区后勤部长的新兵都极细心地把自己内务搞得没法再好了,别人还有什么可说的。

不想新任团长就是杨烨舅舅。他原先就是我们炮团副团长,提升师政治部副主任只一年,新近又平调回老团当团长。据说他就是从六连出去的,他来蹲点抓小评,使我们得天独厚比别连新兵脑海里早开了一块"新大陆"。

团长就住在我们指挥排了,连里怎么让他住连部也不行,他说打起仗来指挥排就是跟首长上指挥所的,就该住指挥排。这样一来后勤处长就住到炊事班,政治处主任住炮一排,参谋长住炮二排,这三位部门首长带的参谋、干事、助理员也得跟着住到各班,而班排的床一个萝卜一个坑,反倒把七八个战士挤到执行所去住了。

首长们再怎么和蔼可亲联系群众毕竟是生人,睡哪班实际给哪班增加负担。不过别的连想增加负担还增加不着呢,负担是什么人都可以增加的吗?文书找我谈话时不就说,你不能跟一般战士一样,要准备挑重担。这重担和负担都得先进者才能有幸得到。

我们享受着亲切的负担开始小评。

先安排四个典型人物引路,然后人人自我分析找差距。

引路的四个典型是:团长讲革命战争中个人成长史;指导员讲和平年代自身思想革命化经验;结巴老兵讲向新战友学习新思想转变世界观的体会;我讲新兵怎样向老战士继承革命传统,同父亲划清界限,步步走在无产阶级革命路线上的心得。

这不就有戏了吗?

团长讲的在我听来非常生动,工作组其他人私下议论却说团长讲得最平。那怎么能是最平呢,我不理解。后来的岁月证明最平的确实是团长,他怎么个平法,别人怎么个不平那是后话了。

"我也没找人写稿这样子,自个做过的事都在肚里装着这样子。"团长坐在饭堂一张桌子前开门见山说,"我为什么不找人写稿念这样子,老兵同志都知道这样子,有一次欢迎文工团来我们炮团演出这样子,我把'文工团长途跋涉来我部慰问演出'念成他妈'文工团长屠跋涉'了这样子,三页稿子串笼子,最末一页串到中间这样子,念完第一页就领着喊口号这样子,喊完一看后边还有一页又倒过来重念这样子,所以大家原谅我不照稿念这样子。……老兵都知道我有个外号叫'考茨基'这样子,怎么来的这样子,因为第一回听人说'考茨基'时以为要考考司机,咱们炮兵团不是司机多吗这样子!"

团长的话逗得我们憋不住咻咻地乐,指导员一再叫我们严肃点别乐,团长却说:"叫他们随便乐吧这样子,乐一会儿就好了这样子……"

我们尽情乐了一会儿就不乐了。团长这才认真讲起来：

"一九四六年我十六岁在外念书这样子，地主父亲觉得形势不好让我参军好免于挨斗这样子，我就在外当兵了这样子。那年10月10日当兵就开始剿匪作战这样子，直到一九五三年从朝鲜战场回国这样子，共立过四次大功四次三等功十七次小功犯三回大错误这样子。一九四九年南下打到友谊关我当掌旗员这样子，用现在的话说就是旗手这样子。掌旗员必须立过三次大功以上的人才能当这样子，我立的功数够，加上不怕死才叫我当这样子。第一次大功是打锦州这样子，敌人一个炮兵连封锁突破口打死我们很多人这样子，我一急眼端机枪冲上去打死不少敌人，把一个连的武器全缴获了这样子，我头部被子弹啃伤了这样子。第二次大功是打天津这样子。打进去以后百货公司食品店手表吃食啥都有这样子，我带的班啥都不拿这样子，我们班被授予'遵守城市纪律模范班'，荣立集体三等功这样子，我立大功这样子。第三次打义县爆破敌人碉堡，我自己就消灭敌人一个排这样子。第四次打彰武，我们班打退敌人一个连三次反扑这样子，我又立大功一次这样子。抗美援朝我打死敌人更多但没立大功还差点没被枪毙这样子。那是有次押运俘虏，过河时他们要跑这样子，我端机枪一家伙扫死十几个，谁也不敢跑了这样子，团长说我违犯了俘虏政策，把我绑在树上要枪毙这样子，没来得及执行，敌人飞机来轰炸这样子，我没炸死，后来团长说既然敌机都没炸死你这样子，就放了你吧！部队进了汉城这样子，缴获敌人不少摩托和美吉普这样子，我想学开吉普没有人教这样子，我就让美国汽车兵教这样子，他妈不教我就用枪托揍了他一顿这样子，又用刺刀逼着说不教就捅死他这样子，他才教了这样子，我就学会了开吉普这样子。团长听说我又打俘虏给我记了一大过这样子，后来又缴获一批汽车这样子，我私自开车撞死朝鲜老乡一头牛这样子，又受记大过处分一次这样子。因为功大于过这样子，回国后提拔我当连长进炮兵学校学习这样子。我一贯有单纯军事观点的老毛病这样子，所以开始当军事干部这样子，去年上级党委重视我这样子，调我当师政治部副主任锻炼锻炼这样子，由于我路线觉悟低，支左时犯了压制群众错误这样子，又让我回咱们团当团长这样子。咱们团我熟这样子，咱们团也熟我这样子，老兵都知道有这样一首顺口溜这样子：'唐修塔，明修殿，杨副团长修猪圈，光拉车不看线'这样子。通过一年来当政治部副主任锻炼这样子，我认识到路线觉悟低，单纯军事观点要不得这样子。我战争年代四次大功都是路线正确这样子，三次大过都是单纯军事观点作怪这样子。我最近写了一首顺口溜这样子：愿和新兵重新起步，埋头拉车抬头看路，突出政治后半生，永葆青春不糊涂……"

团长还说了不少自己其他方面的事，诸如找老婆时别人给介绍个大学毕业生，他嫌文化高不好管便找了个小学文化水平的，说这不符合毛主席"没有文化的军队是愚蠢的军队"的教导，也属于单纯军事观点等等，每件事都活生生的叫人发笑，还叫人觉得团长诚实可爱平易近人，当然我也就明白了，团长群众威信很高上边威信并不高，是那种讲究实际吃苦能干但"政治水平"低的老粗领导。

轮到指导员时风格一下变了。"我汇报的题目是：个人的事再大是小事，公家的事再小是大事。"他站在桌前照稿念着，"共产主义理想树得牢，革命化道路坚持得远……"指导员是六连从朝鲜回国时入伍的，军龄已经满十五年，按规定妻子可以随军了，他却不叫妻子随军。按规定已婚干部每年可探亲一次，妻子可来队一次，每次一个月。他却每年总是自己探一次家就完了。不叫妻子来队。而每次探家都要提前一周归队。数年如一日。他讲了有儿子后家里每年怎样盼他回去，而部队工作又怎样离不开他。每次都遇到公和私的矛盾，每次他都公而忘私了。前些日子他妻子生病家中没人照顾，要来部队或让他探家，他考虑连队正处于老兵退伍新兵下连关键时期，就既没探家又没让妻子来队。

轮到结巴老兵时他病了，我明白他是装病逃避讲。工作组和连里共同找他谈话。动员他能不能带病讲时，他开始说胡话，翻白眼，并且真的发高烧，嘴唇裂得像爆了皮的胡萝卜。连里干部急得不知所措。还是工作组有眼光。政治处的保卫干事跟团长说，结巴老兵肯定心里有什么疙瘩解不开憋得发高烧，烧糊涂了。团长命令后勤处长："打电话给卫生队长这样子，让他亲自带最好的医生立即就来这样子！"

我想跟团长把结巴老兵的内情说出来又怕坑了结巴老兵，不说出来结巴老兵又难为成这样子，我心里矛盾得像有两个争夺高地的连队在拼刺刀，心跳得发疼，头也晕疼，差不多也快发烧了。我鼓了几次勇气想说明真相，可看结巴老兵的吓人样又憋住了，事到如今才说，那不是蒙蔽领导吗？可是我要不说，一旦他自己说出来或是那几个知情的新兵说出来咋办？

团长叫指导员把我叫去问能不能照常讲，问这之前骂了一阵结巴老兵："当六七年兵草鸡一个这样子，上不去阵这样子，这样的老兵能带好新兵这样子？怎么留这样的兵当骨干这样子？"

指导员解释说不能把表现不好的兵放回地方，影响六连的声誉，党支部研究把他当重点抓一年，培养成党员再放他复员。团长一急又说走嘴了："江山易改本性难移这样子，我回回打仗立功或他妈简单粗暴单纯军事观点这毛病挨多少回批了这样子，改不了这样子。肉头软蛋老兵不能留当骨干这样子！"

所以团长问到我能不能照常引路时，我表示得很坚决，说保证能。真是近朱者赤，近墨者黑，团长那几句骂便一下使我男子汉起来。怕个啥，该怎么讲怎么讲，好汉做事好汉当，结巴老兵一旦自己说出就说出，大不了说我路线觉悟低包庇坏人坏事而已，但我动机是好的，为了连队的声誉，并且也批评了结巴老兵，他变得积极起来了，这跟包庇坏人坏事不搭边，甚至可以说成做了好事不声张哪。

没等到下午我讲，中午有经验的卫生队长已用半尺长的银针把结巴老兵扎清醒过来，又注射又吃药好了。他看保卫干事陪着指导员又来动员他讲，联想上次副指导员说的"是谁谁知道，他自己照量着办"，便认为是让他讲和花棉袄的事，索性坦白了。

这下连长、指导员和工作组全傻了，团长亲自来抓先进连队的小评，指望总结出经验呢，却整出这么大的一个丑事来，指导员气得差点也像结巴老兵翻了白眼，据说连长当场摔碎了茶杯说要全连批判。保卫干事毕竟比连长、指导员站得高些，他从保卫工作角度说，全连批判肯定会闹出乱子，弄不好出两条人命就更砸锅了，建议把事情严格控制在原来范围，绝对保密，然后把结巴老兵调走了事，团长并没像其他人那样五雷轰顶似的意外，等各种意见说完了，他说："这种事也不算史无前例这样子，在朝鲜六连就出过类似事这样子，文书和房东寡妇干这事被抓住这样子，志愿军总部指示要枪毙这样子。朝鲜人民军总部不让这样子，说朝鲜男人死得太多了，把那文书保下来给房东寡妇当丈夫了这样子！"

团长听说我和几个新兵早就知道这事并保密到现在，把我们几个都叫到连部去了。

"你们都讲讲这样子！"团长死黑的脸没有一点特殊表情，工作组的人和连长、指导员都看不出特殊表情，我们个个很紧张，不知该怎么说。

团长："是怎么回事如实讲这样子，不必说谎这样子。"

他没用"不许说谎"而用"不必说谎"，我听出问题好像不十分严重。其他几个兵跟团长没特殊接触分辨不出一点轻重来，发言时多多少少都有点洗清自己。

"是我领头去抓的。抓住后本应交给连里，可是大家都不同意，就集体向毛主席发誓，压下了。"吴勇抢先说。

"谁提应交给连里的？"团长问。

"我，抓也是我先提的！"

"那么谁提向毛主席发誓压下的这样子？"

团长问得很严肃，没人抢着承认了，几个人瞅瞅团长，不由都扫了我一眼。

"是你吗这样子？"团长问我。

"是！"我认错道。

保卫干事忽然插话:"你们怎么发现的呢?"

"一个老兵告诉的。"我说。

保卫干事又问哪个老兵,被团长训回去了,显然团长不想把这事弄个水落石出。

"情况清楚了这样子。很好。一个新兵能把这么复杂的问题处理得这样圆满,有路线觉悟这样子!有工作能力这样子!既教育了犯错的老兵又保护了连队不避免事故发生这样子,具备当干部水平!"

几个兵都解除了满脸紧张,但看得出有的后悔没多承担点责任。吴勇抢着补充说:"我们路线觉悟还不够高,一直担心挨批评呢,没想到团首长跟我们想的一样,我还跟我的同学杨烨说这事漏出去的话请她帮忙呢!"

团长对吴勇这番话没有任何反应,却说:"柳直引路发言时还可以讲讲,帮后进老兵提高觉悟这方面这样子,当然和花棉袄的事绝对不能提,还像以前那样绝对不许扩散这样子。吴勇跟同学透露这事是不对的,尤其你同学还不是兵这样子!"

结巴老兵到底还是被做工作发了言,当然工作组不能让他讲那事。他讲得结结巴巴语无伦次,但毕竟给工作组写总结带来了方便。

不久,结巴老兵被调到别的营当骨干去了,他感激领导对他的保护,在别的营干得很不错。

小评当中我被任命为侦察班副班长了,代理班长工作(我们班长代理排长,我们排长被抽去支左了,小老兵调连队后勤了)。本来团长的意见是直接任命我当班长,连里考虑新兵下连三个多月当副班长已属破例了,便暂时以副代正。

全连像国家仪仗队那样庄严地在操场列队,连长一板一眼向在场最高指挥员敬礼:"报告团长,全连集合完毕,请指示!"

团长极认真地立正还礼:"开始!"他没有使用口头语,这使大家格外感到了仪式的庄严。

连长又有板有眼极标准跑步到营长面前敬礼:"报告营长,全连整队完毕,请您宣读命令!"

营长也以极标准的步伐走向队列,立正后扔手榴弹似的甩出两个字:"命——令——!"

他没像一般队列讲话那样喊稍息,而让全连就那样立正站着展开一张纸:

> 任命,加农炮六连,指挥排侦察班计算兵,柳直,为该班副班长。此令　加农炮营营长　郝富根　4月10日

然后指导员讲话:"从现在起,侦察班同志就该称他副班长了,别班同志要称他柳副班长,不得直呼其名,这是规定!"

现在想来多好笑,副班长实在算不了什么,可我激动得好几天走路都不自然了,觉得比在家里那个统领千人的大联委副主任荣耀百倍。可见不管怎样革命造反,心中还是根深蒂固潜藏着正统思想的,无怪乎梁山泊一百零八个起义将领最后被朝廷招安。

团长又把在新兵连说那几句话的意思重复一遍:"……新兵好好干,柳直就是榜样这样子,总参谋长现在还是代理的这样子,谁知道你们里头能不能出个总参谋长这样子?即使出不了,十几年后肯定有人超过我这样子……"

我绝不怀疑自己能超过团长,而且觉得应该早早超过他,一个炮兵团不就一千人吗?我在学校当过一千多人的头了,别的不敢吹,两年后当个团政委肯定干得了,当然会比团长干得好,起码说话比他利索,一句一个"这样子"像什么话,再说绝对不会像他记三次大过。

被表扬受重用的喜悦把同爸爸划清界限的苦恼冲得一干二净。我当即给家里写信。所谓给家里写信不过是给妹妹弟弟,仍没提爸爸。邮信时我顺便帮炊事班买菜。我用扁担钩子挑着两大块红鲜鲜的猪肉在镇上走,姑娘媳妇大人小孩都瞅我,我全然不感羞怯。"革命"的荣誉感和表扬的作用使我的心越来越粗糙坚硬了。

二

潮乎乎的海风吹弄着海边的稻田和田头静坐"天天读"的我们连。稻田秃得像刚刚煺了毛还剩一块还没煺完的牛皮。没煺完那块是我们昨天才插上去的稻秧。能不能在插秧的黄金季节把稻秧插完,这是检验"四好"当中"完成任务好"的时候了。全连的劲儿像用气管子打起来的,足得很,谁也不肯让上级在这一好上挑出什么毛病来。可每天还有一小时的"天天读"属于起统率作用的第一好——政治思想好。这一小时"天天读"是中央军委的规定,属"雷打不动"的。

全连静坐着听指导员读了十几分钟,沉重的黑云就随湿漉漉的海风卷过来,顿时风雨交加,静坐着的人们一阵骚乱,许多人想往自己排的炮车底下钻。

"不许动!"干瘦干瘦的连长一声喊,"光下雨还没打雷哪,就想动,这叫雷打不动吗?谁也不许动!"

连长就站在雨里脱下自己的上衣。他个子矮,便跷脚擎着上衣为指导员遮雨。上衣只能把权威报纸的一篇社论《提高警惕 准备打仗》遮住,指导员整个也淋在雨里。一高一矮两位连首长被淋得像一大一小两只落汤鸡,却一动不动。刚下连时我比喻过了,说连队像个家庭,指导员像这个家庭的母亲,连长像这个家庭的父亲。此刻风雨中岿然不动的他俩,指导员就是"一好",连长就是"三好",两人的关系就是"一好"带"三好"的政治与军事关系。

尽管大家淋得筛糠般乱抖,却没一个动地方的。那场雨让我激动不已,无形中在脑中打上一个深深的烙印,服从命令是战士的天职,统帅的指示任何情况下都不能打折扣的。

"天天读"过后不一会儿,雨也过去了。全连在一片喷嚏声中赤脚走下稻田。

老兵说，连队年年要参加不少次这样的劳动，从耙地、插秧、拔草到收割和脱粒，比军事训练累多了。调皮的就说："当一回兵两个兵种，既是炮兵又是水稻兵。要知道这样，叫我爹来当好了，他种水稻比我强百倍！"

说是说，干还是比赛着干。老兵毕竟年年插秧，技术和适应性怎么也比新兵强。我们侦察班六个新兵可苦毁了，按班分地块，我们六个学生新兵猫着腰一口气不歇地插，还是被别班甩在后面。六个脑袋像六个喷头哗哗滴着汗水，我觉得脊梁骨都折断了，直也不敢直。我们不甘落后，便集体喊一阵"下定决心，不怕牺牲，排除万难，去争取胜利"，咬牙猛追一阵，再集体喊一阵。好容易挨到了中午，肚里像钻了五十只青蛙咕咕叫得山响。我们班还有十几米远别班已到地头了，也不知他们真不累还是假不累，直着腰板说风凉话："侦察班怎么回事，还在水里讨论'一好'和'三好'的关系吗？到地头讨论舒服！"

我直觉肚中青蛙快把肚皮叫破了，就是不肯说服软的话，我们直腰振作了一会儿，扯脖子唱了一首"红军不怕远征难"，又弯下腰继续插，骨节处像灌了醋挨了打又酸又疼，而光头里则像被充了气胀得眼珠子直往外鼓。

要不是我们逞强好胜，大家早上前帮忙了，见我们又唱"红军不怕远征难"，索性抽烟的抽烟，闲扯的闲扯，有的干脆用筷子敲起了饭碗。叮叮当当一片悦耳的敲碗声顺风传到正在野炊的炊事班那里，炊事班长不知是嘲笑我们，以为是对他们没及时做好饭不满呢，连忙两手卷成喇叭顶风喊："再等一会儿，柴不好，鸡肉没炖烂！"

一听"鸡肉"二字，我浑身一震，满肚子青蛙顿时不叫了，一股脑都钻到腰间和胳膊上帮着使劲儿。地头的敲碗声更响了，还冲我们起了欢呼声："侦察班讨论会慢慢开啊，鸡肉还等一会儿熟！"

每次重体力劳动连长都指示炊事班改善伙食，伙食好劳动效率就高。总结时指导员却不能说是伙食的作用，总说是学习的结果，炊事班的功劳摆不到大面上来，只好背地里鼓励他们："今天一半功劳是炊事班的！"

那时候军事训练抓得不怎么样，战备口号却总是挂在嘴上，插秧劳动也要把炮车和大炮带来放在地头，有情况好随时拉得动，打得响。我们班六个人汗水淋淋插到地边，比爬还要艰难地走到我们乘坐的指挥车前，刚要坐下喘口气，司务长亲自带炊事班把一锅大米饭和一锅鸡肉抬过来了。

敲碗停止了，喊声停止了。人们呼啦啦站起来，端碗等炊事班长分饭。鸡肉味一扑鼻子，满嘴口水就涌出来，我们也不用坐了，往裤腿上擦擦手就摸起了碗。我敢说，不管意志多么坚强的人当时也禁不住鸡肉味的诱惑而将口水止住。平时都是高粱米饭加白菜炖土豆，只有趁外出干活时才能狠狠解次馋。

"排队排队，侦察班先来！"炊事班长站在鸡肉锅边喊完我们班又念了一段语录以示突出政治："毛主席教导我们说，民以食为天，吃饭第一。侦察班！"

虽然各班的编号是从一排起，但全连的顺序却是侦察班、无线班、有线班，完了才是一班二班。别看我们班插秧落在最后，打饭却是第一名。我拎起饭盆第一个打了鸡肉，端到指挥车前时肯定让大伙把那香味吸去了一多半儿。

盆子一放，六个人围盆席地一坐，用鼻子吸香气的嘶嘶声早响起来了，却都不好意思伸第一筷。我说："还不快吃，一会儿香味全跑啦！"我带头夹起一块鸡肉，没等放进嘴里，见通信员一边喊着连长一边跑过来，那样子让人以为不是营房着火就是营房被偷袭了。

我被惊得鸡肉没往嘴里放。通信员慌张跑来了，刚到连长跟前叭地绊了个前趴，就趴在地上拉风匣似的喘着说："司……司令部……司令部命令……"他喘得一时说不出话来。

大家被他弄得以为第三次世界大战爆发了呢，炊事班长的鸡肉勺子也不动了。连长紧追道："司令部命令什么？！"

通信员说不出话，从兜里掏出电话记录纸交给连长，连长看完呼吸也紧张了，问："是你亲自记的吗？"

"是……是我……"

连长把手里一碗鸡肉毫不犹豫地往沟里一扔，喊道："全连紧急集合！"见大家一时没反应过来，愣住了，又吼了一句，"饭菜统统扔掉，立即出发！"说完才把那张纸给指导员看。

指导员看完也喊了起来："快！快！快！"

这下大家确信第三次世界大战肯定爆发无疑了，平时的战备教育就说许多次战争都是从突然袭击开始的，不然通信员、连长、指导员咋会那般样子。

司务长一把将鸡肉锅扣翻到路边的沟里，炊事班长紧跟着把一锅大米饭扣掉。我一看情况，索性一脚把鸡肉盆踢到沟里。

连长也不喊口令整队了，让大家散站在原地宣读那纸命令：十艘敌军舰偷袭我领海，现已撞毁数十条渔船，很快就要接近海岸。命你连实炮实弹一小时内开赴作战位置。此令，炮兵团司令部参谋长×××。

虽然不是第三次世界大战爆发，十艘敌军舰也够惊心动魄了。立刻马达隆隆，你挤我撞，扔盆抛碗，没等出发自己先撞破腿的弄坏手的好几个，只是当时紧张过度都没觉察后来发现的。

连长带我们排的车最先启动，呼隆一声把全车人闪了个前仰后合，腰疼的滋味早忘没影了。吴勇那小子还是老一套，这么紧急他还没忘了拿语录板和毛主席石膏像。其实我早看出来了，连长并不喜欢他装腔作势走形式这一套，可他不知是没把连长放在眼里还是就没看出来，还咋咋呼呼紧抱着石膏像，宁可让枪磕磕碰碰。

我在车上往后看，我们已上路好几分钟还有两辆车没发动，要在平时车辆全部开动才能出发的，这次七零八落地就往前开进。

忽然有人喊"翻炮啦"。我往后一看，真有门炮翻进沟里，慌忙敲驾驶楼向连长报告。车猛一颠突然刹住了，坐在车尾的吴勇冷不防颠下车去。连长下车看他躺在地上一只胳膊摔伤不敢动了，另一只胳膊还紧紧护着石膏像，石膏像竟然完好无损。

连长没有理他，火急跑向那门翻炮，呼天骂地往起搠。屁股朝天在泥水里搠了一上午光嗅到一点鸡肉味，哪还有搠得动一门八五加农

105

炮的力气。呼号了一阵炮还是赖在沟里不肯出来,气得让人联想那炮是不是特务变的,一听他们的军舰来了故意闹事拖延时间。各班都跑过去,轮番同那里通外国的炮较量。

折腾了好半天,营部通信员又像接到"母病危"电报似的,哭哭啼啼上气不接下气地跑来了。他直奔我们连通信员而去,拽住他掉着眼泪说:"不……不是参谋长……打电话……是我……我……捏着鼻子……"

营部通信员和我们连通信员是老乡,两人常在电话里开玩笑。我们连通信员小学文化,最不愿写字,连家信都两个月写一封,写日记写发言稿之类的事最头疼。营部通信员知道这情况,又趁今天六连出来插秧,知道他闲待着没事,搞了这么个恶作剧。原只想捉弄他白写百八十字拉倒,不想他记完最后一个字还没等营部通信员声明真相,他就放下电话没命地跑出来了。

全连都气坏了,把两个通信员当成特务似的朝他们发起火来。连长比骂儿子都狠:"你们两个一对混蛋,养你们这号败家子,好生生的'四好'连队让你们给砸锅了。营部怎么让你这样个兔崽子当通信员,我非让参谋长送你上军事法庭不可,冒充首长破坏部队建设!"喘了一阵又骂我们连通信员:"你个饭桶,窝囊废,平时正经事磨磨蹭蹭一脚踢不出个屁来,闹着玩倒来了雷厉风行劲儿。老乡捏了鼻子你就听不出来?特务到连里了解情况你还得端茶点烟热情招待哪?!草包!混蛋!饭桶!"

一说到饭桶,炊事班长嘴哆嗦了:"两个鳖羔新兵蛋子,一锅鸡肉一锅大米饭全让你们给祸害了,费多大劲买几只鸡,烟熏火燎,野炊那么好整的吗?你们连部营部的待着,没事净他妈的祸害人,给你俩剁了当鸡炖都不解恨。罚你们一人帮半年厨,叫你们吃饱撑的没事干!"

大伙乱七八糟骂啥的都有,我不怎么会骂人,也发了一通火:"这两个小子,自个没事开啥玩笑不好,胡扯敌人军舰来了,哎呀他妈的,军舰,可坑了我们这些胃亏肉!"

发火的发火，臭骂的臭骂，营部通信员哭，连部通信员吓傻了，吴勇抱着石膏像直呻吟。我忽然憋不住，笑了，肚子空空，一笑像要把肠子挣断似的，但还是止不住，索性躺在地上笑。

齐刷刷、正经经一个炮兵连百八十号人，被一个玩笑弄得这般狼狈。光天化日之下怎么会有十多艘军舰来了呢？一说有敌情大家就信得毫不怀疑！我还笑我们班，一听有敌情那煞有介事的样儿吧，我们六个光头还曾合影题什么"用毛泽东思想侦察一切"呢！滑稽透了。

发火的、泄气的、哭的、笑的、呻吟的，折腾一气之后有人开始跑到沟边看鸡肉。任肚里蛤蟆怎么叫，鸡肉是没法吃了，落了许多土。炊事班长趁势招呼说："有看这工夫动动手，拿两把锹来，把鸡肉装回锅里去，土不埋汰人，黄瓜茄子、大米白面不都是土里长出来的吗？拉回去拿开水洗洗回回锅一样吃！"

真有一帮人动手往锅里撮鸡肉。我可不干这丢人的事，扔掉的鸡肉还往回捡，没看现在啥气候。

果然连长又火了："咱们连一个比一个有出息呀！出了这大事故，'四好'连队都保不住了，还有心捡鸡肉吃！滚一边去，捆炮！"

指导员各车转了一圈回到翻炮前，做了一番全面分析，又把全连讲高兴了：

"同志们，眼前发生了什么事大家都看见了，现象就是这样。实质呢，实质是什么呢？让我们透过现象看看实质。通信员接到上级首长命令，火速跑来传达，这没什么错误，有敌情嘛，打仗嘛，就得分秒必争。通信员一分钟没耽误，跑那个样说明他责任心特别强。而连长呢，一看完通知立即扔了鸡肉，集合全连，并且十多分钟就带指挥车出发了，这说明连长执行命令果断、迅速、雷厉风行，是出色的指挥员！炊事班，一听紧急集合令，二话没说，费半天心血——不，是一天半心血，昨天他们买鸡就张罗了一天——做好的鸡哗地就倒沟里了，这说明什么？说明连队有过硬的作风，人人能'招之即来'。

"还有，尤其值得一说的，大家都看到了，吴勇同志，在被炮车甩出时的紧急关头，想到的不是自己被摔伤，而是伟大领袖毛主席光辉塑像的安全。他奋不顾身用胳膊护住了毛主席像，一点石膏渣都没掉，自己却摔伤了，这是英雄行为。平时能这样忘我地保护毛主席的形象，关键时刻能不为毛主席的革命路线而战斗而献身吗？我们一定要很好宣传，向上级请功。这就是实质，检验出我们连的过硬作风。翻炮也不能算是事故，打仗损枪，吃饭噎人，这都是正常现象，何况炮只是翻了，并没有损坏，捆起来就是了。每班抽两个有劲的，马上捆，把炮捆起来完事。司务长带辆车，回去把吴勇送回卫生队看看。再拉点米菜来，重新做饭，下午继续干，一定按原计划完成任务。至于事情的起因，营部通信员要深刻检讨责任，怎么处分连里管不着，那是营里的事……"

三

初夏的山是士兵们灿烂的青春。满山浓绿是崭新的军装，含苞欲放或已经火焰般怒放开来的野百合是领章是帽徽，不知名的小红花是我们脸上的青春美丽痘，蓝色的马兰花是我们消除床单地图的墨水点儿啊，那还没咧嘴的黄花骨朵是我们黄灿灿的冲锋枪子弹……

我手举望远镜站在山头向海岸观察。海浪拍岸卷起的千堆细雪不就是我们动不动就澎湃的心潮吗？

"第一号方位物，正前方，远方位，海边独立礁石。第二号方位物，独立礁石向右四指幅，正前方，海边独立树。第三号方位物……"我怀着一种诗意在向身边的侦察兵和计算兵指示捕捉火炮射击目标所必须参照的方位物。全连只我们班一个老兵没有，不过我认为我们六个学生兵完全可以把训练任务完成。训练程序不就是那一套吗，指示目标，测量角度，计算距离，捕捉炸点，修正射击诸元，无非是提高熟练程度和准确性。我想创造出个奇迹来，在没老兵的情况下我们班也能跟上全连进度。

我极力模仿着连长。"注意目标！第二号方位物偏左一指幅，前进中的渔船……"

这时连部通信员在半山腰喊我："柳副班长，你有电报！"

我没使用过电报，甚至连电报纸也没见过。通信员是不是又像上次开什么军舰的玩笑？"送来我看看！"我冲山腰喊。

"电报哪有交本人的？在指导员手里，叫你去！"

通信员只不过比我早入伍一年，也字字句句流露着老兵的口气，我毕竟是副班长了怎能听他牛烘烘的，讽刺他道："是参谋长签发的吗？"

"下来吧，唬弄你不是人！"

"你不是人啊我不是人？"

"我不是人！"

我这才下山。哪级命令呢，用电报，而且专门指示我？

"你各方面表现连里都很满意，坐下喝口水，歇歇慢慢谈。"指导员不紧不慢地说。

"不说有我电报吗？"

"我问你，你和你父亲感情到底咋样？"

我头轰地涨大了，爸爸怎么啦拍电报来？

"电报说你父亲病重。"

"什么病？！"

"没说什么病。"

"还说什么？"

"还有'速归'二字。"

"速归？！"

"速归。"

我用眼睛问着指导员，意思是："我该怎么办？"

"你估计你爸爸能得什么病？"

"他长过肺瘤，手术切掉了，以后又染上胸膜炎，在家休养三四年啦，我就知道这些！"

"体质咋样？"

"我走时还能上山打柴，挑水也行，就是老咳嗽。"

"你妈妈呢？"

我停了好一会儿才说："她也不好，精神失常好几年啦。"

"有哥哥姐姐吗？"

"没有。"

指导员惊奇地嘶哈了几声："这情况武装部不该让你当兵啊！"

我心一缩连忙说："我妈还能照料家，弟弟妹妹也大了，我当兵不碍家里事！"我就怕被退回去，都做成心病了，一听这方面的话心就紧缩得发疼。

"亲戚在身边吗？你叔叔大爷姑姑什么的？"

"都在！"

指导员这才同我谈："战士服役期没满一般是不给假的。老兵也得有父母病危的电报才能回去，新兵非得病故不可。不过你情况不同，团首长很器重你，你觉得非回去不可的话，连里跟团长说一声也行，你自己考虑考虑，看回不回去！"

我毫不犹豫地说："我不想回去，千万别跟团首长说！"但我又惦记不知爸爸到底病得怎样，是不是新病。我想让连里给爸爸单位拍个电报说我不能回去，请他们给予关照，又想到我需和爸爸划清界限，这想法便烂在肚里了。

"那就寄点钱吧，也算尽心了，回去也不顶事！"指导员安慰我。

这说法正合我心意，可我的津贴费都买像章和"老三篇"了，既不想让指导员知道这事又不好意思说没钱，便说："钱也不用寄啦！"

"我知道你没钱！"指导员从兜里掏出三十元钱，像早准备好了似的，"拿去吧，我有工资。"

"不！"我连忙把钱推回去。

"我说了我有工资，不用你还。"指导员又把钱递过来。

"不……不……指导员……我是说……我和我爸爸……划清界限。"我说这话时结巴得厉害。

指导员想了想："这样吧，你把这钱寄给你妹妹，不说是给你爸爸的就是了，你也别声张，有人提出来我作个证就没事了！"

我感动得心里暗暗说，指导员，我会用一百倍的行动来报答你的，上了战场如果有一颗手榴弹在你身边即将爆炸，我一定扑上去用生命保护您。我信任地接过钱，郑重地敬过礼要走。

"等一下！"指导员又把我叫住，"你有个叫杨烨的女同学在师招待所住着吗？"

不知指导员为啥忽然问起这个，我紧张纳闷地点点头。

"听说是团长的外甥女，是吗？"

我疑惑地点头。

指导员忽然神秘地笑着说："团长真会抓工作，看谁有出息猛培养啊！"

我脸忽地热得极不自然，说："指导员，怎么啦？"

"她来电话说今天过生日，叫你去！"

"不去！"我答得紧张而果断，因为我认为这也是考验我的时候。当标兵当副班长了更要时时处处经受住考验。

"为什么？"

"去女同志那不是得两人以上吗？"

"特殊情况特殊对待。悄悄去吧，注意别惹出事就行。"

"我真不去，指导员！"实际我多么想去啊，就我们俩人在一起，过她的生日。

"反正我给你假了，你们闹了矛盾责任不在我。"

指导员为啥对我这么特殊呢？我不理解，觉得他眼神和口气都不单纯，藏着什么意味似的。我说："我不去。她再来电话就说我给父亲邮钱去了。"我又解释，"去了团长会批评我的！"

我真没有去。我又向吴勇借了二十元钱，给家寄五十元这在我已是个不能再大的数目了，这样我心里会踏实些。我跟吴勇说了电报和杨烨电话的事。之所以说杨烨电话的事，是想让吴勇心里明白，杨烨想着的是我，而他在她心里是没位置的，这做法也够缺德的了，可我就这么做了。吴勇骂我混蛋，说领导同意的事儿为什么不去，说我光图进步谁也不管了。我被他骂得心里特别窝火，想你小子站着说话不嫌腰疼，你要是我这处境就不叫唤了。

平静了好长时间的心又扭曲得一团糟，生疼生疼的。我攥着借的钱迷迷糊糊往镇里邮局走。爸爸得的什么病呢？重到什么程度？妈妈是不是又坐在他身边说疯话了，"装！挺大人装小孩，馋就说馋得了，非得动刀割肺子……"他想吃什么东西妹妹会给他去买吧。记不清那是几岁了我大病一回，什么病也记不清了，我发高烧，烧得嘴唇裂出一条条口子，口渴就想吃清凉而且甜的东西。那时我还想不到橘子苹果之类，所谓清凉而且甜的东西无非是胡萝卜、西瓜、甜秆儿，顶多就是梨了。春天窖里的胡萝卜已经吃完，西瓜是不可能有的，梨一是得花钱买，二是小镇的副食品商店当时也没有了。或许秋天晚熟的苞米秆儿刚割倒就冻了的那种"甜秆儿"还能找到，但也不会有多少水分了。还没疯的妈妈跟你说了我这个小小的愿望，叫你到少陵山脚下水库边玉米地去找找看。爸爸，你看看我，还摸了摸我的额头说有点烫手便出去了。你在水库边的洼地里转了好长时间，好不容易才找到一根冻在冰里很细的甜秆儿。你用镰刀一点儿一点儿将冰凿破，取出那根还显着绿色的玉米秆儿，一尝，清凉倒是很清凉，但是不甜。你带着不甜的甜秆儿又到另一片黄豆地里，用手一颗一颗拨拉着残雪下面的黄豆。黄豆已被黑黑的湿土泡涨了，你捡了满满一衣兜鼓涨的黄豆粒带回家中。那正是闹自然灾害第二年春，家家挨饿，见到一兜黄豆简直就像什么高级点心了。你把黄豆和玉米秆儿拿回家时天已黑了，你让妈妈把黄豆一颗颗洗净，然后亲自用家里仅有的一点儿麻籽油为我炸酥豆儿吃。你左手擎一盏煤油灯，右手攥一柄小铁铲不住掀着锅里的豆儿。我躺在炕上听你手中的铲儿嚓嚓啦啦好听地响着，不时还叭地爆出一声豆儿熟了的脆响。你让妈妈把甜秆儿一节一节削好放在盘里，说等一会儿就着甜豆一块吃。豆子毕毕剥剥地挨个响一遍之后熟了，放了点白糖你又一铲一铲儿盛到簸箕里。你说豆子是甜的，玉米秆是凉的，一块吃下去就是清凉的甜东西了。你正兴冲冲往我面前端时，脚下一个东西把你绊了个趔趄，左手的灯一下掉在簸箕里，一灯煤油全洒在黄豆上了。妈妈气得直说你废物。要在平时你准和妈妈火了，那次因为我病着你没发火。你翻出一条干净毛巾把豆子几乎是挨个细擦了一遍，一尝，煤油味儿还是难以下咽。你用热水洗了好几遍，又重新放进锅里炒。你手中的铲子在灯影下又嚓嚓啦啦响了好久，直到洗湿的豆子又重新哗剥地响干了。爸爸，你一定累坏了，你尝了尝说煤油味儿是没有了，可甜味也一点没了，就那点白糖已都用上了，你歉疚着说："没糖了，就这么吃吧，也挺香的。"爸爸，在我儿时的记忆里那是最甜最美的一次吃食了。这回，爸爸，你得的什么病啊？妹妹给你弄了什么吃的？

我迷迷糊糊走进邮局，疚痛着把给爸爸买东西吃的钱寄给了妹妹，又稀里糊涂走回连队。

晚上点名时指导员又在全连表扬了我："有些老兵，一心想家，为了回家什么损招都想得出来，母病重啦父病危啦，就不怕把父母咒出个好歹来。看看柳直，父亲真病重了让回去都不回去。相比之下说明了什么？觉悟！路线觉悟！柳直不愧是党支部树的标兵！我们全连，干部战士，都应该好好向他学习……"

莫不是爸爸想念我了或是想跟我谈谈他的问题而拍了假电报？表扬的快感加上这幻想，我扭痛的心又平复了。

第三天中午刚要躺下睡午觉，指导员又把我叫到连部。

"又来封电报。"指导员把电报递给我。

父病危速归。

我头晕目眩，屋子晃动起来，但我极力镇静着自己。

"坐下喝点水。"指导员每次找我谈话都给我倒一杯水，那真是能将什么情绪都能稳定的神水啊，"我还是昨天那意见，究竟怎么办，还由你自己拿主意。"

这次我没像前天那样毫不犹豫就表示了不回去。我犹豫了有一刻钟，才说："我不回去！"

指导员也没怎么劝我非得回去，只是不住安慰我："千万别着急上火，上火顶啥用？有单位、有你弟弟妹妹，还有爷爷奶奶姑姑伯伯照顾，你不用上火！"

"我不上火。"我极力平静着自己走出连部。

我怎么能不上火呀！

父病危。

爸爸你病得确实很危险吗？什么病？什么病都可以死人的。你很弱。

小弟弟重感冒发展成肺炎就死了。爸爸，那是我有生第一次见死人，我的小弟弟，咱们家中最有生命力的幼小希望变成了死人。那天天低了地窄了，雪是热的，火是冷的，电线杆摇摇晃晃，嗡嗡作响的电线里流淌的是水，风在呜呜咽咽地嚎。家里人都默默流泪没一个出声哭的，只有我的胸膛、肺腑和喉咙一起控制不住起伏着哽咽。妈妈泪水满面。你也掉泪了爸爸，这是我第一次并且再没见过你第二次掉泪，我的思想里大人尤其是男人是不会哭的，可那次你流了那么多泪。你领着我，肩着镐，迎着风，踩着雪，到咱家西边的少陵山脚下去给小弟弟挖坟。以前我跟你上山都是去打柴，再不就是挖药材，歇着的时候你给我和弟妹们采野果子。那回却是为小弟弟刨硬如铁石的冻土。你一镐下去只能刨下小小一块土。你刨我挖整整一个半天才鼓捣出锅灶那么大个圆坑，一只装着小弟弟的六块薄板钉成的小方箱子放进去还露着一半，埋完土四只箱角飞檐似的还露着。我们手僵了脸也木了，爸爸你说先用雪埋一埋，等到春天雪化了土软了再重新挖。我们就用雪把坟培好，培得大大的，那形状就像全世界有名的日本富士山。日头快落尽了，夕晖照着小弟弟的富士山，我想，爸爸肯定你也在想，太阳总是这样寒冷就好了，小弟弟和他的富士山就会长存。那晚上你难过得一句话都没说，只听奶奶在叨叨。奶奶总是无休无止一边干活一边唠叨，把一辈儿一辈儿传下来的神话、真事加道听途说的各种故事不知疲倦地往下传播，那就是咱们家的文化根源吧。那晚奶奶在你面前说在山东老家时也有小孩像小弟弟这样咽气的，他爹用嘴卡住喉咙使劲就把痰吸出来，小孩又活了。奶奶一个劲后悔当时没用嘴给小弟弟吸痰，说吸一吸兴许死不了。爸爸第二天你早早把我叫起来从柜里拿出一条没舍得用的新毯子叫我抱着，你扛了锹和镐领上我又向小弟弟的坟走去。我以为你要用毯子把小弟弟的坟遮一遮，免得山风把坟雪吹掉又露出棺角来。你却把小弟弟的坟扒开，把小弟弟的棺材撬开，把小弟弟的衣服脱掉。你用手焐着他的胸口，焐着他的喉咙，焐着他的小脸。爸爸你又俯下身，把嘴贴在小弟弟的嘴上，给他吸痰。山风从八面聚来，上下左右横穿斜扫，看一个父亲为儿子做着最动人的壮举。爸爸，那已是人类历史的公元一千九百多年了，你在中学里当老师还兼过生物课，你不知道你抱着的是一具在中国最北方黑龙江冻了一夜已硬如铁石了的僵尸吗？你知道，但那是你儿子的僵尸。你慢慢地、深深地、长长地吸着，我默默地、重重地、抽抽搭搭地哽咽着把你从地上拖起来，和你一同用那条新毯子把小弟弟包好，装进薄棺，重又为他筑起一座富士山……

爸爸，你真的病危吗？什么病，儿子对不住你。爸爸，不是我不想回去，是不能回去，不得已呀爸爸。

杨烨不知从谁那儿知道的消息跑到连里来看我。当时我多需要她温暖的安慰但又非常不高兴她跑到连里来。这多显眼多招风多惹麻烦！

她给了我二十元钱："回去看看吧，是病危！连里不给假我跟我舅舅说说？"

"谢谢你，我不能回去。昨天你过生日我没去，是因为给爸爸寄钱……"

"不用解释，你自己的父亲，自己看着办吧！"她扔下钱就走了，走得十分生气。

我的决心被她动摇了一下，很快又恢复了，是那些多嘴多舌瞎想乱猜的老兵们的话使我很快恢复的。

"闹矛盾了？男子汉也不让着点！"

"多大矛盾值当退钱吵嘴？"

"吵几句过后就好了,快去送送!"

……

我一甩手:"别扯犊子啦!"把人都甩走了。

我拿上杨烨扔下的二十元钱又向邮局走去。

给家寄完钱,我头疼欲裂无意路过一家理发店,看见一位老头刚剃了光头,安详无挂地对镜捋着胡子。我不禁心血呼隆一通,鬼迷心窍似的闪出一个和尚的形象,便神差鬼使走进理发店一坐。

"理长点短点?"中年女理发员温柔地问我。

我直直地答道:"剃光头!"

"剃什么?"

"光头,老大爷那样式的!"

女理发员转到面前看看我,迟疑着不肯动手,又问:"你怎么了,剃光头?"

我心堵得慌,不敢看她也不想啰嗦,说:"连里让理的,有特殊任务!"

我莫名其妙刮了个光头,溜光锃亮灯泡似的,凉飕飕的直往外散火。心里的气和闷火都随着头发剃掉了。我一口气跑回连队,班里同志见了我都副班长长、副班长短地问我出了什么事。

我一把抓下帽子把光头亮给大家说:"没啥事,家里用钱,已经邮回去了,顺便剃了个革命头!"

大家奇怪地看着亮闪闪的头有的笑,有的疑疑惑惑地打量。我就势走到洗脸盆前将头伸进水里,迅速擦洗几把说:"怎么样,一碗水就可以洗个头,你们长头发起码得两盆水。打仗的时候,敌人手抓不住,火烧不着,理的时候省事,洗的时候省水省时间,最科学最革命的军人头!"理的时候我根本没想到这些,不过心乱如麻时想摆脱各种牵挂的赌气冲动而已。

全班同志却信以为真,把正洗着的头伸过来让我也给统统剪掉。我会理发,到部队后理了能有一二百人次了。那天真像中邪一样,我拿起推子一口气把全班头发全理掉了,齐刷刷六个光头,我最亮。这么心齐的举动任哪班也做不到，我们班竟成了上上下下公认的"引路灯"了。就寝前全班往毛主席像前一站，齐声说："敬爱的毛主席，我们侦察班全体战士向您汇报今天的工作……"真像一堆和尚念经，其实就是心血来潮把部队坚持了多少年的每晚班务会一变，不想连里又表扬我们创造了一个新生事物。团长来连看见了我们的光头还说："光头好，光头适合打仗这样子！"

四

团政委在北京和全军部分团以上干部被毛主席接见了。回团前早早打回电话，说还带回一面纪念锦旗。政委在电话里和团长商量了，让全团列队到车站接旗，政委说别的部队也都这样的，政委代表全团见到了伟大领袖，这在建团史上前所未有，为隆重起见，团里决定，政委下车后和全团官兵步行绕镇游行一周然后再回营房。还决定由团长和一名战士代表，擎旗做游行前导。团长把战士代表指定给了他的老连队——我们六连。指导员接电话时问团长："新战士吴勇为保卫毛主席像受了伤，我们正准备为他请功，擎旗代表由他担当可以吗？"

不知团长对吴勇不感兴趣还是对他这件事不感兴趣，据说是他亲自提的我："我看还是找个受过毛主席接见的这样子。柳直不是见过毛主席吗这样子，又是长征走着去见的这样子，再说吴勇胳膊伤了擎旗也不方便这样子！"

我就被团长的一句"这样子"点成了擎旗代表。全团只有团长和我戴着雪白的手套走在队伍的最前列。那天风很大，我和团长身后的前导队彩旗猎猎，鼓乐喧天。当政委双手擎锦旗走出车站时，伴着庄严的鼓乐声全团欢声雷动，各种表达幸福心情和欢呼万岁的口号声惊天动地，连站后边的山都震得直摇晃，似晃了好久才静下来。政委将手中锦旗最最庄严地交给我们，我和团长用戴着雪白手套的两双手最最郑重地接过来，然后政委拿起早已布置好了的麦克风讲了一句话：

"我于5月1日晚×时×分×秒见到了最最敬爱的伟大领袖伟大统帅伟大导师伟大舵手毛主席,这是我们全团的最大幸福!"

山又摇晃起来,仍是晃了好久才静下来。因为团长口头语太重,由我代表全体指战员讲话。我什么时候这般风光过呀,崭新崭新的军装,雪白雪白的手套,腰上挎了一支手枪,脚穿一双光芒四射的皮鞋,借给我的。我手拿麦克风代表全团包括立过四次大功的团长(他都没轮上讲话)向毛主席表达心情了。好像毛主席在身旁亲耳聆听着,我激动得眼眶湿润,声音颤抖地念起打夜班写好的稿子:"……红旗漫舞迎朝阳,黄海滔滔翻红浪,政委代表我们见到了心中最红最红的红太阳。这是我们最大的幸福,最大的光荣……忆前年,在您光辉诗句'红军不怕远征难'的感召下,我作为红卫兵徒步长征到北京,受到过您的接见。如今,我们驻守在黄海前哨的炮兵团里既有年轻的新战士见到过您,又有战争年代参军的老战士见到过您。敬爱的领袖,您的光辉万里迢迢照耀着我们,我们幸福无比,我们信心百倍。请您老人家放心,我们全团指战员永远不会忘记您接见我们老少两代人的恩情,即使我们面对的滔滔黄海干了,我们背靠的巍巍大孤山烂了,我们忠于您的红心永远永远不变。您挥手我们前进,您指向哪里我们就打到哪里……"当时全中国都是这样一种文风,我可以算全团用这种文风写颂扬稿最出色的人了,当然那时全国要是兴另一种文风,我相信我也会是全团最出色的一个。毫不说谎,当时我这样写这样念的时候都不是违心的,我那样的出身所受的教育所接触到的人物、书籍,加上我的年龄,我不能不认为自己说得很对。我在"文化大革命"前就读过《毛主席青年时期的革命活动》和《毛主席少年时代的故事》,那时就深深打下了真诚敬佩的烙印。

我讲完话,游行就开始了。政委临时改变了主意,由他和团长一人扯着旗的一角在前,我两手捧着旗的轴辊在后。这样我更高兴,一是走时不用侧身,二是等于全团二位军政第一把手或说党委正副书记加我——一个雄心勃勃想建功立业又不知怎么干的新兵,我们三人带领全团官兵走在大路上,我的心情当然是无法形容了。路两旁到处有围观的老百姓。那时中国老百姓的政治热情真是达到了沸点，男女老少动不动就群情沸腾。我们擎旗走到闹市的时候，一群老人（老头老太太都有）竟围旗跳起了忠字舞。那座山城也许有悠久的文艺传统，要不那么多老头老太太怎么会载歌载舞呢，又不是少数民族。我眼里的汉族老人，即使再激动也是不该跳舞唱歌的，我在家乡就从未看过。所以我对人们都用唱歌跳舞的方式向敬爱的领袖表达感情总有点不舒服的感觉。可是年过半百的政委却停下来叫我们和群众共同跳忠字舞。我既不会也不好意思，团长干脆就不同意："我们军人跳什么舞呢这样子？"政委在北京在军区见过世面了，感慨说："咱们山沟里太闭塞，我们这次全是团以上干部，专门教跳忠字舞了。你看，老百姓比咱们先跳起来啦！"

政委把旗交给团长便和那群老人一同歌舞起来。这一行动在我心中引起的震惊像原子核裂变般强烈而迅速，受到毛主席接见过的政治委员都跳起来了，而且是从军区和北京学来的，凡是从北京传播出的事物对我都有权威性和巨大的冲击力。啊，徒步去北京见到毛主席才一年，北京又有了飞速的发展，跳起忠字舞啦！我深感自己闭塞落后，所以政委又招呼我和他一起跳时我便瞬间产生了一个飞跃，不感到跳舞难看了，一冲动跟着蹦跶起来。现在我可以想象出我舞姿的难看程度，因为我从二十年后舞场的镜子里看见过我开始跳交谊舞时笨拙难看如熊如猴令人啼笑皆非的样子。政委却高兴至极，鼓励我大胆跳，尽情跳。我感觉得出，政委对我这一举动由衷地高兴。过后别人跟我说过，政委评价我勇敢，有朝气，对新生事物敏感，不然后来他不会点名让我参加全团的支农试点。回想起来，关键时刻的一点小事有时都能决定一个人的命运。我性格中矛盾的两面性有时我自己都不可理解，团长和政委两人的爱好、气质呢？我并没故意去迎合他们什么！二位首长思想方法及工作作风如此截然不同却都能看重我，这是为什么！

我前面说了，那天有风。我刚发神经似的跳了几下，不慎帽子被风吹掉，一个明晃晃的光头展现在大庭广众之下，这与当时的场合气氛显然极不协调，造成的效果肯定很滑稽可笑无疑。大人们都懂事，装成啥事没发生似的继续使事情往下进行，可看热闹的孩子们没这水平，早由衷地笑将起来："哎呀呀溜光锃亮！""看哪，解放军叔叔光芒万丈！""小灯泡！"

是政委力挽狂澜，转危为安，迅速为我捡起帽子，停止了跳舞，又若无其事往前游行。

无疑我在政委心里打上了无法磨灭的烙印，游行完了他就批评我为什么剃光头。听我说我们全班全体都剃了光头，他深深吸了口烟说："你们办事头脑简单，脑瓜一热想干啥就干啥。怎么能开这个玩笑？你想想都什么人剃光头？监狱劳改犯，和尚，蒋介石……你们剃得光光的，叫人看着对现实不满咋的？不许再闹这个笑话啦！"政委的话很严厉，但我感觉得到，他内心是看重我的，所以我虽对剃光头这件事引起了重视（给人以对现实不满的感觉那还了得），但并没害怕。

政委一转身，团长当我面不轻不重说了一句："喊，光头就是光头，什么这个那个的这样子。"他说得像自言自语，因为他理的就是平头，几乎快跟光头差不多了。今天想起那件事还好笑，历史也如人一样常常闹笑话。当时批评光头对现实不满，现在又天天讲不准留长发，说长头发是玩世不恭颓废派，致使连长们常常得拎着推子撵那些新兵剪长毛。

但是，不管谁的命令也无法使一班光头三天就长出长发来。三天后我们接到命令，全副武装拉到旅顺口去。旅顺口，那是当年日本鬼子同沙俄血战过的疆场。不过我们去既不是同"复活的日本军国主义"作战，又不是同"苏修新沙皇"作战，南朝鲜也不是，因为人家没按我们的说法随时都可能发动侵略。我们是作为无产阶级专政柱石的象征去为旅大市革委会成立大会壮威风，主要是参加游行的。没想到参军后游行仍这么多。

我们侦察班头发没长出来又不能不让我们去。全班买了一米松紧带儿，每人半尺贴帽檐里圈缝好领导才放心了。

5月篇

八五加农炮连，却拉了一六〇迫击炮。两种炮的样式、性能、战斗作用都不一样，不过因为一六〇迫击炮口径大，样子特殊吓人，炮管后面有个直径一米多的圆盘底座，外行人会以为是什么新式武器。听说有次野外训练时，老百姓问这是不是原子炮，回答说不是，老百姓非说是军事秘密没告诉他们。

一

八五加农炮六连的汽车拖着三营九连的一六〇迫击炮到军械修理所，从车到炮全部漆饰一新。我们全连又人人着上新军装，老百姓无不以为这是支最新式的部队。殊不知那一六〇迫击炮已经老掉了牙，落后无比了，据说有年实弹射击炮弹刚一出膛便垂直落在炮阵地上，全连卧倒约有半个小时，幸好炮弹没有爆炸。就连这种破炮我们连还不会使用。有人说这种状况敌人通过各种手段了如指掌，可我们自己的老百姓却以为他们的子弟兵无论从武器装备到素质都举世无双。当时我也是这样自我感觉良好的，因为我无从知道敌人使用什么武器，这样的装备比我从电影上看到的都好。

一个连队去参加游行，师里却指示必须由团长带队，显见任务有多么光荣多么重要。出发时动员说要在旅顺住一个月。那时实在无知，竟不懂游一天行怎么会住一个月。我想去看看杨烨，但只是一闪念并没去，就在夜里匆匆忙忙随连队出发了。为什么在夜里出发，团长说："还用问吗这样子，军队任何行动对于外界都是军事秘密这样子，你们以后记住就是这样子。"

辽南温暖的夜色里，团长的吉普车在前，后边六门怪模样的大炮跟着七辆卡车（带了一辆运输保障车）悄悄向旅顺进发。怀里抱着的枪也不是原来自己使的冲锋枪了，全换成带刺刀的半自动步枪。抱着枪坐在车上摇来晃去的怪想唱歌，又不让唱，如果让唱的话就不用夜里出发了，目的不是不让老百姓知道各种部队都是从哪里来的吗，如果都以为就驻扎在城市里更好，新生政权有各种部队就地保护不更有权威性吗？我们就不唱歌儿，随心所欲地想事情。那天晚上我才发现，想什么和不想什么也是有条件的。看见天上的星星，我就想起了那支歌儿："抬头望见北斗星，心中想念毛泽东，想念毛泽东。迷路时想您有方向……"徒步长征去北京路上，累了，遇到困难了，尤其夜间行走风雪弥漫时，我们就看见毛主席坐在深夜的窑洞前伏案工作。不知怎的一想就是在延安窑洞而不是在中南海，好像毛主席一直就在延安而从未在中南海的古皇宫里办公过，毛主席怎么会在皇宫里呢？那是毛主席第七次接见红卫兵，接见头天晚上我们彻夜未眠，演练编队，准备服装和《毛主席语录》，练习口号。第二天刚放亮就起来了，一直等到上午十点才轮到我们的队伍通过天安门广场。一到检阅台下练了好几天的队伍轰地乱了，都停下来不肯走，蹦着跳着狂喊，想让毛主席听见自己的声音。尽管毛主席是站在天安门上挥手，我仍觉得是站在宝塔山下窑洞里打手势讲课。无论是舞台、银幕、书本、画面打给我的烙印都是这样，以至使我的审美情趣离不开苦难感，以为诗意和美都在艰苦中，和平中不会有感人至深的壮美。所以我才最崇拜苦难的红军长征，所以我们才自讨苦吃冒着五十多天的风雪严寒搞到几千里的徒步长征串联。炮车路过村庄惊起几声狗叫。我想到长征的一个夜晚，我们走进一个村子。后半夜了，一盏灯光也没有，我们想学红军或抗日联军不打扰老百姓，就在谁家院外躺半宿算了。躺一会儿就受不了啦，天太冷。我们又往前走在村西头发现了灯光，我们走近灯光时狗叫起来，狗一叫灯灭了。我们就神话般地把狗叫和灯光都同神圣的苦难战争年代联系起来。像游击队叫老乡家门似的，我们轻轻地叫："老乡，我们找点水喝！"只听狗叫，没有人应声。我们又叫："老乡，别怕，我们是红卫兵！串联路过这儿，饿了！"完全像电影里的八路军游击队。灯战战兢兢地亮了，门战战兢兢地开了，一个岁数不太老的老头战战兢兢叫住狗，问我们："进屋吗？""打扰您了，老大爷，我们想吃点饭，不行就喝点水。"我说。"吃喝都行，就是没啥好东西吃，你们不嫌弃就进来吧！"他把我们领进屋。他老伴和两个大闺女都穿着衣服在做鞋，说是村里派给的任务，第二天要交上三双拥军鞋，正在赶做。我们怕影响人家完成任务，说有剩饭吃一口就行。全家人却客气谦卑得不行，非要蒸一锅豆包、炖一锅放肉的菜不可。两个闺女更是让我们好感得不行。怕耽误人家更多时间，我们吃了饭就要走，他们也不挽留，只是我们交饭钱时全家人都不肯收，我们说红卫兵跟解放军一样，不拿人民群众一针一线。老头战战兢兢说他家是地主成分，跟一般群众不一样。我们手中的钱和粮票便停在手里不知所措了。我们吃了地主的饭啊！一时连胃里也似乎有些恶心。红卫兵怎么吃了地主的饭？后来一想战争年代游击队还抢地主家的钱粮呢，我们吃顿饭算啥，还省一顿饭钱。想把钱揣夹兜里一走了事，可看一家人战战兢兢又善良的样子又不忍心。有人说："那就走吧，不要拉倒。"我们就往外走。可两个女同学心软，尤其看那家两个闺女又俊又热情，便伸手把钱和粮票从男同学手中抓过去塞给她们："买本书看吧，就算我俩送给你们的书！"两个很俊的地主女儿看着钱激动得眼圈红得可怜，大概她们从未受过这么客气的对待吧。我至今还能记起她们的眼神，现在或许也成了什么专业户万元户吧。那件事究竟做得对不对，我们后来争论一路也没个结果。炮车就那么单调地在夜中走，我就顺着这个事想起那个说"不要拉倒"的同学来。他和另一帮同学当海军去了，通过几次信，地址正是旅顺。这次游行要在旅顺训练近一个月，可以见到那帮海军同学啦！穿上军装离家时，一般人心里都认为海军比陆军好。海军在海上，行军乘舰艇，海魂衫也迷人。而陆军走路，吃的穿的都不稀奇。我也这样想过，再深一想又觉得这是庸人之见了。我认为还是当陆军最好。陆军多重要，人多，遍及全国各县，不然全军的最高统帅怎么着陆军军装呢，国防部长、总参谋长、总政总后首长怎么全都穿陆军服装呢！何况我们又是陆军里的特种兵——炮兵。虽然我当时还不知道最天才的军事家拿破仑是炮兵出身而且直到最后他最擅长和最重视的都是炮兵，却听说过"炮兵是战争之神"这句话。至于炮兵怎么是战争之神，神到什么程度却全然不知了。因为这句话是外国人说的，与中国最流行的"人民是战争胜利之本"抵触，所以没人宣讲。但拉着大炮在街上一走，老百姓对大炮的兴奋情绪不能不使我感到炮兵肯定比步兵神气。海军同学们，我们带着大炮来看你们啦。我们将坐在炮车上参加盛大游行，你们能乘着军舰游行吗？十几万游行者的眼光将证明，神气的是我们。

想得最神气时，尿憋不住了。出发时吃的烙饼和炒菜，口渴。听农村入伍的战士说，"老庄吃顿饼，三天不离井"，真不假。尽管夜里行军没有烈日当空晒，我们还是一会儿拧开行军壶盖喝一阵。同时吃饭，又吃同样的饭，再一同乘车一同口渴一同喝水，大概就同时产生排解的感觉吧，正当我憋急无奈想叫人敲驾驶室停车时，前边的车都停下了。黑影里听见团长的声音："通知各车都下来解手这样子。"不待通知传过来，已听见首车一股股飞流击水声了。路边的沟里有水，沟边是树，路的一面是山，另一面是水萝卜地。不知是谁发现的水萝卜地。刚尿完又觉得渴了，壶里的水大部分喝净，大家嗓子都被水萝卜馋得痒痒的。我们找司务长，司务长找连长，连长找团长。团长说："到窝棚去看看这样子，抓到人就说买点这样子，抓不到人……还是尽量抓到人这样子！"我们都明白团长说的"抓到"就是"找到"。可司务长带两个战士刚走进地里，忽然蹿出两个人来撒腿就跑，也不知什么人，但一致断定，好人能跑吗？肯定是坏人。连长一声令下："追！"大家呼地追过去。两人分开朝两个方向跑开了。

"指挥排向左！一排向右！其余的回来！"连长指挥抓特务样喊道。

两个跑得更快了。我们长途坐炮车腿脚麻木，一时不如那两人跑得快。追了好一阵竟追不上。我不免火起，抻抻腿加快速度，堂堂一个当过长征红卫兵的战士追不上你？我快他也拼命地快，我俩渐渐把多数人甩在后面。我都渐渐不支了，这厮仍死命地逃，快得像兔子，仿佛一旦被抓住什么都完蛋似的。愈这样愈引起我的重视，我想一定是个跟踪我们多时的特务或是潜入国境的特务，若是偷萝卜或干别的什么坏事至于这样拼命逃吗？这样一想我愈加有了劲，脚下生风，稀里哗啦不知踩坏多少水萝卜。可是怪了，就是追不上这家伙。已经跑出水萝卜地好远，进到一片河边的柳条丛里。这边追上来的只我一个人，阴森森的不免害怕，那人已踏上河边，再追就要下水了，我急中生智突然停住大喊："站住！再跑开枪啦！"不知这家伙真以为我带枪了还是不会水没敢过河，真的站住了，并且主动朝我走来说："别追了，我也是当兵的！"他也许是实在跑不动了，没有再跑。我上前一看，果然是当兵的。不待我问他便哀求着说了实话。原来这小子在内蒙古当兵回来探家，定了门亲事，明天要返回部队了，临行两人想亲热一番，家里不方便来到这里，不想遇了我们。"这事闹的，你跑什么呀！"我哭笑不得说。"这你还不理解吗，见不得人呗，让部队知道了，还不受处分！事到如今，也没办法了，你想把我交给你们首长就交吧！"他无可奈何地说。"你们发生事啦？"我问。"没有没有，真的没有，你想想，一个当兵的刚订婚就发生事儿那还叫人吗？"他说得很肯定，听那口气我相信是真的，便愈加埋怨说："你这个同志真够呛，没发生事你跑什么嘛？"他说："自己说没事谁信哪，我们村前几天刚抓了一对，说搞破鞋，游街了……"我理解这种情况，在学校"扫四旧"那阶段就见过挂破鞋游街的，我同情他说："真没事你就溜走算了，我就说没抓住！"他握住我的手感谢说：

"谢谢你战友,我肯定没事!"

我放走他回到路边,一排那帮小子却把女的抓住了,正问不出什么来。我跟团长说:"咱们去执行任务,管人家这些事干啥!"团长马上跟连长说:"快把她放了这样子,放了放了,当兵的少沾女的边儿这样子!"

水萝卜没买成,却又遇到了一起男女偷情的事。年轻人最受不了这种刺激了。真倒霉。惹得我上车后体内又不安地骚动,乱七八糟六神无主地骚动。他们真的没发生什么事吗?没有,为什么躺在萝卜地里,而且跑?也许没有,因为司务长往里一走他们就跑起来了。也许发生了,我们的炮车一停在地头他们就有了准备,一听说抓人便以为抓他们才开跑的。难道他们也像结巴老兵和花棉袄那样脱了裤子?一想到花棉袄那情景我便骚乱得更厉害,又想到床单上的地图,加上坐在车厢的颠动我感到那个部位骚乱得最厉害了,那部位紧张激动得结实而微微地跳。方才抓住又放了的那女的也穿红花衣服。怎么这种人都穿花衣服而且花色鲜艳?红色粉色都热烈,是因为这样的人热情如烈火才喜欢这类颜色还是偶然?我想到杨烨。她喜欢穿蓝色衣物。我呢?男人当然不能穿红戴花,但我喜欢什么颜色呢?杨烨穿戴的蓝色我喜欢,红色我也喜欢。也许我们性格或血型都不热烈所以许多次单独在一起才没发生那类事?他们为什么发生了,我们为什么没发生?我不愿意吗?不是不愿意,是不敢是怕丑害羞。要是世界上谁也没有,只我们两人大概就会了吧?那天夜里,在礼堂的花圈旁若是一夜没人去打扰会怎么样呢?不,也绝不会怎么样,在烈士的花圈旁,我刚戴上领章帽徽,绝对不会的。结巴老兵、花棉袄还有水萝卜地里这一对儿,他们是低级下流的人。我……我是高尚的……起码我要做高尚的人,我绝不会。杨烨也是高尚的人,她……更不会更不会。一直到旅顺我都在想杨烨。她怎么样了?她会常想到我吗?她会以什么样的心情想到我?她会想到吴勇吗?她还会想到谁?

二

  黎明前我们按时驻进旅顺某部教导队营房。给我们的房子一共四间，团长一间，连部一间，司务长和炊事班一间，其余三排人共住一间小礼堂似的大筒子屋。夜间行军黎明时分就寝，这种违反常规的生活现象我已习惯。军人嘛，就该这样。

  躺下还没熄灯，远处传来急骤的枪声，有步枪，有冲锋枪，有机关枪，有点射有连发有齐射，像一支交响曲怪激动人心的。团长和连长、指导员马上来到大筒子屋安稳我们，说群众组织受坏人挑动，武斗还没完全杜绝，阶级敌人很可能在革委会成立之前搞一次大规模的武斗，务必要提高警惕。我们纷纷爬出被窝将枪机卸下藏好。炮班比我们更麻烦，还要把炮栓卸掉，以免坏人抢去。这样，我们从到旅顺第一天黎明的梦中就开始了具有火药味的训练生活。我喜欢这种味道的生活。没有火药味穿军装还有什么意思。

  不时放爆竹似的几声枪响的旅顺真叫我喜欢。营房的民宅及其他楼房都是日式俄式和中国式混杂的，这些混杂的建筑掩在茂盛的槐树松树柏树和巨大的梧桐树丛中，那多姿多彩生机勃勃的树又都长在起起伏伏如丘陵的街区上。尤其那不多却异常振奋人心的火焰松就是电影、画报、报纸上也很难看到。世界上竟然还有这种树，像一支支绿色的火炬在奇异地燃烧。伙食从第一天就明显改善了，每顿都有鱼，早晨小干鱼，中午炸带鱼，晚上炖鲅鱼，第二天又有海螺海虹海蛎子什么的，我这才感到旅顺是既美丽又富饶并且有名的军事要塞。无论在营区在街道，经常可以遇见或穿陆军服装或穿海军服装的首长，我们团长在这儿算不了什么了，据说不少骑自行车的海军比我们团长官都大。

  我特别想见识见识海军是什么气派，所以安顿之后第一件事就和吴勇还有那位刚当通信员就因打电话向杨烨泄密而被贬到炊事班的同学去看海军那帮同学们。

初到旅顺哪儿也不熟,几乎走几步就得问一次。我们三个几乎碰见人就问,可是都冷冷淡淡的,我们以为大城市的人都这样,在我们营房附近,老百姓可是相当热爱解放军的。又不能不问。过了星海公园,在一个僻静的拐弯处我们遇到五六个比我们年龄稍大的小伙子。我很客气地问:"打扰同志们了,请问去海军×××部队怎么走?"

那几个工人模样的小伙子并没什么事儿,可看看我们却没人吱声。我再次问道:"请问去海军×××部队怎么走?"

一个脸色最不友好的小伙子反问我:"你们是哪个部队的?"

"还用问吗,穿绿军装还能是空军部队的?"吴勇说。

那小子眨眨眼,用手向左一指:"那边!"就不再同我们说话了,其他几个只是阴阳怪气地笑。

我们按他指的方向走,边走边议论大城市的人不好斗。走了一阵我们又遇见个妇女,她却告诉在相反方向。那妇女相貌和善又有文化修养的样子,我们相信她不会骗我们,一定是那工人小伙子戏弄了我们。我不禁心头火起,又往回走。

几个阴阳怪气的小子还在那里,我压住火气又问方才指路那个:"请问海军×××部队到底在哪儿?"

那小子见我问得严肃了,也板起脸:"最高指示:'没有一个人民的军队便没有人民的一切。'最高指示:'千万不要忘记阶级斗争。'请问你们是哪个部队的?"

"方才不是说了吗,陆军部队的!"我说。

"陆军部队的会不知海军×××部队在哪儿?海军比陆军更重要,我们不了解你们是不是真解放军,不可乱告诉!"

听他这话也有道理,我便缓和口气说:"我们是新来执行任务的,哪儿都不知道!"

"你们住哪儿,执行什么任务?"

"这是军事秘密,哪能随便告诉人。"

"我们不相信你们是解放军才这样问问,要是坏人去海军部队搞破坏咋办？"

我们毕竟是新兵，以为自己真的不像解放军所以人家才这样提高警惕的，便说了从哪儿来，住在哪儿，执行什么任务，为什么去海军。他们听了都站起来了，热情道歉，说辛苦了、对不起等，然后详细告诉我们怎么走。临走我跟他们一一握手再三道谢。

我们按这帮小子指点的路线真找到了海军。

那是个舰艇部队，营房就建在海湾边上。我们看见了海军和海军的营房，真有点土八路进城那份劲儿，眼睛不够使了。首先那座楼房的样式就叫我们看了好半天，是一艘大军舰形的，窗子也类似军舰的舱窗。类似军舰的桅杆上挂着飘动的八一军旗，院子里是芙蓉树和火炬柏，比我们山沟陆军营房气派多了，相比之下简直像贵族和平民。

我们正眼睛不够使着的时候，挎冲锋枪的哨兵向我们敬礼，问干什么。哨兵穿水兵服，带飘带的水兵帽稍向前斜戴着，这是我除电影上第一次看见真海军。

我们递上信封，说明来意，哨兵又盘问一阵才让我们到收发室等。

我一看海军干部服装，心里的压迫感少些了，除了灰巴颜色外跟我们陆军的一模一样，可比我们的草绿逊色多了。

一个同学出来接我们，他在校时也是个头儿，外号叫"大胆儿"。我们高兴得远远就相互往一块跑起来。我们不习惯电影里的抱肩膀啊，跳高啊，可我们高兴的程度要是放到电影里，就该互相抱着肩膀摇呀跳的。当兵半年多了，我们学会了军人的礼节，快跑到一起时停下来，互相敬了军礼然后紧紧握手。我们不约而同地这样做了，我想，海军跟陆军的礼节是一样的啊。

大胆儿还是那样，不拘小节，但穿衣走路比原来利索多了。吴勇开他的玩笑说："是不是有对象了，怎么利索起来？"

"副班长管得比对象都紧，谁敢邋遢！"

我问："你们海军也是副班长管内务卫生？"

"那说明陆军也是啦！"他说。

"你到底有没有对象哪？"吴勇问。

129

"无产阶级对什么象啊！"他大大咧咧说。

"那你说副班长管得比对象都紧，这么有体会好像真有似的！"

"哪像你们有魅力，女同学主动往部队追，追去就不回来啦！"大胆儿看着我说。

我说："你们说的什么黑话呀，我怎么听不明白？"

大胆儿："人都追你去啦，还说不明白，这不是装糊涂吗？你说呢吴勇？"

吴勇："杨烨是跑到我们部队去了，不过是要当兵，不是去追我们！"

大胆儿："我又没说去追你，你辩护个六！当兵咋不上我们这儿当，偏跑你们那儿？"

我说："她舅舅在那儿，奔她舅舅去的！"

吴勇："也不能说全奔她舅舅去的，也有奔我们的意思。"吴勇扳了扳了大胆儿的肩膀，"柳直这小子不够意思，才是个副班长，班长还是代理的，就不见老同学了，杨烨过生日叫他去，他充起正经来了，指导员同意他去他都不去。啥事都找我，都以为杨烨奔我去的！"

大胆儿："那你也得客气点，别把咱头儿的人给撬了，适当帮照顾照顾那是应该的！"

我忙分辩："大胆儿，别瞎说！"

吴勇："柳直这小子对杨烨不够意思，想不理人家。"

大胆儿："男女的事哪有公开的，你小子别想美事撬行！"

我赶忙制止他们："快别说了，别说了，见面就说这些不三不四的事，让你们海军听见多笑话！"

大胆儿："什么海军陆军的，肠子肚子都一样，就皮不一个色儿是了！"他真还是学校时那个大胆样，啥也不避讳，一路吵吵嚷嚷的。路过一栋楼时，忽然仰脖朝楼上喊："喂！长颈！和尚和智多星他们来了，快下来！"

我知道他喊的是高二的一个同学，脖子长，便被起了个"长颈鹿"的外号，时间长了大家就简称"长颈"，有时还叫他"杨长颈"，他姓杨。

长颈很快就在三层一个窗子将他的长脖探出来，一见我们，呼地把军帽扔了下来，喊着说："你们咋来了?!"说着就缩回头去，往楼下跑来。

长颈见了我们只敬礼也不握手，抡个拳头光砸我们肩膀推我们胸脯。

大胆儿说："先到部队见见我们队长教导员去，再把就近那帮同学叫到我们舰上聚聚!"

大胆儿把我们几个领到队部，正正经经喊"报告"又冲我们做鬼脸。里边喊"请进"了，他把我们领了进去。

"队长，我的陆军同学来了，从几百里远来的!"他把几百里远说得很重要，那意思我们都明白，远道来的战友，一是领导得跟食堂打打招呼，吃饭时给加个菜；二是得给假一块出去玩玩，照个相什么的。

队长就像一个家的家长对孩子带来的朋友得给个面子表示欢迎那样，热情地让我们坐，然后会抽烟的给烟，不会抽烟的给倒水。队长很懂我们的心理，简单问了问我们部队情况就对大胆儿说："好吧，你们玩去吧，把你们攒的罐头拿出来给同学吃吃，不够找司务长打欠条借点儿。他们陆军都想看看舰艇，游游泳照张相什么的，悄悄的别让大队长知道就行。知道了我可不替你写检讨!"

"放心队长，我们这位陆军同学都任命为副班长了，现在代理班长，学毛著标兵，上过报纸!"大胆儿向队长吹捧着我，好像这能给他带来荣耀。

队长："那好嘛，你们好好向人家陆军学习，有好经验可以给咱们全队讲讲!"

我连忙不好意思地谦虚："别听大胆儿瞎吹，陆军可没海军先进。我们请假说上你们这儿来时团长还说想上海军来看看呢!"

"那好哇，欢迎你们团长来指导，团长带队来的吗?"队长问。

"团长是战斗英雄，立过四次大功五次小功，身上有六处伤疤，师里特意让他带队参加游行!"吴勇吹开了。

队长："哪天我们去拜访你们团长，请他给全队讲讲传统。"

我怕他们真去请团长讲课。团长那几乎一分钟六十遍的口头语岂不让人家海军笑话，大胆儿要是知道他就是杨烨舅舅更得当笑柄了。我忙打岔说："团长可忙了，又严格，轻易不肯讲自己过五关斩六将的事！"

吴勇不懂我的心思，却说："我们团长很谦逊，你们亲自去请他肯定能来。"

队长一边说"好好"，一边给大胆儿他们艇长打电话叫好好招待我们。

大胆儿、长颈把在这个艇队的十来个同学都找到大胆儿的宿舍，我以为能到舰艇去聚呢，有规定不让上。他们每人都带了好几个罐头。海军伙食费比陆军高几倍，经常发罐头，他们就把好的攒起来招待客人用。大胆儿又跟司务长要了几个肉罐头，长颈到军人服务社买了两瓶白酒。他们海军也不让战士喝酒，大胆儿出主意，说游泳训练场那儿没人，又肃静又宽敞，到那儿喝酒还可以游泳。

我们就在游泳场的水边上摆开了罐头。长颈还借来台照相机，大胆儿问他借谁的，他支支吾吾不肯说，一个劲叫大家先合影，说照完了马上得把相机还人家。我就想以军舰和海水为背景照。照每张都是我在中间，不光我在学校是个头儿，更因为我是副班长并且代理班长了。所以我们三个陆军成了核心人物，他们分别轮着和我们三个合影。合了半天就是没法有一张一人不漏的合影，长颈脸憋得通红说他去找个人来。他找来的竟是我们看来相当漂亮的姑娘，年纪跟我们差不多。长颈光把她的名字介绍了一下，也没把我们一一介绍给她。她为我们合了影，长颈把照相机交给她，她跟我们大家说了声再见就走了。

大家唏嘘惊叹长颈老实巴交竟能认识他们大队长的女儿，还能把她的相机借来，还能把她请来，都开玩笑向他祝贺。

"这祝贺个屁呀，我给大队长当过几天通信员，后来摔耙子啦，借她家照相机还不借呀？"长颈甜滋滋地分辩，一点不气恼。

"就冲照相机祝贺的，要不我们哪能合成影啊。祝贺长颈，也感谢大队长女儿！"大家七嘴八舌说着，祝贺的方式竟是让长颈负责启罐头瓶子。那可不是好干的活，长颈启了几个就叫累了，大家都不饶他，我便接替他启。

这下大家的祝贺都冲我来了。"副班长，代理班长，革委会副主任，团支部副书记，标兵，还有杨烨，这么多好事不祝贺他祝贺谁呀！罐头都得他启！"大胆儿带头向我起哄。

我最怕大家把我和杨烨放在一起瞎说了，不是不愿意，是怕，这种矛盾的虚伪心理使我总要辩解一番："你们瞎说我倒没啥，对杨烨太不负责任了，一个姑娘还在那儿喂猪，瞎说传到我们那边去，她更别想当兵了！"

"那好，那好，我们大家都应向柳直学习，看柳直替杨烨想得多周到，要是因为瞎说杨烨当不上兵被撵回去，我们可负不起责任！"大胆儿抢过罐头刀子，"那就罚我启瓶子吧，谁让我造谣说杨烨奔柳直他们去了呢，杨烨不是奔柳直去的，她大概记错人了，以为我在那儿呢，兴许过几天会到我们海军来的！"大胆儿唰唰一阵儿就把罐头开完了，看来他们海军常吃罐头，个个启罐头技术要比我们强。他们每人都有一把多用的吃罐头刀叉，我们三个陆军轮着用他们的。

没有酒杯，就用酒瓶子轮着传，谁都得喝。果真轮到谁没有推赖的，喝多喝少都喝了。记得在学校时谁都没喝过白酒，谁也没抽过烟，现在不但都能喝白酒而且不少同学会抽烟了。喝了几口酒有几个人开始从兜里掏烟，你一根我一根互相扔着。烟我是绝对不抽，一是没想过要抽；二是也没钱抽。陆海军同学在一起抽烟喝酒的情形使我感到我们确实不是学生了，半年的军旅生活已使我们的习惯发生了变化。

边喝酒边讲起了自己部队值得炫耀的事。大胆儿他们先炫耀海军伙食好，这我们比不了，只好任他炫耀。我只能讲我们团长带头艰苦奋斗的事，立过多少功受过多少伤。大胆儿则说他们大队政委是红军，参加过长征。吴勇便吹我们团政委去北京受过毛主席接见。长颈说:"喊,那还值得一说?!海军学毛著积极分子会全体代表都受接见了,我们大队就有三个!"

吴勇吹开了武器:"我们炮兵团四种炮,八五加农炮,打坦克。一二二榴弹炮,打照明弹的。一六〇迫击炮,抠死角轰重型目标的。一三〇加农炮,射程五十多华里,一开炮结结实实的树叶直往下掉。火箭炮,二十四管,一发射唰唰唰满天火光惊天动地,山直摇晃,履带装甲车牵引的。演习一拉出去,浩浩荡荡几十里,老百姓以为帝国主义打进来了呢!"

大胆儿吹得更爆:"我们基地什么舰都有,驱逐舰,导弹驱逐舰,巡洋舰,航空母舰,鱼雷快艇,潜水艇,艇长就是连级,舰长是团长,一条军舰就相当于你们一个团。我们驱逐舰一出海,飞一样,比你们坦克车炮车快远去了!"

吴勇还不甘示弱说:"我们陆军精神原子弹多,思想先进,个人进步也快,柳直一连几天就登报纸,几个月就当副班长,现在代理班长,马上要正式的了。我没当上长,可是……立了三等功!"

"怎么立的呀?"长颈问。

"保卫毛主席石膏像!"我说。

"我以为保卫毛主席呢,你们陆军真够呛,一个毛主席石膏像也就几块钱呗,也够立功!"大胆儿说。

吴勇嘴总是硬的:"别管咋说,功是团党委批的,你怎么样,受过连嘉奖没有?"

大胆:"你们土八路叫连,我们海军叫艇或舰,再不叫大队,没说一条军舰就相当于你们一个团吗?"

吴勇:"你受没受过嘉奖吧?"

"那玩意儿没用,又没打仗,立功嘉奖都是闹着玩得的。咱没得过。咱参加过制止武斗,动手缴过'造反派'的枪,没立功那可是真格的,不叫缴枪时打了兔崽子们几下,可能他妈的就立了二等功呢!"大胆儿唾沫星儿直冒。

我很惊讶:"大胆儿,你真见过武斗?"

"你以为吹哪？兔崽子们以为海军好欺负来抢枪，老同志说什么打不还手骂不还口，老子刚摘了红袖标，凭啥他妈让小兔崽子们打骂？一伸手就让我把他们揍了。我他妈还朝地开枪，把他们吓坏了，再不敢抢海军的枪了！"

我总不信真有这事。红卫兵怎么会抢解放军枪呢，这还叫什么红卫兵？

海军同学又讲了一些造反派怕海军不怕陆军的事，叫我们加小心。还说在支左问题上海军和陆军有矛盾，造反派常利用陆、海军的矛盾钻空子。

长颈不耐烦说："管那些乱七八糟的干什么，我们是同学，吃我们的罐头喝我们的酒得了，说我们自己的事！"

我们就又扔下海陆军的大事说个人的小事。不知怎的，喝了酒的原因吗？说来问去都是某某女同学跟谁通信，谁和某某女同学好，再不就是某某女的给谁来信邮了亲手织的脖领或毛背心什么的。我以为是不是我的这些同学变得无聊或低级趣味了。不少年后我懂得了，男人成堆没有女人的地方，无论如何话题慢慢总会集中到女人问题上的。当时同学们那种谈论法算是高雅的，结了婚的成年人谈论起来没有不是荤的。

大胆儿说："事儿就是怪，偏偏有女朋友的不愿谈女的，张口闭口谈的却没有，邪门！"吴勇认为这说法有片面性："那可不一定，谈的就没有？没谈的就有？我们连一个结巴老兵一有机会就谈，真就理论联系实际了，我们亲眼看见的！"

吴勇就此吹开了："我们六连全师先进。对资产阶级思想，人人是哨兵，个个是斗士。那结巴老兵刚进花棉袄家，一个老兵就来向我们新兵报告——我们新兵专门成立了大批判组，本人是负责人……之一。我们立即行动。"

长颈："陆军真能闹景！"

大胆儿："人家陆军够气氛！"

吴勇："我们闯进那家，两人都没了。有人发现了柜底下的鞋。

我们一掀柜盖——!"

吴勇卖个关子停下了。

大胆儿、长颈他们眼珠子都快掉出来了,"怎么样?"

"两个人正在联系实际!"

"真的?"

"真的不真的咱也没敢细看,反正俩家伙下身都一丝不挂!"

"吹牛吧?"

"吹?不仅一丝不挂,那女的临危不惧,见了我们照样不提裤子!"

"你们就敢站那儿看?"

"想看也不敢看哪,全他妈吓跑外屋去了。"

"那你们算他妈啥先进连,出这事!"

"先不先进不在出不出事,而在出了事怎么处理,那才见先进水平呢。柳直怎么当的班长?就因为团长看他这事处理得有水平!"

他们还想听吴勇吹下去,我不耐烦了,什么他妈我处理这事当的班长,贬我嘛。我说:"别听吴勇瞎吹了,快点吃完游泳吧,连长嘱咐我们不能超假!"

海军同学没听够,咂着嘴啜了几口酒,把剩下的罐头打扫光了,又脱光衣服陪我们几个旱鸭子游泳。

军港游泳区水深且静,一丝丝波纹都见不着,游起来好舒心惬意。在校时我比大胆儿、长颈他们游得都好,现在他们潜泳、蛙泳、蝶泳都游得很帅,我还仰泳、狗刨、扎猛子那套土游法,不免眼气。但我不甘服输,非要和他们比谁潜得远。

大胆儿轻轻一个翻身,水面只留下几个气泡便潜进水底,两分钟后才在二三十米远的地方钻出头来,吸口气又往回潜。他露头那地方差一点就接触舰艇了。我决心潜到能摸着舰艇那地方。

我一猛子扎进去,憋得不能再憋时才钻出水面,离军舰还有十来米,便又扎进水,终于摸到舰身才往出钻,憋得一出水面就连气加水吸起来,呛蒙了,一点力气也没有了,身子像石头往下沉。我挣扎着蹚了两蹚,大喊救命。大胆儿、长颈五六个人蛙泳、蝶泳箭似的游过来将我托回岸上，我吞了十来口水，嗓子、鼻子呛得火辣辣痛。

我正狼狈着，借给长颈相机那姑娘来了，不知要游泳还是有事，见我们一帮只穿裤衩站着不但没退回去反而走过来。大家围着我又拉又按，她也蹲下来帮忙。她把我拉起来，又让我跪下，头朝下往外呕水。

这样赤身短裤和一个赤肩裸腿的姑娘蹲在一块，我浑身过电一样紧张，像做了红外线理疗似的各种难受感觉忽然全没了，慌忙穿衣服说："不好，不好。好了，好了，要超假了，快穿衣服！"

吴勇和同来的小同学一看时间也急了，都慌乱地穿着湿裤头穿了衣服。我怕忙着记不准回路，让大胆儿送送我们呢。

大胆儿、长颈一听还有二十五分钟就到假了，胡乱穿上衣服带上我们就跑。不知大队长女儿和长颈有事儿还是发什么疯，她也跟着我们跑。她体形健美又没游泳消耗体力，一点也不落后。这就形成一个滑稽的情景：两个海军在前面跑，一个漂亮姑娘在后面追，三个陆军也在后面追，而且海军、陆军屁股和帽子都是湿的，路上的人们无不惊疑地看着我们，那情景可以让人产生好多想法：是两个海军战士调戏了那姑娘或偷了那姑娘的钱包，那姑娘找了三个陆军战士帮她追呢，还是两个流氓冒充海军战士与一个女流氓合伙偷了三个陆军战士的钱，三个陆军战士在追，或者两个海军和姑娘是一伙的，再不姑娘和三个陆军是一伙的，海军和陆军有矛盾为一件什么事打起来了。

那时我们把遵守纪律看得太重要了，好像外出超了假整个部队建设就会受重大损失似的，非按时或提前一分两分钟归队不可。大胆儿和长颈累得那熊样也没说个"不"字，可想陆、海、空的战士们时间观念都够强烈的。

跑过一所中学时忽然冲出一伙红卫兵，看样子都是高二、三的，他们乱七八糟喊着："海军正确！黄皮子站住！"放过大胆儿他们拦住我们的去路。我们跑得上气不接下气，加上乱糟糟的一时分辨不清楚，大胆儿和长颈他们折回来，一时也没说清楚。大队长女儿尖尖的一嗓子把一群红卫兵叫住了："战友们别乱来，他们都是新兵，是同学，我也是他们的同学。陆军同学来看望海军同学和我，归队时间快到了，我们在送他们归队。他们是外地来的，跟咱们这儿哪派都没关系。"

红卫兵这才罢休，他们喊喊喳喳议论着回去了。我们又开始跑。为避免再发生误会，改成我和大胆儿在前，吴勇、长颈居中，其余在后，让人一眼就可看出是一个集体为共同目标在前进的样子。

在营房大门口我们让大胆儿他们停住了，我们连说句再见的话也没敢啰嗦径直往连部跑，见到连长时看看表，迟到了两分钟。

连长看看我们充血的脸和喘作一团的狼狈相没批评也没表扬，只说："以后外出要打好提前量，屎堵腚门子才找厕所，容易拉裤兜子里！"

三

后半夜全连正酣睡着，迷迷糊糊听到一声枪响。正不知是梦境还是现实判断时，几十人摸黑闯进我们住的大筒子屋，只听混乱的动作声没有说话的。我发觉一长排人站在床头不动，另一些人在拿东西。是什么人来偷枪吗？

灯忽然亮了，是一排长打开的，灯开关在他床头。他一跃而起，左手举手榴弹，右手提枪在床上大声一吼："不许动！谁动打死谁！"

造反派们不知所措的一瞬间，又有几个人从床上跳起来大喊"不许动"，我也跳起来喊。

大概他们发现只有一排长手中有武器，而且断定手榴弹肯定是不会拉响的，便大喊起来："上！动手！"

一伙人把一排长围住，一伙人奔向枪柜，不管三七二十一动起手来。

一排长又一声喊："住手！我喊三个数不住手就开火啦！"他拉长声喊道，"一……"

没等他喊出二来，突然有人喊："别怕，他的手榴弹是假的！"

这一喊可把一排长的威风打倒了,他手里真是颗假手榴弹,肯定手枪里也没子弹。抢枪的人们呼呼隆隆动起手来,有的抢一排长的手枪,有的抢枪柜里的大枪。

我跳下床和纷纷爬起来的同志们喊着"不许动"冲上去制止,我冲到一排长那儿帮他争夺没装子弹的手枪。因为有规定,遇到这类情况只能宣传制止,不能动武发生流血事件,我便不住地喊着:"抢枪不是革命行动!红卫兵战友们别上阶级敌人的当!"

这些口号一点作用不起,抢枪行动照样进行。门已被连队的同志们堵住了,抢到枪的也跑不出去,有的开始要跳窗子,于是窗子也被堵住。

"砰"一声脆响,混乱的人们冷不防惊呆了一会儿。只听团长举着手枪扯着粗嗓吼道:"我是最高指挥员,我在解放战争和抗美援朝战场三次记大过处分,都是因为枪毙不老实的俘虏。现在你们谁敢再动手,我立即就枪毙他!"他说着又是一枪,一扇窗子的玻璃哗啦啦碎了。

还没等抢枪的人们从惊呆中清醒过来,团长紧接着喊:"侦察排执行我的命令,把这伙受蒙蔽的家伙排好队,反抗者用擒拿格斗技术对付,不必动刀子!"我听出团长故意把"侦察班"说成"侦察排"的,他真行,关键时候"这样子"的口头语一句也没了,我激动地呼应道:"侦察排全体注意,按师长的命令办,首先把各自身边的人扭住。动手!"我是用全身力气喊的,为了增强煽动力,喊声未落我就疯了似的一把将身边一个小子胳膊扭住。

连长下身穿衬裤上身着军装应着我的喊声一步跳到地中央,跟我用一个口径把团长提为师长把全连包括自己都提了一职说:"师长不怕受处分,我们营长连长都不怕处分了,一个处分背着,两个处分挑着,各连各排长带头,上!"他回身扭住旁边一个人。

全连纷纷动手,不管反抗的不反抗的每人扭住了一个。这帮小子都被团长的话唬蒙了,没有一个反抗的。

这时指导员假装从外边冲进来的样子,也跳到地中央向团长报告:"报告师长,警卫营奉命赶到,已将房子包围,请指示!"

抢枪者多是跟我差不多年龄的小伙子,哪能经得住这般吓唬,连跃跃欲跑的也都蒙了。团长见局势已经扭转,松下气来,"这样子"口头语跟着就出来了:"红卫兵小将不要怕这样子,我们解放军听毛主席话这样子,我们对'帝修反坏'阶级敌人绝不留情这样子,对红卫兵小将是革命战友这样子,只要你们不抢枪不武斗这样子,我们不会扭你们这样子。大家看看这样子,你们已同意不抢了吧这样子?那么我命令,把扭着胳膊的手都放开这样子,互相握一握这样子。握手言和这样子!"

团长说到后来,抢枪的毛头小伙子们笑起来,他们发觉了团长有口头语,被团长既英雄又可笑的劲儿松懈了斗志,紧张的气氛消失了,我们扭着的手也松开了。抢枪行动的头儿说话了,那小子服输了但口气没有一点低三下四:"我代表这次行动的全体战士,向解放军首长认输,你们是英雄的部队,英雄的首长,英雄的战士,我们保证,今后绝不再抢你们的枪,并且到处传颂你们的英雄气概!我叫魏革命,××中专'八三一'红卫兵总部的头儿,这次行动的错误由我来负。何去何从请师长下命令!"

没等团长发话,吴勇喊了一声口号:"向正义投降是好汉!"

因为喊得太突然,大家都没反应过来,没人跟着喊。指导员反应神速,立即接着挥胳膊又喊:"解放军和红卫兵是一家!"

我们连的人都跟着挥臂齐喊:

"军民团结如一人!"

抢枪的小伙子们也跟着我们喊:

"试看天下谁能敌!"

"要文斗不要武斗!"

"文斗有功!"

"武斗无理!"

团长看敌对情绪已被彻底瓦解,叫他们坐到床头休息,叫我们迅速穿好军装,整好内务,连夜开起了座谈会。

会上，我发现白天故意告诉错路后来又盘问我们哪个部队住哪执行啥任务那小子也在其中。于是我真心信服了毛主席那条教导：千万不要忘记阶级斗争。

四

没伤皮没流血就制止了抢枪事件，团长一时出了名。先是抢枪那伙中专生传的，传来传去就变成了新调任的师长面对上百手持凶器的抢劫者像拍惊堂木似的朝天放了一枪，然后从容自若光凭讲过五关斩六将的历史就讲退了百余抢枪者。说他有张飞的勇猛，有关羽的仁义，有孔明的韬略，讲话时该激昂激昂该幽默幽默，枪法高超，武功过人，调来准备进"三结合"革委会并当守备司令的。部队听了这番话当然只觉好笑，海军也不会信以为真的。可我们见大胆儿、长颈时吴勇曾向他们队长吹嘘过团长，并说过要请团长作报告的话，这事传开以后，起码他们觉得团长确实不是等闲人物了。这天海军的队长真亲自带车来请团长。

大胆儿和他们中队长、大队长同乘一辆吉普车来的。大胆儿找我穿针引线先跟我们连长、指导员说明来意。连长先陪他们抽烟喝茶寒暄着，指导员到团长那屋去汇报。

两口水没咽下去，指导员独自从团长那屋出来了，再三抱歉说团长病了，不能去。我从指导员的眼神判断出他是在替团长说谎，团长早晨还和我们一同出操跑步了，这么一会儿怎么会病？准是他不想去出那份洋相找的借口。

海军大队长是师级职务，大概因为听传说我们团长是师长才亲自和队长来的吧，团长竟连面都不见，这未免让师职的大队长下不来台。他不悦地吩咐团职的中队长说："你带车跑趟街，王师长病了，买些水果来，咱们看看他！"

指导员慌了手脚连说不用了，不用了。中队长看着大队长，不知是否还去。

　　大概军事指挥员的性格都鲜明地具备顽强这一面，不达目的决不罢休。我看海军大队长丝毫没考虑指导员的话。一个连职干部的话在师职首长那里简直没有一点分量："我不说了叫你去吗？"

　　中队长真的带车上街了。大队长虽然是海军的，管不着我们陆军，但毕竟身份在，他以和蔼但绝对是首长的口气同连长、指导员闲聊："你们师长常病吗？这次感冒很重？"

　　我猜想这大队长一定觉得即使我们"师长"真的有病也应该见见面，这样就回去了，无论什么原因也是没取得胜利。没有达到目的就是没取得胜利。

　　一句话里有两个谎情需要解释，指导员支支吾吾解释不出口，只好打岔问海军部队的事情拖延时间。

　　我当过头头，知道窘境时需要下属解围的心情，便悄悄溜进团长那屋。团长果然没病，在擦皮鞋，见我就问："海军的人走了没有？"

　　我说是我的同学陪着来的，来的是个师长和一个团长，还没走。

　　"师长、团长？海军有什么师长团长这样子？"

　　"大队长不就相当于师长吗？我同学陪的是个大队长和中队长，不就等于师长和团长？"

　　"他们为什么还不走这样子？"

　　"他们大队长叫中队长买水果去了，非要看看你，他们叫你王师长！"

　　"扯淡不扯淡这样子，大队长来请'王师长'，'王师长'病了这样子！"团长在皮鞋上猛擦两刷子，在屋里转了一圈："'王师长'病好了，看看大队长去这样子！"他说着就推开门往连部走。

　　我跟着团长走进连部，海军大队长正和指导员谈"王师长"的病。大队长不卑不亢地站起来说："王师长病了还过来，我正等着买来东西就去看你！"

　　团长给大队长敬礼，敬得很自然，团级给师级敬礼嘛，正常得很。海军大队长猝不及防，忙把伸出半道要跟团长相握的手抽回来举向帽檐还礼，然后才紧紧相握。

海军大队长先说："王师长正病着，打扰了，打扰了！"

团长后说："不是王师长。嘴巴没毛办事不牢的黄嘴伢子们瞎传这样子。我是守备师炮团团长这样子，大队长有什么指示这样子！"

海军大队长怔了怔旋即扭转尴尬局面说："不管师长团长，你太客气了，我怎么敢指示大名鼎鼎的英雄！你们制止抢枪事件影响很好。听说你以前打过好多仗，下边的人非要听你作报告，怕请不来，硬拉上我，说请师长一定得大队长来！"

团长："闹笑话这样子，我打过几仗不假，没法讲这样子！"

大胆儿替他们大队长帮腔："我们大队长是红军，仗打得更多，他最敬重打过仗的英雄，听说您的事迹之后马上来请。我们大队长对基地司令都没这么敬重过！"

海军大队长："就是就是，基地司令我都不去请他做报告。王团长你是几野的？"

团长："二野四纵的这样子，进城后住校学炮兵毕业后到的守备师这样子。"

"你看看，我们都是二野的。我在二野一纵，解放前夕学的海军，四纵有个团长跟我们一块上过学，后来他死了。"海军大队长不再容我们团长分说站起身，"不用啰嗦了，都是老二野的，不用等中队长的东西了，把你们司机叫来，用你们的车先走。作不作报告小事，叙谈叙谈去！"

团长无话可说了，反复叨咕着这样子被海军大队长拉上吉普车。刚要关门，团长说："这样子吧，让指导员和柳直跟我一块去，有个事啥的方便这样子！"

海军大队长连说那好那好，大胆儿已把我推上车。我紧挨团长坐，后排坐四人有点挤，我和团长挤得紧紧的，他嘴里呼出的浓烈烟油子味熏得我有点受不了。他还不住冲着我说："麻烦事了这样子，出洋相去嘛这样子了。"

我们被拉到海军大队部会客室。我又一次开了眼界，这是我第一次进师级指挥部的首长会议室。地板红油漆发着亮光，半人高的墙围是海蓝色油漆刷的，墙和天棚是天蓝色油漆刷的，正面墙上是巨幅红日出海战舰迎朝阳油画，画上题字当然是"大海航行靠舵手，干革命靠毛泽东思想"了。一圈红沙发前面都有玻璃茶几，茶几上摆着梨、苹果、香蕉什么的，屋子并不很大，却觉得海阔天高，像风平浪静的天气里坐船观海。当然还有布置得极少但当时让人听来极贴切合理的字画式标语：海可枯，石可烂，忠于毛主席的红心永不变。

我拘谨地坐在沙发上不敢动，看那保存了一冬一春仍水灵灵的水果想，海军就是水军，水果也这么多，不知我们陆军师部首长会议室怎么样，不过我从团长虽然表面无所谓但细观察有些惊恐的眼神看出肯定也不如人家，看他偶尔忘了把烟灰磕在地上的习惯吧，大概师首长的会议室也是水泥地。

大胆儿那小子以主人身份让我吃水果，自己却不敢吃，我从他自己不敢吃这一点就可判定他也是第一次进这会议室。一进这陌生的环境不管主人怎样热情客气，也随便不起来，就像猫不习惯水、鱼不喜欢旱地似的。

指导员显得比我和团长都沉着，他虽不挥洒自如谈笑风生，但还不太拘谨，表面无所谓的样子，好像他常出入这环境，谈话也分寸准确得体，其实听说他只参加一次警备区的积代会，会前审查材料时他在警备区首长会议室念过一回稿子。想必警备区会议室一定比这气派，因为警备区司令比军级还高嘛。在警备区会议室跟首长说过一次话就是不一样，大队长一边同团长说着二野，一边招呼着我们吃水果。

我不好意思动手拿，我看团长指导员也没动手。大队长以身作则已开吃了，他让得也格外诚恳。团长对我们说："海军伙食好，吃吧吃吧，我抽烟倒不出嘴这样子。"

指导员拿了个梨同时招呼我："吃呀，海军老大哥的水果，不吃白不吃！"

看指导员拿梨我也拿了个梨。其实我想拿香蕉，我从小就没吃过香蕉，只在大串联到北京时看过几次，但带的钱连吃饭都不够哪敢买香蕉吃，又不会像有些真造反派，身无分文就可以到处闯，走哪儿打欠条借哪儿，吃完一走了事，身上有一块钱也敢尝尝香蕉啥味。不待我张口吃梨，大胆儿掰了几个香蕉递给我，他知道对于我们啥是好东西。他自己也乘机大胆地吃起香蕉。大队长看出我这个新兵不好意思吃，又在说二野的间隙招呼我说："小家伙，吃呀吃呀，不吃白不吃！"

大胆儿插嘴介绍我说："这是我们的头儿，管过一千多人哪，也是长征干部，从我们老家徒步长征到北京！大队长是长征红军，柳直是新长征红卫兵，入伍一个月事迹就上报纸了！"

大队长像当着大人的面赞扬孩子似的跟团长说："好样的好样的，强将手下无弱兵，强兵给强将长脸！"转对大胆儿，"你们是同学好哇，我这个将不强你这个兵不能不强。我看你这个同学吃水果不如你强。陪他吃！吃！"

有这么多让吃的话了，我心安理得地吃起香蕉来。以前只在电影和书上知道香蕉的味道，但怎么也想象不具体，现在亲口一吃，噢，不甜不酸有点像熟透了的红瓤子面香瓜，我从香蕉身上懂得了香是什么意思，也通过吃香蕉理解了毛主席"要想知道梨子的滋味就得亲口尝一尝"的道理。

虽然我最爱吃香蕉，也没敢多吃，我想别让海军老大哥部队嘀咕我们陆军馋，再拿时便拿比较常见的苹果吃。

大队长和团长谈了一会儿二野打的几次大仗，又说开了抗美援朝。海军大队长没到过朝鲜战场，光听团长讲。团长刚讲完怎样立了一次大功记了一次大过，上街买水果的海军中队长回来了，又提来一网兜香蕉、苹果。他要往外拿，大队长说："不要往外拿了，走时给他们带回去。"

团长连连说："扯不扯这样子，这样子，没病这样子！"

海军大队长指示中队长："你就别坐下来吃了，揣上点回去安排一下，按原计划办，安排好了来个电话。"

团长："千万别安排报告这样子，我们一点准备没有这样子，千万千万别这样子！"

大队长:"没什么没什么,既来之则讲之则吃之,绝对不会难为你,不是作报告,随便介绍介绍制止抢枪事件的经过就行,夹带着谈点经验性的感受!"

团长一再推辞,大队长仍和蔼地坚持。秀才遇见兵有理讲不通,兵遇见兵则职务高的有理。大队长说:"我亲自主持会,保证不会难为你,就这么定了,你们三个都上主席台。人多势众!"

我和指导员连忙推辞不上主席台。团长却说:"大队长既安排了这样子,都上都上。到台上你们一定听从我的指挥,不能像台下推推托托这样子,出洋相咱们一块出这样子!"

上台既已无法推托,团长不得不临阵磨磨枪,让指导员做好思想准备,如果讲到哪里点到他,他就接着讲。指导员又指导我也如此做好思想准备。有两位领导在,我想不会轮到我说话,心里并不紧张。指导员却开始掏出小本列起一二三来,他熟悉团长的讲话水平,知道很可能讲讲就由他接着讲。团长又嘱咐我们:"讲时嘴上放个岗这样子,不是在咱们团,讲不好叫海军老大哥笑话这样子,你们都在大会上讲过话,别害怕放开讲这样子,讲错了我负责这样子!"

屋角一部红乌龟壳式的电话响了。以前没见过这种电话,那样式和颜色以及声音都给我以很重要的感觉,我猜不出这么高级的电话会传来多重要的声音。

大队长拿起煮熟的虾耙子样的听筒,只"啊啊"两声就放下了:"走吧,人都集合好了,等你们呢!"

哟,我们这种小事也用如此神秘的电话传?我一时似乎觉得这电话不怎么神秘了,又似乎觉得我们要讲的事儿有些神秘了。

一辆显然比吉普漂亮得多的天蓝色轿车把我们拉到礼堂。这也是第一次坐轿车,不过很遗憾,只有不到二百多米,还没体会出坐轿车与坐吉普感觉有何不同,就下来了。下来以后忽然又想,不到二百米的路何必还坐车呢?带着这个问号我们被领进外表看去也像军舰形的礼堂。没及细看礼堂模样,如雷贯耳般一声口令响起:"起立——!"重音在"起"上,重得带出一股冲击力,"立"字拉得很长,没等尾音收住，全场一千几百人唰啦立起来了，接着爆起毫不夸张的雷鸣般的掌声。喊口令那军官左手往下一砍，掌声顿息，立时鸦雀无声。右手往上再一挥，又响起"向陆军老大哥学习！""向陆军老大哥致敬！"的口号，声齐如合唱，声势如海涛。口号声中我先是紧张，转瞬而为兴奋，及至走上高高的主席台坐定，望台下白鸦鸦棉田似的一片时忽然又觉得自己高大起来，同时也镇静下来。全礼堂都在围着我们转还紧张什么。

全场的海军喊完"向陆军老大哥学习、致敬"后，唰地坐下那一瞬时我忽然觉得，应该再有两声"向海军老大哥学习、致敬"才对应，又集成电路般迅速地想到，若经过请示团长团长同意再定谁领头喊那时机早已过去，气氛也不和谐了，便当机立断挥膊将那两个口号呼了出去。每人面前一个麦克风，我对着麦克风喊的，虽然一人，扩音器显示的效果也把全场震得嗡嗡作响。时机紧凑，恰到好处，气氛格外地好，团长不禁笑着朝我点点头，我更镇定自若了，不仅不害怕让我讲几句，而且有了跃跃欲试希望能让我讲一会儿的念头。

海军大队长敲了敲麦克风，听扩音器发出空空声才正式讲话。直到现在，开比这隆重几十倍的会，职务比大队长高许多的会议，主持人也是这样先嘭嘭地敲一阵麦克风才说话。敲麦克风是不科学的，这常识许多人都知道，可首长们何以一直敲到现在？

大队长手抓敲过的麦克风正式讲话了："请陆军老大哥传经送宝大会现在开始！首先让我们共同敬祝……"做完当时已成风俗的会前仪式，接着是无论什么会议都固定不变的第一项内容，全体高唱《东方红》。

第二项才是介绍报告人姓名。

"今天前来传经送宝的有，战斗英雄、守备师炮兵团王团长！"

团长起立向全体敬礼，台下掌声又如风雷骤起。

"王团长参加过解放战争、抗美援朝战争，身经数十次战斗，立过十数次战功。最近，传遍全城的制止抢枪事件指挥者就是他！"

掌声继续。

"这位是抢枪事件当事连队的指导员。"

掌声。

"他们连是警备区学毛著先进集体,他本人是干部思想革命化标兵。制止抢枪事件全过程他都参加了!"

掌声。

"这位是该连新战士、学毛著标兵、班长,入伍前是红卫兵组织负责人,带领过上千人,下连不到一个月事迹就上了报纸。这次制止抢枪事件中表现得勇敢机智,非常突出……!"

掌声比前边明显热烈,大概鼓掌者主要是战士的原因。格外热烈的掌声使我身体又变轻了一些。

团长是个绝对不会搞阴谋的人,他开门见山说:"大队长介绍得有片面性这样子,我还受过三次记大过处分这样子,人不能光讲过五关斩六将这样子,走麦城也得讲这样子。"

听众开始为他的口头语窃窃发笑。

"我的走麦城不是打败仗这样子,而是打胜仗枪毙或打骂俘虏这样子,这回红卫兵抢枪,我如实向他们一说我的错误他们就吓住了这样子,看来经常讲讲自己的缺点错误是有好处的这样子。"

听众自发鼓起掌来,掌声像失去控制的电铃,长久不息。

"再就是把抢枪这些人吓住后我没说他们是坏人这样子,我说他们一时糊涂这样子,然后开了一个联欢座谈会放他们走了这样子。就是这些这样子!请连队指导员讲详细情况这样子,他口才好,我口头语太多这样子!"

听众非常兴奋,一边笑一边拼命鼓掌,他们被团长的坦诚和随便感动了。看来不论什么年代,真诚都是有力量的。

"我们连是来执行游行任务的,对当地'文化大革命'情况不甚了解,在没有充分防备的情况下,几十名红卫兵深夜突然冲进寝室,全连正在梦中,鼾声此伏彼起……由于团首长沉着机智、指挥得力,尤其是突出地用毛泽东思想宣传群众……"指导员有条不紊地讲述了事件全过程,着重突出毛泽东思想和团长,还强调了党支部的战斗堡仝作用,虽没得到团长那般热烈的掌声,但有思想有条理有例子,重点突出详略得当。我没构思好怎样讲法,团长就点我的名了,我只好仓促上阵,我觉得从一个红卫兵到一个解放军战士要有个飞跃过程,"我觉得这个过程不是简单的。这次事件我目睹了老一辈军人和干部们在关键时刻临危不惧、机智果敢的行为,使我在转变的起飞中又剧烈地振动了一次翅膀,使我离真正的解放军更进了一步。比如平时我经常暗暗以学生兵有文化能说会讲自居,有时甚至看不起团长讲话时的口头语,可是那天晚上我真正认识了团长的英雄本质,他有勇有谋,把战争年代对敌斗争的战术运用到'文化大革命'中来了。当抢枪者突然动手时,我想到的只是冲上去同他们交手拼搏,可团长却大喝一声:'我是师长……我受过三次记大过处分,都是因为枪毙俘虏,现在谁不听我指挥,我愿意再记一次大过,……侦察排准备擒拿格斗,凡继续行抢者一律逮捕……'我是代理侦察班长,我们只有一个侦察班,没有侦察排,我正只身同一个小伙子撕扯没法取胜,听团长这么虚张声势喊,心里豁然开朗,随声附和道:'侦察排跟我上……'一下从精神上压倒了敌手。受团长启发,我们指导员也急中生智,谎称自己是警卫营长,已奉命将房子包围……这就彻底把敌手从精神上瓦解了。当然我想,对这帮在革委会成立前夕还抢枪破坏的家伙一定严加惩处,团长却在取得主动权的情况下因势利导,把很容易激化的矛盾转化了,当场宣称他们是做错事的好人,还同他们开上了座谈会,这就彻底征服了他们的心。后来发现,抢枪者中有我们几个新兵到你们海军来看同学时告诉我们路的人,原来就是他们从我们嘴里摸到部队驻地情况决定抢枪的。这又使我感到,我们新兵的阶级斗争观念是何等淡薄,团长他们这些革命前辈警惕性是多么可贵……"

我绘声绘色地把团长和指导员尽情吹捧了一通,他们都很高兴。回去时团长在车里不时跟我开句玩笑,"柳直挺能白话,以后再上哪还领你,愿意不这样子?"我说:"跟团长'近水楼台先得月',比别人多学不少东西,当然愿意!"

指导员:"团长老说好,我们连里怕是养不住了!团首长别老从我们连挑人，能人都挑走了你的老连队搞不好也给你丢脸！"

团长乐得听什么话也不在乎了："浅水养大鱼大鱼翻不开身这样子，是人才就应给机会多锻炼这样子！"

五

游行那天遇了雨。雨不大不小，庆祝集会并未因此而推迟或停止。那年代人们绝不会在乎一场雨，那时的中国恐怕是历史上最善集会的时期了。

天刚亮我们就顶着蒙蒙细雨乘炮车向集会广场进发了。雨衣在屁股下坐着谁也没披，一披，齐刷刷依在肩上的闪亮枪刺就看不见了。每辆炮车靠车厢板两侧相对坐着两排持枪刺的战士，每人都戴上了新发的白手套。离会场老远就听广播喇叭唱《革命委员会好》，那简直不是歌儿，而是和人对骂，一听那节奏便可以想到唱的人怎样捋胳膊挽袖子加连连跺脚："革命委员会好！革命委员会好！革命委员会就是好！就是好！就是好……"每一条街道每一个单位门口都有彩旗和彩色标语，可惜没风，没能造成彩旗飘扬的效果，彩旗被细雨润得有些沉重，都低垂着。可是鼓声湿不了。一面面鼓上都撑着把伞在敲。我们扶枪端坐炮车上，锣鼓鞭炮彩旗都没有，只有贡献歌声了。人不凑堆，唱歌就特别累而且效果不佳，还没到会场就觉得嗓子胀乎乎疼。疼归疼，力量好像总也使不完，刚消耗一点又被遇到的一伙什么人的兴奋劲鼓充起来。

陆、海、空三军的游行分队前都有摩托队。摩托车上架着机枪，我们炮兵在陆军分队末尾。汪洋大海似的会场上人们最翘首瞩目的就是我们的炮。我尽情体味着当时成为名言的两句话："枪杆子里面出政权。""军队是无产阶级专政的柱石。"一想到"柱石"两字，我便使劲拔拔腰杆挺挺胸膛，努力让自己像根柱石的样子，并且联想起在校时夺权的情景。那时把夺权就看成是夺公章。一枚公章像传国玉玺似的夺来抢去，谁也不敢公开亮出来，常常是由头儿们亲自掖在裤腰上，那样头儿们的人身安全成了问题，于是都成立自己的武卫队。

一架直升机在会场上空一圈一圈转，转得会场起了风，红旗飘扬，人群骚动，听说就是要用飞机制造效果。在飞机搅起的风和骚动声中，大会开始了。革命委员会成员们在主席台上神采奕奕站立起来，军人占三分之一。站在最前排最核心位置的是陆军司令员，这也好像是我们的光荣。当我们的司令员用他粗糙的叱咤风云的嗓音宣布，地处黄海之滨的三结合政权诞生了时，所有能发声的东西都发出声来，礼炮惊天动地，爆竹像一场大阻击战中万枪齐放，枪炮混合与锣鼓交响，一时纸屑遮空，硝烟漫漫，靠近主席台那位置成千上万的领袖像和抬举领袖像的人们都纸屑满身，细雨也被搅烘干了。口号声足足持续了近十分钟。大会给党中央和毛主席的致敬电集"文化大革命"两年多来发明创造的美好语言之大成，当女广播员无限深情地朗诵到"黄海之滨红烂漫，五百万英雄儿女永远迎朝阳，让我们千遍欢呼万遍歌唱，敬祝伟大领袖万寿无疆万寿无疆"时，全场上百万人一齐振臂高呼，其声如山呼海啸。方方面面的代表一个接一个发言，发言一个比一个动听，可是越说越重复，加上细雨淋身时间一长不免精力分散。我发现不光我分散，不少人也精神溜号了。我和吴勇坐对面，他的眼珠不时直直地向车下斜对角那边盯一会儿，我想那儿一定有吸引人的东西，也悄悄回过头去看。噢，旁边那辆军车的驾驶室里有个女医护人员，大眼睛很会传神，漂亮的脸也生动活泼。我分散的精力一时也都集中到她那儿去了，但我又不便回头看。吴勇那位置正好和她眼光相对，我便暗中通过吴勇的眼睛判断她在干什么。有几次我趁吴勇眼睛发直时突然回头看。见她也眼光火辣辣地看吴勇。吓，这俩家伙暗中通电哪，肯定不会冷的。我却忽然觉得冷得发抖，还接连打起了喷嚏。吴勇还在全神贯注通电，我旁边坐的一个兵向他投了个纸团说："喂，饱汉子不知饿汉子饥，别光顾自个饱眼福，侦察班长感冒了，给弄点药不好吗？"原来不光我发现了吴勇的秘密，还有几个人都发现了，也跟着悄声起哄。"占了有利地形别得天独厚，过去一趟给大家谋点福利，顺便说几句话不比无线电沟通强？"

吴勇因秘密突然被揭穿脸红得像喝了酒："别闹别闹，影响会场秩序，指导员撸咱们！"

指导员就在我们车驾驶楼里，我们这帮人的活动正好在他视野之内。我旁边那兵说："那我们都溜直坐好，吴勇自己下去，指导员看见就说要药！"

吴勇真下车去了，看来他非常想去，不是大家这样说他大概也会找机会的。

我们在车上偷偷瞧他和那女兵嘀嘀咕咕亲亲热热说了半天话才离开，他先给指导员送了包药又嘀咕一阵才回到我们车，把药片分给大家，除了抗感冒药，每人还得了两片糖样甜甜的含片。这小子想用甜含片堵住大伙的嘴别说他什么。可当他分完药片往回一坐时发现，他的座位被串动了半尺，正好把那条唯一与女兵相通的视线错开了。吴勇发现这问题时左右看了看，明知有人恶作剧使他失了宝地又不好意思说出，哑巴吃黄连装没事似的挺胸坐好。装了二十多分钟便忍不了，点着一支烟，才吸两口那烟灰便掉在邻座儿的腿上，邻座连忙站起来将烟抖掉。邻座儿坐下时发现原来侵占吴勇的半尺地方又被他坐回去了。吴勇有利地形失而复得很高兴，掏出烟一一扔起来，说让大家暖和暖和。这小子怪有毅力的，竟然十多分钟没往女兵那儿瞅。顶多也就十五分钟吧，就又斜过去。

我心里非常嫉妒，自己也有这么个最佳位置就好了，有个神秘热辣的女性眼睛往身上传热，起码可以愉快地熬过难挨的冷。我往自己视线可及处看了看，没有，扫兴地闭了眼睛品那含片。其实若真有双眼这样望我，我又不敢瞅人家了，肯定会装出一本正经目不斜视的样子，严格说起来，这种虚伪的态度比吴勇更差劲儿，可自己又总觉得比吴勇强。

我闭了眼睛却发现一双眼睛在火辣辣地看我，我浑身热起来，细雨也变成热的。"风雷激，红烂漫，争朝夕"的话也听不清了。那双眼睛在同我说话："你要什么吧？""你给什么吧？"

"你要什么我给什么！""你给什么我要什么！"

"我要红星你有吗？""你方才说红星像什么？"

"我说像战士的心！""那我怎么会没有呢？"

"呃……啊……""要吗？"

"——好像你是结巴老兵！"

"——怎么装你也是花棉袄！"

我心跳身热，一睁眼又看见吴勇那双从最佳位置将视线射出的眼。"真差劲！"我心里嘀咕了他也是嘀咕了我一句。庆祝无产阶级新生政权成立大会上吴勇怎么那样！我怎么这样！看女人！想女人！肮脏思想！肩负无产阶级专政柱石任务的革命战士不该这样！我把眼光从吴勇那儿挪开还是能看见他，索性又闭上了。

又一双眼睛在看我，更热烈更火辣，甚至露骨地向我挑逗。我不愤怒但不敢正眼看她，同时又有点鄙视她。女人怎能如此下贱！流氓！尽管这样想，还是赶不走她。她裸着下身。忽然又将衣服穿好。"一切责任都在我，是我勾引他的，要处置的是我，没他的事！""她竟有点英雄气概！"我想。

她又火辣地望着我。我极力躲避她挑逗的目光。杨烨也深情地望着我。我看看她，羞怯地低下头，她叫我，我不敢上前。我躲着。

"注意了这样子，准备准备，游行马上开始了这样子！"团长从驾驶室探出头向我们打招呼。

吴勇匆忙跳下车跑到女兵那儿忙活活说什么，团长生气地叫他："黏糊什么这样子，熊兵上车这样子！"

吴勇红着脸狼狈爬上车。

陆、海、空三军组成的游行先头队伍最先经过主席台，每个分队通过主席台时都齐喊三句：革命委员会好！革命委员会好！革命委员会就是好！

游行开始不久雨大了，但游行仍按原来路线进行。我们顶雨端坐，无疑引来一路敬佩的目光。沿途看游行的人们披雨衣的打雨伞的连绵不断，对我们投以敬佩目光之余，总不免要围观我们新漆过的旧迫击炮，猜测议论，百分之百认为是新式武器，老兵们讲的笑话一路屡屡重演。"原子炮吧？肯定是原子炮，还保密呢！""导弹炮！炮口这么粗，炮弹能打几千里？几十里，骗人。导弹炮哪有几十里的！""新式炮怎么放？炮口前边磨盘大的铁挡着，能放出去吗？"其实那磨盘大小的东西是炮座，他们把炮口在哪边都看反了，你怎么纠正他们也不信，以为是在开玩笑捉弄他们。总之人们都以为世界革命中心的中国，武器一定是世界一流的，保卫中国"文化大革命"的炮一定是导弹核武器。带着这样一种心理对新生政权的新式武器怎样估价都不会过高。

　　雨下得急了，游行速度却越来越慢。炮车不时在雨中停下来。电影中战争年代的许多镜头不断重现。老大娘给我们送鸡蛋，小朋友送开水，女红卫兵上车给撑伞遮雨……尽管时代和环境都变了，人们还愿模仿战争年代，连做这些事的人都还是妇女和小孩子们。我们也学战争年代的老八路，除了肯喝口热水外，鸡蛋是绝不肯收的，推推搡搡除非掉地摔碎弄脏几个外，我相信不会送出去几个，可送鸡蛋的场面却非常动人。开水也不敢多喝，喝水容易，解手怎么办？最希望的是女红卫兵们的伞能在头上多撑一会儿，可带车的干部们不让，我们也违心说不需要。后来什么也不盼了，就盼天快点黑，游行快点结束，好找个厕所解解手，可天偏不黑，游行偏不结束。游行并不以时间计算，而是非把指定的路程游完不可。目的当然是这些路程可以多传播革委会的威望，所谓"走一路红一线，站一站红一片"嘛！

　　傍晚游到郊区一片树林边，车又停下来。我们几个憋得实在挺不住的乘机跳下车钻进树丛解手。湿帽子水淋淋地扣在光头上实在难受，我摘下来拧了拧挂在树枝上，才蹲下来解手。那会可真舒服极了甚至可以说幸福，憋了半天的废物终于得以排除。我正体味排泄也是一种快感时，忽然嗖地跑来一个小伙子，不及我看清他的面孔，挂在树枝上的军帽已被摘走。短暂的快感立即从我身上消逝，来不及搞好卫生处理便束好裤带去追那厮。只追几步，汽车喇叭连连地响，前边的车辆已经启动。抢军帽那毛贼钻进树林没影了，我光着亮头爬上车。

团长闻听此事，骂了一阵那杂种损贼又说了一句我"废物"，然后摘下他的帽子扔给我，一下关了驾驶室的门。

我戴了团长干爽的帽子继续游行，那帽子太大，在我光头上晃晃荡荡地肯定很滑稽。好在天色黑了，看的人少了，也看不真切了。团长的大帽子一直在我头上晃到半夜。

6月篇

　　如果不是那一声霹雷，我马上就要顺从了那个女人。就在那当儿，唰地一道立闪将黑沉沉的天空照得雪亮，那立闪是巨大的人参状的，主线之外还闪射着许多道光芒，接着是能把人的灵魂震出窍来的咔啦一声巨响。那雷似乎使房屋和大地一同晃动了好一阵子。做了亏心事的人不能不在雷声和立闪面前发抖的……后来我又挨了一记灵魂出窍的耳光。

一

　　冷丁回山沟一看，原来的营房显土气了，老乡家的住房更显土气，但与嘈杂繁乱的城市比，倒是静得让人想唱歌儿，营房四周的绿野和两边花草烂漫的青山，衬着慢腾腾的炊烟还有轻悠悠的鸡鸣牛叫，尤其是晃着尾巴往你身上直扑的花狗，又给我一种久别归家的亲切之感。

　　铺好行李搞完卫生，新兵老兵不约而同都到熟悉的地方去转悠。猪圈啦，菜地啦，食堂啦，连部啦，山坡啦，河边啦，老乡家啦。有的和哪家老乡好还给带点城市买的东西送去。我只给杨烨买了本长篇小说《欧阳海之歌》（她虽然已看过了但是借的，送她一本啥时灰心泄气了就看一看)。我拿上它想到山上坐一会儿，琢磨几句话写上，在班里写怕叫人看见。

经过花棉袄家门时迎面碰见了她。花棉袄端着一个洗菜盆从河那边过来，我俩的眼光毫无准备地撞在一起了。我刚想一低头走过去，她却正正经经亲亲热热和我打招呼："回来啦柳班长，走了一个多月!"

我慌张地"嗯"一声想走开，她站在面前也不让路，老熟人大姐姐似的望着我说："到大城市见世面，也不给咱土包子叨咕几句。我婆婆成天念叨你，说多亏柳班长他们几个，也没机会报答。进屋喝口水吧，我婆婆给你炒瓜子吃。"

花棉袄穿了夏天的紧身素花衣服，比冬天看上去更漂亮了，看一眼身上就有股异样舒服的感觉，但我咋敢上这样的女人家污染名声呢？我结结巴巴说有事，可说得不干脆不坚决，马上被她的快嘴堵住了："手里拿本书有啥事，用功也不在这一会儿。出去跑一个多月，哪能不歇会儿。我看见了，现在连里放你们假都出来玩呢!"

我的致命弱点就是不果断，我不怕硬的，越硬越不怕，就怕那亲切的软。花棉袄漂亮甜蜜又热情亲切的眼睛使我不忍心伤她的面子，而且她那表情几乎使我怀疑不久前她是否与结巴老兵发生过见不得人的事。

"《欧阳海之歌》太好了，广播电台连播我没听全，你从哪儿弄的？"她把菜盆放在墙头，两手在衣襟上擦了擦伸过来，想要翻一翻。

我不想让她翻却又犹豫没拒绝，自己在手里翻弄几下，她就一把拿过去了，爱不释手翻了一阵，十分诚恳地说："借我看看吧，这样的好书能帮助我!"她羞怯地低下头，不时又恳切地抬眼瞅瞅我。

这时的她显得格外诚实、可爱，联想当时结巴老兵下跪求饶时她大胆承担一切罪责的气概，忽然不觉得她是坏人啦，她确实很美很可爱，要是没见她与结巴老兵有过那事而遇见她，我会非常愿意和她说话的。大概这样的一闪念在脸上或眼里没掩饰住流露出一点被她看了出来，她一边推开门，一边推我进去，同时朝屋里喊：

"妈，柳班长来了！"

她的婆婆出来了，像见了救命恩人似的一迭声说："快来快来，有日子没见着你了，想叫你来尝尝杏子樱桃也抓不着个影儿。"不知怎么回事，出去一个多月她们好像都变了个人，亲切慈祥得让我觉着像是面对杨烨和她的母亲。我两脚跨着门槛还说不进，花棉袄已将我交给她的婆婆："妈，还不拽柳班长进屋！你先陪他说话，我摘樱桃去。"

花棉袄捧了葫芦瓢去园子里摘樱桃，她婆婆把我拽进屋里，先给我卷烟。我不会抽烟，她又给我倒开水，还把水里放了满满一勺子白糖。花棉袄的婆婆肯定比我妈大好多岁，但我妈的白发和失常的精神状态却显得比花棉袄的婆婆还老。她捏着小勺搅糖水的姿势有点像我最后离家那天妈妈在窗台边舀霜水。但妈妈跟霜水一样冷冰冰的什么也没说，似乎儿子不是远走他乡去当兵而是到外面解个手。花棉袄的婆婆为我搅着滚热的糖水说："在外头当兵家里惦心得慌，没事多写点信。爹妈好吗？家里都啥人？"问得我心里又酸又热又甜又苦，我不能认真回答她只哼哈应着说家里都好，用不着老写信。她把糖水递给我："小伙子心肠硬啊，用不着写信？爹妈惦心得老是做梦。我那儿子也是，头两年媳妇牵扯着还老来信，这回也不来了！"说着竟泪汪汪的。

一想结巴老兵和她儿媳的事我也替她和儿子不好受，在她催促下喝口糖水也不是滋味。

花棉袄摘了一大碗樱桃和杏来，洗了又洗才端给我吃。这都使我想到杨烨，觉得以往美好的记忆在重演。她主动谈起了《欧阳海之歌》，那本书就在她身后的炕头上放着。

"欧阳海真了不起！"她看看书又瞅瞅我说。

莫名其妙来到她家我一切都是被动的。我觉得她谈欧阳海有点不合适，只淡漠地应了一声。

"欧阳海才像个当兵的，当兵的就应该像欧阳海才行！"她说得毫不含糊毫不虚伪，如果一个生人会觉得她不是欧阳海的亲密战友也是具有不亚于欧阳海高尚情操的人。

"欧阳海光明磊落,有血性,是个男人!"

我听着有点受了感染。

"欧阳海敢做敢当,从不窝窝囊囊,关键时候上得去,是英雄好汉。"

我不由自主赞成说:"对,欧阳海是伟大的共产主义战士,跟他比我们太渺小了!"

她说:"我们都应该像他那样堂堂正正做人。感谢这本书的作者,写得真好,'南岳枫红'那章写得多好啊!"她竟激动地背诵起来,"……欧阳海的心脏停止了跳动。他慢慢地合上了眼睛。短暂而光辉的二十三年过去了。他从老鸦窝的雪地里跨上共产主义大道,一步一个脚印,走完了二十三年的英雄路程。

"起风了,满山的枫树抖动着身子,鲜红的枫叶飘落下来,一片又一片……

"刘延生从欧阳海的衣兜里掏出了一本《毛泽东著作选读》和一个被鲜血染红了的笔记本。笔记本第一页上清晰地写着:'即使有一天,这个世界上没有了我,我也仍然衷心地相信:共产主义理想必然胜利,一定会有更多更多觉醒了的人为它战斗!'"

她竟能将这激动人心的一段背诵下来,而且背诵得感情真挚而流利。随着她的声音,我的血在热,头发在蓬动,她的形象也在我眼里起了变化,我忘记了她是花棉袄,以为是杨烨在家里同我谈论欧阳海,我忘记了一切,发神经似的拿起书接着她读起来。这书我已读过两遍了,我知道她背诵的部分就在最末一页。那最后一页被火热的炕头烫得滚热,那热和我的手热心热融在一起:"……远处,一声汽笛长鸣,欧阳海用生命换来的那辆客车,正发出高昂、轻快的排气声,奔驰在祖国辽阔的草原上。车声隆隆,滚滚向前,风在呼啸,水在奔腾,高山峻岭、长空大海在齐声赞颂着毛主席的好战士,我们永生的爱民模范、一等功臣欧阳海!"

我读得忘我了,眼湿了,好一会儿才发觉她的婆婆不在屋了,在外屋炒瓜子。她的眼也湿了，默默望着我。我也不想打破这静默，那静默使我幸福，使我微醉。

这静默却忽然被急促的骤雨声打破了，她的婆婆慌乱地喊着跑出去抱柴火。我和花棉袄扔下书一起跑到院子往回抱干柴。

抱完柴，雨势也不减，雨声像到处奔腾着的野马，把花棉袄家的小院和外界隔绝了。密密麻麻如倾如注的雨脚在小院四周筑起无数道篱笆。我一时回不去了，却没有着急，心里反而隐约滋生了几丝欣慰。

花棉袄纯真可亲地陪我吃杏吃樱桃吃瓜子，继续谈着欧阳海。她的婆婆插不上嘴又到外屋做活儿去了。如果世界没了那许多纷争和矛盾，没有形形色色的比较和干预，任何独立自由的天地都是美好的。我们谈得自然而融洽。谈到欧阳海童年的贫穷，谈到贫穷给人带来的奋斗精神。她又谈到她的不幸。原来她是个孤儿，从小在舅舅家长大。舅舅对她好，但舅母虐待她，整天因她和舅舅打仗，天长日久她和舅舅产生了暧昧关系，并且有了事。她在舅舅家待不下去又无处可走，想当兵又当不了，便偷偷和当地部队的一个老兵挂上了。那老兵就是她现在婆婆的儿子。她和那老兵暗订终身，老兵趁探家时把她领回这个家。农村结婚手续方便，老兵的母亲巴不得儿子娶个媳妇和她做伴，欢欢喜喜为儿子办了喜事。没花彩礼钱也没费啥周折就娶了个儿媳妇，婆婆高兴的心情自不必说，婆媳两个像亲母女样度日，就是出了结巴老兵和儿媳妇被捉那事儿，婆婆也原谅了儿媳。婆婆守寡，懂得寡女人的滋味。儿媳结婚就没跟儿子在一块几天，出了那事也怨儿子，儿子要在身边能出吗？何况也是和当兵的出的，儿子就是当兵的，儿子就是这么搞上的媳妇。

花棉袄说这些时对婆婆充满了感激和敬爱之情，我惊疑她竟能向我诉说这些，也惊疑她婆婆如此宽宏大量。我怕说这些叫她婆婆听见不好意思，其实她婆婆在外屋都已听见了，她婆婆在做饭呢。

雨脚还像千百道篱笆将花棉袄家和外边隔绝着。雨势还不减弱。

她婆婆搬来饭桌放在炕中间，我要走，她们婆媳俩诚心留我吃饭。就为我替她们掩盖了那件不光彩的事而请我吃饭吗？那我吃不下。我非要走。花棉袄并不使劲留我，倒是她婆婆怕我真的走掉，拦住我说："我的儿在外头当兵，一天想他想得慌慌的，见到你就跟见到他一样。好孩子，你就吃了饭再走吧，这比替我挑水扫院子还叫我高兴，啊？"

我真盼望自己的妈妈能像她这样理智正常地跟我说说这些话，我没有力量拒绝，当时我觉得可怜慈善的老人，我犹豫地留下了。她老母亲似的脱掉我的鞋，把我推上热热的炕头。久违了，充满温暖的家庭热炕；久违了，炕桌前盘腿而坐的姿势和感觉。我又如坐针毡，不安地蹲起来，站起来，要下地自己端饭，我怎么能让一位老人伺候我呀。可是她按住我："你就坐着吧，在家里哪有男人端饭的！"

她们婆媳俩端上炒花生米、炒鸡蛋、咸鸭蛋、腌猪肉还有蘸酱吃的水萝卜、小葱，却不端饭，而端来一壶烫酒。那大雨、那酒香、那温情、那我、那她们，我无话可说了。她们倒了酒给我，我不能说不喝也不敢主动喝，而我从心里往外想喝呀。老太太先端了酒盅说："岁数大了就馋酒喝，老头没了，儿子不在，你陪我喝几盅吧！"她自个喝了也不硬让我喝只是拿眼睛盯我的酒盅，花棉袄也盯着（当时的心情我是不会称她花棉袄了，现在因叙述的麻烦我不能不仍用这个称呼，其实直到以后调走我也不知她叫什么名），我便缓缓端起那盅喝下了。花棉袄殷勤地为我和她婆婆又斟了酒，又为我们各夹了块鸡蛋。她婆婆很动情，又拿过一只盅子满了酒端给她说："你跟我在家受苦了，狠心的儿子……"说着竟掉下泪来，"当兵的苦，跟了当兵的更苦，来吧，咱娘们一块儿喝了！"

老太太一口喝了。

花棉袄也含泪一饮而尽。

我最后将热酒火辣辣地喝下。

花棉袄泪花闪闪也不说话又给婆婆和自己斟满，没有给我斟，看看我放下酒壶，然后和婆婆一同干了。

我自动拿起酒壶给自己满上，也干了，又给我们仨都满上。

花棉袄泪如雨下。泪滴落进酒盅，酒花溅到我脸上。她又把酒端起来，我和她婆婆跟着端起和她一同又喝干了。

花棉袄无声地流着泪水，两只眼像两只水袋扎漏了。她婆婆独自多喝了一盅酒对她说："你哭吧，痛快地哭一场吧，狠心的儿子不要你，我就不要他，以后咱们俩过！"

花棉袄压抑不住抽抽咽咽哭开了，浑身像一架机器在抖动着。

我被哭呆了，尴尬难过不知所措。等她渐渐平息下来她婆婆对我说："那回事被我儿子知道了，他来信骂她不能养孩子倒能养野汉子，非要离婚在外头另找不可。我写了信去说他，他也不听，哼，当了排长借口不要家里这个老婆啦！"

噢，这桩秘密事件已发展到这等地步。结巴老兵呀结巴老兵，你知道吗，跟你有过那事的花棉袄要被丈夫抛弃了。你个卑卑琐琐的男人，苟苟且且做了那等事走了，走了，让可怜的女人背着沉重的耻辱度日。女人啊，可怜的花棉袄，不幸的花棉袄，俊俏的花棉袄，坚强的花棉袄，可恶又可爱的花棉袄啊……我端起酒盅举向花棉袄："别哭了，我写信帮你澄清这事，说服他别离婚！"

"谢谢你，柳班长！"花棉袄端起酒盅又看看婆婆，"妈，咱们一块谢谢柳班长！"

我没用劝就端起酒盅很动感情地和她娘俩喝干了。酒喝到这程度谁都不用劝了，喝完了自己就再满上，别人给满时也不推辞，给别人满时别人也不谦让。酒这东西真是感情的速酵剂，一糅进某种情绪中去立刻就膨胀起来，使欢乐的更欢乐、忧愁的更忧愁、聪明的更聪明、愚蠢的更愚蠢，……老太婆连喝几盅就晕头转向，一会儿便倒头在炕梢睡去，紧接着起了鼾声。

花棉袄拉条毯子给婆婆盖了，又给婆婆头下垫了枕头，继续陪我喝酒。她的脸被酒烘得像朝霞，格外美丽动人。当时那是我第一次看过的最使我心神不安的脸了，柔亮的眼睛里总像有温热的甜泉蜜雾向我流洒。屁股底下的炕从底往上热我，肚里的酒从里往外热我，花棉袄的眼睛从外往里热我，我又举起酒盅说："我一定帮你说服他，不能抛弃你！"

"柳班长，我一辈子也忘不了你，让我祝你好吧！"她从炕沿站到地下，又走到我这边的炕沿坐下，有薄薄单衣裹着的身子已擦着了我。她举盅和我碰了一下，仰头喝时突然倒在我腿上，嘴里不住地喃喃自语着："我一辈子也忘不了你！我一辈子也忘不了你！"

我想她是醉了，想扶好坐到炕上躺会儿，刚一伸手，她的手就把我手抓住了，不再喃喃自语只是死死抓着不放。她滚烫的脸压着我的右腿，鼓胀胀软绵绵热烘烘的乳房压着我的左腿，嘴里呼出的热气正好吹着我全身最隐秘的部位。我的全身变成一只装满各种大大小小动物的皮囊，而皮囊越发紧张地收缩住弹力，与大小动物们相持。

我感觉到她抓我的手越来越紧，而且愈发烫人。我不知这是怎么了，莫不是醉出病来了？我想推开她站起来，但又无力站起来，她却反而把我的手拉过去，拉向她的脸前，再拉下去，拉向她的对于我来说最神秘我曾闪电般模糊地掠过一眼，而且触目惊心留下不可磨灭印象那部位。两只手在那个部位处被她的双腿紧紧夹住了。夹得越紧我越紧张害怕也越难受越不敢动，我手足无措了，心脏似乎要停止跳动，不知如何是好地紧咬着牙关，想到了她和结巴老兵。她突然睁开了眼睛，无限渴望地瞅着我说："我一辈子也忘不了你……"

啊，她没有醉，她还清醒着。她见我仍手足无措，一边以征询的眼光望着我一边要解裤带。天哪，她要和我做同结巴老兵做的那种事儿?!

我当然不可能会认为那是光彩的事儿，肯定是耻辱，可她太不幸了，丈夫抛弃了她，她还陪着婆婆守寡，年纪轻轻的受这般不公平的惩罚，公道吗？这神秘而渴望的耻辱偷偷地体验一回不会有人知道的，我也不是污辱她、糟蹋她，是她愿意，她几乎是在哀求我，我若答应她帮她解除这痛苦，跟学雷锋做好事助人为乐没有丝毫关系吗？

如果不是那一声霹雳，我也许要顺从她了。就在那当儿，唰啦一道立闪将黑沉沉的天空照得雪亮。那立闪是巨大的人参状的，主线之外还闪射着许多道光芒。接着是令人灵魂震出窍来的咔啦啦一声巨响，那雷似乎使房屋和大地一同晃动了，做了亏心事的人不能不在这雷声和立闪面前发抖的。就在这时，炕上那本《欧阳海之歌》闯进我的眼里。欧阳海迎风勒马顶天立地，被风掀起的斗篷在我心头呼啦一扫，好似一阵寒风吹出我一身冷汗。我在干什么？我忽然清醒，抓起书，跳下炕，蹬上鞋，推门跑向大雨中，任那如泼如注的大雨洗涤着我。我在雨中跑着，一边撞开那雨脚筑成的千百道篱笆，一边让大雨冲洗着。

我没有跑向连队，也许因为连队太近了，马上跑回连队会让人一眼看出我眼里的恐惧和不安。就像我刚刚拿到入伍通知书那个夜晚一样，我在山上跑了一会儿又神差鬼使跑向三四个月未见一面的杨烨那里去了。

雷雨中的师部招待所寂静如荒野，走廊里也听不见一点人声。最角落的杨烨那屋亮着灯光，我毫不犹豫敲门进去了。

杨烨在床头桌上写什么，见到我异常意外而且吃惊，以为出了什么事。听说我是来送书并且见我从胸前掏出那本淋湿了的《欧阳海之歌》才舒了口气，非常不安地说："浇成这样，改天送呗！"

我说："今天休息有闲工夫，怕以后没机会！"

杨烨从枕头包里掏出一套军装，男式的，叫我换上，说穿湿衣服会感冒，她穿的没带领章的军装也是男式的。她用她的毛巾给我擦头擦脸又擦手擦脚，擦完又帮我解衣扣叫我换湿衣服。我让她出去待一会儿我再换，她说怕啥，又不会吃了你。我便背向她换。

换了干衣服见我还在打抖，她便用暖瓶给我倒热水喝，不想暖水瓶空着，她就从床下掏出几条木板，在火墙的炉子上烧水。

火也点着了，火墙也烧热了，水还没开，她无意间在墙角碰到一只白酒瓶子，里边还有多半白酒。她把酒瓶递给我说："要来当酒精洗衣服用的，没弄脏，喝几口酒就不抖了。"

我的精神状态还没完全脱离酒的作用，见杨烨让我喝酒非常愿意就接过来，似乎对酒已有了隐秘的感情，很容易喝了三大口哇，顿时全身又从里边往外烘烘地热起来。

她问我爸爸病好了没有，我说没再来电报，大概好了。她又说了几句我对爸爸的态度太过分的话，怕我空嘴喝酒胃受不了，又从抽屉里找出半个馒头叫我垫垫。我吃了馒头水也开了，她为我冲了一杯姜水才坐在我对面的椅子上翻我带来的《欧阳海之歌》。

我坐她对面的床上。屋子很小，我俩脸对脸只隔尺把远。火墙烤的，酒烧的，还有杨烨的作用，我浑身又热起来，也许方才的热根本就没有退透，只是一时的惊骇失去了鼓胀的热感，我忍不住抬眼看看杨烨。不想杨烨正专注地看我，那眼里像有柔亮温热的甜泉蜜雾向我流洒。哦！她什么时候变得比原来更好看啦！我倏然间将她这眼光和在新兵连时深夜花圈旁的一幕还有花棉袄家的情景融为一张画面，才多大一会儿，我仿佛又翻越过一道大岭，已领悟了女人那温柔的甜泉蜜雾般深情的目光在渴望什么。是花棉袄让我懂得女人原来是愿意让男人爱抚的。爱抚花棉袄那样不洁净的女人是肮脏的，爱抚杨烨这样我真爱、她也真喜欢我的女同学是不可耻的吧？她也真喜欢我呀！

她站起来端了糖水走向我："你脸红得厉害，感冒发烧了吧？"

那时我真昏了头啊！以为她也产生了和花棉袄一样的渴望呢，伸出去哆哆嗦嗦接水的双手突然向她的额头摸去。她手中的水杯啪啦掉地打了，我的一边脸也迅雷不及掩耳般挨了个耳光！我心中位置最重最重的杨烨的耳光，让我灵魂又一次出窍。

我俩几乎都木无知觉地站了一会儿，脑中的空白才恢复过来，意识到发生了什么，拔脚又逃进无情的大雨中。当时即使是枪林弹雨我也会逃进去的。

遮天蔽日的雨水蒙了我的眼睛，刚出门口几步就被什么东西绊倒，头撞在树上，撞得轰隆一声。

我趴在树下任大雨浇打。

忽然一双手来拽我。

我又看见了杨烨，她什么遮雨的东西没披躬身拽着。

我像见了抓我的公安人员似的爬起来要跑，她死死拽住我的衣服不撒手。她在往她屋里拉我。

我像犯人不愿被拉去公安局似的不跟她走。

她不拉了，但没松开手，而是慢慢把脸仰给我。鲜润的嘴唇和嘴角颤动着，像一轮红日在冉冉上升，那耀眼的光芒照见了雨水无法混合的她的泪水。我明白她在向我道歉，我明白眼下那轮冉冉上升的红日想要升向哪里。但我似乎又不明白。我死死将自己的厚嘴唇咬住了，眼中现出疯裸女人狂吻杨烨舅舅的幻景。而那被抛弃的疯裸女人好像是我，在惊车冲过来的一刹那我被推开了。

冰凉的雨水没有冲净一记耳光烙在我脸上的火热。我转身又逃进大雨深处，失魂落魄在茫茫大雨中跑了好一会儿，才无可奈何回到连队。

二

我病了一场。大家只知我是雨淋病的，谁也不了解我和花棉袄、杨烨之间发生的事情，我当然也不敢把灵魂深处的折磨说给谁听。我担心花棉袄再来找我，还担心杨烨把我看成流氓，这些担心使我的病迟迟不好。我变了许多，更内向、更沉默、更不怕苦不怕累地干工作了，可就是不如以前敢管人了。不敢跟别人谈起结巴老兵，班里同志的缺点轻易不敢说一句，觉得自己做那丑事已没了批评人的资格，只有拼命干暗暗赎罪的份儿。我愈发理解结巴老兵被抓住后为什么那么积极工作了，多么苦累都不怕就怕见到花棉袄和杨烨以及其他女人，梦里常被这种惊恐缠绕。

这样下去将要影响我的身心健康，将会使我的精神失常的。有几次梦见吴勇和杨烨舅舅知道了，还有一次梦见连里也知道了，因此病就怎么也不见好。连里领导还三番五次表扬我带病坚持工作值得大家学习。有次指导员刚表扬完，吴勇就找到我说："要名誉也得要命啊，病没好老这么干，杨烨知道会不安的！"我疑心他知道了底细，这么说是在挖苦我。

我无法忍受别人的讽刺挖苦，忽然决定把我的事和指导员谈谈。

豁出去了，不就是这点事儿吗？谈完了振作起来重新做人。

过后一想这事又相当严重。我是标兵，又背着重在表现的包袱，不同于当初闹着要复员回家的落后分子结巴老兵，何况又是在亲自抓了结巴老兵之后到花棉袄家里去的，完了又跑到杨烨那儿……

这时连队意外发生一件事，让我大吃一惊因而也减轻了自我折磨。不过那事也实属必然。"斗私批修会"每周都开，谁有那么多过硬事可批可斗的，那年代光靠卖力气干活是永远也干不出子午卯酉的。一次炮班一个农村新战士亮丑说他和自己亲妹妹发生过不正当关系。他自动站起来发言时，会已快结束，指导员马上要作总结了。谁也没想到会亮出这事儿，指导员的总结也没法做了。全连会前会后好长时间没人说话，都用一反常态的眼光看那战士，无疑认为这是几年来亮私不怕丑斗私不怕疼最大胆最彻底最过硬也最难以理解的人和事了。当然包括我也有怀疑，是不是这兵总想做出点成绩又总做不出来而鬼迷心窍编出这么个又丑又蠢的荒唐事来。可那兵一口咬定是真的，并狠斗自己"私"字作怪，受了资产阶级思想影响等等，追问他具体受了什么资产阶级思想影响，他说看见父母做这种事了，而他的父母都是贫农出身。

我趁此机会找指导员谈了我的事。

指导员连连摇头，无可奈何骂道："你们都疯了，谁让你们亮这种见不得人的事？'斗私批修'是指路线方面的问题，弄这些埋汰事不是给连队抹黑吗？尤其你，连里团里培养你宣传你，你亮这事，这不是打党支部团党委嘴巴吗？"他在自己的办公桌前那块刚能转开身的小地方一直站着，"团长是杨烨舅舅，你是团长指名破例提拔的班长，你亮这个，不等于亮他吗？唉，你呀，你们……"

一向和蔼的指导员真是气坏了，用一根手指头不住敲桌子，却没怎么批评我不该做这两件事。他一再嘱咐："你能主动跟领导谈，这很好，比瞎亮那兵有头脑。可不要再说了，连长也不用说，到我这里为止。组织已掌握了情况，出什么事由我来解决。你以后做事千万要慎重，你跟一般战士不同！"

我心里还是不安定，请求指导员能以党组织名义给花棉袄丈夫写封信澄清一下，说责任在结巴老兵不在花棉袄，说服他别离婚（因为我答应过她们婆媳俩）。我还建议指导员提醒全连，以后少和花棉袄家接触。

指导员真好，他答应以他个人名义写，并答应一定在适当时候找花棉袄谈谈。他真像一个家的母亲开导自己孩子似的开导我："花棉袄的事你没责任。对杨烨，你俩的关系跟一般人不同，你又喝醉了酒，有机会我私下找杨烨替你解释一下。你就当什么事也没发生过，大胆抓工作，该怎么干还怎么干。和亲妹妹发生关系这事，就严重了。不过事情是入伍前发生的，入伍到咱们连提高了觉悟才亮出来的。虽然没连队责任，但太见不得人，今后也不好在连队待了。跟团里请示一下，提前处理回家算了！"

那战士真被处理复员了，走时哭得颠三倒四。那时可不像现在，中途退役是见不得人的事。

三

人这东西真不争气，心情稍一轻松就又想女人，不管怎样认为可耻也不行，尤其夜里睡梦中。我恨自己没出息，还妄想努力奋斗干大事呢。有时暗想，伟人们是不会这样的吧？要是有个伟人朋友就好了，问问他们是怎样的。或者问问团长也行，可怎么能问他这事呢？

中午睡觉时又做梦了，梦见上午讲用会上我讲帮她背小孩送医院那个妇女。梦里我不是背她的小孩而是背她本人去医院看病，我们都穿很薄很薄的单衣。我的背被她的胸、腹和大腿烫得很舒服。背到医院我又背着她排队挂号，人很多很挤，我前边也是个女人，我的前身和后背都紧紧贴着女人。后来人们忽然一挤，我便一阵痉挛……

有人拉我一把。我吓醒了，浑身汗，一看是从我们班调走当上士的小老兵。他笑眯眯附在我耳朵上小声说："我说标兵同志也别太积极喽，白天做梦还想国家大事！"他声音很小只能我自己听见，"是不是又画地图了？"他看其他人都睡得正酣，顺手掀了我的被子，"哎呀，境界越来越高，画开全国地图啦！"

他并无恶意加上以前我已经过它的考验了，便诚实地摇头叹气无可奈何说："真没出息，怎么发狠也不行！"

"别看你是标兵，这事还得多请教咱们老兵哥们！"

老兵那点床单文化知识我已掌握了，只能解决床单问题，治标不治本。部队这所大学校再开一门治本的课就好了，或者读了毛主席哪篇著作就能治了这个问题的本也好。

"反正他妈的睡不着，吭，跟我上山凉快凉快去，老兵有必要来点传、帮、带啦！"

小老兵让我穿了衣服先到他那屋箱底下摸出一本小册子，揣好了叫我跟他走。

来到山脚，我们顺着小河往山沟深处走，走到最僻静最干净的河湾处找个树荫坐下了。脚伸进河水泡着，他开始对我传、帮、带：

"我不是向你传播资产阶级思想，吭，这是唯物主义。那'羊'或'马'就是物嘛，客观存在于每个男人体内的物。吭，我给你讲讲怎么对待这个物，吭，这不是唯物主义是什么？承认吧？那好。吭，那么这是个什么物呢？

"毛主席不是说看事物看实质吗？实质这'羊'或'马'是人体精华，吭，最值钱的东西，再就是骨髓，吭，懂吧。指导员讲课不是说，无产阶级专政是马列主义精髓吗？精和髓就是最重要的东西。吭，那'羊''马'和骨髓就是人身上的精髓东西。说到部队建设，吭，那东西就是每个干部战士的精华。精华就是最值钱的东西。所以最值钱，因为人到老了这东西就没了，吭，只有年轻时候最多。再怎么多也有限吧？老用它画废地图，吭，这不是最大浪费吗？吭，我眼中的浪费，什么好作用没起的事，就是浪费！

"我不是跟你放毒。吭，听说美国兵每人发个胶皮女人，夜时一吹气就鼓起来，跟他妈真人一样。吭，美国兵把马都跑到胶皮人里去了，也是浪费，可比咱们浪费小点，人尝到好受滋味了嘛。要是对方也起到好受作用才算一点没浪费。

"吭，他们外国玩邪的，错误。我们当然不能那么搞，那他妈还是人吗？还是人民军队吗？咱们有些思想埋汰的落后分子，吭，结巴老兵那套号的，更他妈不像话，嫌浪费不够还想损招，吭，损到家了！自个用手的，两人互相利用的，最他妈不是人的就是和毛驴子。吭，五连有个王八犊子和他们连的驴，到现在还喊那头小毛驴是他儿子哪！

"这些人完蛋货，没出息。吭，你不是没出息，是没办法。这个岁数谁都免不了，关键是放纵它还是压抑它。吭，革命战士就要抑制，不想抑制就算不了彻底的革命战士。

"你是连里树的标兵。肯定是想咋样把精力都用来工作，别浪费了，吭，你说我说得对不对？"

我听得目瞪口呆。觉得是那么回事又觉得不一定是那么回事。从来没听谁这么说过，符合马列主义毛泽东思想吗？这是心里话没说出来，干动了几下嘴角，小学生瞧老师讲新课似的瞪着疑问的眼珠子。

"你是标兵，帮你解决这闹心事，吭，也是咱老兵当一回无名英雄，为连队建设自觉尽力了。"

小老兵从裤兜掏出揣来那本薄册子，拍了几下："你看我，怎么样？红光满面吧？"

我这才认真注意到小老兵的脸可不红光满面咋的。

"你再想想和尚、老道，他们是不是红光满面？"

我没见过真和尚道士，书上不是说他们肥头大耳就是道貌岸然，都挺有神气的。

"练的。像天天读、天天练那样坚持练，吭，就像我这样了，红光满面。为什么？精气一点不损，全消化体内了，我能不精力旺盛，吭，被连里树为老黄牛吗？其他几个红光满面的老兵也像我这样，悄悄练的，吭，每晚在被窝里半小时天天练，谁也不影响。"

小老兵翻开那本包皮的书给我看，是本手抄的道家气功书，专门讲练精化气的。他给我讲解开了。我再看他用硬纸撑平了的军帽有点像道士帽了，红扑扑的脸也成了和尚脸。

"具体方法好掌握，关键是心诚有毅力，吭，坚持住！"

他把书借给我了，专门嘱咐道："我说我传、帮、带嘛，这种事只能知心人暗传，不能大张旗鼓明说，吭，你别跟别人说，吭，暗暗练就是了。"

小老兵这番传、帮、带使我比以前对他更看重一层了，不愧好教导人，挺有两下子的。我认真收好那书，感动地谢了小老兵，决心暗自搞好额外增加的这个天天练。

7月篇

"支农"这个已被人们遗忘即使想起来也会嘲弄一番的词儿在我却是永难磨灭的。我无意歌颂它好或批判它坏,只想将它镂刻在我青春期的痕迹描写下来。青春的每一笔都是极端珍贵的,不管将来怎样步入苍老,一想起它我都会激动。只有青春才能使人颤动不已。青春的每一律动都让人难以忘怀。

一

"团长和政委提的名,让你参加支农宣传队。"指导员跟我谈话,"团长亲自带队,搞试点,以后可能全面铺开,全连都参加进去。这次,战士就你一个,但不是把你当战士使用,和干部一样,要独立承担任务。这是给你锻炼机会,也是对你的信任。"

这任务很突然。

"这任务不像在连里那么简单,也不像去城市参加游行。目前,城市各级革委会都已建立,最复杂最艰巨的是农村工作了。

"不过也别怕,只要记住两条,一是站稳阶级立场始终抓住阶级斗争路线斗争这条纲,二是别违犯'三大纪律八项注意',这意思你应该懂，类似同花棉袄、杨烨那样的事是绝对不能有的，连苗头都不能有。在那儿出一点事就会身败名裂。别的出点差错可能纠正，这方面的事出了无法收拾，一定要头脑清醒！"他又格外提醒了一句，"支部打算在新兵里发展几名党员。你表现不错，但你情况同别人不大一样，必须格外严格要求自己！"

于是，不满二十岁的我，穿一身被报纸宣传成全世界最美最有生命力的草绿军装，背着打得十分标准举世无双的解放军的行李，和绣有"为人民服务"绒字，还有在姑娘眼里比鲜花还耀眼的挎包，走在东北大平原的夏天和绿野上了。

我前边是政治处新闻干事，再前边是组织股长，再前是司令部军务股长，最前面是团长。我在最后。

这支小分队尽管最小到新兵最高到团长，但衣服颜色是一样的，我们既不要小车也不要大车，一律步行在乡间的土路上。团长说当年到哪个乡下去开展工作，都是这样的。这最使我自豪了，团长和我一个新兵是平等的，我们带着全世界最崇高的使命出征了，出发前内部的叫法是去"捅马蜂窝"。这是一个比喻，中国的比喻可以称为世界之最的，多么严肃的政治行动都可以用生动的比喻代替，这便是中国特有的政治文化现象。因为我们要进驻的那个大队，"文化大革命"前是地区的先进单位，有几个先进人物。那时是，修正主义路线统治越先进便是越糟糕无疑了，去这样的地方重建新政权，不就像捅马蜂窝嘛。

天火热，像玻璃罩住的无边大屋，只进阳光不透一点风，脸晒得涂了油似的黑红闪亮，背如水洗。路边有一汪清水，团长带头蹲下用手捧水洗脸，洗完脸再洗脚。他说："不能先洗脸这样子，先洗脸就没法喝了，更不能先洗脚这样子，先洗脚就连脸也不能洗了这样子！"这道理再简单不过，我不懂团长为什么非要向我们讲讲。

"越简单的事越容易办糊涂这样子，比如咱们工作队进村，如果事先下通知他们肯定要提前准备欢迎这样子，一准备就假了，热闹是热闹这样子，就等于先洗脸或先洗脚把水搅浑这样子，浑水利于坏人摸鱼妨碍我们了解真实情况这样子。"团长说完这番话又带我们继续走。

果然如团长所料，我们进村时鸦雀无声，只有一群鹅见了我们伸着长长的脖子叫了几声，还有玩鹅那几个光屁股小孩迎上来看新鲜。"解放军又来了！"光屁股小孩交头接耳说。

光屁股们说的"又来了"，我明白，临来前团里介绍情况时说了，这个村曾进驻过军宣队，不过是空军派的，与陆军观点不大吻合，已由市革委会统一撤走了。

"小鬼，队部办公室在哪儿这样子？"

光屁股们听了团长的话先是一愣，接着捧着兜肚笑起来，"他骂咱们小鬼儿！"一个红兜肚说。

"蓝裤子解放军管咱们叫小朋友，他们说咱们是小鬼儿！"另一个说。

光屁股们误会了，他们还辨不出"小鬼"和"小鬼儿"的不同含义，他们只知道每次挨父母哥姐骂时都被称作"小鬼儿"或"小死鬼儿"，哪里懂得儿化了的小字眼和大字眼有褒贬的不同。

"真跟白区差不多这样子。"团长嘟囔了一句改口问，"小朋友，队部办公室在哪儿这样子？"

小孩子们还是没听懂，我忙上前翻译："小朋友，你们生产队在哪屋？"这话语法不通孩子们却全懂了，立刻扔下鹅欢呼着给我们带路。

"从小孩可以看出一个地方毛泽东思想普及程度这样子！"团长不满地看着肮脏的光屁股孩子们说。

组织股长马上接着问打头那小孩儿："你们学过'老三篇'没有？"

"我们都没上学，啥篇也没学！"

我按团长的逻辑想，这个村确实糟糕，孩子们连"老三篇"都不知道，可见当权派们对毛主席著作的态度不怎么样。

我们跟孩子们到了生产队。一个村是一个生产小队，每个生产小队的院子都差不多，两间屋子做办公室，再有几间仓房，讲究点的牲口棚放在别处，大多数都是连车带牲口都放在一个院子，便于管理又节省房基地。这个小队就是这种格局。

鹅、孩子和我们一起拥进院子。只有一匹白马抬头看看又低下头嚼它的草料。进了屋里也没人。我们把行李往大通炕上一放，团长说："没人也好这样子，我们从现在就开始工作，看看啥时候能发现我们这样子。战争年代鬼子进村了还都不知道这样子，就要村毁人亡这样子！"他吩咐道，"分头各处转转这样子，学校、老乡家、地里、饲养棚什么的，别一块走，中午回来这样子！"

正待出去分头走，一个老头听见孩子和鹅的吵嚷声奔过来喊："滚出去滚出去，滚自个家去祸害！"边喊边系着腰带的扣，大概刚从厕所出来，一见有几个解放军而且首长模样立刻慌得差点掉了裤子，退回去系好裤带，不知所措搓着粗黑的两手重新进屋赔笑说："寻思孩子们又来祸害人呢！要不要找队长啊？"

"你是干什么的？"军务股长问。

"队上的饲养员，连给队上照看点屋子。我找队长去吧？"

"先不用了这样子！"团长说，"老同志你坐，队长干什么去了这样子？"

"领大伙下地干活了。"

"政治队长呢这样子？"

"也下地干活了，队长领男工，政治队长领女工。"

"生产抓得倒挺紧这样子。"团长看了看屋，"老同志先帮着安排顿晌午饭这样子。"

"住不住哇首长？"

"住！"我说。

"那就得住谁家谁家吃，队里没有起伙。"饲养员商量着说。

"你安排吧这样子。"

"住谁家我可做不了主，还是找管事的吧！"饲养员自做主张吩咐最大的光屁股孩儿说："快点跑着去，告诉政治队长说来了工作组，叫他麻溜回来张罗吃的住的！"见那孩子没听懂政治队长是谁，提醒道，"就是凤子她爹！快点跑着去！"

我们也不分头去走了，和团长一块跟饲养员说起话来，组织股长和军务股长管这叫谈话，我叫唠嗑，团长叫访问。

"贫下中农占百分之多少这样子？"团长先问阶级阵线情况。

"一户富农，一户地主，还有一户富裕中农，剩下都是贫下中农，我也不会算占百分之多少。"

"一共多少户呢？"我问。

"八十多户，八十几叫不准了。"

然后又问多少口人，多少男多少女，多少党员多少民兵，其次才是多少地多少车多少牛马等。除了多少地、车和牛马，其他回答一概是"问管事的吧，我说不好"。

"那么你是什么成分？"组织股长问。

"啊……啊，我是中农。"

"你们饲养员是贫下中农选的还是领导安排的？"军务股长问。

"我说我不干让贫下中农干，队长们非让我干不行。让谁干谁不愿干，队长一门儿说是对我信任，一直就让我干着。"饲养员说完怕再问什么似的忙着到外屋锅灶给我们烧水。

团长我们几个互相皱着眉头瞅了瞅，意思是说，看看，这儿的当权派依靠中农！

依靠中农的队长和政治队长一齐被光屁股娃娃叫回来，两人都不年轻，队长看去跟团长年纪差不多，政治队长跟军务股长差不多。两人都不怎么能说会道，一看手和脸就能估计个八九不离十，是那种很能带头实干，但被当时贬义为"只顾埋头拉车，不会抬头看路"的基层干部。

组织股长代表工作组说明来意，一一介绍了每个人的职务，让两位队长先把食宿安排了。两人望望团长又互相看了看才瞅瞅饲养员说："就还在你家吧，吃住全包了！"

饲养员左右为难搓了一阵手说："团长……住我家……？不是嫌麻烦，我那破房营长都没住过，怕侍不好！"

组织股长乘机说："别的谁家也行！"他那意思我们都明白，是提醒他们换个贫下中农家。

政治队长比队长还能多说几句:"就老万头家有间能住人的闲房子,儿子在外边念大学要分配了,家里就剩老伴领个大姑娘,没孩没崽收拾得干净,饭还能做出点滋味来,别家都不行!"

"能住就行!"组织股长进一步提示说,"吃是其次的,我们有规定'五不吃',鱼、肉、蛋、细粮、水果都不准吃。还有'五同',和贫下中农同吃同住同劳动同学习同批判!"

队长仍说:"不碍事。上边来人都住他家。上回军宣队也住他家了,走的时候恋恋不舍的,直说他家好,再来还住他家。不住他家再就是生产队这屋了,你们瞅瞅这屋……"

组织股长还想说什么,团长摆手制止了:"那就住他家这样子!"然后谢饲养员说,"老同志给你添麻烦了这样子!"

饲养员受宠若惊又搓起手:"看团长说的,还添麻烦呢,不嫌弃就乐得没法没法的啦!"

我们就背上行李住到这位饲养员家去了。这使我有点不明白,团长为什么会同意住中农家。晚上躺下睡觉时团长解释了:"既然别家没地主这样子,住中农家就住中农家吧,战争年代实在找不着地方还住过地主家这样子。不过咱们还是可以从吃饭上找回来这样子。关键是吃,咱们各家轮着吃,除了地主、富农每家吃一天这样子,既联系群众又发动群众这样子。"从生产队往饲养员家走开始,好影响就产生了。队长、政治队长、饲养员空着手跟着,一些闲在家里的老头老太太们都从窗台上看见了,互相串门免不了一个劲儿咂嘴说解放军掌鞋不用锥子——针(真)行。岂不知在我看来那三位空手跟我们走的,精神负担要比背一个行李沉重得多。在中国,官儿劳动老百姓跟着看,看的能轻松吗?

说心里话,当时我对那个村整个印象不好,但对这家富裕中农房东印象却很好。同样的院子房子别家破破烂烂脏了吧唧,他家干干净净井井有条,三口人穿戴、说话、做活都利利索索,长相也很顺眼,尤其跟我年龄相仿的他家女儿,大方端正有文化,又没有花棉袄那种勾魂摄魄的媚艳气,让我心情舒畅,同时让我纳闷,农村里怎么会有这样的好姑娘呢？我联想是不是跟她哥哥念大学影响的有关。进而又纳闷，她哥哥受谁影响呢？

晚饭时我才知道，她竟然是这个村的妇女队长。对这，从团长到我谁都没产生像听说她爹是中农时的想法和直皱眉头的表情。这态度是否有问题呢？我有问题可以解释，团长、股长他们呢？那就是没问题了，后来我使用她是富裕中农的后代不是富裕中农本身解答了我自己的疑问。

在他家吃那顿饭又使我产生很深的印象和一个模糊的想法：中农的富裕就在于他们的勤劳节俭聪明会过，贫农的穷困是不是与他们愚笨没文化不会过有关呢？同样的萝卜白菜土豆他家就做得那样好吃，并没多放油啊佐料啊肉什么的，连酱油醋都没有一滴，可切得那么细致摆得那么均匀，颜色调配得那么好看，盐、酱放得那么适度可口；同样的粗米在他家锅里做成稀饭怎么就颜色和味儿都格外好呢？想了他家这么多长处我不得不又暗暗补了条短处：大概他家不如贫下中农能吃苦，或许他家怕脏怕累呢，怕脏怕累就是资产阶级思想。

二

团长他们只和我在这个屯住了五六天，帮他们重新组建了基干民兵排、妇女毛著学习班、老年文化学习班、红孩子小队等等，然后就把我自己留下，他们都到别的屯去了。全大队几个屯每屯留一个人，团长最后带新闻干事留大队部那个屯。新闻干事把这做法写成两篇报道登在市报上，一篇叫《普及毛泽东思想人人都在组织之中》，另一篇叫《自下而上发动群众为建革委会打牢基石》。

团长他们走后我一点都没打怵，我一个新战士决心和他们几个营职团职干部比试比试，看谁工作开展得出色。我没有强行要求社员们去干团长要求的那些事情。第一件事是借辆自行车骑几十里路跑到镇里买了套理发用具，是自己借钱买的。我认为理发是联系群众的最好手段，比空说多少话都有用。我首先从房东饲养员老头理起，然后到各家去理，轮到谁家吃饭也带上推子，给他家该理发的都理完再吃。跟社员一块下地干活时也把推子带着，一休息就在地头开理，收工后我还招呼要理的人到我住处去理。边理边闲聊需要了解的事情，就两个人，聊起来也不用避讳别人，村里的各种情况我很快就掌握了。大人小孩的头发理了一遍，全村的人家我就认识得差不多了。为社员做事我心里感到充实。我不愿意让社员们感到我是个负担，我多做他们需要做的事，即使开会也让大家感到乐趣，把会开得带有一半的娱乐作用。年轻人的会我就带头唱歌，还把非常好听的歌教给他们。老年人的会我就为他们准备点叶子烟和茶水，一个个为他们点上烟倒上茶才叫着他们老大爷正正经经说事。中年人比较好组织，有时我就一边给他们理着发一边开。半个多月，村里大多数人愿意听我说话，我说什么也愿意去做了，我可以感觉得到，大家喜欢我，觉得我给他们带来了新鲜气息。老年人说我正经，青年人说我活泼，孩子们说我有趣，半大老婆子们说我好。各式各样的称呼叫得我心里甜丝丝的干再多工作也不觉累。孩子们喊我"小柳"，年轻人叫我"大柳"，中年男人称我"柳班长"，妇女则最简练地唤"柳儿"或"柳娃"，老年人反而正经八百地尊我"老柳"。

有天妇女们组织学习，妇女队长也就是房东家的女儿请我去给讲讲话。所有会中妇女的会话最不好讲了，但妇女队长积极抓工作我不能不支持，便硬着头皮到会。妇女队长倒挺为我着想的，开门见山就让我讲。可那些孩子妈妈们起哄非让我先唱几支歌，我说我在妇女面前唱不出歌，她们就笑话我："啊，唱歌都害怕往后娶了媳妇咋办？不锻炼锻炼到时候在媳妇面前连饭都不会吃呢！"我不唱她们就善意地哄着没完，我只得唱《东方红》，这支最好唱的歌儿让我唱走了调，妇女们通不过，又哄着让我唱《见了你们总觉得格外亲》。我绝不唱，说："《东方红》你们说不好听，想听'格外亲'，什么思想？"

"不是《东方红》不好听，你没唱好。《东方红》都唱不好，你什么思想，啊？柳儿？"别看农村妇女文化不高，说起贫嘴话来既生动又赶劲，拿她们没办法。

妇女队长替我解围了："大家严肃点，嫌他没唱好《东方红》就叫他重唱一遍好开会！"

"啧啧，有讲情的啦，那就算了，别让人家柳儿和队长下不来台了！"说这话的女人抱着个孩子，柳叶眉，眼神有点像花棉袄，不免让我紧张。

我没重唱《东方红》就开讲了："有一首歌只有四句词，但思想却非常深刻。四句词是这样的：'一切想着毛主席，一切为着毛主席，一切服从毛主席，一切紧跟毛主席。'今天我着重讲一讲这四句话的意义……"

"柳叶眉"忽然插嘴问："一切为着毛主席？毛主席不是说一切为人民吗？"她问着并无恶意，但那眼神和问题本身不能不说是想难为我。

这不比唱歌，我并不感到为难，马上对答："正因为毛主席是一切为人民的，所以一切为着毛主席就等于一切为人民了！"

"那就直接说一切为人民呗？""柳叶眉"诚实得可爱。

我说："毛主席一再说一切为人民，人民就好意思说一切为自己？何况毛主席和为人民是一致的！"

"我们一个农村妇女，一天到晚做饭喂猪看孩子下地干活，这件事没完就得想那件事，哪能一切想着毛主席呀？"还是这个"柳叶眉"。

"说的是'想'！干这些事的时候想着为毛主席干的不就既是一切想着毛主席，又是一切为着毛主席吗？"我讲。

"啧啧，俺喂猪是想它快点长大好吃肉卖钱，喂孩子是想他快点长大干活挣钱，谁家不是这个想法？实话嘛！"

"所以要'斗私批修'，树立为革命养猪，为革命事业培养接班人的思想嘛。为自己你可以随便把猪和孩子养咋样都行，为革命就一定得养好不是？"这样辩论式的讲话我越讲越振振有词。

"'想着'是对毛主席的感情问题，'为着'是对毛主席的态度问题，'服从'是对毛主席的立场问题，'紧跟'则是个觉悟问题，跟了但跟得不紧那就说明路线觉悟不高。农村妇女也要凡事认真想一想，不认真想一想，就会稀里糊涂过日子，就会光想喂猪长大吃肉卖钱，喂孩子长大干活挣钱，结果肯定都喂不好。这就叫没有路线觉悟。想一想大不一样，怎么想也大不一样。就要像这四句歌词说的那样去想，去做……"

说得"柳叶眉"直吐舌头："哎呀妈呀，这一说可吓死人啦，往后真得想着点呢！柳娃，你就教我们唱唱这歌得了呗，学会了干啥活都哼着省得忘了毛主席。现在就教！"

经过和"柳叶眉"辩论我反而一点不紧张了，真就教妇女们学唱那歌来。那歌曲子简单旋律优美通俗易唱，不仅妇女们马上学会了，而且很快在全村的孩子和青年中普及开来，加上我的宣讲，几乎随处都可听见这支歌了。

我很高兴，觉得毛泽东思想已经在这个村普及了，为了巩固成果，我用自己的钱买了毛主席像章和画像共一百个，没有毛主席画像的家送一张画像，有画像的送一枚像章，当然每家都抢像章要，当时姑娘小伙子们的胸前不戴一枚像章就如现在年轻人没有一枚大学校徽一样不光彩。不想我那像章惹出一桩乱子来。有一家贫农，姑娘儿子一共六个，一枚像章都想要，于是争吵不休，当爹的做主把像章给了上初中的三姑娘，理由是三姑娘上学，这是全家唯一有件新上衣的人，只有她戴了最体面，可其余五个不同意，老三刚戴一会儿就动手抢起来，三抢两抢把件新衣服扯破了，还有人划伤出了血。当爹的用多少血汗才给上学的女儿买了件新衣服啊，却被撕扯破了，一气之下夺过像章大骂："杂种日的，我叫你们抢，我叫你们抢！"于是高高举起狠狠一摔，气没泄够又踩了一脚，有机玻璃制作的像章便破碎了，"我让你们抢！"看确实不值得再抢了这个爹才罢休。开初听了这事我当笑话听听拉倒了，认为这也说明人民群众无比热爱毛主席，不然怎么会抢呢？不想传来传去竟传到县里，县领导说这是现行反革命事件，层层打下电话批评问为什么，要严肃处理，我才惊出一身冷汗，认真思索起来。后来也觉得是反革命事件了。我不得不这样给自己解释这件事——一个贫农，如果对毛主席有感情是不会因为破了一件衣服而摔碎毛主席像章再踏上一只脚的，吴勇不是在毛主席石膏像面临摔坏的危险时刻舍身护像而受伤吗？这是感情问题、立场问题，应该上升到阶级斗争的高度来看。我亲自主持开了两次批判大会，动员那个爹的一个儿子一个女儿会上发言，还要求两个队长带头发言。队长说他不善于发言，实际是认为不该把事定为反革命事件而推辞，便说妇女队长代表生产队干部发言算了。这回我不能不绷紧路线斗争这根弦了，觉得妇女队长中农成分，让中农批判贫农这不合适，最后还是推给了政治队长。这在后来成立生产队革委会时算作重要问题，队长同情现行反革命分子而没能进革委会，政治队长被选上实际是指定为革委会主任。

像章事件受到批评后，我开始重视抓阶级斗争了。紧接着抓的是像镜事件。有天下雨不能下地干活，我就各公共场合去联系群众。进村一个多月了头回有空到牲口棚旁边的饲养员屋坐会儿。虽然我住他家，但他每天除了吃饭回家外几乎都在饲养棚住，所以我第一次进他的屋，他也像初次到他那串门一样热情陪我说话。因对他家的好感我格外尊重他，认为他这样培养出了上大学的儿子和当妇女队长的女儿的父亲是农村了不起的人物。我极虚心地向他求教，一口一个大叔地叫，他也拿我家人似的说这说那提些关于牲畜如何需要加料、如何需要繁殖的建议，我忽然一眼瞥见门楣上挂着一个像镜，屋子只有很小一个窗户因此很暗，看不清镜框里装的什么，凑过去一摸，上边挂的灰尘足有现在的五分钱硬币厚，擦了几下才看清镜框里装的是毛主席像。我不由得心中火起，毛主席像挂成这样都不擦一擦，什么感情？他个老中农！

我强将怒火压住问："这像哪年挂的？"

他没发觉我已把"大叔"的称呼免了，还既漫不经心又很认真回答我说："嘿呀，你要问这像哪年挂的可有年头了，我一接手喂这帮牲口就挂上了，大白马生那头骡子那年，是'大跃进'那年的第二年吧，不是剃分头的毛主席像呢，这工夫都没这样的像了，不是戴帽子就是梳背头！"

我愈加冒火，摘下像镜一看，可不是老式咋的，那张像本身就不如新的好看，加上旧，使毛主席形象显得不伟大了。

"老万头，你知不知道？"我语气冷丁严肃冰冷得吓人，"毛泽东思想发展到今天，已经成为马列主义顶峰了，毛主席的形象也变得比以前更光辉更伟大了，你，还挂这张破像！"我怎么失口说出"破像"二字呢？幸好饲养员一点没注意这两个字。

饲养员还没觉出问题的严重性，接过像镜用嘴吹了吹，又要用油亮的袖头去擦，并说："可不是咋的，一天光忙牲口的事了，也没倒出闲工夫擦擦！"

我一把夺过像镜："先别擦了，留着展览懂的吧！毛主席像上挂了一指头厚的灰，还说倒不出闲工夫擦。"我提高了嗓门，用大批判的口气说，"老万头，你现在还说擦毛主席像得等倒出闲工夫，那么挂毛主席像是闲事了？你一天光忙牲口的事，嗯？你回去瞅瞅你家里，收拾得地上掉了面星儿都不沾土，装你自个儿照片的镜框一天擦几遍？你回去摸摸，有一星儿土吗？你以为富裕中农是自己富裕起来的，跟毛主席没关系，心里就没有毛主席啦?!"

老万头这才听出话的分量来，脑门子冒汗发抖了："柳班长你看我真是，忙昏头了，把最大的事给忘了。我家里……那都是老伴孩子他们收拾的，家里像镜我也一回没擦，我那破像是闺女装进去的……"

"你还有理了？家里像镜不是你擦的你就对了，毛主席像挂那么厚灰不擦就应该了？"

"不……不是……我这就擦……"

"让大家参观参观，十年没擦了，再等两天擦吧！"我气得抑制不了自己，真的把老万头的毛主席像镜拿走了，拿给政治队长、民兵排长还有妇女队长看，我说要开个大会批一批这事，他们都面有难色，但看我不是说着玩的，而且气得脸都不是好颜色了，不得不附和着说同意。我就让民兵排长敲钟，当天把全村人集合到生产队，先把老万头的那通话当众说了一气，第二天又正式开批判大会。

那天晚上肯定家家都围绕毛主席像忙活了好大一阵子，没装镜框的装镜框，落灰的擦灰，位置不重要的重新换位置。

我很晚才回房东家睡觉。老万太太一直等我，见我回屋就过去了，拎着自家的像镜子让我看，说把老东西的相片给拿出去了，说了好半天。"老东西咋这么懒哪，我和闺女一趟也没有去过他屋，要知道他把毛主席像弄那样咋也能去给他擦擦呀。老东西回家也不说。这个老东西给全家丢脸哪……"

老万太太说一通走了，她女儿又悄悄过我那屋，眼睛又红又亮，显然是哭得不轻。"我爹不对，该批，可你……说……说老头子不把毛主席当回事家里人干啥的，家里人个个拾掇得那么干净，连脚上的袜子都一天一洗，就不能帮老人擦擦毛主席像……这……这……不是……批我吗……叫我……叫我……还……还怎么见人……工作……"她说着忍不住抽抽咽咽哭起来，哭了一阵又说，"他的饲……饲养室又不归我管，也不是我……我让他不擦的……批我……你又不……不是不了解我……"哭得那个委屈，好像我们有过什么契约我忽然违背了似的，当然那委屈的哭里明显地带着信任，不信任咋能跑我屋里这么失态地哭呢？

我不希望她一个人跑我屋里来哭，我在自己心里已筑了一道堤，防范着和任何女人加深感情，并且每晚都按小老兵传帮带的办法天天练呢，因而我克制自己千万别对她产生什么同情，便不吱声。她抽咽着给我端来她母亲烧好的洗脚水，她母女俩每天都这样为我烧水。她放下水时还不想走，我说："睡去吧，有哭的工夫写篇发言稿，明天大会上发发言什么都说明白了。去吧，我要擦身子了！"她不得不退出去。我插了门独自准备批判稿。半夜睡前出去解手，我见她屋里灯也还亮着，心里不免歉疚得慌，躺下好长时间睡不着。第二天批判会上，她念了一夜之间写成的稿子，使我大为感动大吃一惊，她还有这么好的文笔呢，稿子写得很长，既朴实又有感情，不像一般无限上纲而无实在道理的空洞发言，结尾她还检讨了自己。若在我们连队这也是篇将大颂扬大批判"斗私批修"熔为一炉的出色文章了。发完言当场掏出条崭新的手绢替她爹把像镜擦了，又换上一张新像。这使我对她产生了比以前更好的印象，忽然觉得她工作能力、文化水平都不比我差。但我一直克制自己没单独和她谈过一次话。有次我把连队分给每人一份的"八一"节水果点心送给她母亲，她母亲推辞好半天才收下后问我："听说你还没对象，你想找个啥样的呀？"我说年纪还小暂时啥样的也不想找。她又说："我闺女不如她哥，也没考上大学，往后能不能在你们部队帮她介绍一个？她和我挺信着你的，就想找个当兵的！"听了这话我心里很紧张也很甜蜜，我知道这是不可能的事，因此越发不敢单独和妇女队长多说一句话，但我内心里非常愿意和她接触的，也非常想和她谈点什么，但始终没这样做，也一句没向她吐露。我心里有杨烨一耳光打下的伤痕和花棉袄抚摸下的伤疤，所以再怎么好的女人面前我也不会像从前那样单纯了。老万太太说完那话第二天非叫我在她家吃午饭，说是因为"八一"节。我推托说轮到派饭那家会有意见，她说那就在那家少吃点，一定得再回来吃。我就留一半肚子在她家又吃了一顿午饭，吃得好心酸啊。她家把只下蛋的鸡偷偷杀了，把鸡肉剁成细末掺在菜里饭里，任我们有怎样的"五不吃"规定也没法将肉末挑出来不吃的。老万头陪我吃，他说："如今生活好了多亏毛主席和解放军，可又不敢给你做好的吃，你们有规定。过节了，将就着吃吧，累坏你了。"

说得我心里很不是滋味。他女儿端过一碗苞米楂饭来换走我手里那碗说："这碗我吃过一口了，你吃新盛这碗！"

我就吃她新盛那碗。吃着吃着底下变了，原来里边窝藏着许多跟玉米楂一样大小的鸡肉块。我停住嚼看他们，见妇女队长正用心看着我，大概看好一会儿了，她说："吃呀，药不着你！"她母亲也说："吃吧，一个人在外边，天天点灯熬油的，爹妈也不能跟着照顾你，不多吃点，别累坏咯！"她爹也说："年轻长身子骨的时候，啥也吃不着！"

一家人的好心好意把我的嘴堵住了，我什么也说不出来。我又像在花棉袄家喝酒那次感到，在自己家也没受过这般的温暖啊。我觉得非常对不起他们，几天前刚开大会批判了他们啊。

我坚持默默把那碗肉饭吃完了，吃得咽喉和心头都很疼痛，亏心地想，以后少做点批斗人的事吧。因为摔像章被斗的贫农还有因为没擦主席像挨批的中农，他们的女儿在心灵上跟着受伤害的呀，爸爸那点历史问题不是至今还影响着我吗？

我正想着怎样做几件为社员群众谋福利的好事，团长把我叫到大队总结这段工作经验，同时学习了师"三支两军"办公室指定的一份"阶级斗争一抓就灵"经验材料，强调，一定要继续狠抓阶级斗争这条纲不放，发动群众揭开阶级斗争盖子。

我从心眼里不想我抓那个屯再出什么阶级斗争之类的事啦，可是传达完师里团里指示后有些社员却积极起来，揪住本屯地主婆家旧房里扒出一捆大洋票子不放了。那确是几百张国民党统治时期的钞票，地主婆也承认知道丈夫死前藏下这钞票是幻想将来能有重新使用那一天。当时都认为这是地主阶级妄想变天最过硬的物证，年轻人一呼声喊着"揪斗地主婆"，我不敢压制，又主持了批斗会。

六十多岁的地主婆长得并不像电影和小说里描写的那种面孔，挺慈祥挺讲道理的。问什么都老老实实地答，这反而使大家批斗的热情低落了。一个民兵小伙子便突然提了个自认为很严重的问题："地主婆抬起头来，眼睛瞅着我别动，我问你，有人揭发你当地主婆时和长工搞过破鞋，说，有没有这事？"

老地主婆仍很明亮的眼睛没敢眨动，但突然睁大了一下，那一睁让人看出她当年一定是很有风韵的女人。她因挨斗的次数太多而锻炼出来了，一点也不害怕地说："没有的事我不能瞎说，我保证没这事儿！"

"胡说，地主婆腐化透顶，你跟老毕头搞破鞋有人看见过，老实交代！"

老毕头就是摔像章被定为"现行反革命"那老贫农。揭发的民兵小伙子上前一按地主婆的头："低下你的骚狗头，快说，不说砸断你的腿！"

地主婆低头不语，那民兵忽然飞起一脚把她踢跪在地，跪地声那么重，膝盖怕是摔裂了吧，我的心一颤，上前拉那民兵，耳语让他文斗。老太太趁势想站起来，那民兵就让她跪着交代。她哪里挺得住，只好交代说："这事有是有，是我勾引他，他没干……就没成……"

"到底成没成？！"

"我不敢诬蔑贫农，是没成。"

"老毕头屁贫农，他个现行反革命，你还包庇他。到底成没成？"

老太太刚含混地说出"成了"二字就昏倒在地，我怕斗出人命，不得不亲自出马制止武斗，但我只保护了地主婆，整个会场形势已控制不了啦。

"打倒地主婆！""打倒现行反革命毕大发！""地主婆和反革命分子狼狈为奸！""千万不要忘了阶级斗争！"

没经我同意，几个民兵已把老毕头拖到会场，这下整个屋子沸腾了，一男一女、一地一反两个搞过破鞋的敌人被揪在一起，这是小屯有史以来最生动最尖锐最复杂最热烈最宏大的场面了，不常参加会的老人、妇女们也中途赶来看热闹，地主婆、老毕头家的人躲在两个脚落不敢抬头见人，大人们将信将疑极严肃地看，小孩子们投着土块起哄，小伙子们喊口号、提问题，不断把斗争引向深入。

"老毕头，你赶快交代，你解放前就变质了，怎么能不仇恨毛主席！你到底和地主婆搞了多少次破鞋？解放后搞没搞？"

倔得像硬铁棍子的老毕头梗着脖子，两眼冒火，瞅瞅大伙忽然对准地主婆的脸"呸"的就是一口痰，大骂道："要命不要脸的东西，我让你不得好死！"骂完猛地一头向老太婆撞去。

恰巧这时地主婆又昏倒在地，老毕头没撞着她却重重撞在砖墙上，头破血流口吐白沫昏厥倒地，趴在老太婆身上交叉成个十字。不知好歹的孩子还喊呢："老头老太太搞破鞋哪，都来看，都来看，地主婆和反动老头搞破鞋！"

我吓得脊背冰凉满头是汗。虽然是地反分子，两条人命也非同小可，忽然连踢带推着他们大骂："小孩子们都滚出去，不滚出去算你家大人破坏会场！"又声嘶力竭吓唬年轻人不得胡来，然后招呼几个年岁大的赶快抢救。

好歹没出人命。但是老毕头的头伤得不轻,除外伤外还有内伤,怎么个内伤我也不懂,也没送医院看,他家里也不敢太当一回事请医生或送医院什么的,再说他家也没钱,撕破一件上衣就心疼得暴跳如雷,哪会有闲钱住医院呢?现在想来大概是脑震荡吧。我心里十分不安,夜夜像做亏心事睡不好觉,再没敢同意把他拉出来批斗。我曾偷着跑回团部卫生队要过两次消炎药,没让别人知道,悄悄让他老婆给他敷的。他家人还挺感激我的,一门儿说是他自找的,谁让他自个往墙上撞呢。

这些话并不能使我踏实,我不能不认真琢磨像刚进村时多做些好事了。

三

稻田缺水,不及时灌些水进去百八十亩稻田就毁了,而全屯就指望这点稻子过年吃大米。要想救稻子只有抽干小水库的水啦。所谓水库不过是个大水泡子,里边养着上千尾鱼。抽干了水,鱼也就不能养到冬天了。东北的鱼塘,鱼只能养到冬天,一到冬天不深的塘水冻实了心,鱼也就跟着冻死。因而必须养到冬天才能长得大一点或卖或保存都不成问题。而大夏天就把一两千斤鱼起出来,卖也卖不出去,吃又不舍得吃(那是留着过年吃的,或是卖了买年货的。农村就靠卖几个鸡蛋、几斤猪肉或队里分的几条鱼买年货)。可是要鱼就毁了稻子,要稻子就必须起鱼。那时候"以粮为纲"是农村生产的准则,什么都可以不要但不能不保粮食。

我想了想,宣布只管抽水灌稻子,鱼由我负责处理了。

我亲自带领全村劳动力昼夜干了三天,把水抽干了,其实是掏干了。没有抽水机,百多号人用水桶用脸盆用水瓢连续不断地掏。腰骨都快累断了还掏不干,似乎落进水里的汗比掏出的水还多,所以总觉得干掏也不见少。往出捡鱼时的欢呼才使人们忘了累。无数条一两斤重的鲤鱼鲫鱼鲢鱼草鱼扑打着尾巴被扔到岸上，堆成好大一堆。人们脸上的笑容也堆成了堆，我心里也舒展踏实多了，不由暗想，毛主席说与人斗其乐无穷，比较而言还是与天地斗乐得更由衷些。

按我的意见，不分男女老幼也不论家庭成分，每人一斤鱼，余下的由我带几个民兵用推车拉了去卖。

那时候没有自由市场，社员们说我个当兵的上哪儿去卖。我说我就靠这身军装到营房去卖，全团三个营十多个连还有团部营部的，怎么也卖出去了，实在不行就拉到师部去。

我们把鲜鱼装了满满三推车，用鲜蒿鲜草遮住毒日头，人就顶着毒毒的日头到远道去卖鱼。

拉车卖鱼对我绝不是轻松事，哪有解放军卖鱼的！不要说解放军，年轻人站柜台卖货还不好意思呢，拉个车还得吆喝着像货郎似的，我又是第一次干这事。小时候，大概是一九六二年吧，我刚上初中，那年全国闹饥荒，谁家有一点吃的东西都能卖好多钱。我家窖里储着几十棵白菜，家里缺钱买米，爸爸就让妈妈去街上把菜卖了，他自己是教师绝不能干这种事的。妈妈也不好意思去，正经人家的妇女那时也不上街头卖东西。妈就让我去。我也不去。妈就说我白养活你一回了，供你念书，连这点事都不能替大人干，再说妈又有病站街头雪地风一吹就咳嗽。我就不得不叫妹妹跟我一块去。拉菜的爬犁往街头卖东西那地方一放，我就躲远远地站着让妹妹喊"白菜白菜卖白菜呀"！妹妹那时上小学了，也不好意思喊，也离爬犁远远地站着。邻摊卖糖葫芦的大伯好心眼，几乎全是他帮着叫卖出去的。他喊一声"卖糖葫芦喽"再加一声"卖白菜"，他喊得很有节奏很动听——糖葫芦喽大白菜——大白菜喽糖葫芦。那几十棵大白菜很快就卖完了，我拉上爬犁逃也似的赶回家，我真感激那位大伯，直到今天我还记得他喊大白菜的声音和神情。当时我把卖的钱偷着留下了几元，自己买了一支钢笔，给妹妹买了支油笔，还特意给卖糖葫芦大伯买了盒香烟。

爸爸知道后当然把我说了一顿。所以后来看《欧阳海之歌》里欧阳海卖炭那节心很酸，看到欧阳海拿出点炭钱为爸爸妈妈买了几条小鱼和两块糕而被打时，眼泪竟哗哗地淌湿了好几页书，那是徒步串联到北京、新年的夜晚住在北京大学一间教室里看的，看完欧阳海挨打时正好响起元旦的钟声。

拉鱼的车轮嚓嚓响着，我心中又响起那动听的喊声：糖葫芦喽大白菜！大白菜喽糖葫芦！

我说："趁路上没人，咱们边走边练练喊卖鱼吧！"

"咋个喊法，谁都不会。"几个民兵小伙子跟我年龄相仿，也都没干过这事。

"就喊'卖鱼喽，新鲜鲤鱼新鲜鲫鱼'呗！"我说。

"没喊过，喊不来呀！"

"怕啥，也没有别人。"

"那你先喊。"

我只好先喊。第一声战战兢兢的，索性连喊几声就好多了，我毕竟练过喊队列口令。

他们也一个个跟着喊：

> 卖鱼喽新鲜鲤鱼新鲜鲫鱼
> 卖鱼喽新鲜鲫鱼新鲜鲤鱼
> 新鲜鲤鱼喽
> 新鲜鲫鱼喽

汗水噗噗掉在土路上，练卖声飞向很远很远的青纱帐。

可是一接近镇子又都不好意思喊了，我独自喊了一阵，只引出几位老人问问价，并没有买的，便失了往镇里走的勇气，直接奔部队营房而去。部队不用喊，找司务长问就行。

别的连司务长我不认得，我们先去我所在的连。在农村过得连星期几都不知道了，原来这天正是星期日，全连休息，两顿饭，各班正在包饺子。我先找司务长,他跟我出来看看鱼说鱼倒是不错,可已经买肉包饺子了,再买鱼就超支了,便说不买。我怎么说他也不买。我知道各连的司务长都是选最会算计最抠门的人当,他说不买我这个新兵很难说动他的。我就又去找指导员,说买不买关系到我在那个屯支农的成败,是军民关系问题,是路线觉悟问题,下个星期少花点钱是了。指导员通情达理,指示司务长买一百斤用水桶装了吊在井里第二天吃。

称完鱼我们谢了指导员马上要走,他叫我们吃了饺子再走。几个月的"五不吃"使得一听饺子便口水满嘴了,但那许多没卖的鱼使我不敢留下来吃。战友们都为我送来鱼而欢呼,他们不管超支不超支,都感谢我而讨厌司务长,一呼声敦促连长、指导员,说我在外支农那么辛苦,远道送鱼这么劳累,还有几位民兵战友头一回来连队,怎么也得吃了饺子再走,怕耽误卖鱼的话吃完饺子大家一起出去帮我们卖等等。

指导员看那几个民兵小伙子眼不够使地看这看那也极有想留下的心思,便回头对连长说:"这么的吧,我打电话给四连说说,你跟五连关系好你跟五连说说,叫他们也都买点,柳班长他们几个就可以留下吃饺子了!"

连长更干脆地说:"费那事干啥,我打电话给营长,叫他通知营部管理员四连司务长,马上来这儿买鱼,一家一百斤。他不通知下次我就打他的横炮!"我看出连长和指导员都有点在几个民兵面前显显威风的意思,心里非常高兴,他们是我的首长,他们威风我也就跟着威风了。

四连、五连和营部果然很快来人抬鱼,第一车鱼卖得顺利,我便得意地领几个民兵看炮车,又领到我们侦察班看望远镜、炮队镜、计算盘,参观宿舍的内务卫生,等等,他们看一眼咂下嘴说看人家搞的。我便趁势说,看见了吧你们还老嫌我抓民兵抓得紧呢,差远啦。

我和他们几个在我们侦察班放开肚皮吃一顿,然后又把他们领到厕所蹲了一会儿。一是我们确实吃得太多了，二是我想让他们见识见识我们部队的厕所有多么干净。他们果然吃惊得不好意思解手。厕所四壁刷得粉白，地下也撒着洁白的石粉类，便坑口一律盖有刷了白漆的长柄盖儿。他们几个蹲在那儿上瞅下望，没一个不说这厕所比他们屯哪家屋子都干净的。我就说那你们回去造造舆论，民兵排带头好好搞搞村里卫生。

　　我们又去一营。三个连都走了，一斤没卖出去。到一营部更说不上话了，只有一户家属要请客买几斤。这提醒我想到团部家属大院，星期天家属们都在家，管他们买不买，先给团长、组织股长、军务股长每家送去十斤，就说他们让送的，先斩后奏回去后他们还能不交钱吗？

　　我们先在团部家属大院吆喝出一些人后，才咋咋呼呼称出三份鱼来给那三家送去。三个家属都很自觉，当时就付了钱，并连连说鱼真好。这样一传，家属们纷纷拎了盆子来买，第二推车鱼在家属院便卖光了。

　　天也不早了，还剩一推车鱼咋办呢？我就找团部的几个战友帮忙。他们领我到团直的两个食堂，人家刚从商店买了鱼不能再买了。我们又拉着鱼车挨个去问团直几个部队，人家也说什么都不买。

　　太阳眼瞅落了，我们还剩一车鱼没着落，急得我嘴唇焦干。我央求指挥连司务长说："你们连大，买一百五十斤一顿就吃了。要不我们拉回去明天就得臭。社员们等钱买农药，帮帮忙吧！"我撒了个小谎说买农药，想等以后再跟他解释也不为过，他在新兵连当过司务长，我们认识。几个小伙子央求说买的话宁可帮他把鱼挨个收拾好也行。

　　指挥连司务长实在推不走我们，只好说："你们先到师招待所看看，那里有个会，二百多人，他们要的话一下就解决了，如果不要我保证买一百斤。"

　　他当即打电话给招待所，不想他们全要。我们高兴坏了，司务长放了电话我们就往师部跑。

跑一会儿我突然放慢脚步，几个小伙子以为我跑不动了，叫我上车坐着他们跑，他们说吃了饺子正来劲儿。他们哪里知道我忽然想到杨烨，要是碰见她怎么办？我说："这回还用急啥，挺凉快的慢慢走吧，反正人家说全要了！"我是想磨蹭到傍黑躲避开杨烨。

几个小伙子吃饱撑的，任我怎么放慢速度也不行，还是天亮亮的就到了师招待所。世上的事真如哲人说的，怕什么偏碰上什么。我们刚要进院碰上杨烨和吴勇往外走，吴勇背着空挎包，杨烨拿着一本书，我一眼看清就是那本《欧阳海之歌》，显然是杨烨送吴勇回去。

当时我在门口怔住了，脑袋一时真空似的不知怎么办好。吴勇比我还要不知所措，好像背着我干了件有损于我的事冷丁被我发现，慌得也怔在那里。杨烨也很尴尬，瞅了我一眼便迅速扭开，低下头对吴勇说："不送了，我还要给演出队赶写节目。有空来玩！"她没同我打招呼返回宿舍。

我和吴勇相对怔了一霎，双方嘴角和面部肌肉都抽动几下，喉咙却都没发出声音来。

"走哇，咋啦？"和我同车的小伙子说。

我趁机往食堂方向走。吴勇没有喊我。

他什么时候来的？在连里吃饺子时我没看见他。他来干什么？是杨烨被批准入伍了他来祝贺？

鱼卖得还算顺利，可和杨烨、吴勇这次碰面却又把我的心重重扯了一下，像把原来愈合的伤口又撕裂了。杨烨鄙视我而和吴勇好了吗？她鄙视我可以，我应该鄙视，可我总觉得吴勇有比我更值得她鄙视的地方，她应该爱上一个比我们俩都好的男人。唉，她那记耳光！她多么高大，我实在是太卑鄙太渺小了。

我稀里糊涂称完鱼算完钱和异常高兴的小伙们踏上归途。

开了眼界的他们哪知我心情，一路开心地说笑个不休。

"部队生活真好，大盆吃饺子成车买鱼！"

"你们是赶上了，也就是一星期一回。"我想着平时吃腻了的"原

193

子弹"——高粱米籽说,"个顶个说得了'胃亏肉'病!"

"我们得的是'胃亏油'病,比'胃亏肉'病重多啦!"

另一个说:"可不比'屙亏肉'重!咱们胃亏,屙不亏。咱们几个都有媳妇吧,哪天晚上屙亏肉了,他们部队就亏定啦!"

"屙亏肉比胃亏肉难受多了。"

我听不下这么粗俗的话,骂他们:"不会说点干净的吗?"

"《见了你们总觉得格外亲》那歌干净吧?就姑娘媳妇爱唱,你知道她们亲啥?就亲你们那个东西!"

"得了得了!"我脸热胃恶心,制止他们,"越说越埋汰!"

"埋汰?谁干净也脱不了那事!你们团长儿子哪来的?亲!亲戚!什么叫亲戚?和屙有联系的人就是你的亲戚!不服你算算?"

我无力驳倒他们赤裸裸的"唯物主义",他们越说越不在乎了。

"你见了女的真没感觉?没那东西还是吃了药?"

"大门口见了女兵瞅都不瞅,她也不瞅你,解放军男的女的是不都吃药了?"

我后悔不该跟他们搞得太熟,熟到这程度今后还怎么领导他们?"不好好说点别的吗,你们都是民兵?"

"老毕头那么倔,还跟地主老婆搞呢,屙这东西真厉害,两个阶级都挡不住!"

我想起"饱暖思淫欲"这话来。这帮小子,来时空着肚子,光担心鱼能不能卖出去,回来肚子饱了没事了就想荤的了。资产阶级生活糜烂就是吃饱撑的。

四

我决定抓抓民兵,就从吃苦教育抓起。怎么个抓法呢?琢磨来琢磨去想出三个点子:吃一次"忆苦饭",干一次"忆苦活",然后实行军事化。

吃忆苦饭不是新点子，在连队吃过一回，后两个点子是我的创造。我想，第一个点子虽然是抄来的，也要搞出新意来，别像连队那次地瓜煮地瓜叶子，我吃着很香哪。

我找老毕头，了解旧社会给地主扛活都吃什么。老毕头被打成"现行反革命"了仍偃哄哄的。"吃什么？吃豆包。豆包是顶硬嚼裹儿，不给豆包吃能出活吗？"

"在家吃什么？"

"地主家有豆包自个家哪有豆包？喝高粱米稀粥呗！"

很让我失望。高粱米稀粥算什么，一九六二年自然灾害我家吃柞树叶子、橡树叶子面做的窝头，又辣嗓子又拉嗓子，吃下去消化不了。听说最难吃的是橡子面，吃了拉不出来。橡子就是柞树结的籽。我主意已定，忆苦饭就用橡子面和柞树叶子混合起来做粥。

我特意等了个雨天，带了民兵到十里外的山上采摘橡子和柞叶。

单是把这两样东西变成面，我差不多就添了几根白发，妇女队长脸上也添了几道细纹。

我还嫌不够劲儿，又弄几个猪苦胆和鱼苦胆放进粥里，那忆苦粥便又涩又腥又苦，喝时没一个人的脸不扭曲变形的。

我亲自掌勺盛粥，谁都不得少于一满碗，当然越多越好。

跟我一块卖鱼那几个小伙子因混得熟，一边咧歪了嘴往下咽一边说我："柳班长当地主，扛活的都得被苦死！"

我也不明白自己为什么如此不怕苦，三五口就把一碗能将人苦死的黑粥喝光，又盛一碗说："不用耍贫嘴，都得喝光。"

有人就往屋外溜，想找地方偷偷吐几口或倒掉一半。我堵在门口郑重宣布："不喝光一碗粥谁也别想出这屋！"

生产队那屋这才像高考课堂似的静下来。

几个不能吃苦的女民兵咽一口粥便憋出一串泪来，难以下咽的痛苦状使本来不错的脸变丑陋了。我说："这么点苦都吃不下，当什么革命接班人？"

跟我混熟的小伙子还是咽不下几口，"红军不过吃草根树皮，跟咱们忆苦粥比那是吃点心啦！"

"就是要超过红军嘛！"我鼓励着，"想想红军爬雪山过草地，一闭眼就喝下去了！"

憋出眼泪也没咽下第二口的几个女的忽然呕吐起来，逗引我也感到一股奇恶的腥苦味爬上喉头，刚想喊要坚强些，又有几个跟着吐开了。一时星火燎原，满屋一片作呕声，我也险些呕吐，用右脚狠踩一下左脚指头，才把注意力分散到脚下勉强把呕吐压住。

锅边那个姑娘控制不住竟井喷似的吐到粥锅里了，屋门便再也堵不住。我才不得不宣布忆苦粥会结束。尽管没喝下多少，我着实感觉到它的作用，腥苦味好几天卡在嗓子眼儿不散，肚子也疼了几天。

接着就是空肚子干一天忆苦活。旧社会怎么苦法不都用"起五更爬半夜，当牛做马"形容吗？我就一点多钟把民兵排集合起来，下地拉犁翻地。五个人一张犁，不套牛马，就用人拉，一直拉到半夜。

旧社会到底苦啥样没体验过，忆苦饭后的忆苦活把个民兵排累趴一多半。那一排人的面孔我几乎全记不清了，可他们一定会把我当地主记得清清楚楚的。

我仍坚决地实施了第三点计划。不管男女民兵，每天早晨五点钟集合训练一小时，内容及要求跟我在新兵连一样。上工下工也走队列唱歌。

训来训去只剩女的了。小伙子们以各种借口逃之夭夭。

女的还参加是因为妇女队长天天替我挨家叫。后来姑娘们看出妇女队长是为我叫的，渐渐人也少了，借口总是妇女病、例假什么的，我也不懂真假。

最惨的是有天早上，黎明时分黑黑的打谷场上只有两人按时到场，他俩面对清风像幽会的情人——站了好久，还是他们俩——我和妇女队长。

看看再等不来人了，她说："要不……别……别搞了，部队这套……农村行不通。"

我不由长长地叹了一声。

她竟哭了起来，抽抽咽咽地，好像我的话道出她一肚子委屈。

我为她的抽咽声感动了。是啊，在我支农那些个起早贪黑的日日夜夜里，不管对的错的愿意的不愿意的，哪次少过她吗？我早就感觉到了，她的积极性一多半是对我的痴情。

黑暗的风里我涌出一汪热泪。

但我走开了。

训练场上只她一个人立正似的站着迎接黎明。

8月篇

> 指导员说："这次行动是根据最高指示进行的。认为是领袖的伟大战略部署也行，看作部队建设新里程碑也可以，说是'反修防变'的最有力措施也对，总之怎样评价都不会过高……"

一

太阳像石头上倔跪着不肯倒下去的地主婆，也正死死抓着山顶的小树不肯滚下去，忽听窗外有人轻声唤我"军宣队老柳"。我一看是公社革委会跑腿送文件那个老贫农。该我管他叫老大爷的岁数，他却称我一个毛岁二十的新兵"老柳"，我连忙站起来问老人家啥事。

他把我叫到会场外面，拿出一张纸，说事儿都在上面写着。原来是团政治处"三支两军"办公室的通知，说部队要调防，命令各支农点干部战士一律于某日直接赶回自己单位。公社革委会主任还在部队通知背面写了几个字，指示大队革委会要热烈欢送。地方的事真是七点开会八点到九点十点作报告，通知上说的某日已是我接到通知的当天了，四五十里路不说，一堆乱事还不得交代交代嘛。不知公社那帮人怎么把通知给耽误得一塌糊涂，还欢送个蛋。我也不好冲跑腿送信的老贫农发火，急忙走进会场在角落里交代了一句话，便赶回房东家打背包。团长他们已先撤走好几天了。

当兵快一年，令行禁止招之即来挥之即去的习惯已经养成，一边紧急集合似的打背包，一边和村革委会主任简单交代善后工作，连心里总丝丝缕缕想谈点什么始终一句没谈的妇女队长也没告诉。老主任说怎么也得把领导班子的人叫到一块开个欢送会呀，公社主任写了指示，不办咋好。我何尝不想开个会，起码会上可以和印象很好的妇女队长见一面，别的话说不了，说说一般的告别话也好，可哪还有一点空儿，就这么急急赶怕还不能在夜间零点到连队呢。零点赶不到就是违抗了命令。

我背着行李在村主任的陪送下走出村口时还盼着能遇上妇女队长，不然部队调防一走，不知天高地远，恐怕再也见不着了。

时间那么紧迫，我还是急躁地放慢了脚步，心想着妇女队长，嘴却对村主任说："地主婆那捆大洋票子一定存好，将来放到展览馆里，这跟变天账差不多。但要注意，别斗出人命来！"

会场传来一阵阵口号声。村主任说："放心走吧，以后有啥指示写信来！"

太阳落山了。

不可能见到妇女队长了，也不好意思让村主任给她带个好，一狠心匆匆上了路，到底在命令限定时间赶到连队，夜间十一点四十分还算当天。

第一个扑上来亲亲热热拉着衣角把我扯到连部的是那只被称为"头号走资派"的狗，这个可爱的狗啊，如果全连无记名投票选谁和战士们关系最好，肯定它票数最多。我怕过了限定时间，没敢和花狗打恋恋，匆忙去敲连长的门。

连长被叫醒后一看表打了个重重的呵欠说："被个调防搞得晕头转向，吃三片安定刚睡着，什么要紧事明早起来说不行？"

别看我对个人问题畏畏懦懦，工作上可有理不让分儿，尤其支农这半年上百户的村子男女老少叫我指挥个团团转，冷丁受了委屈哪能忍得住。我从脸上抓下把汗水一甩说:"连长,可是'三支两军'办公室通知的,叫我们务必今天赶回连队报到!回连队报到不就是向连长报到吗?"

"'三支两军'的事归指导员管,干吗非找连长报到?"连长见我又要去敲指导员的门才不得不补一句,"支了半年农还这么死性,指导员睡了还非得半夜报到?"

"不报到是我的错,报到了不耐烦是你们的错!"

连长合了眼说:"你这个新兵,我连长知道你回来就行了呗,还非去折腾折腾指导员!"

我说:"不是你说找指导员的吗?"

连长无可奈何又睁开眼皮用下巴和眼光代替手臂挥挥我说:"找去吧!找去吧!"

我真就去敲指导员的门,好一阵没有应声,就想算了,指导员太累了,何苦折腾他。于是便回班去睡觉,不想在院子碰见指导员了,他刚从院外回来的。半夜还查这看那的,真够辛苦啦。我怀着敬意向他报告说:"通知耽误了,差一点没回来晚了!"

指导员一边表扬我时间观念强,一边叫我到连部先歇会儿。他递给我条毛巾:"目前调防压倒一切,支农点上的情况就先别汇报了。调防教育已经搞完,贯彻最高指示不过夜你在支农点上肯定习惯了,现在就给你补补动员课算了,免得明天啥也不知道。"

他给倒了杯白开水又翻出块干巴馒头,我就坐下来边吃边听他的动员教育。

"这次调防,是根据最高指示搞的,不是一两个部队,面很宽,全国性的。最高指示还没发表,内部先传达了,大意是部队在一个地方住久了,不利于搞好军民关系,因而以后每七八年就要调一次。"

我急着想知道部队往哪儿调,那地方怎么样,指导员却说这些出发前都不能告诉,只叫我先明白是两个部队对调,团对团、营对营、连对连就行了,着重是领会调防的伟大意义。至于意义有多大,他这样说:"认为是毛主席的一个伟大战略部署也行,看作部队建设新里程碑也可以，说是'反修防变'的最有力措施也对，总之怎么评价都不会过高！"

讲到调防的具体要求，指导员深深吸了口气，显得任务极其艰巨的样子："除了装备、武器、弹药和个人物品，其他统统留给对方。喘气的，大到牛驴猪狗，小到鸡鸭猫崽狗崽；不喘气的，像地里的萝卜白菜库里节约的粮食以及所有财产，都要登记上账列入移交。"

我想，这有什么难的，交就交呗，交还不好交吗？

指导员："我们连是先进连，你们侦察班是先进班，不能满足一般达到上级要求。一个富连队，不仅什么不带，还要做到对方连队下车就能点火做饭，就能铺床睡觉，就能训练……"

我干啥都不甘落后，决心回班好好抓一下，可指导员又补了一句："调防后你还得支农，干脆就在连部帮忙算了，副连长抓那摊子后勤工作这段最忙。"

二

太阳像是被战士们买通了的心理学家，约莫大家很累了便匆匆滑下山去，迫使连长的开饭哨不得不嘟嘟吹起来。

我手不洗脸没擦刚站进饭堂门口准备唱歌的队列，司务长从后门走过来拉我的衣角："柳副班长，来，今晚到我那儿吃！"

我平时很少与司务长来往，不明白今天何事要请我吃他的小灶，站在队列里没动说："连里也没话，咋好到你那去吃！"

"就是连里说的，叫咱俩先吃，吃了有任务。"司务长把我拉出队列，"走吧，不信问问副连长去，他亲自交代的！"

那我还问副连长岂不多余，就跟司务长去伙房里面他住的小屋吃饭。花狗也贴贴乎乎挤着跟了来。

不过是在小屋吃，饭菜与大家并没有什么两样，只是土豆炖茄子、二米饭之外多加了三碟小咸菜：一碟酱油泡葱，一碟辣椒白菜，一碟蒜茄子。三样小菜里都有辣，这对连里干部和老兵就已够奢侈了，因为那以后有几年省革委会主任亲自提出把"四辣"（前边提到的"三辣"加烟）当资本主义奢侈品而禁种。我一个黑龙江新兵当时实在体会不出这辣有什么好吃的，便端起碗饭只顾放开肚皮狠吃土豆炖茄子。我以为司务长说的吃了有任务是干什么重体力活儿，待吃到八九分饱时我停住筷问："是什么活？"怕的是吃十分或十一分饱干重活时肠胃受苦，问时顺便丢了一大块土豆给可爱的花狗。

"不是活儿，出趟公差。"司务长最后将一块生蒜放进嘴里。

"近差远差？"我仍不肯放下筷子。

"隔着一个县，二百来里吧。"

"什么急事非要连夜走？"

"外调，顺便买些秋菜籽。那地方的菜很有名，连队调了防就该种秋菜了。"

"还不知调过去那连队有多少地啥土质适合种什么呢！"

"种菜的事都不懂，不提前打算非吃亏不可，跟我走就是了，这不比大批判大颂扬，要是那档子事我听你的。"

我不再问了，又紧扒了几口难得吃一回的二米饭才撂了筷："我不用再跟连里说了吧？"

"不用了。换身干净衣服跟我走就行，一切不用你管。"

我把剩下的饭倒给花狗，跑回班换了衣服，又往挎包装本《毛选》第三卷跟司务长出发了。花狗跟出营房摇晃着尾巴送我们。我支农走时它也是这样送的，司务长提个手提包，里面鼓鼓囊囊不知装些啥东西。问他，他说是布口袋和换洗衣服什么的。我要过来给他提着，果真并不沉，便默默跟他走。我们抄近道翻山走进小火车站，花狗还不回去。

坐着等火车时我问："司务长，你哪年当兵的？"

"一九六〇年，挨饿那年。"他咽了口唾沫，仿佛那其中还有饿滋味。

"八年了，调过防吗？"我把"八"字说得很重，语气里透着极敬佩的意思，因为我觉得八年军龄似乎跟参加过八年抗战有同等价值。

"这样的调防是头回，建军史上没有过，我怎么能调过？"

"你高兴调还是不高兴调？"

"这不好说。说不高兴调吧好像对最高指示不满，其实不是。你想我个司务长都在咱们连干了八年，一棵草一棵树一块砖一块瓦一块煤都是一滴两滴汗水浇出来的，谁流的汗谁有感情。全连干十年八年的多了，说他们高兴调我不信。"

"我高兴调，多调个地方多开开眼界。"

"你新兵嘛。连队那些家底可不是好攒的！"

我对司务长的话很不以为然，心里说他们老兵就是好倚老卖老教导人，将来自己当了老兵可千万别这样。

火车进站了。

我们检了票上了车，那花狗才风也似的往回跑。

三

月亮像个无聊小伙子跟着火车停停站站跑了好久，一直跟到下车还睁着圆圆的大眼盯我们。

司务长说找个旅馆先住下吧，我困坏了，正巴不得快点住下睡一觉，便半闭着眼跟他走。他停住脚时我以为到了地方，睁眼看却是镇子边一片高粱地。高粱受了夜风的撩拨有些兴奋，肩搭肩轻轻地跳着交谊舞，偌大一片田野竟像文雅的露天舞场，风低低地为老实巴交又因忘乎所以而头重脚轻的高粱们唱着小夜曲儿。我的纳闷和困倦全被这高粱扫光了。儿时常常在高粱打苞时逃学到野外的高粱地里打乌米，那乌米白白胖胖的一个个有胖大拇指儿大，打得多时饱吃一顿之后再在裤腰沿满满地披上一圈，像是披挂了一圈匕首或是铁镖、撸子枪之类的武器，大家再衣扣朝后反穿了衣服或朝外翻穿了衣服，有的还用开苞乌米的黑粉在脸上抹抹，于是吃饱撑着之后的游击战、迷藏战、侦察战便开始了。如有女同学同去，那游戏便更微妙有趣，玩得昏天黑地也不觉累。眯了眼或被高粱叶子割破手指，不仅不懊丧，反觉摊了喜事似的乐意，这时必是女同学来给扒着眼皮吹或捏了乌米粉为你包手，那甜甜的口气微微的手温比灵丹妙药还好使，那幸运的眯眼、割手真是最美最美的享受了。最后必定是腰沿一圈精致的乌米统统落到女同学手里，而自己回到家里两手空空又过了饭时；得到的必是父母的臭骂或痛打。高粱地的舞场上有多少支勾动我心弦的小曲儿啊，支农那个村的妇女队长有次跟我到公社去开会。路过一大片刚刚开了苞的高粱地竟轻轻唱起了歌，那歌儿分明就是为我唱的，因为唱的是《见到你们格外亲》"……小河的水清悠悠，庄稼盖满了沟，解放军进山来，帮助咱们闹秋收。……你们是咱们的亲骨肉，你们是咱们的知心人……"唱得我浑身燥热，脸肯定像晚秋熟透了的红高粱。嗓音好听、模样俊俏的妇女队长忽然唱走调了，脸红得肯定不比我差，说："你咋啦，看脸上那汗！""感冒了！"我说，然后急急地走。"乌米治感冒，我给你掰去！"她稀里哗啦钻进高粱地，我没跟她去，仍在地边的路上疾走。她掰了一大把乌米时高粱地尽头到了。她把乌米往我手里塞，我慌得不慎从股下溜出一丝带响的气来，响声不大，却使我好几天不敢看她，做了多么大丢人事似的。

司务长忽然站住，我还被高粱地的故事鼓舞着往前走呢，一头撞在背上。"歇歇，解个手吧。"他把提兜噗地一放，就面对月亮解起手来。我不好意思，不像火车上总觉月亮像无聊小伙子，却觉得是妇女队长站在那儿瞅，便钻进高粱地的密实处，背朝月亮谨慎地解。

等我出来时司务长特务似的在那儿换便衣。"干什么，司务长？"我系着裤带问。

"裤带先别系了，你也把军装换下来！"他从手上的兜里又掏出一套便服，显然是早有准备的。

这个司务长，神神道道地搞什么鬼？我说："买菜籽，搞外调，又不是贴标语造谣言，换便衣干什么？"

见我也不接那便服而且一脸认真执拗之色，司务长不得不放下便服："你是侦察班副班长吧？侦察是啥意思是该知道！这次咱们来，买菜籽是有一搭无一搭的，侦察才是真任务，临来时我跟你说外调也就是到外面去秘密调查，翻译过来就是侦察的意思！"

"侦察什么？"

"你脑子木头！马上调防了，对调，你说侦察什么？"

"侦察什么……我……我不明白！"

"看看他们有什么动静。"

"这不是我们的事嘛！"

"怎么不是？我们不看个究竟，万一他们做了手脚，不把我们逗啦？"

"那就正大光明地看，何必穿便衣鬼鬼祟祟小偷一样！"

司务长也知道我的红卫兵脾气，真要认为不地道的事我会造反的。他把便服放回提兜，点上一支烟抽着，看来他要慢慢说服我。我想，你抽吧，抽十支我也不去了，什么事嘛，对兄弟部队搞特务勾当，而且上级明明要求说调防前一天才允许派先遣人员的。

司务长嘴上的烟头在月下一明一暗鬼火样闪了好一会儿才说："光明正大地看？你能看到什么？首先人家看见你了，往上一汇报，你怎么办？"

"所以就不应该这么办嘛！"我理直气壮像吵架。

他也理直气壮起来："你个新兵不养孩子不知肚疼，流血流汗的家底一扔，到时候生活搞不上去，骂谁呀？"

"怕自己挨骂就搞鬼？还老兵？还干部？私心杂念！"

"私心杂念？你再说一遍私心杂念揍你个新兵蛋子！我司务长能渴着还是能饿着？全连喝西北风司务长照样有吃有喝。不是为连队我扯这份王八犊子？！"

"为公为私我不管，搞阴谋诡计我不干！"

"不干你回去，滚回去！"

好哇，你小小一个司务长这样对我说话，拿我当孬种新兵啊，笑话，老子只是个不满一年军龄的副班长不假，但老子是当过红卫兵头头的新兵，是徒步几千里长征去北京见过毛主席的新兵，是跟政委同擎一面锦旗在全团前面走过的新兵,是跟团长同台讲过话的新兵,是独立管一个支农点的新兵,是入伍两个月就上过军区报纸的新兵,是连队的标兵新兵,你当了八年兵不才当个管伙房、猪圈的司务长吗?"回去就回去,可不是滚回去,我坐火车到家就去团长政委那儿告你们!"我吼完真的扭身往回走了。

"好,你走吧!"司务长以为我走几步就得停下,所以还在嘴硬。

我真就不回头地走,走得越来越快。

"混蛋!你给我站住!不站住是连队的叛徒!"

"叛徒"是军人最不能容忍的词了,司务长用这个词狠一刺激,我发热的头稍一冷静,站下来。我从来最看不起打小报告告密的人,无论什么事。我走回去质问司务长:"你凭什么说我是叛徒?"

司务长把烟头一摔,差点没摔到我脸上,吼道:"我为全连来冒风险,你出卖全连利益回去告密,就是叛徒!"

"那好,我光回去,不告密,也不跟你干特务勾当!"转身又走。

"站住!我有权命令你站住!"

我下意识站住了,是"命令"二字的作用,毕竟是他带我出来的,他是干部我是战士,他有权命令我。连队在组织纪律观念教育时曾再三重申,军队特殊,是组织好了的革命队伍,服从命令是军人的天职,错误的命令也要服从,这跟路线斗争觉悟是两码事。面对错误的命令,能提出反对建议就是有路线觉悟,但命令必须服从等等。我服从但不服气,说:"站住可以,换了便服跟你去可以,但我认为这样做错误,到时候我要同连党支部辩论!"

"高粱米籽才吃几天,党员还不是,想跟党支部辩论。"

"又不让我上告,又不兴我辩论,我做不到!"

"好了好了,是上告是辩论回去说。现在我命令你先换上便衣!"司务长顺毛摩挲我几句,"我也知道你说得对,可你懂什么,等你有了八年军龄就知道了。刚入伍那阵我也是你这样!"

我不服他也不与他争论了,接了便服别别扭扭地穿,总觉得像《地雷战》中鬼子进村前的化装。一地高粱交头接耳叽叽喳喳,满天机灵的星星和熬夜熬得毫无血色的月亮挤眉弄眼，它们难以理解公元一千九百六十八年天地之间美妙而神秘的夜舞台上，我们这两个白天走在街上仅次于太阳光辉耀眼的人为何要换了衣服。

四

太阳说了谎羞于见人似的爬起来时，我和司务长还在车站几里远的红卫小客店蒙头大睡。待到太阳的羞红消逝，镇定地升到高处，光芒万丈照人的时候才起来。饭时早过了。我们洗了脸就着白开水吃司务长从连队带来的剩馒头，这我没意见，那年代艰苦就是光荣，不会有人说出差带馒头小气，反而要是进饭馆吃点肉喝点酒倒是资产阶级生活方式了。

我俩正边吃边看对方身上的便服合不合适，红卫小客店的服务员没敲门闯进来，说了句"为人民服务"便开始问寒问暖。叠被子时问冷不冷，整理暖瓶茶碗时问热不热，看看我们穿的便服又问怎么皱皱巴巴的不好看，要不要她给洗一洗。我认定这女服务员是看我们两个小伙子没事来闲搭话。大热天盖棉被问冷不冷，暖瓶里水没一丝热气还问热不热，衣服好不好看关她什么事，明明是没话找话。我就觉得地方的姑娘们不值钱，怎么见着当兵的就穷热乎，忽然又觉得自己想得不对，我俩穿着便服，她不会知道是当兵的。说着说着就熟了。女服务员像有口无心地问："你们是部队的咋不穿军装？"

我和司务长都冷丁一颤，以为露了什么马脚。我反问她："你怎么知道我们是部队的？"

"住店介绍信上写着啊，盖着部队公章！"

司务长一慌说："我不是那个部队的，到那个部队串亲戚，亲戚给开的住宿证明！"

"亲戚是部队干啥的？"

"后勤处的。"司务长挺能唬。

"这个部队住啥地方?"女服务员的脸全被警惕性占领了。

司务长一时支吾,我抢着答道:"东沟县……"还没等说出县下面的具体地名,司务长抢回去:"这是军事秘密,不能乱说!"

女服务员愈加严肃了:"目前有些阶级敌人冒充解放军,妄图破坏'文化大革命',我们服务战线不能不提高警惕,你们说不出部队驻地,我就没法相信!"

"住北井子镇,步兵守备八团二营的。"司务长说了别团的番号和驻地,说得很快,为了让女服务员相信,他迅速从床上拉出背包拿出一套军装:"你看这是他的军装!"他指指我,"他是后勤处仓库保管员,我们一块出来买菜籽,听说你们这儿菜籽很全。"

"买菜籽干啥不穿军装?"女服务员还警惕着。

"嘿嘿,这是我的错。我硬叫他换的,寻思解放军买东西不好讲价钱。"司务长一脸的诚恳,"他是帮我买菜籽,所以委屈了他,就是怕吃亏。"

女服务员这才将一脸的警惕性撤走,换了笑容说:"不是不相信你们,前几天真有人捡了部队的介绍信冒充解放军。"她给我们每人倒碗水,"我是向着部队才这样认真的,我姐夫就是这儿的参谋长。"

她这一说我和司务长又都紧张起来,唯恐她再打听我们部队调不调防的事儿露了馅,司务长赶忙以攻为守说:"你们这儿人觉悟真高,向你们学习。听我亲戚说,这个部队六连菜种好得有名,老乡都买他们的。这个六连住哪儿?"

女服务员已完全放松了警惕,因而一说话显得可爱了。"啊,六连连长我认识,上半年还给我姐夫当参谋。他们连驻华家屯,离这儿十二三里吧,可没听说他们连种菜有名。你们是不是听错了,他们连好像有个兵因为种菜的事跟老乡闹出过乱子。要不下班我到我姐家打电话帮你们问问?"

"算了算了。"司务长抢着说,"十多里路太远不去了,随便到采购站买点算了。"他又打了个马虎眼问,"是不是还有个六连?"

"看来你真是个老百姓,一个部队咋会有两个六连!"

说实话这时我心是向着女服务员的,人家真诚地对待的却是两个骗子,我们岂不可恨。可我又必须帮司务长把这个谎说圆:"他亲戚是后勤干部,真正军人的不是,他就更不是了。他亲戚如果也是参谋长,肯定就知道该有俩六连啦!"

女服务员还要帮我们打电话问问六连菜种得咋样,司务长连说不用不用,算了账,要回住宿介绍,匆匆离了红卫客店。

五

一柱一柱的炊烟使劲冒着,呛得太阳的脸鸡血样红。我和司务长走进华家屯。我们听见了六连晚饭前的歌声,唱的是《三大纪律八项注意》第一段。我们绕过六连营房找到华家屯大队革委会。革委会墙上贴满标语语录,却没有一个办公的人,大概都回家吃饭了。院里玩的小孩把我们领到革委会主任家。主任正和两个部队干部喝酒,菜摆了一桌子。主任不到三十岁,嘴里不停地露出连长、指导员、六连什么的,想是村里为欢送六连摆的酒。司务长怕进屋见六连的人,便叫小孩进屋把革委会主任叫出来,花言巧语编了一通,然后请革委会主任给我俩安排哪家老乡住下。

主任端着个肩膀,嘴里酒气喷薄说:"我现在正忙着,叫小孩领你到贫协主席家去,吃住都由他安排。"他又解释了一下,"欢送部队调防,不好让你们一块吃,还有些事商量,请原谅。"说完世故地握了手,忙不迭回到酒桌上。

那小孩从窗外向酒肉桌子伸长了脖,眼珠子像要被香味勾了去,涎水滴出来,已忘记带我们去找贫协主席这码事,被革委会主任称连长、指导员那两位有些不安,跟主任说:"叫小孩和他们两个一块来吃吧?"

主任看看我们:"贫协主席安排他们。"又低了声音,"两个买菜籽的。吃吧!"

司务长真怕连长、指导员考虑军民关系而把我们俩叫到桌上一块吃,急拉一把那小孩说:"小朋友,领叔叔找贫协主席去!"

小孩咽下口水把鼓突的眼睛收回来,似不明白贫协主席咋回事,我给他解释:"就是贫下中农协会主席,明白不?"

小孩拨浪鼓似的摇头,主任不耐烦说:"馋崽子就知道吃,贫农的后代不懂贫协主席是啥。领他们去,找老董头,董大晃,去吧!"

小孩如梦初醒又深深吸一鼻子香味:"走吧,董大晃是小五子他爹。"

出了院门一拐,隐约听主任说把几头驴和什么新家具给他们算了。我站下细一听,还有半句——"反正也带不走。"我想这肯定跟调防有关,便又偷听两句。

"驴不行,五头驴都上账了,顶多能给一头。那套新家伙刚买的,我们要用,先放你这寄存一下,以后来取。"换了一个口音:"要不院墙边上几棵大树你们拉去吧,做两套家具绰绰有余,树没上账!"

不知哪句是他们连长说的哪句是指导员说的,反正这两句话都不地道,不禁一股火烧热了我胸,忽然由原来鄙恨司务长而为气恨对调这个连了。他们竟然搞鬼!我跑几步赶上司务长一把拉住他:"不像话!你去听听,他们连树都想拉了,还想把驴给老乡一头!"

司务长瞪我一眼指指小孩:"吵什么,听我的,先住下填了肚子再说。"

小孩像只傻狗不懂我俩为什么吵,好心说:"晃爷能给你俩饭吃!"

华家屯的人选晃爷当贫协主席真是再有眼力不过了,他家破破乱乱一贫如洗,墙上除了几条语录,连一张年画都没贴。不知他是为了和贫协主席的名相一致而故意搞出一贫如洗样子的,还是大家看他家一贫如洗才选他当贫协主席的,总之这样的人家农村哪都有,我支农那个村就有两三户,不过我没让他们当贫协主席。"晃爷!"小孩提了提裤子冲菜园里一个五十多岁的人喊。

"小兔羔子，什么事？"被喊作晃爷那人显然不满小孩在"爷"前加了个"晃"字。

"六丫她爹让你给她俩找地方住！"小孩指着看我们，"还让你给做饭！"说完怕挨揍似的，一溜烟跑了。

晃爷听了六丫他爹叫办的事，也没盘问从哪儿来干啥事就掐着把韭菜往出走，只问："住几天？住得长就到王老四家，他家干净；住得短就到小狗家，就是才跑这小子，他家是军属。"

"那就住军属家，住不了几天。"司务长选了军属家正合我心意。

"在谁家住就在谁家吃了。今个晚了，冷丁人家没预备，先在我这凑合一顿。"他放下韭菜从米缸里抠出两个鸡蛋来，"我这屋埋汰，我闺女家好点，她在下屋住。"

他领我们到闺女家，把鸡蛋和韭菜交给闺女："给两位同志做顿饭吃，吃完了送小狗家住，我先去告诉一声。"走时跟我们抱歉道，"摊派吃住这活不好整，不是来工作的同志不乐意就是被摊派的人家有气儿。缺条件，你们将就着点吧。"他大概把我们当成上边什么部门来办公事的了。

他闺女家倒是又干净又很有几样东西，没一点贫协主席的家风，门上贴一副红对子："军民团结如一人，试看天下谁能敌"，横幅"军民联防"。贫协主席女儿很活泼很热情，长相不错手也巧，一边不住嘴和我们说话，一边就把一盘子黄花绿叶似的韭菜鸡蛋炒好了。又拿出两个煮熟的咸鹅蛋说："我爹啥啥没有还好揽事，哪年不得为他搭一筐鸡蛋？我家也没东西，艰苦点吃吧！"

我们不是为吃香来的，嚼鸡蛋时也忘不了任务，我忽然看见柜脚立着一支步枪。"你的枪？"我问。

"看我像弄枪的吗？孩子他爹的。"

"孩子他爹有枪孩子他妈安全，谁就不敢欺负了。"司务长模样不很精倒挺能跟妇女耍贫嘴的，我已品出来了，这种耍贫嘴的本事是老兵的一大特点，尤其是经常跑外办事的老兵。

"枪扔这没人使就是根烧火棍,死鬼当个破民兵连长老在外面跑,带民工半年没回来啦!"她动人的眼睛很俏地翻了一下,"男人们在外跑也不易。到我这儿就是到家了,喝酒不?孩子他爹好喝酒,家里放着好几瓶子。"

这女人的热情,以我半年支农的经验,她属于愿意接触男人、容易被人私下里说作风不好那类女人,我想到花棉袄和在她家那次喝酒,坚决说:"不会喝!"

"你毛孩子不会喝,这位大哥能不会喝吗?我又不是开店的想挣你们钱,不过为我爹挣面子。酒里没有毒,喝不喝由你们。"

"那就喝点,民兵连长夫人敬的酒,不喝不识抬举啦!"司务长来了情绪,"喝小孩他爹的酒,也该替他干点事,吃了饭有啥活直说,啥活都行。"

"酒都不会喝还啥活都行呢,再说喝了酒能干啥?"

女人烫了酒,我们言来语去地吃着。司务长又打听她男人:"小孩他爹当民兵连长,跟六连来往挺多吧?"

"都是摆弄枪的,能不来往?"她说。

这时来了一个老兵,二十五六岁样子,手里提着很大一块猪肉,进屋就叫"嫂子"。

"嫂子啊,宰了两头猪,偷块肉给你。民兵连长不在家,给什么报酬嫂子看着办吧。"老兵极不严肃地说着将肉交过去顺势捏了下女人的手。女人并不生气,挑他一眼说:"馋鬼,不说是想让我当厨子给你炒肉吃,顺便再蹭我的酒喝。"

"连队生活差,患了'胃亏肉'啊,嫂子动手吧,我给你打下手。"那老兵旁若无人地说着,连看都不看我们一眼。我不禁火起,又强压着问他:"同志,请问你当兵几年了?"

他极不耐烦地看看我:"没三五年军龄敢偷连队这么大块肉给嫂子?对'军民团结如一人'指示理解得这么透彻?"

"你是老兵怎能偷连队的东西?"我压不住火质问他。

他冷笑了一声:"偷连队东西?连队趁调防偷着杀猪我没揭发就

不错了。不偷白不偷,'老大难'连队团里也干瞪眼。"发现我情绪很敌对稍有收敛问,"你们是……?"

"我们是老百姓!"我暴露出我的愤怒,"希望人民子弟兵珍重自己的称号!"

他根本不示弱:"我一没搜刮人民,二没欺负人民,给人民送肉不行啊?"

"你为什么偷连队的肉?你们连队为什么偷着杀猪?"我气得心嘣嘣跳。

"我们自己的猪,杀不杀送不送人关你啥事?"

司务长唯恐我说漏了身份,怕事地调解道:"初次见面,各干各的,井水不犯河水。"他以命令的眼光望着我,"干什么吃的不知道,啥事都敢管?"然后又以道歉的语气对那老兵:"来来,坐下先喝一盅,这有热酒!"

老兵这才缓和了问:"你们是哪儿的?"

女主人也唯恐闹出矛盾来,从中调解说:"他们是县里来的,在这吃顿饭就到小狗子家住。你们一块喝吧!"她把老兵推到炕沿坐下。她的手真有威力,老兵啥话不说了。司务长叫他喝酒他说等会儿,她给他倒上酒他就端起来了。

"当兵在外辛苦哇,喝!"司务长假话说得跟真的一样,我真鄙视他,干吗不骂这小子一顿。

"辛苦值几个钱?妈的,还嫌我们辛苦得不够,调防,折腾人。"他"嗞"地喝了一盅酒,"不过调调也好,穷掉底的后进连,调一下兴许能转转运呢!"

"胡说八道什么,看我告诉连里批评你!"女主人半真半假说。

"嫂子不会的。破营房没一点待头,就是以后见不到嫂子啦!"

"见我有什么出息,找个媳妇才是真格的。别说没出息的话了,喝酒!"

女主人忙着做肉,司务长劝老兵喝酒,但句句话都在逗引老兵说连队的事:"我也当过兵。当兵摊上好连队还行,坏连队倒霉透了。

你们连不错吧？"

"穷得不错。要家底没家底，要作风没作风，上顿下顿萝卜白菜还月月超支，不知咋他妈搞的。当四五年兵，连队一次'四好'没评上，这还叫连队吗？全团倒数第一的爷！"

"一样的条件你们为啥穷？干部战士没个志气？"我刺激他。

"志气？你懂啥志气？不知道越穷越光荣吗？一当兵连队就穷，那时我也像你这样问，可他妈好像越穷越光荣啦，我个新兵蛋子倒成了怕苦怕累贪图享受，我不想当官，我图个屁？穷吧，不光穷我！"

"这不坑了对调连队吗？"我气极了，想说穿真相。

"谁知道对方啥样连队。说不定比我们还穷。"

司务长乘机提来那块猪肉："杀两头猪也不是为了调防，穷连队也只有这时候解解馋了。"

从这老兵的话里我想象着他们连队的样子，几头尖尖屁股的瘦猪在圈里不死不活地躺着，菜地里病病恹恹地疏立着不多的细葱和土豆秧，豆角茄子辣椒搞得精光，像疯狂的蝗虫刚刚飞走一样，相比之下我们连队十几亩地里满长着各种丰满的青菜，一百多棵苹果树，几千斤节余的粮食，省下的几十吨煤，满圈的猪，可爱的通人性的花狗，还有院墙四周漂亮的松树杨树榆树以及各种花草，尤其可爱的是那一圈肥头大耳的向日葵，六百棵能打五六百斤葵花子啊，菜地里还有上百个西瓜，——还有自己修的澡池、篮球场、乒乓球室、荣誉室，桌凳都是一流的……可是就要和那个全团倒数第一的穷连队对调啦。我的心情发生了转变，有些理解司务长这些老兵们了。这样就愈加气愤，穷光蛋连队还突击杀猪，藏驴，伐树——非告他们不可，我实在不能和这样连队的屌老兵一块喝酒，狼吞虎咽吃了饭到屋外转。

香甜的微风从四面八方把秋夜的气息聚到我身边，瓜果味、葱蒜味、高粱味、烧苞米味、厕所味、猪圈味……轮流着混合着往鼻里嘴里钻。几天之后就要调到这里生活了，也不知这儿老乡怎样，来后还让我继续支农哪。

一个提着裤子的小孩朝我走来，光光的圆脑袋不时晃一下，他什么称呼也没有地对我说:"我爹叫我来领你们!"——哦,是小狗子。

我巴不得快点离开民兵连长家,屋也不进喊:"司务——"险些喊出"长"字来,慌忙用假咳嗽掩饰住。"喂,房东来领啦!"

司务长非要交伙食费,女主人非不收,我催促道:"明天叫小狗子送吧!"

那老兵好像很愿意我们快点走,又让司务长搁了一杯酒说:"算了算了,非交不可,明天送来也行!"

小狗子欢热狗似的把我们领到他家。比别家大几度的电灯泡把不很富足的屋子照得很亮堂。小狗子的哥哥是军人,穿军装的照片在灯光下很显眼很精神。小狗子的姐姐在农村姑娘里算出色的了,她在忙忙活活炒瓜子花生,小狗子的爹妈忙忙活活收拾屋子,我和司务长都为他们错把我们当上边来的工作同志而不安,解释说住一两天买点菜籽就走,他们还是照样忙活。

瓜子还没炒完来了一个战士,羞涩腼腆,挂着个军挎包,我对照相片上的小伙子看看不是一个人,他看见我们两个生人局促不安得像个姑娘。小狗子和他爹妈都拉他坐,他从挎包掏出套军装来交给小狗子妈:"小狗他姐要的,穿过两次了,以后有新的给她邮吧!"说着要走。

小狗子妈拉他坐,小狗子喊军装别给他姐给他。我判断他是六连的兵无疑,虽然他给一个姑娘军装是军纪不允许的,我并没鄙视他,我被他的诚恳态度感动,我想起支农住的那家房东。这时小狗子姐姐端了一簸箕熟瓜子放在炕上,先捧了一捧让我们吃,然后就尽情往那战士挎包里装,装得不能再装了,又用一条崭新毛巾将挎包掖住,还有缝掖不严又把她的花手绢也放上去。这时我才发觉那瓜子不是为招待我们炒的。我也和这战士一样的年龄啊,我穿着不伦不类有点滑稽的便服看着这温暖动人的气氛,缕缕的酸楚,不免又羡慕又嫉妒这战士。

这战士也不拿装了瓜子的挎包,只是要走,小狗子妈拉着他却对我们说:"这孩子要走了,小狗子和他姐姐都舍不得。这孩子老实……"

我不忍心再待在屋里影响人家，便对司务长说："太累了，咱们早点休息吧？"又对小狗子爹说，"大爷，我们在西屋住吗？"

小狗子妈说："那也好，咱们都到西屋去歇着，叫孩子他们在这屋多待会儿，一走不知啥时能来。"

我们过到西屋，这屋比东屋暗得多。司务长和小狗子爹妈实实在在地唠扯着，我的心被各种滋味胀得坐不住，叫上东屋小狗子出去转。忘记了当时是否想到这样做是想让那兵能自由自在地和小狗子他姐姐多说些话了。

小狗子深大的衣兜里揣着瓜子，一大把一大把掏给我吃，他要领我到队里的瓜地去，说他舅在那里看瓜。我无心尝什么瓜味，让他领我去六连看看。

"黑了，黑天营房不让进啦！"小狗子又掏给我一把瓜子。

"哨兵叔叔你不认得吗？"

"认得是认得，黑天营房不好看。到我舅舅那看瓜吧？！"

"在营房外面转一圈就行，完了再去看瓜。"

小狗子带着我，还没走进营房就听里面传来刺啦刺啦的锯木声。走到墙根听得伴着锯声有人说话。

"隔两棵拉一棵吧？"

"隔一棵拉一棵！"

"拉得太狠会看出来的。"

"拉完把树根一刨，填了土看不出来。"

小狗子听了一会儿忽然说："我舅舅没在瓜地，在这儿拉树呢！"他在墙外喊起来了："舅——舅——！"

里面的锯声停了一会儿，另一个声音问："谁？"

"舅——！我，小狗子！"

"滚回去狗蹦子！"

小狗子讨了个没趣，赌气拉我说："走，偷他瓜去！"

我跟着小狗子走了，那刺刺的锯声在我胸中惊心动魄地响着。

六

  我们只在华家屯住了一夜就逃回连队。原来我俩外出只正、副连长知道，并没同指导员商量，因而首先挨了指导员几句批评才叫我们汇报。听完汇报连部所有人都火了，直骂"缺德""混蛋""不像话"，有的还拍桌子踢凳子说一定要上告他们，我也愤怒地添油加醋煽风点火火上浇油。

  指导员问："上级问你咋知道这情况的，你说啥？"

  "亲眼看见的！"我说。

  "离这么远你咋会亲眼看见？"

  "我去了！"

  "谁叫你去的？"

  "领导啊！"

  "这不就把连队牵扯上了？并不是党支部派去的嘛！"

  "反正我们是亲眼看见了！"

  "问题是上级不允许去看。"指导员严肃得不能再严肃了，"你们汇报的情况到此为止，不许向外扩散了。"

  "那我们就甘吃哑巴亏了？"

  司务长："我同意指导员意见，不上告也不扩散。但我建议，咱们也悄悄处理些东西！"

  指导员看看所有人："还有谁想这样建议？"

  "我！"我说。

  哗啦一声，连长一拳把桌上的水碗砸碎了，他大吼："胡说八道！派你们去是我的错，我写检讨，谁再提违反上级指示的建议，谁就是胡说八道！"连长吼得好凶，脸色难看得吓人，他这火是冲指导员发的。不知怎么搞的，许多年后我到过的连队几乎连长、指导员都有矛盾，以至营长、教导员和团长政委都是，好像军政干部是专为闹矛盾设的。

"好，我同意连长意见，不管什么情况，我们坚决照上级指示办，一丝不苟，这是我们模范六连传统。谁破坏了传统，给我们连抹了黑，谁受处分！"指导员斩钉截铁包公一样严厉。

　　没谁再说什么了。这时我才认真琢磨起司务长说我那句话来："……你懂什么？等你有了八年军龄就知道了。刚入伍那阵我也是你这样。"

七

　　黑尿布一样的阴云死死裹住喝了一肚子凉水似的太阳，如雾的细雨则像水太阳隔着黑尿布喷出的尿水。一点也没让驻地老乡们知觉，我们全连六辆炮车、一台指挥车加一台运输车按顺序列好行军队形。

　　大炮穿了炮衣，炮车装了篷布挂了伪装网，全体战士已经全副武装登车就座，只剩坐驾驶室带车的干部们还在车下踱步。我坐在高高的后勤车上下意识朝花棉袄家院子看了一眼，不想花棉袄正扒着帐子往这边看。她是在看我吗？她是知道我们今早要走呢还是偶然看见了？

　　连长、指导员最后从连部出来，他们刚刚与营部通电话请示完出发时间。

　　连长抬起左腕看看表，一扬右手命令道："各排长注意，请以我的表为准定一下时间，现在是五点十分整，我连出发时间为五点三十分，不得有误！"

　　干部们刚想进驾驶室，指导员也抬起左腕命令道："司务长、各排长立即行动，用十分钟迅速将自己单位再检查一遍，看看我们连自己提出的：床上有一本《语录》；床头柜上有一枚像章；床下有一盆洗脸水；暖瓶里有满开水，这'四有'是否有疏忽的地方，再看一下是否带了不该带的东西！"我因暂时还归司务长管，所以和后勤一伙人乘坐最后一辆运输车。司务长叫我和炊事班长看看车上，他跑回去检查"四有"。

我忽然发现谁把一只锅铲掖在我背包上了,这也属不该带的,问几声没人承认,我便跳下车往厨房去送。

我的脚步声惊动炊事班宿舍关着的花狗,它轻轻地急急地哀叫着将屋门扒得咔嚓响,我放了锅铲跑过去从玻璃窗子望望,它立即隔门向我直扑,它受不了同我们离别的痛苦,最后挣扎着盼能把它带走。我的心被它抓得好疼,转了几圈好歹找到一块馒头扔给它,可怜的花狗闻也不闻还是哀求地望着我,一爪一爪抓那门。

出发时间到了,我隔着玻璃最后望它一眼跑回车上。

炮车一辆接一辆开动。最后只剩下我们这辆后勤运输车,汽车的马达声掩不住揪心的狗叫,那已不是叫声了,是痛不欲生的哭啊。

我乘的汽车最后驶出营房,开始在山谷的路上快跑,可我还听得见花狗的呜咽声。

突然那咽声断了,我心一折,莫不是花狗死了?

一个人,是一个女人跑出村头,跑到可以望得见车队的土岗上站住了。从身材和衣服可以看出她就是花棉袄。这孤苦的女人显然是在目送我们这支邻居多年的连队。她是不是在目送我?可怜的花棉袄啊!

炮车队转过山脚,看不见花棉袄了,却见花狗飞样朝我们追来,黄白混杂的花身子上带着一大片血迹。追近了,我看见它身后黄沙石路上洒着滴滴血……

9月篇

怎样评价都不会过高的调防,我们连得到的只是一个最落后连队的全部贫穷和领导机关的一纸光荣。还有,比别连提前发展的两名新兵预备党员,我以为,毫无疑问,我是其中一个,可是……不是。我的心又一次浸了煤油似的不是滋味。那幅疯裸女人狂吻杨烨舅舅的画面再度刺激了我。

一

秋天的山不是战士的青春了,像洗白了洗破了的黄军装而又感情丰富的老军人,浑身的秋黄色里点染着些淡红,那淡红就像洗遍数太多了的领章和磨去光泽的帽徽或用旧了的《语录》皮。

我急匆匆抄近道翻山走。三十里路,阡陌纵横,成熟了的稻子黄灿灿丰满多姿。再过一座山就是我们连新驻地了。调防后在支农点第一次接通知回连,什么事儿还不知道。

爬上山头看见教我练精化气的小老兵在采摘红红的小山果。"后勤兵就是稀拉,正课时间你在这儿玩!"我冷丁吓他一跳。

他甩一颗小山果打中我的头。"寻思你咋也得明天回来。吭,一个班待过,老人来了先帮照顾点呗,没啥吃的采点这玩意儿。"

"谁来啦？"

"你还不知道哇？你父亲！你表哥陪他来的，吭，要犯病。"

"犯什么病？"

"精神病。我看也是精神病，吭，你说话注意点别刺激他。"

"疯病？！"我心一折个，很希望是听错了。

小老兵没再吱声，他眼神告诉我就是疯病无疑。家里肯定怕我牵肠挂肚才没告诉我。妈妈也是这病，爸爸咋也得了这病呢？妈妈咋得的我也不清楚，但肯定与我无关。爸爸……不会因为我吧？会不会是因为他的历史问题而疯的？

我呆站了一会儿忽然坐在地上："知道这样就不回来了。"

小老兵圆眼一瞪："什么？你父亲千里迢迢来看你，你说不回来?!"

我怔了一会儿说："我不回连了，你跟连长、指导员说一声，叫我爸爸回去吧，就说我执行重要任务脱不开身！"

"你说什么？吭！"小老兵不拿好眼光看我。

我心焦嘴燥，把我当兵的经过和首长的嘱托，以及指导员让我严格要求自己的谈话都和小老兵说了，请他理解我。

"说一千道一万，吭，你是你父亲儿子不？"

"我的情况……这不是我个人的事！"

"吭，你是人吗？亲爹都不见！是人吗？"

我也生气了，他个老兵、党员竟这样不理解我，对划清界限这样的政治问题不当回事。"你骂我我不在乎，可你是党员！"我说。

"党员我才骂你，吭，你看你被'私'字迷了心窍，怕影响自己入党。不就因为第一批没入上吗？"

被他说中了，但我不服："入党是为公，你咋能说是'私'字?"

"多少大首长还是地主资本家出身呢，吭，不也得把父母养着？你个新兵蛋子算啥？还想不见亲爹！"

"不是我不想见！"

"吭，什么他妈为公？中央有个副主席，俩老婆，先头那个农村的不要了，他可以借口出身不好，划清界限，实际都是私心！"

我吓得突然从地上坐起来，张口结舌问他："你……说谁？"

"说谁？吭，他的女儿写过声明，跟他脱离关系，那才够一说。吭，你爹一个小老百姓，带病远道来看你，你跟他划清界限，算不算私心你自己不知道？"

我长征串联时确实在哈尔滨看过一张某全国有名大干部的女儿与父亲断绝关系的声明传单。她的行为固然了不起，但她父亲是个大领导，同大领导划清界限是有点不顾大局，而我是要同有政治历史问题的教师父亲划清界限，这大不同。我说："你咋说我都行，可我不能回连。帮我解释解释，别让我爸生气犯病就行！"说完我就要走，已经转过身迈开脚步了。

没等我迈出第二步，也没等我明白是怎么回事，扑通一声头朝下扑倒在山坡上，跌得心口窝像挨了一拳头。等我反应过来是小老兵一个腿绊把我绊倒时，我的手被什么东西触电似的咬了一口。是只黄蜂，我把一个蜂窝给撞坏了。一群蜂子在我们身边盘旋。我甩掉黄蜂刚站起来，小老兵上前一把揪住我的脖领。

"你这号的想入党？支部可是分工我培养你，走不走？吭，不走老子不当培养人啦！"

"放开我！"我吼起来，并且用力一挣。

小老兵的手铁枷样抓着我的衣领丝毫也没放开，我俩同时倒在山坡上，我被他压在身下。使劲一滚，我又把他压在身下。他毕竟是老兵又练什么道家气功红光满面的，我没压住他，又被翻在底下。这回他双手卡住我脖子，圆睁的眼睛豹子似的吓人，说话的音调和习惯也变了："你妈的，越培养越没良心啦！"他实在太气愤了，脸上落两只蜂子蜇他竟没顾得打，"说，回不回去？"

我也被惹怒了："回不回去你管不着。放开我，不放我告你去，你诬蔑……"

啪！啪！两记耳光迅雷不及掩耳落在我的左右脸上。练道家气功的小老兵的耳光太有劲了，比杨烨打的那个疼得多，我的脸肯定是五指山下一片红了。

"你妈的，出卖父亲还想出卖战支，野心家呀?!"小老兵不再卡我的脖子，但他这句骂比两手卡脖子还让我难受。"野心"这是我认为非常可耻不能认可的错。我蒙头转向，胆怯的眼光不敢直视他，我知道是被他击败了，但怎么也不承认自己有野心。

他牛样喘着，两肩耸动，冒火的眼睛伸出根钉子似的盯住我。

"起来吧，我回连。"我闭了会眼终于说。

我像斗败的鸡站起来，我看他额头已肿了。又一只蜂子往他脸上落，他啪地给了自己一掌，那蜂子变成一张流油的肉饼贴在脸上。他一脚向蜂窝踹去，整个蜂窝被葬进深深的泥土，他满腔愤怒随即又是一脚。他拿手绢让我擦擦脸，自己捡起丢在地上装山果的大信封，闷不作声往连队走。我满脸火热默默跟上他。

走了一会儿他说："你不能怪我动手，吭，你太不像样子啦!"

"行了，我还不知见面咋办呢!"

"有啥咋办的？有饭吃，有床睡，你陪几天就是了!"他只管走，好像根本就不存在咋办的事。我想起司务长说我的那句话，不养孩子不知肚子疼。

我像个俘虏被他押回连队。我想先向连长指导员打个招呼，再去见爸爸。小老兵又一瞪眼："想让领导给承担责任是吧？先看你父亲！等你一夜了！"

爸爸正在连里招待来队家属那间屋里踱步，嘴里叼着烟，不住地吐烟圈，眼光机警而呈蓝色，嘴不时下意识做出吃力的咽东西的动作。爸爸变得可怕了，我入伍前他不是这样的。那时他眼光平静，嘴也不是这样吞活人肉似的直动。爸爸瘦了，也憔悴啦！

"你回来了?!"爸爸生硬地问，蓝色的眼光逼得我不敢正视。

"嗯……咋没来个电报？"我想怪他又不敢怪。

"电报？"爸爸吐出这两个字，然后就用瘆人的蓝眼盯我。

陪爸爸来的表哥向我使使眼色："叔出院后就说想你，这几天又睡不着觉，说来就一会儿也等不了啦！"

小老兵把一信封山果子递给爸爸："大叔，柳班长给你采的。"

223

"哪个柳班长？"爸爸的蓝眼光像又添了股火苗。

"你儿子当班长还不知道哇，大叔？"小老兵很惊疑。

"你当上士官儿啦？"爸爸眼中的蓝火苗又跳了一下，不知是惊是喜，反正他使用的"士官"二字使我不安，这是"文化大革命"前的词，属于"四旧"了，而且尤其让我不安的是听说他的历史问题中有一条就是在敌占区上过士官学校。我说："是班长，不是士官！"

"班长算不算干部？"爸爸停止了抽烟，问得极严肃。

"就是战士。"我对爸爸问这个很不高兴。

"战士怎么支农？支得了吗？"爸爸眼里的蓝火苗又闪动起来。

"有干部带着。"我不愿他再问工作方面的事，故意把话岔开，"车上挤吗？"

爸爸对这类话题不关心，又一口口抽开了他的烟。表哥答说："挤得厉害，过长春不远还轧死个人，听说是卧轨！"

"这么挤多余来。"我说。

小老兵："来看看部队挺好的，吭，就放心了，父母嘛，儿行千里父母忧！"

战友们陆续过来看我和爸爸。部队有这个传统，谁家里来人了，都要坐一会儿。关系好的坐时间长些，来的次数也多些，而且来得要早。谁人缘好威信高来看望的人就多。看来我威信还可以，来看爸爸的人很多，这个没走那个就来。可是叫我脸上非常挂不住，一般家里来人都事先联系好，叫带些炒瓜子啦烟啦糖啦水果啦。爸爸两手空空啥也没带，他抽的旱烟卷没法让别人抽。我既难堪又觉得也好，叫大家看看我和爸爸并没深感情，感情深的话能空手来吗？其实爸爸精神若不失常肯定会带东西来的。

我当众吩咐我班的一个兵去替我买些烟糖来。大家都拦那兵，说柳大叔有病，没给他买点啥就挺不好意思了，还去买什么烟糖。

这一说我心反倒滋生出一股苦味。别人家里来人，或父母或哥姐，带许多吃的还带钱，我这样的爸爸还是表哥陪着来的。如果妈妈没病她陪着来也会带些东西让战友们吃的，我还是把我吩咐过的那兵推去买了，我让他先替我借点钱，我兜里一分钱没有，津贴费又给社员买主席像章了。

我陪战友们干坐着说话，担心着爸爸，又惦记着买烟糖那兵快点回来，因此话也说不愉快。

吴勇来了。他还领来分在师部的其他几个同学。这并没使我高兴，我不希望来这么多人搞得热热闹闹像为爸爸开欢迎会似的。他们不知爸爸患了精神病，我也没法当着爸爸的面告诉同学们他得了精神病。我精神状态也四分五裂的，想着爸爸的病因，想着他来这几天怎么办，想着杨烨此时什么心情，想着党支部会怎么想，想着买烟糖那兵怎么还不回来，想着爸爸的病会不会犯，想着爸爸在想什么……爸爸什么也不说，破案人似的抽烟凝视，同学们和战友们像不是来看爸爸而是开联欢会的，只顾说说笑笑。一会儿又议论起新发展的两名预备党员，说绝对应该有我，没我是不公道的。还有的安慰我，说家庭有问题的哪儿都不能是第一批。他们忘了爸爸在场，我急得一边扭转话题一边使眼色。爸爸突然冷笑一声，贼蓝贼蓝的眼光向大家扫了一圈，莫名其妙问："小爬虫还是变色龙？先有鸡蛋先有小鸡？"他伸手从怀里掏出一沓钱来："穿军装就是我儿子，给钱，一人一张钱！"他挨个往来人手里塞钱："不会是孙悟空，石头缝蹦出来的！"

满屋子鸦雀无声。大家面面相觑，见我不住使眼色叫大家收下方悟出爸爸出了问题，都接了钱尴尬在那里。吴勇机灵，从裤兜里摸出张军区报纸来，想用上边一则消息扭转一下气氛。不想爸爸一见报头几个字忽然又掏出一把钱全塞给吴勇："我都买我都买我都买！"然后抢过报纸每版匆匆扫一眼，划根火柴点着了。火苗映着他眼里的蓝光，他又问："先有小鸡先有鸡蛋？"幸亏这时指导员来了，见状说："大家少坐会行了，叫他们好好休息！"大家没吃到糖没抽着烟悄悄扔下爸爸发的钱走了。我像看救星似的看着指导员："刚回来一会儿，正想向你汇报！"

指导员把他的烟拿给爸爸一支："你儿子干得不错，当班长了，放心吧！"指导员怕引出爸爸莫名其妙的话来，又说两句"好好休息"

就走了。指导员不让妻子随军，一心扑在连队建设上了，还同情人理解人，不像连长只知呼喊着叫大家干。连长、指导员对爸爸来队看法能一致吗？听说第一批入党没我主要是连长的意见。

烟雾缭绕又没有一点愉快话题可谈的屋子憋死我了，我想跟表哥出去走走，问问爸的病，可是表哥木讷得很，几次跟他说又使眼神他都不明白，还说叫我带上爸爸一块到镇上去玩玩。爸爸又用那瘆人的眼光看我，我只好陪他和表哥出去散步。

连队到镇上几里远的路我竟没跟爸爸说句话，不知说什么好。表哥偶尔问几句也都是部队里他感到新奇的事儿。

一到镇上爸爸显得非常不安。他的眼睛就更蓝更亮，而且每看到一条大标语或听广播喇叭说句什么新词眼里的蓝火就跳一下。

忽然他没头没脑地问："……支不支派？你们支农！"

"解放军支什么派！"我不耐烦地说。

"不支派？"爸爸那蓝眼光开始让我讨厌了。"支农就是支农！"我没好气说。

"支农？不就是支农民左派？左派右派不都是派吗？支哪派不都是支派吗？派派派，派派派……"他开始胡言乱语了。我看看表哥，他把我和爸爸拉开距离小声说："他一要犯病就这样，不能跟他犟！"

走到一家饭店门口爸爸非进去要两碗水，服务员见是军属大叔就给他端来两碗。爸爸一手接一碗，侧身跨在门槛上将两只胳膊伸平，一碗门里一碗门外说："不偏不倚一碗水端平！不偏不倚一碗水端平！"忽然哗啦摔了一碗："不支派！不支派！"然后把剩下的一碗三两口喝了，眼睛盯着我问："支派？"

"不支派。爸，支派不对！"我连忙附和他说。

他于是恢复了常态继续走。走一阵忽然又往回走，说请我和表哥到饭店吃饭，我拗他不过，表哥也只好说随他去吧。

我知他钱不会多，到饭店坐下后借口找钢笔墨水进里屋跟服务员交代，说他精神不正常，要贵菜时就说没有得了。

吃饭时爸爸又像好人一样了，不时往我碗里夹菜，他还要了几两白酒，我怕他喝酒出事，就推说入伍后一次酒没喝过，不会喝。爸爸说不会抽烟喝酒最好以后也千万别学。我感受到父亲关怀的温暖，心里一阵发热，反而要过酒碗自己喝了两口，但是没说话，默默体会爸爸的体贴和酒相混合的火辣辣滋味。我茫然地瞅着墙上想，我太对不起爸爸啦。都快二十岁啦，还没有钱请爸爸吃顿饭。瞅着瞅着我发现我瞅的是一条标语，上边写的是"阶级斗争要天天讲月月讲年年讲"，广播喇叭刚好说要"狠批地主资产阶级人性论"，我便心里忽然一震，觉得自己心情不对。突然之间我暗自决定当晚就赶回支农点去。

爸爸循着我的眼光也盯住墙上那条标语，眼睛里又跳出蓝火苗来。"百分之九十五以上是好的！我同毛主席联系了，毛主席同意，同意！"他气不知从何而来，愤怒地拍了一下桌子。

我和表哥慌忙又附和他，"对，同意。爸爸你喝酒！"

爸爸突然换成笑脸，把思路从另一种意境收回到现实中来。"喝酒喝酒，你们也喝！"他已忘了他才嘱咐我不会喝酒以后也千万别学的话啦。

"爸，我们明天要开大会，落实毛主席团结百分之九十五的指示，今晚我必须赶回去，社员都等着我呢！"我顺嘴就接着爸爸的话编了个谎，编得迅速而圆满。说完我担心爸爸是否会同意。

"这误不得，吃了饭就走吧！"爸竟如此痛快。

我说："我不一定能回来送你们了，住两天你们就走吧，都看见了，挺好的！"

真想象不出当时我怎么会那么坚决地狠下心来，没陪爸爸住一宿就能返回支农点去。我连营房也没回。一回去当天肯定就走不了了，小老兵不会让我走的。

我走了。走时我问："爸，回去的车票钱有吗？没有我回去借点。"

"有！有！都有，你走吧！"爸一迭声说着，又从内衣兜里掏出二十元钱给我。

我怎么有脸接这钱呢？但任我怎样说不缺钱花，爸爸也不容我还给他。我忍受不了这刺激，拿上钱往西走了。

爸爸和表哥一直把我送到镇子西头的路口，看着我拐上大路边的田埂小路。

夕阳血红血红正要落下去，我脚下的稻田埂小路是那么难走，当时对于我不亚于红军过草地那般艰难。我不时掉进水里，水里有二寸长的小白鱼儿游来游去，我不敢低头细看那鱼，一看泪珠就落进水里击出一朵小花。稻田里的鱼游得多不自由啊。

我迎着那充了血的夕阳往前走，盈满泪水的眼睛把夕阳放得老大老大，不时晃乎成好几个太阳。眼泪哗哗一流出去，那夕阳又变成一个了。

夕阳已有半边落下地平线，我想爸爸该转回营房了，便把脸从夕阳那边扭过来看。啊，爸爸咋还站在那儿不走哇，双手抄在一起，一动不动浴着夕晖仿佛一尊紫红的望儿石立在大路口。长征出发时爸爸一直把我们送出县界还站在那里瞧。我心底慢慢升起了一声呼喊，爸爸在城门下向我扔毛袜子时那声呼喊：柳——直——

我心突然被划破了，泪囊也刺出一个更大的窟窿，泪水滔滔而出。我喊了一声"爸爸"，可嗓子疼得只传出一点点声音，爸爸不可能听见，一股不可抑制的冲动激使我想奔向爸爸，我要陪他住一夜明天再走。

刚跑一步就滑倒在稻田里，鱼儿被我砸得在身边乱蹦，我几乎全身湿透，头上也满是泥水了。等我从泥水里爬起来，一阵阵冷战已把我刚才还不可抑制的冲动抖掉。我忽然又冷静下来。一走了之吧，他有问题，他有病，他……

我又慢慢转回身，沿着窄窄的田埂，一步一步朝即将落尽的夕阳走，走得好似粉身碎骨了。当时我还想，新长征的路怎么这样难走。

二

（十年后一个神志清醒的日子，爸爸向我讲了一个疯人找自己儿子长征的故事。）爸爸在我扔下他一步一步朝即将落尽的夕阳走回支农点那个晚上，就一刻也无法在部队待下去了。他和表哥当夜乘上返家的火车，一路不停自言自语着一句话："先有小鸡先有鸡蛋？先有小鸡先有鸡蛋？"他彻夜不合眼睛，自言自语声随着贼蓝的眼光忽明忽暗而时高时低，有时眼中蓝火苗一蹿，"先有小鸡先有鸡蛋"的自语就突然变成一声喊，那愤怒的莫名其妙的喊声在深夜的车厢里恐怖地流窜，谁也拿他无可奈何，爸爸因何精神分裂不仅表哥说不清，家里人、亲戚甚至爸爸自己也说不清。我陪着他彻夜回忆，他只记得有回看见一张不知谁寄往家乡的军区报纸，那上边有介绍我事迹的文章，其中很大一段写我怎样同他划清界限。看完这篇通讯接着是一篇标题"先有小鸡先有鸡蛋？"的文章，他脑中只留下"先有小鸡先有鸡蛋？"的问号，其他便记不清了。大概他就从那一刻精神分裂的？他突然的喊声越来越可怕，满车厢的乘客都不得安宁了，乘警不得不把他关进厕所。我哪里会想到，爸爸为了见我而被关一夜厕所啊。爸爸像一头困兽，高喊着"先有小鸡先有鸡蛋"疯狂地撞着厕所，直撞得有气无力到站为止。回到家可怜的爸爸已经不像人样了，到处吼着"先有小鸡先有鸡蛋"。家里不得不商量找人抓他去住精神病院。他听到消息连夜逃走了。到家才半个夜晚，他就又返往部队去找我，他的儿子。他说他当时鬼迷心窍了一心就想见到我。

　　他身上没有一分钱而且只穿一套又脏又旧的单衣。似乎这都不是问题，他连想都没想只是往前走，一心就想见到儿子。四分五裂的精神状态已使他记不得刚刚见过儿子了，只有精神错乱前留下的一个愿望支配着他赶路。他没有钱坐车就那么一步一步飞快地走。他觉得身后有人追他，前边有人堵他，似乎每个村庄都知道他想要往哪里去而截他，他便沿着路边的庄稼地穿行。第一顿饭他在野地掰了一穗苞米拔了一个萝卜生吃了，喝的就是地沟里的水。走了一夜，第二天早饭又扒一帽兜土豆生吃了，喝的还是地沟里的水。

　　一肚子生土豆支持他走了一天横垄地，午饭没遇着可吃的，又走到傍晚。他坐在一大片黄豆地里，怕人看见，就躺在垄沟里扒黄豆粒一颗一颗嚼。地沟里的水也没找到，嘴干干的，两脚却被踩破的血疱染得湿湿的。躺在地沟里爸爸并没觉累,可是一个盹就睡过去了。夜里野地潮湿的凉气把爸爸冰醒,他听见乌鸦和狼的叫声,爬起来喊了几声"先有小鸡先有鸡蛋"又急急朝前走。

爸爸觉出了血湿的鞋不跟脚,在地里找两根湿麻秆绑了绑鞋。鞋跟脚了走起来却硌得疼痛难忍,爸爸又把穿的背心脱下撕成两片重新包扎了脚和鞋,再走。

走。急走。先有小鸡先有鸡蛋?!走。慢走。先有小鸡先有鸡蛋?!走。走。走。走。

走进了城市。没有野外那些生东西可吃了。饿得直喘。爸爸走进饭店,等人家的残菜剩饭吃。又脏又可怕的爸爸遭了几多度白眼终于等得一对幸福得吃不下饭的恋人丢下饭菜走了,刚一伸手,却被警惕性极高的服务员叫来的民警把爸爸推走。爸爸神秘而恐怖的蓝眼光盯了民警一阵,问声"先有小鸡先有鸡蛋"匆匆忙忙慌慌张张走了。比服务员警惕性更高的民警认为爸爸不是贼就是其他什么坏人,跟踪着爸爸,越跟踪越觉爸爸是坏人,大喝一声"站住"就抓爸爸。爸爸撒腿就跑,跑掉了鞋子还跑,但爸爸饿得上气不接下气怎能跑过吃得饱饱的年轻民警?爸爸理所当然被抓住了。问爸爸是干什么的,爸爸竟认真说起疯话来,说毛主席派他到部队去处理一个秘密问题,民警搜遍爸爸全身,除了一盒火柴和装旱烟的口袋外什么也没有,越发可疑,把爸爸抓到派出所一阵毒打叫爸爸从实招来,爸爸不管怎么打还是那句话。民警不得不把爸爸关起来等候上级审查。夜里爸爸从三楼跳窗子跑了,他什么功没练过,就凭着精神分裂后大脑顽强的意志跳下去的,竟没摔断腿。

爸爸不敢再进饭店,不敢偷、不敢抢也不敢要,只好到垃圾箱里捡东西吃。

垃圾箱是百宝箱,不但有烂萝卜馊馒头变质了的罐头过期了的药物,还有破提兜、旧水瓶等等,爸爸靠垃圾箱装备起自己,背上应有尽有的破提兜又开始长途跋涉。从爸爸一个精神病人身上我认识到无产阶级思想家们所说的"精神原子弹"威力有多么巨大了。一旦有了不正常的精神，什么奇迹创造不出来啊?!

为了解决没有垃圾箱的两个城市之间漫长乡间路上的吃饭问题，爸爸还在垃圾箱里拣能卖钱的废品到收购站去卖。

路上不会水的爸爸救了一个落进深水险些淹死的少年，还救了一个企图卧轨自杀的妇女，确切地说那妇女是被爸爸吓跑开的。

爸爸历尽千辛万苦历时月余，终于找到了我们部队驻地。他欣喜万分跑进了营房。

精神的力量万岁！

可是营房空空如也。

他的儿子随着整个大部队刚刚调往内蒙古了。

爸爸又着魔一样向遥远的内蒙古跋涉，他非要看看他的儿子是否真在支农点上跟贫下中农一起开大会落实毛主席"团结百分之九十五"的指示。

10月篇

不知哪天，伟大领袖面对中华人民共和国地图，忽然问一位将军，内蒙古东部前线有条战略要冲哪个部队驻防。结果那里并没安扎部队。于是，我们师，又变成一条蜿蜒数十里的绿色长龙爬上东北大铁路，吼着"向前！向前！向前！我们的队伍向太阳……"调往内蒙古兴安岭前线了。

一

我们连新驻扎这地方，离当年因为战争修的一条单行大铁路不远，是个农牧并举蒙汉杂居的山村。当然没有营房。只有一座日本关东军战马的水泥圾属于军队的建筑。如果单是看看风景领略一下兴安岭和大草原相拥抱吻合的粗犷气派，那真是个好地方。千山万岭从大铁路两侧绵延开去，漫无边际如一片浩浩营帐。千树万树林立于千山万岭之上又如千军万马手执五彩旌旗。山间有大片谷地可牧羊可种庄稼。正是一片片肥头大耳的向日葵和一片片充满野心的玉米快要成熟的日子。正午由温暖的太阳陪着观看这塞外风光好开心啊。这才是军人待的地方。这才是培养军人的地方。

可是毕竟深秋了，太阳已没了夏天的耐心和热情，早早就把大山大树的阴影推来陪伴你。好冷啊。我们就在这如一片浩浩营帐却无一座营房的大山里安营扎寨。来不及建造营房了,要度过男性的塞外长冬,营寨只好扎在本来就挤挤巴巴的老乡家土屋里。

我们班被安排在一间多年不走烟火的仓房,窗上什么也没有,墙上什么也没有。长途调防的疲劳滋味是没法言说的,浑身上下每个毛孔都钻进酸唧唧的疲劳,又像醋似的把骨头都泡软了。想歇一会儿都没个地方坐。

"还愣着干什么,今晚就在这屋住。"连长转到我们班说,"你们班还算好的,别班和老乡同屋住南北炕!"

"就一条纸儿似的褥子,咋住哇!"我向连长叫苦,"南北炕好歹不冷啊!"

"反正没别的地方住。赶紧借家伙去,扒炕,烧火!你支过农,还犯愁吗?"连长说完就往别班转了。

不犯愁?!扒炕要用锹镐,抹炕要用草泥,草泥一要用草又需黄黏的土加水凝合,而水要一桶桶挑,用团长的话说,又是一场空手套白狼之战。而我们刚从海防前线调来的炮兵团,一切得从零开始,团长说套白狼,就是一切从头开始和老百姓套近乎,套不好会出事。什么事?

索伦地区大多是蒙古族,语言、风俗都不通,借东西就不是件容易事,何况全连十多个班在借。我怀疑连长是不是有意给我们班分了间没法住的房子,来考验我这个班长。我必须硬着头皮迅速带全班分头去借。

我支过农了,所以头皮脸皮和办法都没大愁。我先在房东家窗前转了一圈没敢进屋。四十来岁的汉子和老婆还有一个挨一个足可编一个班的一串儿孩子都在家,见我在门口转竟没人打招呼。我想他们家一定对部队有抵触情绪,硬闯进去大概不会借来什么。我忽然想到支农时联系群众那个最好的手段来。

我回到仓房用挎包装了理发工具,又提上一个行军水壶跑到村供销社,买了一壶散白酒、一斤沙果、半斤糖块,重又来到房东家。

  酒是蒙古族兄弟交朋友的最好礼物。我进屋就把酒壶盖拧开递给男主人："大叔，谢谢你家借给我们房子，这点酒先表个谢意！"我把酒壶放他眼前让酒香冲他鼻子而去，又把挎包一抖，沙果糖块哗啦啦铺到炕上。不等大人发话，孩子们一拥而上热烈支持我工作了。

  这时我拿出理发推子，抖开白围布说："给你们添麻烦，帮不了啥忙，给孩子们理理头发！"

  "坐！坐！酒得喝！烟得抽！"男人下炕推我坐下，先自喝了口酒，又递给我。这说明他已将礼物收下了。

  我按住炕沿儿坐着的一个男孩就要理发。

  "酒得喝！烟得抽！头的先不忙！"男人把自己的孩子推到一边，让我接酒壶。

  我喝了一口："我们从辽宁省来，不归内蒙古军区管。大叔，谢谢你全家！"

  一口酒几句话他就把我当朋友了。"煮奶茶的去嘛，我们喝酒！"他吩咐老婆。蒙古女人从炕角摸出一块砖茶，用斧子砍下一块扔到锅里，又放了粗盐。

  我阻止不住，任她去煮，一边就动开推子。

  "你们辽宁部队的够朋友，有啥事的嘛你们说，缺啥少啥的嘛就来拿！"他空嘴儿喝着酒说。

  我理完一个头才装着受他启发忽然想起的样子，说出扒炕的事。

  "扒炕的好说，喝了酒的嘛我去帮你们！"他憨直地笑起来，"我把我一个班都领上！"他指指他的一群孩子，"我有一个班的嘛，喝了酒的嘛我领一个班帮你忙！"憨直的蒙古族兄弟竟会一点幽默，这更给我带来了信心。

  班里那几个兵都空着手回来，到房东家来找我。我乘机让他们当蒙古房东面把困难述说了一通，目的是请他帮忙。

  蒙古族大叔一点儿不忙，非要先完成他的热情不可，"都来坐，一块的嘛喝酒，喝酒哇！"

  大家也确实累坏了，巴不得找个热乎地方喝口水歇歇，我就招呼全班进屋。他家的一个班加我们班挤进一间小土屋根本没地方坐。

我说:"这么着吧大叔,让他们一人喝口酒先去干着,我陪你喝。"

蒙古大叔给几个兵一人灌了口酒,还不放走,非说再喝碗奶茶才能走。我急坏了,央告说晚上还没屋子住呢,他还是不放。问清情况后,对他的大女儿咕噜了一阵蒙古语,那姑娘便领上她的一群弟妹们先帮我们割草抬土,借她家没有的其他工具去了。

我们到底喝了他家腥乎乎的奶茶才得脱身。蒙古男人连他的老婆也领上了,全家人一个不漏帮我们收拾房子。

蒙古大叔全家的热情令人感动。他和几个男孩子赤着脚和泥,他的女儿们帮掏炕洞里的灰。一筐筐往外端,脸被黑灰抹得鬼儿似的,还嬉笑着往我们脸上抹。房东的一班孩子们全不把这又脏又累的活儿当回事,不时摸块糖填进嘴里使劲吮着,甜得受不了似的。这帮孩子格外高兴我们住他们家房子,他们说以前来的解放军从不到他们家。

掏通了一条条烟道,就用原来的旧坯对付着重新装好,抹严,又把屋墙抹了一遍,多年不住人的破屋子简单收拾了一下还没堵窗户,蒙古族大叔大嫂就直咂嘴称赞我们手巧,说快赶上娶媳妇的新房了。

开饭了,一根红蜡烛用玻璃瓶子当烛台放在地上,尖尖一盆雪粒似的大米饭在烛影下直放银光,房东家小点儿的孩子们看直了眼。我们几个兵虽然饿得前胸贴着后背了,都不忍心让蒙古族孩子们眼巴巴看着我们吃,便把饭碗都端给他们,大孩子拉不走他们跑回去喊爹妈。大概他们几乎没吃过大米,大人拉孩子时对大米那种崇敬的眼光叫人心里怪不好受的。

我决定把饭端到他们家去换炒米吃。"大嫂,我们不愿吃大米,换一顿炒米吃吧!"我目的是用大米饭酬谢他们一家人的帮忙。

这样说他们就答应了。我们两个班挤在一间屋子里热热闹闹吃得好不快活,那壶酒也就着萝卜喝光了。

连长又来检查安顿情况,见我们和房东家闹伙在一块吃饭,冷冷漠漠也没和主人打声招呼就把我们叫出去。"不抓紧烧炕,晚上怎么睡?弄木头烧炕去!窗户也没糊!"

我们管房东借了些干木棒子一个劲儿猛烧，想一气烧干好快点铺行李睡觉。

满屋热烘烘的水汽毛毛雨似的裹着我们。窗子当晚糊不上了，冷气又一团接一团往屋里涌，我们站在屋地，身子一面是潮乎乎的热气一面是潮乎乎的冷气，一会儿就都打开了喷嚏。深夜，炕面子还湿乎乎的不见干。瞌睡虫从脑子里爬出来，越过眼皮和嘴，然后蔓延到满脸和全身，头拨浪鼓似的东倒一下西歪一下失去了控制。

蒙古族房东让到他家休息一夜，我们不肯去，半窝子姑娘我们实在没法去。后来还是借了他家的草铺在屋地，和衣睡了。

那草也不干，加上没铺褥子也没盖被子又没有窗子，睡到后半夜全冻醒了，难受得我们只好站起来又跳又挤又撞，摩擦生热。

我们又猛往灶坑里塞一阵木头，让火着得呼隆呼隆响。炕面终于花花搭搭露出了干地方。我们被那温暖诱惑得实在要命了，半湿不干地撒了点草就铺上行李，一会儿个个都已死猪一般。

刚睡着就开始做梦。先是躺了一会儿雪地。雪化了变成一条热水河，我在热水里游泳。游着游着热水变成了蒸汽，我们又关进一个大桶里进行蒸汽浴。头伸在木桶外边，虽然身子蒸得透汗淋漓，头一点都不憋闷。我们便用嘴吸凉气来冷却身上难以忍受的恶热。可是越吸越热，蒸汽变成火焰了，烤得我皮裂肉绽，不住地痉挛翻滚、大叫救命……

醒来一摸，褥子烤得烫人了。我把全班都叫起来，死猪们都说正做过火焰山的梦，一看好几条褥子煳了。大家扑扑腾腾往地下抱被褥撤草。窗子涌进的凉气一吹，才觉背和屁股被烤疼了。擎着蜡烛一照，红鲜鲜熏猪肉似的。

我们索性穿了衣服到地里偷来向日葵和土豆。炕面上炒向日葵灶坑里烤土豆，一直折腾到天亮。

房东一窝儿孩子早早又过我们屋看新鲜，一人手里攥着颗昨晚没舍得吃的糖。

屋地满是乱草被褥和各种东西，没一点下脚的地方，早饭又端到房东家和他们换着吃。

全班都感冒了，清鼻涕流得稀里哗啦。蒙古族大嫂和她的大女儿把一卷白塑料布从柜里翻珍宝似的翻出来送我们当窗纸。我们一点可送人的东西没有，又凑钱买了几斤糖块给他家拿去。

好歹安顿妥了，跟蒙古族房东也混熟了。

安家总结时我们班却受到批评。原来房东是富牧，他妈的，没搞搞调查就动手，我个新兵水平是不够火候！

连长指示立即停止和房东来往，这使我们全班都极为难。

连长说了句难听的："别看他家有两个姑娘就下不了决心！"

我气坏了。当连长怎么这样说话，不同意我入党别诬蔑人哪。"小人之心！"我当众这样骂了半句。

连长一拳砸得桌上水碗蹦老高刚要发怒，被指导员劝住。

我们班不得不又开始羞羞答答和房东疏远关系。

二

战备气氛越来越紧张，真像第三次世界大战不定哪天突然爆发一样，白天加紧训练夜里睡时所有东西都是按紧急集合放置的，枪就放在枕边，吓得老乡们备好牛车蒸好成布袋窝头等着枪声一响随时开跑。

我从心里感谢这紧张气氛和这气氛下累断筋骨的繁重劳动，这样我就可以什么也不想。

最该感谢的是军区政委乘直升机来我们团检查战备。

全团正按警备区指定给师里，师里又指定给团里的任务是重新构筑炮阵地、战壕、指挥所、掩蔽部等。我说重新构筑就是说调防之后这些工事已构筑过一次了。这些工事在离驻地很远的山头山谷山腰，构筑起来绝不可能是轻松的事。第一次是按师长看过地形后指示的地点干的，干完警备区司令员视察后，从军事、政治、后勤各方面综合一研究，认为这些工事建在山谷北面不如建在南边，谷南是山之阴，谷北是山之阳，阳面易于暴露，阴面易于隐蔽，于是用四五天时间提高对司令员指示认识后又用一星期在谷南筑成新阵地工事。部队就野营在阵地一带每天进行这种实战演练。长期纠缠于和平的动乱年代唇枪舌剑中，忽然转换为对国际敌人武装作战的演练，全团的热血军人们情绪肯定激昂，一个个胳膊腿被体力劳动锻炼得鼓鼓胀胀铁疙瘩般硬，比钢铁还硬的战斗口令战斗口号战斗歌声不绝于耳。那时的我们成天都做着献身祖国建功立业的英雄主义美梦。对于战死我一点都没怕过。战死和英雄是连在一起的，何况我们炮兵连队，一般是不单个死人的，阵地挨了炮击的话，少则一个炮班，多则全连统统被炸死。又不是我一个人死，那就更没啥值得恐惧了。欧阳海人家是一个人迎着列车冲上去死的哪！

满山满谷都弥漫着崇高的气氛和浪漫的色彩。休息时任你随便往哪儿一躺，都是躺在散着香味的彩色草丛中，我便闭着眼睛想象一个战死的烈士躺在鲜花丛中的情景，那想象是令人鼓舞和陶醉的，可是想着想着就不行了。到鲜花丛中来向我遗体告别的能有谁呢？杨烨不能，爸爸妈妈不能……我便不敢躺在花丛一样的秋草地上歇息了，爬起来找活干，或是茫无目的跑下山头再拼命跑上来，累得头晕目眩什么也不想时再迷迷糊糊倒在草丛里睡一小会儿。

这天忽然又传下动员令，说大军区政委要亲临我团视察战备情况。据讲这是我团有史以来到过的最大首长。以前总参总政虽然也有人来过但职务都没超过军级，所以军区政委即将到来的消息立刻轰动了全团。军区政委是中央政治局委员，要乘直升机来，需在团部附近突击抢修临时机场。任务紧急而艰巨，我们这样的先进连不能不拉回去参加。

经过迅速勘察，临时机场选在离团部两华里远的镇郊一片西瓜地里，四周全是没有割倒的高粱和玉米地，既隐蔽又不用现收割庄稼平整土地，只需把西瓜地夯实，飞机降落时不起尘土就行。但把十来亩松土地像盖楼房打地基那样夯实也不容易。我们一个整连加上一个民兵连，男男女女，汽车马车牛车石磙子木头夯碾子都用上了，好热闹一场大戏。

先是摘瓜。把熟的和半生不熟的西瓜统统摘了用汽车运走,剩下的连瓜秧一道拔光用马车拉走。因是老百姓的西瓜,所以我们连的人尽管渴得嗓子冒烟,也没人敲开一个西瓜吃上一口。而民兵们就不一样了,不时摔开一个啃得满鼻子满脸瓜汁瓜肉,一会儿跑高粱地里解次手,瓜地边的高粱地垄沟尿得快成小河了,我们的嗓子仍在冒烟儿。

旗里领导陪着师政委亲自来抓这项工作。师政委和旗革委会主任一到,即将变成机场的瓜地顿时气氛不一样了,陪同的公社革委会主任亲自抱来两个他亲自挑选的大瓜,又亲手用自己的刀子切开来让首长们吃。

旗革委主任吃公社的瓜是不用犹豫的,而师政委看看我们这些嗓子冒烟的战士都没吃便不好意思吃了。旗革委主任还挺幽默的,说什么我知道你们又要讲不拿群众一针一线,干脆连瓜带地一块拥军算了。师政委犹豫了一下,也幽默说既是县太爷劳军,我们也干脆官兵同吃吧。师政委招呼我们都来吃瓜,我们哪里敢吃。他又叫连长下令,我们才集体休息吃起来。

吃着瓜嘴甜,师政委说起了军区政委。他说他给军区政委当过警卫员,军区政委很平易近人。还说等军区政委来了走个后门,让我们全连都进直升机里边参观一下,再让政委下个令,让我们连班长以上的坐直升机转一圈。我们听着可乐坏了,政委们真好,哪点事儿都想着我们。大家简单吃了几口瓜呜嗷喊叫着干起来,进度当然比原来成倍地加快。

瓜地太干松,打夯压碾前需要浇水,我们脚长翅膀似的拉着水车疯跑,首长这么好,我们哪有不拼命干之理呢?

干了一会儿,师政委说你们干吧,我再安排下别的事去,军区政委来了肯定要检阅部队的,以前他到了哪里第一件事就是检阅部队,临走师政委嘱咐我们速度一定要加快,但不能累坏了人。

拉水打夯连轴转两天两夜,个个都累坏了,不光我们,男女民兵们也都躺在湿地上睡着了，水点子落满脸都浇不醒。

我们修机场，其余全团部队分头练习队列、口号、正步走、敬礼等等。

忙活了四五天机场算是完工了，不完工也不行，军区政委第二天就到了，剩下半天时间全团部队和师、团首长要集合起来演练一遍，旗、公社领导也参加。全团每人发了副白线手套，背背包、扎腰带，不带枪支，从团部到机场全列满了人。团部设在火车站所在的小镇上。各级首长、各个营连在什么位置，怎样随时应付军区政委的哪种提问都准备好了。我们连按序列该站在全团的中间位置，为了把好连队突出出来，便特意把我们安排在离飞机降落点最近位置。

演练开始了。

师政委乘吉普车模拟军区政委的直升机朝机场驶来。

我们远远地迅速从坐着的背包上站起来，戴好白手套，背上背包，首长们也再次整整衣帽各就各位。

吉普车在直升机降落地点"吱"地停住。车门开处师政委神采奕奕走出来。我们团政委、团长双双跑步上前敬礼。此次由政委报告，据说因为来的是军区政委所以由政委报告，另外还有一层原因是团长口头语太重，一旦军区政委反感会挨骂。

"报告政委同志，炮兵团全体指战员列队欢迎您的到来，请指示。报告人×××。"团政委报告得很流利，但明显有点紧张。

师政委还礼，然后走向团长、旗革委主任等人一一握手。握完向我们队列走来。我们用力一磕脚跟"啪"地立正站好，队列里随之发出一长声整齐好听的磕脚跟儿声。嗓子眼早就紧紧地准备好喊口号了。

"同志们好——！"师政委朝队列挥了一下手响亮地喊出练了不知多少遍的这句话。

"首——长——好——！"我们齐声回喊。

师政委马上又挥了挥手："同志们辛苦啦！"

我们齐声呼应："为——人民——服务——！"

真是功夫不负有心人，练了好几天的口号喊得果然气壮山河。

师政委又模拟军区政委走向我们连，我知道马上会走到我面前握手问话了。

"哪年入伍的?"师政委问我。

"报告首长，今年初入伍。"我答。

师政委很感兴趣打量起我来，"那么说还是新兵嘛。你这是基准兵的位置，这位置该是班长咯?"

"报告首长，我是侦察班长!"我按演练时的要求挺了挺胸说。

"新兵当侦察班长，好样的! 炮兵侦察技术掌握了吗?"师政委问。

"掌握了!"

师政委连连说"好"又往下同其他人握手。握了几个再快步走一程。走到民兵队伍时又重新招了招手："民兵同志们辛苦啦!"

"保——卫——祖国——!"民兵们齐喊。喊声也很响亮但不如我们整齐。

团长、团政委等跟着师政委一直走下去，所到之处都有口号声传来。至于走进团部之后副团长站哪个门口、副政委站哪道走廊、参谋长怎么开门、主任怎么端茶、后勤处长怎么当场切西瓜都演练了一遍，那情形我没能亲眼看见，不过后来都传得有声有色细节也很生动，后勤处长怎么手一抖把自己拉了个口血把西瓜皮染成红的了，主任端茶胳膊晃热茶烫伤自己手背生出两个珍珠似的疱了，参谋长开门往相反方向推越推越不开差点把门推坏了，副政委在走廊引路拐弯时一头撞在墙上了，等等，还有团长说口头语"这样子，这样子"被政委抓住，批评说你们团怎么搞成这样子! 不过我相信这都是演绎罢了，团里领导见师里领导是常事，师政委毕竟是扮演军区政委接见，团领导们不会慌成那般狼狈相的，可这些事一经传出真的造成心理作用，军区政委来时这些编出的笑话竟预言般地重演了一遍。

军区政委的直升机说是上午九点钟准时到，全团七点半就集合了，又匆匆练习一遍口号，然后就不准上厕所不准说话不准抽烟，端坐等待，快到九点时全体起立又练了一遍口号，便开始站着等，等来等去十一点半才到，我敢说那时都折腾得饿了，全团干部战士肚子里一定会像有不止两千只青蛙在叫的。尽管这样，一听见飞机声并远远看见天空出现了那只小蜻蜓时，我们还是像一大片晒蔫的小树林忽然遇雨又都精精神神挺拔起来。

我开始第八百遍想象直升机里的军区政委什么模样，他此刻会在干什么，同时也努力把一直抽象着的直升机在脑中具体化。

飞机的声音大到耳膜可以感觉出空气震动时，翘首仰望的脸大概都出现恍然大悟的表情，我和我身边的人都不由自主地"哦"了一声："绿的！不是银白色的！"

那时我敢断定，没有一个人的眼睛不是盯着飞机的，因为全团所有人都是第一次与飞机离得那么近。

当我看清这只肥大的蜻蜓肚子上带有"八一"二字的五角星时，已经感到有一股股凉风扑面了，机场四周的高粱也被微微吹晃，铺在地上那面鲜红色导降旗细浪似的浮动，地下的队列也随风波动起来。飞机盘旋在我们头顶徐徐下降了，高粱剧烈摇晃，导降旗如激浪翻涌，我们的衣角裤脚哗哗摆动。越下降越接近我们便越像一只怪物。快接近地面时突然飞沙走石骤然卷起一阵巨大的旋风，我们夯了几百遍又洒了几十遍水的机场竟经不住它这一旋，尘土飞扬遮天蔽日。飞机一着地，离得最近的首长们个个被风推了几个趔趄，这时本该往前迎的却不得不连连后退。最前面站着准备早些迎上去的师政委帽子呼地被吹到高粱地里，这时我们才知道师政委是亮亮的秃脑门。我们紧张得谁也想不起笑了，政委追了两步忽然想起不该亲自去追，转身要过团政委的帽子。团政委身后是团长，他没敢要团长的帽子而把作训股长的帽子要了来。传接力棒似的，作训股长把一个参谋的帽子要来，参谋没法向队列的战士要，只好自觉躲到队列后边的高粱地边探头看。军区政委大概是急性子，旋风还没有消逝，慌乱的师团首长还没站定，机舱门已开了。最先走出一个体态极像首长的却不是军区政委，他下飞机后就靠边儿站了。只见师政委再次正了正帽檐朝第二个下飞机的瘦矮个奔去。军区政委的身材相貌实在叫我失望，前呼后拥的原来是这么个干巴瘦儿。但是我看掉光了头发的老师政委完全像个战士那般规矩地跑上前敬礼时,才忽然想起拿破仑、斯大林、鲁迅等人也都是矮矮小小的个子,进而又想到当时全军的副统帅也是瘦小身材,于是才真实地明白了一个道理,大人物身材并不一定都高大。

师政委任何一个细小的动作也没有少掉,每个动作都标准到无可挑剔的程度了,与他扮演军区政委时简直判若两人。

"报告政委,守备师政委率炮兵团全体指战员迎接您的到来,请指示,报告人——师政委赵风。"

军区政委还了军礼,伸出右手来和师政委握握:"噢,小赵,多少年没见啦?"

被称作小赵后非常高兴的老师政委还立正站着答:"十年。"

"噢,十年!十年!"军区政委自言自语着"十年",没再问其他什么就去一一跟师政委后边的首长们握手。那些随随便便的动作尤其称师政委那一声小赵,使我想起师政委跟我们一块吃西瓜时说的那些话,看来我们连班以上干部坐一次直升机没问题了。

军区政委握完手转过身来。我的心剧烈跳动犹如万马在胸中奔腾,按演练程序他马上快跟我握手了,他离我那么近,我都看清他脸上的黑斑和光亮下坠的眼泡了。虽然我曾在北京天安门广场的人山人海里见过毛主席接见来自全国的红卫兵,但离得那么远,只是凭排列顺序模模糊糊能判断谁是毛主席。现在军区政委、中央委员就近在咫尺,音容笑貌比电影还清楚。我紧张地想,军区政委能先问大家好呢还是先同我们握手,先握手的话会问我什么?

军区政委抬起右膊朝长长的队列挥了挥,并不只是对着眼前的我们,又挥了挥还是没朝着我们。瞬间我想,大概他不分段向大家问好了,只整体问吧。我调紧了嗓子准备喊"首长好"。可是他只挥了三四次手嘴里没发出一点声音来,转身上了不远的吉普车。

我还没明白怎么回事,几辆吉普车共同拖着一条长长的烟尾巴驶向团部了,只见那滚滚的长长的烟尘尾巴,热情而亲切地实实在在地拥抱了每个为首长演练了五六天的指战员,那所有的精心演练,只迎候在营门、屋门、走廊的几位首长们用上了,就如我前边所说,把大家演绎出的预言变为了现实。但大家谁也没对首长有啥怨言,首长本来就没让这样搞嘛!大家把怨气都暗自出在师政委身上,而把嘲笑留给了团首长和认真演练的我们自己。

所有连队连夜拉回阵地,以便军区首长随时视察。

三

连日折腾又因修机场时吃西瓜没注意卫生,我拉开了肚子,夜里一会儿往厕所跑一趟。跑的趟数多了又跑得慌,半夜那次我没有带纸,解完蹲在茅坑用手电四处照。我想照到什么都行,哪怕几片阔树叶几根树枝也行,当然纸张更好了。我拉得实在没有力气,即使什么也照不到我也没力气再蹲下去了。花狗围着我东转西转帮我找纸。

不想竟在最边的茅坑沿上照见一个牛皮纸小信封,啊,谢天谢地,牛皮纸信封再好不过了,又厚又结实。我用手电光照住信封晃着叫了几声狗,它便跑过去给我叼来。我又照看是否别人用过的。不是,丝毫的脏迹都没有,可是来信地址却让我产生了好奇,是我们第一次调防前的驻地,收信人名是指导员。有没有卑琐的想刺探别人秘密的心理我不敢肯定,这样的想法是有的:这信别是指导员不慎掉下的,人家还有用我就当了手纸岂不罪过。就抖开信封口看看是否有信。真有。那信可吓死我了。我没想到,我根本就不可能想到,是花棉袄写给指导员的。花棉袄称指导员"亲爱的指导员",说连队调防一走可让她想苦了,梦里总和他在一起,说趁夏天方便她要求看他一次,叫他回信约个见面地方,或是他回去一趟也行。最让我不敢相信的是,她还说最难熬的是半夜十二点时,一到那时就幻觉指导员来了,可迎出去却空空的,不得不又幻想指导员。她就靠指导员活着了,她让指导员给她写信,长着点,越长越好……

发信时间是第一次调防不久。

从信判断指导员和花棉袄有事了。

世界在我眼里忽然又变了颜色，天昏地暗简直就和伸手不见五指阴森莫测的秋夜一样。手电掉在茅坑里，我没去捡。我拿着那信像捧着一颗定时炸弹，不知该怎样处理。

指导员这不是腐化吗？什么革命化典型？什么自己不探家也不让妻子来队？原来暗中干着这个勾当！伪君子！可耻！

可是想不通：多么和蔼可亲平易近人关心下级替战士着想可敬可爱的指导员啊……这不可能！那可不可能是与指导员不和的连长使坏而栽的赃？或别的谁跟指导员有怨故意借调防之际造假栽赃？

真倒霉！我像捡了个要命的定时炸弹，扔不敢扔，揣不敢揣。

私下交给指导员？悄悄毁掉？交给上级领导？交他本人他还怎么领导我们工作？若毁掉又真是他的他又不知落到谁手会日夜惦记成病的！交给上级领导……他可就完了，我们连队也完了……我自己会怎么样……指导员对我一直不错……

我把信揣进裤兜六神无主走回帐篷，全排个个累得死猪样酣睡，我却完了，拉肚子的难受劲加上这颗"定时炸弹"的折磨，没法再睡着了。我躺在被窝抓着装信的裤兜，唯恐一旦睡着不慎掉出去。

一夜折磨，我的确没力气上阵地了，请了病假独自在帐篷躺着。又躺不住。这事跟谁商量商量呢？小老兵最可靠，但他一知道这事马上会造指导员反的，他火气太大。吴勇……这小子点子多，我们俩领导"东方红兵团"时一遇难题就找他商量，他还很能保密。不过，这不是东方红兵团了，是部队，不像那时一根绳拴俩蚂蚱休戚与共息息相关了，现在是两个班，为自己进步暗暗竞争……不过也只有找他商量，毕竟是老乡、同学、同组织战友。今天正好他在炊事班帮厨，他没上阵地。

我从地铺爬起来到炊事班那座帐篷去找他。不在，说他上厕所了。这正是拉他到林子里单独谈谈的好机会。

厕所没有。能上哪儿去？会不会也拉肚子到军部师部来的医生那儿要药了？这些医生们是特意赶在军区政委到来之前上阵地的。首长一来，各级机关的人都来凑热闹，说是为部队服务，实际添了麻烦。

医生们住了两间帐篷。第一间没有。我刚把头探到第二间窗前，一下看见吴勇了，不禁激灵一愣。他在干什么？他趴在靠墙边那个铺上全神贯注地慢慢扭动，一手抚摸黄被子上的花枕巾，一手抚摸褥子，很用力。我想起那铺位是师医院的女医生"一针见血"的。吴勇在偷偷侮辱人家……的褥子！

忽然热血一涌，我紧张得咳嗽起来。吴勇立即停止动作嗖的一个翻身坐起来，满脸通红。看是我忙站起来结结巴巴说："你……也来要药哇……咋他妈搞的……肚子疼得……直打滚……医生们也不回来！"

我似乎看见分外白净的褥面上隐隐约约有只透明的蝴蝶在飞。心里愈加不是滋味，装啥也没看见招呼他："不在咱走吧，帮我商量个事！"

我俩走进离帐篷很远的树林。若是平时我大概会半真半假开个玩笑将吴勇方才那动作点出来开开心的，现在一点儿这心思也没有。

我半天不知怎么开口，吴勇紧张得直偷看我脸色，以为我发现了秘密要跟他严肃谈谈哪，便以攻为守搞起哀兵政策来。

"听说杨烨进师演出队了，编节目，不算入伍！"

"听'一针见血'说的？"

"不……不不……没见过她，别跟她说我们去过她那里！"

"治肚子疼她不会给你扎针，怕什么，我又不认识她。"

"他妈……你这小子，想谈什么事？"

"狗头军师你得先向我保证，保证绝对保密，否则不跟你说！"

"噢……不是我的事，那当然绝对，咱们啥时候出卖过东方红兵团秘密！"

"说得漂亮。结巴老兵和花棉袄的事不是向毛主席发了誓的？怎么跟杨烨说了？"

"那是连里知道以后。杨烨不是东方红兵团的吗，还信不过她？"

"这件事她也不能告诉！绝对谁都不能告诉！"

"信不着我拉倒，我不听啦！"这小子要走。

我再三看看四周有没有人，才把那封信掏出来，亲手拿着让吴勇看，怕他夺走似的。

看完，他这位智多星狗头军师也吃惊得直眨巴眼。

我把信装好揣进胸兜，我怕裤兜冷不防被谁掏去。

我俩在草地脸对脸躺着沉默。

吴勇忽然坐起来一掌抡断一棵粗蒿草。"必须绝对替他保密！太他妈吓人啦！结巴老兵都要脸呢，他就可能自杀。他自杀对我们有啥好处？啥好处没有！绝对给他保密！"

"信怎么处理？"我问。

"他妈的，他们干部成天一口一个'八项注意'第七条，条个蛋吧！这么努力第一批入党还他妈不行，这回我看他第二批还行不行！"他歇歇气，"密绝对给他保，不过，适当时候得他妈让他知道，我们曾经捡过这封信。有了这封信，就等于有了原子弹，不仅他没法对我们核讹诈，相反……"

"别他妈想坏点子了，这不是在学校打派仗！"我听吴勇想把这封信当资本，后悔让他知道，暗自决定偷偷将它烧掉，"这不道德，若搞，我就告诉'一针见血'，说你……"

"别闹别闹，我不过说说气话，哪能那么缺德！"

临回连我俩又一次发誓，绝对保密。

当天夜里忽然响起三声枪响，接着听见有人大喊："抓特务哇！抓特务哇！"

全连紧急集合。

枪是吴勇放的。他站夜岗，发现特务摸哨，搏斗中小腿挨了一刀，胳膊也被咬掉一块皮，衣服撕破好几处。

全阵地各单位统统紧急集合，整整搜查了一夜零半天。没有抓到特务的踪影。我怀疑是不是吴勇受了信的启发，自己制造了这么个事件。

事情报告给住在团部的军区政委。政委却说他早预感这一带敌情复杂，所以前天下飞机时没有检阅部队而迅速离开了机场，如果不是那样很可能遭到藏高粱地的特务的暗枪了。因此他没让调查情况就指示给吴勇记了功，并要求以此教育部队时刻不能放松警惕。

可我还是觉得吴勇有鬼，但没什么证据。同时我又怕有证据证明吴勇确实捣了鬼，那样我就会更加痛苦，军区首长肯定的事情有假！指导员也有假……其他还有没有假？……我满怀一腔真诚同父亲划清界限所面对的却有这么多虚假……

我和吴勇都被送到医生们旁边的临时病房。

指导员来看我们。"怎么样？疼得厉害不？"他摸摸吴勇的伤腿。

"不要紧，指导员。可惜没抓住那狗日的！"吴勇英雄一般坚强。

"二等功，军区政委亲自指示记的，也不错了！"指导员又摸摸他的伤胳膊。

吴勇："个人空记功有啥用，特务没抓住，怪我胆怯让他跑了。"他擦擦眼角，"往后请党组织多帮助我！"

"你怎么发现他的？"指导员问。

"……我隐隐约约看见炮旁边有个人弯腰捡东西，用手电突然一照，只看见他捡起一个信封，一喊，他撒腿就跑。我追上去……"

"信封？"

"他好像揣了信封就跑的！"

"是不是特务绘的阵地地图？"

"……这个分析有道理……指导员！"吴勇一拍脑袋。

指导员忧心忡忡走后，我问吴勇："智多星，你真看见那人捡信了？"指导员那封信我已偷偷烧了。

"不是真的我编这干吗？指导员分析得对，那可能是画的地图！"

11月篇

军区政委亲临阵地视察了个遍。他认为阵地选择太靠后了（即使不靠后也应重新选择，因为特务有可能画了地图），还应提前一百华里，构筑在离国境线只有十华里的地方最合适。说这样可以把妄图入侵之敌歼灭在国境一带，避免把战争引到国内来打，引到国内打损失太大。

一

科尔沁旗草原和大兴安岭相拥抱那地方的第一场雪在我们移防途中来了。像豪爽的北方少女的爱情，先是棉絮似的羽毛似的，渐渐就纸片似的鸽群似的，忽然受了风的鼓舞一下就冲动了，铺天盖地劈头盖脸扑你拥你抱你吻你，一时叫你喘不过气来，那确像被爱情压迫得喘不过气来的兴奋感觉。热烈的白雪少女站在兴安岭大山上拥吻着长长的绿色的行军队伍，那情景叫行军队伍中的每个人都感到自豪。但是慢慢就冷静了，受不了了，疲劳了，精疲力尽了，可大雪还激动着，热烈的激情持续得那么长久。

雪已把土地盖严，天也被遮严了。也不知太阳躲在哪里。

脚上的单胶鞋被融雪湿透，贴着脊背的绒衣被汗浸透，棉帽贴额头一条也快湿透了。三块湿像三块冰凉的铁皮箍得难受至极。嘴不停地呼出热气吸进冷气，嗓子眼儿被摩擦得直想喝口热水润一润，行军壶却成了冰坨。

我弯腰想抓把雪吃，雪没进嘴，行李从背上倒滚下去带着我做了个前滚翻，头朝后腿向前躺在雪里。队伍正在行军，我这个排头兵一倒，身后走机械了的人们猝不及防，一个压一个倒了。大家借机趴在雪上喘着不想爬起来，团里指定各营连到达新驻地时间为夜间零点。一百华里才走一半。炮兵部队冷丁按步兵要求急行军，而且冒雪，不是闹着玩的。炮车和其他物资先行了，就看人能不能按时到达。这是年终总评前最重要的一次任务，完成的好坏直接关系到"四好""五好"评比。

我前面的连长、指导员发现队伍停了，用手电照照表吹响了哨子。

"全连就地休息，吃晚饭。各班自选位置，不得在路中间影响三营通过。"连长抖抖帽上的雪，"团里指示必须野炊，又指示必须按时到达，大家就别有意见了。条件所限，晚饭炒黄豆，汤也来不及做了。一把黄豆一把雪，比上甘岭一把炒面一把雪容易吃。上甘岭还有美国鬼子的炸弹呢！"

指导员补充："一定要在半小时内吃完，吃不完的边走边吃。我们一定争取，不仅按时到达而且要比别连提前到达。各班长注意，谁也不许坐雪上休息，尤其不能躺着！"

我们纷纷从地上爬起来个个成了白熊猫，抖了一阵雪，把行李当凳子休息。

炊事班在沟里架锅炒豆。木柴只点着一小会儿，大概黄豆还没热就盛出来了，上士和炊事班长抬着每班一瓢开始分。

我接过我们班的黄豆骂他们："上次拉肚没好你们又让吃生黄豆，存心不让六连评'四好'哇？"

小老兵暗中捅我一指头："别瞎吵吵让三营听见，吭，黄豆出发前炒好的，还有每班一瓶酒，顶热水喝了。"

炊事班这帮笨蛋还挺他妈有笨点子。我不吵了，连忙喝酒。嚼几粒豆子就捣一口，根本不像平时你推我劝一碗酒一时半晌不见少，这会棉袄棉裤大头鞋都没穿，全身只有帽子是棉的，一不走就开始打抖，就那么一瓶酒很快就没了。只剩嘎嘎嘣嘣嚼豆子声，不时扔出一句骂来："炊笨蛋们小抠，酒他妈给这点！"

指导员马上过来和我们一块吃豆子，他一口酒也没喝，光一把雪一把豆子嚼着。忽然他默默塞给我一把东西："你们班打头，全连快慢你们班起决定作用。这几块糖揣着，关键时候用上！"他说的几块糖放我手里就是一满把了。我心里又是问号又是温暖。他做事总是让我感动，可是花棉袄那封信……他这人到底咋回事呢？

"你们班带头唱唱歌，越是这时候越要鼓士气。"指导员起头，"烽——烟——滚——滚——唱——英——雄——四面青山侧耳听——侧——耳——听——"

我手攥糖块跟他唱起来，夜色里糖块在闪闪发光。

临走指导员又提上我班岁数最小那兵的半自动枪："我替他背枪，谁再替他背背水壶！"

我要过那兵的水壶，把糖块每人三颗分了说："咱们班一定给指……给连队争气！"

我们正唱歌，连长过来了："不留着劲走路，唱什么歌？"

我对连长动不动就不问青红皂白乱训人很恼火，即使唱歌不对，不会像指导员那样好好说吗？我顶他一句："指导员叫唱的！"

"指导员叫唱你们应该唱，我不叫唱你们就应该不唱。唱歌消耗体力！"

"指导员发糖补充力量了！"我还顶他。

"指导员发甜的我连长发香的！"他掏把牛肉干给我们，"就这么点玩意儿，关键时候塞塞牙缝！"

"有酒吗连长？"我纯粹是想勒索他一下，解解气。

"炊事班不是发了吗？"

"那点玩意儿打针消毒都不够。"我说。

连长摘下他的行军壶晃晃："给你们一半。"

251

我捡起刚扔的酒瓶子:"指导员把糖全给我们了,连长还留一半!"

连长酒倒一半犹豫一下还是全倒光了:"留几口关键时候用。三营马上就要上来,他们还没吃饭,他们一到你们马上出发。"

连长一走我忽然觉得自己心太狠了,这时怎能把他的酒要光呢?

开过来一辆小车。车灯把我们连扫了一半停在路中间。

"你们是几连这样子?"车里探出一颗头,谁都听得出是团长。

"报告团长,六连在休息!"连长老远喊。

"有病号吗这样子?"

"报告团长,没有!"

"三营已经有上收容车的了这样子,你们六连注意,走不到前面去你连长今年别想探家这样子。"

"是,团长!"

团长的车灯迎着落雪往前射走了。

隐约听见三营脚步声了,豆子还没吃饱连长就吹了哨子。

全连跟着整队集合,没吃完的黄豆都揣进裤兜。不及三营跟我们打上招呼,我们故意唱起歌儿开拨了:"向前——向前——向前——我们的队伍——向太阳——"

漆黑的夜不知太阳在哪边,顺着路走就是了。

我们趁三营埋锅做饭的时候远远甩了他们,想超到一营前面去,起码要把本营两个连超过。

追上了五连。他们在认真做饭。灶火照出两锅腾腾热气,里边无疑是一锅热饭一锅热菜。我们不由被逗引出一阵口水,摸几粒豆子又嚼。

赶上四连时,他们刚撤了锅灶集合。

我们连一阵紧跑。

三连也甩到后面了。

正满怀信心赶二连,肚中受了亏待的黄豆生气了,一股股冲出肚鸣不平。

鸣不平声接连不断从队首到队尾此伏彼起。整个队伍被一股臭味笼罩着久久不绝。

气出完了又觉肚疼，先丝丝缕缕朦朦胧胧地微疼，后来就疼得集中具体鲜明了。

不待我将这感觉说出，有人喊起报告来。

"什么事?!"连长行进着没回头问。

"肚子受不了啦!"

可能连长、指导员也有同感了，全连暂停休息。

不时还有黄豆生气声传出。

指导员："我有个办法，疼时想想别的事，你最难忘的事，疼就轻了。"

"想人行不行啊?"吴勇问。

"事还能离开人吗?"

"想什么人都行吗?"吴勇这小子在戏弄指导员。

"想老婆你有吗?"连长骂他。

"没有想别人的呗!"吴勇没被骂住反而更放肆起来，他肯定自以为立二等功又掌握着指导员的秘密就可以对干部搞"核讹诈"了。

连长骂他："你再两头排臭气我记你一大过!"

"想一想就记大过，把想法变行动的该开除党籍啦?"吴勇在尽情开心。

连长："你给我出来! 就你这样还想入党? 你以为立二等功就了不得了? 我记你一等过!"

吴勇："二等功是军区政委给的，连长没权记一等过。再说我也没犯到那!"

连长："我现在有权罚你多扛一支枪。"连长顺手抓过指导员帮我们班扛的那支半自动要交给吴勇。

吴勇："扛呗，再扛一支总评时立功又有材料啦!"

指导员没撒开手中的枪调解说："现在是考验每个人的时候，说笑话活跃气氛可以，不能说乱七八糟的。总评也是第一好为纲嘛!"

吴勇虽没有再顶嘴却故意打着无所谓的响鼻。

"再唱一支歌!"指导员起头唱道,"抬头望——见——北——斗——星——心中想念——毛——泽东——想念毛泽东——"

全连跟上唱:"想您心里有方向,想您浑身力无量……"

我想着毛主席同时也想着杨烨还有花棉袄,注意力得到分散肚疼果然轻些了。

不到半小时肚子又疼得很了,不少人请假解大便。

连长限定十分钟解完。全连几乎都扔了背包蹲进路边壕沟。

黄豆和雪水混成的浊流奔出九曲回肠后带着或长或短或抑或扬的涛声,比先前的气声厚重得多。

十分钟到了。不管找没找到手纸统统匆忙提了裤子集合。

三连乘这十分钟追近一大截。

我们勒紧裤带一阵小跑又把三连甩开了。

夜深。

雪已尺把厚。行军速度越来越慢。

又困又冷。不时有人滑倒。其实是精疲力尽栽倒的。

肚中的气和浊流排净后饿虫们又开始咕咕叫着啃肠子。

伸手摸摸裤兜剩的一点黄豆,怎么也不敢再吃。我想起指导员给的糖。我悄悄吞了一块。啊,从来没感到糖这么好吃,简直是吃了一股力量。

"往下传,吃糖!"我是悄声传令我们侦察班的,不想我们班最后一人以为连里传令全连的,就又传给后边的报话班。报话班没糖,便把"吃糖"误解成"轻装"了。一直传下去。结果除我们班外,都把背包扔路旁等团里收容车拉。

走出四五里路才发现这个错误。连长停下骂我一阵混蛋,这次我没吭声。我确实办了件混蛋事。四五里路往返就是十来里,一顿凉黄豆加雪不就白吃了吗?

的确白吃了。我恼火透顶,干等着挨骂。

狗头军师吴勇说:"现在不是骂谁混蛋的时候,有水平赶紧想补救办法!"

连长:"新兵蛋子胡扯什么水平,就会捅娄子!"

吴勇:"连首长别这么说,结巴老兵那事不是咱新兵处理的?团长亲口表扬有水平你不知道?"

连长:"有他妈什么水平,我说了算记他大过!"

我急忙拉吴勇:"狗头军师忘了这事对全连保密吗?"指导员也立即制止说:"现在不是争论是非的时候,谁想出办法就是为六连'四好'建设做了贡献!"

娄子出在我这,我想将功补过,可一时想不出办法,还是狗头军师智多星鬼点子多,他提议一位连首长带我们侦察班作为先遣队立即出发,另一位连首长带其他人返回去捡背包。这样即使返回去的人落后了,最先到达的还是我们连。

连长、指导员想不出更好办法只好同意这主意。但连长不甘受吴勇的办法摆布,便提出指导员带我们先行,副连长带其他人回去捡背包,他在这儿指挥。

我们班随指导员快速先行了。指导员虽不背行李,但多一支手枪,又比我们大十几岁,走得并不比我们轻松。

人少不用顾及全连,我们小跑起来。

一营开始不断有人掉队而且越来越多,哩哩啦啦大有溃不成军的兆头。

小跑不到十里我们也完蛋了。七人倒了三个再也爬不起来。湿透了的绒衣绒裤又不容你在雪里久躺。指导员叫我和他把躺倒的一一搊起来。

指导员用手电照照表,已经十一点,距指定时间还有一小时。可距指定地点还有多少里并不很清楚。看来大部分连队不能按时到达了。

"全团都不按时到达,我们也要代表六连按时到。我们到了,我们连就是全团第一!"我向指导员表示决心。

"对,我们一定按时到达!"指导员解下手枪皮带拴在他帮着背枪那兵的武装带上,另一头往肩上一搭,"柳班长你也用武装带这样拽一个。谁再能拽一个?"

我指定一个兵也这样拽上一个。我们又继续前进。右前方有灯火了。我们判断了一下,那就该是我们的新营地。可我们却在沿路往左前方走。指导员用手电往前方照了一阵,发现路是拐弯的,顺着一条河拐到山脚又通过桥再往新营地拐去。抄近道过河按时到达的可能性更大些。指导员果断命令从河上插过去。

他用枪背带拽着那个兵先下了河床。只听厚雪下面的冰发出咔咔嚓嚓的断裂声。

指导员一把将拽着的兵推到岸边,自己迅速卧倒冰上。

他命令我们先不要下河。他自己试探着往对岸爬,到达对岸他用手电照着河面,我们每人拉开十米横排距离向对岸爬去。

一尺深的软雪使我们像蚯蚓在松土中钻。袖子里脖子里裤腿里灌了雪,我们在比赛雪泳。每想起雪泳的难受滋味我就想骂那些说当兵养大爷享福的混蛋们。

我们在雪中蠕动,背包压在背上极吃力。我招呼大家把背包摘下往前扔,扔一截爬一截。

一上岸指导员递上行军壶说:"每人喝口酒,然后各自奔灯火前进,不必互相照顾了。谁先到达谁就喊'六连到啦'!"

喝了酒我叫大家把剩的糖块平均分了一下,每人得到半块。

嘴里含了半块糖开始八仙过海。指导员已经有令,为了连队荣誉各显其能吧。

那等于是田径比赛的最后冲刺,我纯粹是连滚带爬了。

我把水壶扔了,武装带扔了。我真正懂得有气无力和精疲力尽怎么解释了,喘得只有呼气之功没了吸气之力,索性把背包也扔了。枪不能扔,我不得不拖着。

我看见灯光前站着的司务长了。他打前站先来安帐篷的。也看见被雪覆盖得一座座坟样的帐篷。可我已无力按指导员的指示喊了。

我攥了个雪团朝司务长投去,打中了他。

我呼唤他:"司务——长——快喊'六连到啦'——指导员命

令——喊的——"

"六——连——到啦——六——连——到啦——六——连——到啦——"司务长四面八方喊了许多遍。

我趴在雪地激动地喘着。我终于第一个到达了,代表我们六连……

好半天才听到另一个喊声:"一——连——到啦——!"

那次移防,全团吃了一星期病号饭。

二

(向内蒙古长途跋涉的爸爸啊,你没到达目的地就被白城市工人民兵抓住遣送回家了。你疯得不可救药,又住不上精神病院。那些年精神病咋那样多呀。全镇被你这个疯子搅乱了害苦了。县武装部不得不直接拍电报给团长政委,给我请假回去送你进精神病院。)还没进家我就在小镇的大街上遇见了你,爸爸,你一手提把斧子一手提只绿铁皮信箱往家走。信箱上留着斧头砸砍的伤痕,显然你是在邮局门口用武力摘取的。不知这信箱怎么惹着了。你看我瞧你手中的信箱,愤怒的眼里又闪出酒精灯似的蓝火苗警惕着问我:

"你回来干啥?谁让你回来的?"

我说:"爸,我休探亲假,回来看你!"

"放屁!看你妈了个三角裤衩吧。搞阴谋诡计骗我,我是火眼金睛孙悟空他祖宗,你那两根黑肠子里爬着几根蛔虫我看得一清二楚。你说,你眼睛瞅着我说,你把我给至高无上英明无比光芒万丈的党中央的信送哪儿去了?你敢放半个谎屁不是你爹生殖器甩出来的,杂种!"你眼里的凶光和手中的斧子逼着我,稍有不慎,怕你真会朝我抡起斧子的。我心底涌起一声哀叹,爸爸怎么会变成这样!我就地放下提包,站在雪地掏出军人通行证来跟你说:"爸,这上边不是写着探亲嘛,你看军印!"

你接过通行证左看右看，忽然问："探亲为啥带枪，带子弹？你个杂种，快给我交出来！"你指着通行证上"携带手枪／支，子弹／发"中的两条"—"似的斜线。我解释你指的那两个"—"字是代表"无"的两条斜线，若是"一"应该大写成"壹"。你又搜遍我全身，确信没有枪才说："走吧，家去吧，帮我查查派性分子怎么断绝我和光芒万丈的伟大太阳毛泽东主席同志的联系！"

我莫名其妙和你回到家，进门你就撬开信箱一封封查信。我悄悄脱身问弟弟才知道，这次犯病总骂派性分子搞阴谋，一封接一封给毛主席写信上告，邮局知是疯人的信便退给家里，你不知道爸爸，你日夜盼着毛主席回信，接不到回信，你认为是邮票贴得少，第二次就贴两张，第三次贴三张，等到第三十封信时，三十张邮票把信封贴得无处再贴了，你才怀疑可能是邮局的问题，你想这邮箱大概是废了不开的，也许三十封信还都在箱里没动，你便搞来邮箱，查看过后勃然大怒，骂我："你要不是杂种痛快给我去查办邮电局长，他个派性分子阴谋小爪牙如不从实招来，老子亲自去取他首级，然后无线电报告党中央，光芒万丈的伟大太阳毛泽东主席同志曾授予我对派性阴谋分子先斩后奏的权力，老子有尚方宝剑在手！"爸爸你晃起手中柴斧，"你是不是杂种？快说，是不是？"听我说了"不是"，你不容分说命令我一分钟内出发，否则斩首。

我不敢跟你儿戏爸爸，我提了你砸坏的邮箱往邮局走。路上我焦灼地想着怎么才能把你骗去住院的计策，急得像家里有大火在烧房子，一进邮局的门忽然生出一个灵感。我找到邮局领导详细说了你的情况和我的想法。邮局谁都知道你是疯子，他们积极配合了我。

我找了一张白纸，又找了一个大点的牛皮纸信封，用毛笔模仿毛主席字体以毛主席名义给你写了一封回信："×××同志（父亲名）：因外出私访月余，回京方见你三十余信，甚为感动，迟复为歉。你信所言情况至关重要，务请速来京面谈。致革命敬礼　毛泽东　×月×日"。

那几年毛主席笔体极为流行，我没事就模仿毛主席草书。关键的字，尤其"毛泽东"三字仿得极像。封好后又在前后各打一个邮戳，该是北京邮局那个戳故意弄模糊了。

我拿了伪造信，心怀野鹿样往家走，真怕一见你冒蓝火苗似的毒眼睛识破我的阴谋。快进家门时我跑起来佯装气喘吁吁一脸惊喜之色，见面不容你分说我便慌忙报喜："爸爸，党中央给你来信了，快看是不是毛主席的！"爸爸你日夜想着毛主席回信鬼迷心窍了，见状毫没怀疑便信以为真。拆信前朝着北京方向恭恭敬敬鞠了一躬，口中念念有词一番："至高无上绝对英明的中国共产党中央委员会，中华人民共和国伟大公民×××（爸爸自己的名字）先生向贵中央致以崇高敬礼，礼毕，隆重接旨！"爸爸你又在脸盆中洗了手方用剪刀裁开信封又小心翼翼抖开信纸。

爸爸，我真难以形容你看见信的表情，既像古时赶考中了状元的读书人接到喜报，又像梦中做了皇上的阿Q，还有点像装疯卖傻的小丑。你面对屋里毛主席像敬了三个手礼，鞠了三次躬，又磕了三回头，才跪地捧信一字一字诵读一遍。然后，你起身把信让我看了一遍，要回装进贴胸衣兜，直呼我的全名吩咐道："你是军人，不用我多吩咐，该懂得落实最高指示不过夜的道理，随我星夜出发。"

这是我没料到的突然情况。住院介绍信、钱粮衣物以及护送的人等都没找好，我到家还没跟家人说说话呢，真要连夜出发一切措手不及。我便进一步哄骗你说："爸爸，今天已经没车了。这是进京去见毛主席，你衣衫褴褛是对毛主席的不敬，该理理发，洗洗澡，换换衣服，还需要筹粮票借钱呢！"

爸爸，你认为我的话极有道理，便一件件认真地办起来。

一办这些具体小事，你又像平时没犯病的你了，小心谨慎，扎扎实实，钱粮该带多少算得精精细细，你自己刮了胡子，让我给你理的发，换上一套干净衣服，跟常人一样了，所有警惕也完全放松。你说大政方针定了一切由我具体安排。爸爸，你对我的欺骗给以那般真诚的信任实在让我心里难过，我真不理解骗子们骗了可怜的好人时怎么会吃得下饭睡得着觉。我不得不赎罪似的把带回来的水果不停给你吃，好像你吃一个水果就是吃我的一份不安。你只吃了几个，其余全分给弟弟妹妹妈妈了,全家人都以为一见到我你的病就好了呢!一纸假信竟胜似所有灵丹妙药。

爸爸,一切准备停当之后,咱俩先乘汽车出发,弟弟和你学校陪送的老师乘后一辆汽车,这你全不知道。我们在火车站等上火车时你忽然发现他们,他们像捉迷藏样想躲,我看要露马脚,忙上前和他们打招呼,演戏一样说着骗你的谎话:"你们去哪儿,咋没跟我们同车走哇?"

弟弟随机应变答得也很成功:"我们单位忽然接到北京电话,同齿轮厂的订货出来了,厂里派我们往回发货!"

爸爸,我又问你们学校那位老师,他说到北京一所有名的中学学习教育革命经验。爸爸你一点都没怀疑,不时给他烟抽,很高兴说:"正好咱们是伴儿,凑手打扑克吧!"你掏钱买了盒扑克在车站就要打。

我穿军装,不好意思在车站玩扑克,你不答应。我怕坏了大事只好陪你玩。我不时出错牌,因为我在琢磨买车票和买完车票以后的谎话怎么说,主要是怎样才能把你骗到白城方向去,我们师部离白城近,住那儿的精神病院我们部队能帮助联系,其他地方的实在没门住进去。各地的精神病院都是提前几个月预约还排不上号,那几年中国怕是精神病人最多的国家了。听弟弟说爸爸以前住过了一所精神病院,旁边一座粮库失火,全体精神病人争先恐后,没有消防队来人就把一场大火扑灭,不少人受伤,若论表现起码有几个该记二等功的,可他们是疯子,没有被记功的资格,他们的事迹只被当作笑话传传了事。精神病人啊。

我忽然想出了计策,假托上厕所溜进售票室,同售票员讲明情况请她配合。爸爸,买票时我故意让你听见要买的是北京票。售票员也故意让你听见,大声说:"进北京要省以上机关介绍信!"

我装模作样拿出军人通行证,售票员看后扔出来说:"军人需军以上机关介绍信!"

你都听见了爸爸,任我怎么说也非拿军以上机关介绍信不可,所以我跟你说只有先到白城开了部队的介绍信再去北京不可时,你欣然同意了,并且补充理由说:"那可不,北京当然不是什么人都随便进的!"所以一路顺利，火车上谁也没看出你是精神病人。

我产生了错觉，以为精神病没什么可怕的，一切不是都很顺利吗？在白城下了火车是爸爸你主动招呼弟弟和那老师一块住下一块吃饭的，这就更顺利了。

爸爸你安安稳稳睡了一夜。我一夜未睡，多方联系在我们师驻白城"三支两军"办公室借了吉普车。第二天顺顺当当吃了饭我骗你说介绍信已经开好，来车送我们去火车站。

可是车却朝精神病院开去了。我紧张得心直疼。我们早就分好了工，一旦你发现不对突然大怒要逃跑时我们便一齐扑上去，我抓你胳膊，弟弟抱你腿，老师按你头，那时不管你怎样挣扎也无济于事了。

爸爸，车开到精神病院门口你眼里突然蓝光一闪时，我们仨突然将你抓住，你脸像绷紧的鼓皮，嘴说不出话来，好半天才鄙视地绝望地哀哀地叨骂道："哎呀！哎呀！哎呀！真卑鄙！真卑鄙！真卑鄙！你们难道还懂得世界上有'羞耻'二字吗？欺骗光芒万丈的红太阳伟大领袖毛泽东主席同志罪该万死！罪该万死！罪该万死！"

爸爸，你用全身力气骂了十几声"罪该万死"，肺肯定要气炸了，车窗的塑料玻璃被震得嗡嗡直动，你吓人的眼珠几乎要飞离眼窝了，瞪着我骂："你倒吱声啊，你是你爹揍的吗？你还有什么脸吱声，算了吧，丑死了，丑死了……"

爸爸我不看你，也不跟你吭声。我心如烧热的铁石，滚烫而坚硬。我不害怕了，精神病院就如监狱一样，你是犯人，你的一切叫骂和疯狂到里面都无济于事。我信心十足地为你办理着入院手续，一切都停当了。可是检查有无传染病时透视出你正患肺结核。精神病院是不能收有传染病患者的，医院非叫把结核病治疗到无传染的程度再来住院。这至少要折腾半个月，这半个月可怎么对付你啊，爸爸？这真比晴天霹雳可怕。我拿出部队证明跟医院千哀万求，好说歹说，总算答应注射一星期链霉素后再送去。爸爸，疯狂的你可怎么看护一星期啊。

我们把你绑架回旅店，我再说什么你也不相信了。你狂暴地怒骂，窗玻璃电灯泡都砸碎了。为了给你用药，我费尽了心机，可那心机大多枉费了。第一次还顺利，我把安眠片放进米饭里，因为放得少，你又吃得狼吞虎咽，没有发现。少量的安眠药无法使你入睡，你整夜都不合眼，不住骂卑鄙卑鄙丑死了丑死了，骂得全旅店的人都不能安睡，纷纷要求旅店把我们撵走，早饭我便多加了几片安眠片，这次被你发现了，你把吞进嘴的苦药吐出来，一碗饭全扬到我脸上。从此你不再吃我买的饭，自己到街里买塑料袋封装的点心吃，吃前还要反复检查十几遍看是否放了药。

爸爸，不吃药你就无法安静，不安静也就无法给你注射链霉素，不注射七天链霉素你就无法入院，你不入院，我怎么办啊？爸爸你真愁死我了。

我绞尽脑汁求助旅店女服务员。我们把药包进饺子里，让她端了饺子到房间来卖。放了药那碗放在最外边，包了药那饺子放在碗尖上，如果按顺序吃，第一个准是包了药那个。你独自买了那碗，我们也各自买了一碗。你吃时偏偏不拿最尖上那个，我急得心尖儿突突地抖，盼上帝能暗中将你的手移向包药那个饺子。然而你只吃了一个便再不吃了。我们花言巧语好容易诱惑你又拿起一个，正好就是包药那个。我惊喜得要停止呼吸了盼你快点把饺子送进嘴里，可是一阵咳嗽，你把那个饺子扔地下了，然后就又开始大骂。

爸爸，我的心机又枉费了，颓然躺在屋里听你语无伦次乱骂。骂声时起时伏，时断时续，忽而自言自语，忽而咬牙切齿捶胸顿足，像用一片锋利的玻璃刮割着我的神经。

绝望中我忽然听你胡说什么"毛主席说以预防为主，预防为主，预防预防防御防御一切坏蛋！"我忽然得到启示，跑到军分区门诊部，请一个医生帮忙。我到街里买了几支氟奋乃静癸酸酯注射液交给他，请他戴上红十字袖标，装扮成流行病防疫人员到旅店打预防针。按约定好时间医生到了旅店。我正若无其事看书，医生一进房间我佯装不认识问他干什么，他遵照我嘱咐说："最近发现流行性霍乱，党中央国务院非常重视，周总理亲自指示人人都要注射预防疫苗一周，每天两次！"

爸爸，你问医生："毛主席有没有指示？"

医生说："毛主席批示'同意'！"

你又上当了，爸爸，你说你是外地来的问用不用交钱，医生说免费，你连连谢着医生捋起袖子。当医生取出药刚要注射时，你发现药名的治精神病的氟奋乃静癸酸酯注射液。你用过这种药，你知道被这种药摧残后的难受滋味，你立即勃然大怒，一掌将药瓶打碎在地，用最仇恨的语言骂着医生。无辜替我挨了骂的医生真令我感动，也竟能赔着笑脸向你道歉说拿错了药（他是想先给你注射氟奋乃静待你情绪安静下来再注射链霉素），连忙拿出链霉素来。

爸爸你看后仍不肯注射："你是哪国人日的医生，链霉素治什么病你不知道吗？我一刀宰了你个兔崽子医生！"

医生仍赔着笑哄骗说："大叔，这是国务院卫生部新推广的，经过实验证明青链霉素兼有预防霍乱的效能。"

"那你们先打，你们不打就是阴谋陷害！"

本来我和医生已事先商量好，为让爸爸信以为真，先给我打维生素B2之类的营养药然后再给你打的，你的蓝眼光扫描激光一样盯着医生的手和针，我只得用手拿过链霉素药瓶让医生先给我注射，这真是残酷和艰难的欺骗，欺骗的代价是心灵和肉体的双倍折磨。好好的身体每天陪着注射三次链霉素，我能支持得了吗？当时顾不得考虑这些，忍痛挨了针，你才愤愤地跟着把药打了。

消炎药只能消炎啊，于精神分裂毫无补益，我就时刻琢磨着阴谋和各种小诡计哄骗着你，盼着快点熬完七天。

我还有将来，我不能任意糟害自己的身体。我便和医生一起将链霉素和蒸馏水瓶上的字弄掉，注射时我用蒸馏水，你用药液。如果氟奋乃静不是黄色油脂而是无色水质就好了，就可以骗过你注射了而达到镇静。可是我们国家还没有这种药，我只有用我的心灵和肉体的双倍折磨做代价度日如年地煎熬。当然你更在煎熬，你几乎是在用刀子切割着生命。你日夜不合眼地咒骂,精力耗损得太大,眼窝深陷如井,里面放射着恶毒的蓝光。

冷不丁见到我的人也都吃惊地以为我得了癌症面无人色瘦形可怕。第五天我就熬不住了,爸爸,因为你日夜捶胸顿足声嘶力竭地骂,不但面对我,而且专门在夜深人静时推开窗子点我的名骂。民警找上门来叫我们搬走。

爸爸,我又从民警身上启示到治你的办法。我又拿了介绍信去请求他们帮助我,装成查户口的,说没有户口的一律拘留审查,尤其扰乱社会治安者。我替你讲情说是执行任务临时住这儿,保证不再骂了。民警得了你的保证才离去。

你果真不吵了爸爸,那一夜只是吃烟一样连连吸烟,在屋子里打转。我以为你真被吓住才不吵了,我便实在无法支持地睡去。

第二天我还在死一般的睡中,弟弟将我摇了又摇才摇醒过来,说你不知哪儿去了。从几天几夜未睡而酣睡的酣睡中强醒过来那不好受的滋味是难以言传的。

我和弟弟四处去找你,爸爸。先是厕所,后是饭店,再是副食品店,都说没见你去过。我们又跑到火车站,也没找见你的踪影,查遍列车时刻表,这段时间既没有发往家乡的列车也没有去往北京的。我们又找了一家公用电话,往全市所有派出所都问过了,嗓子问哑了,都没有你。我们又尽全力寻找了附近最容易出危险的地方,直找到万家灯火齐明家家都在灯前用晚餐了。在两个角落里我们无意中看见两对恋人在拥抱,人家以为我们在寻无聊,被骂了两回缺德后才返回旅店。

爸爸,你哪儿去了啊?我心急如焚,七八天来精心编造的谎言和希望犹如气泡般破灭了,心机统统枉费了。火烤一样的焦虑中我分析了一下情况,你一是回家了,二是去北京了。去北京你没钱买车票,即使去了,北京治安严密你也会被遣送回家的。所以我叫弟弟和老师回家乡去,等有了结果再往部队给我拍电报,我再赶到白城等他们。

弟弟他们一走,我一气在旅店睡了两天一夜,接着就病倒在旅店里。高烧、胡话、噩梦连绵不断，一会儿梦见爸爸你被汽车撞死，一会儿梦见你从火车上跳车身亡。还梦见你在北京见到毛主席，毛主席亲自送你住进医院，精神分裂症治好了，可那是黄粱一梦。你又长途跋涉着跑回家乡了。

12月篇

杨烨：

我入党了！我非常非常激动也非常非常想和你说说话。幸福没人分享还有什么用呢？

我只想和你说，你是我最知心的同志。你肯定记得你跟我说过"同志"二字的含义。我一个字都没有忘，我几乎时时刻刻都会想起你那解释。

现在，我在帐篷的被窝里用被子遮着手电光给你写这信，我怎么也睡不着。不知你在做什么、想什么，是否愉快，也不知能否原谅我那次对你的不尊重，虽然是酒后失控，但我一点都不怨恨你的耳光。

那火热的警钟一样的耳光与"同志"二字一起铭刻在我心上，你还是我最好的同志，我最困难最高兴最痛苦的时候想到的都是你，我入党的消息第一个告诉的就是你。现在我最大的心愿就是盼你早日被正式批准入伍，早日成为一名共产党员。

……

杨烨，你们什么时候出来演出，有机会能来我们团看看吗？我一定找机会去看你。

杨烨，你爸爸杨老师他有希望定为"犯错误的好人"进革委会吗?那样你就可以被批准入伍了。祝你早日入伍,早日入党……

  盼你回信。

又年1月篇

我们六连又被评为"四好连队"。
我第一次被评为"五好战士"。
指导员继续保持"革命化标兵"称号。

又年2月篇

　　只在作战地图上才能查出的小岛，一夜之间举世闻名，那里传出的枪炮声和烈士的尸体终于为我们的战备工作做出有用的证明。

一

　　指导员亲自来告诉我们排，哪儿也不要去了，下午军区派直升机来接我们。

　　边境小岛几次争夺之后，发展成炮战。因为我们师一直驻守边防执行战备任务，军区便指定我们师抽调一个加农炮指挥排参战。全师就一个炮团，而炮团只有我们二营使用加农炮。那么二营能不派我们排吗？即使不派，团长也会亲自点名的。连长休探亲假刚走，排长阑尾炎手术住院，正好指导员是指挥排长出身，他和副连长争执了一番，副连长当然争不过他，他便代理我们排长临危受命。

　　指导员越是临危不惧我越佩服。人是怎么回事呢？好和坏都能是他吗？！

　　团长、政委亲自乘吉普车把我们接到机场，就是团部东边一个大操场。全连也都到机场为我们送行，还有团直属分队一百多人。

"多少年了，才打这么一次仗，全军几百万人只咱们团能参加上，你们是代表，多光荣啊！"起飞前政委极兴奋极亲切地同我们谈了几句。

"放心吧政委，我们一定给全团争光！"指导员的话也代表了全排的心情。

"光荣是光荣这样子，也兴许有个三长两短的！"团长总说实在话，"你们谁有重要事可以交代一下这样子，团里帮你们解决！"

我一直惦着寄给杨烨的信，不知她没接着还是怎么的。若我真牺牲了仍没得到回信，这是我最大的遗憾，此时不留个话再没机会了。我鼓起勇气说："团长，见着杨烨替我带个好，说我们上前线了。"忽然又想起一句，"我爸爸一犯病，医院很不好住！"

吴勇也赶忙嘱咐团长："也替我给杨烨带个好，就说我们在前线立了功也有她一份！"

团长拍拍我俩肩膀："小伙子放心走这样子，立了战功啥问题都迎刃而解这样子！"

指导员到底是做思想工作的，什么问题都自己能解决，因而什么话也没留。

飞机还没到，团长、政委又跟我们闲聊起战场经验来。

"枪子儿那东西欺软怕硬这样子，越怕越容易碰上这样子。我当兵时六连他妈几个怕死鬼都死了这样子！"团长拍拍自己脑袋，"我他妈从来不在乎这个就一点儿事没有这样子！"

政委摘了棉帽露出秃了的光头说："我没团长打仗多，脑袋却掉了半个，光秃秃多难看，勇敢点你们！掉不掉脑袋不在上不上战场……"

突然，司令部值班参谋急火火跑来向团长报告，说指导员老婆来了，在团招待所，请示怎么办。

团长、政委几乎同时蹙起眉头看表。

"直升机马上到了！"团长说。

指导员忽然一脸怒气："头发长见识短，不打个招呼就往这儿跑，乱弹（探）琴（亲）！"

团长说:"这样子吧政委?马上叫车把她接这儿来见一面这样子?!"

政委再次看看表又看看指导员:"只能按团长意见办了,请你谅解临时实在没办法!"

指导员特别果断说:"叫她别过来了,马上出发,这时候见一面反而心烦意乱的!肯定死不了,回来戴着军功章见!"

我觉得指导员有点过分了,我不想见父亲,是因为党组织要求我划清界限。他这时候连老婆都不想见一面,太……

团参谋带吉普车回来时直升机已关舱离地了,正轰鸣着慢慢加速升高。

飞机的轰鸣和旋起的巨大烟团把刚赶到的吉普车整个遮没了影儿,几乎没谁注意它了。

就在此时,靠机窗边的我团参谋的车才返回,带来的竟是原驻地那个花棉袄!

我们全排人都认得花棉袄,团长也认得。眼前情景肯定使机上机下的我们都愣住了。

"你……干什么来这样子?"机下的团长惊问花棉袄。

花棉袄异常激动说:"……来为指导员他们送行!"

团长、政委立刻脸色大变,尤其团长,气歪了鼻子,立即挥手向飞机示意照常起飞。

直升机旋即升空。

花棉袄跷脚挥手高喊:"再见……指导员!"

团长果断更大一声喊:"立即起飞!"

政委挥手更大声喊了两声:"马上出发!凯旋!!……"

螺旋桨疯狂地旋扬起漫天雪粉。

二

随着我眼睛模糊地升高放大,整个天空都变成红色的。第一次乘飞机而且是赴战场,那新奇的神圣和无法压抑的激动很快将花棉袄的身影冲淡。在红色的天空和白色的大地之间,在我这个从没离开过土地的红卫兵出身的热血士兵心中,天空成了一张辽阔的大纸,而且显现出当时许多红卫兵会背诵的那首——

未来的长诗
——献给参加第三次世界大战的勇士们

摘下发白的军帽
献上素洁的花圈
轻轻地轻轻地
来到你的墓前
用最诚挚的语言
倾吐我深深的
深深的怀念
壮美的百合凋残了又盛开
你在这里躺了一年又一年
明天
朝霞升起的时刻
我就要返回祖国
而你
却长眠大西洋的彼岸
异国的陵园
再也听不到你熟悉的歌声
再也看不到你亲切的笑脸
泪水滚滚滴落
哀乐低低回旋
波涛起伏的追思啊
把我带回难忘的遥远

我把自己和指导员同时想象成诗中那位烈士，而把杨烨和花棉袄想象成在我和指导员墓前诵诗的战友。想到杨烨竟没给我回信，泪水真的又盈满了。

　　　　公园里一起打游击
　　　　井冈山一起大串联
　　　　收音机旁一字字倾听着
　　　　国防部的宣战令
　　　　战斗的渴望传遍了最后一根神经
　　　　阶级的仇恨燃烧在每一支血管
　　　　在这最后消灭剥削制度的
　　　　第三次世界大战
　　　　我们俩编在同一个班
　　　　战壕里
　　　　我们分吃一个面包
　　　　合蘸着一把咸盐
　　　　低哼着同一支旋律
　　　　共盖着一条旧军毯
　　　　……
　　　　我们肩并肩
　　　　突进敌人三百里设防线
　　　　还记得吗
　　　　我们曾
　　　　饮马顿河岸
　　　　跨过乌克兰的草原
　　　　翻过乌拉尔的山巅
　　　　穿过巴黎的街巷
　　　　踏着《国际歌》的鼓点

驰骋在欧罗巴的每一个
城镇　乡村　海湾
瑞士的湖光
比萨的塔尖
也门的晚霞
金边的佛殿
富士山的樱花
哈瓦那的烤烟
西班牙的红酒
黑非洲的清泉
这一切啊
都不曾使我们留恋
因为我们
钢枪在手
重任在肩
……

想到重任在肩加上从机窗望见的村庄和城镇到处飘扬着大小红旗，心情稍微平静些了。
"想什么呢，你？"师侦察参谋拍拍我的背。
"啊？没想什么。"我回头看看他，觉得他似乎是个混血儿。
"怕吗？"他问。
"怕?!"我不解地瞅着他。
"紧张吧？"
"说不清。"
"也没什么可紧张的，紧张也没用。"
我不明白他为什么说这个，他跟我想的不一样。
"你打过仗吗，参谋同志？"
"也算打过吧！"

"你打过？在哪儿？"

"越南。随高炮部队去的。"

"听说大鼻子也去了？"

"去了。"

"你见过吗？"

"各干各的，见不着。"

"大鼻子咋样？"

"大鼻子什么咋样？"

"能不能打？"

"不能打卫国战争怎么胜的？希特勒不是草包！"

炮兵科长插话纠正师侦察参谋："大鼻子笨，咱们发挥自己机智灵巧的优势，他们不在话下。何况炮战不用直接拼刺刀！"

大家就跟着议论起大鼻子如何笨的事来，例子大多是苏联红军到中国帮助打日本时候的。

……

越往前飞越冷了，大地越发白得耀眼。越接近前线车辆越多，炮兵科长说是运战斗给养和部队的。我纳闷，争夺一个小岛怎么会调集如此多的给养和部队呢？炮兵科长说大鼻子在边境陈兵百万，争夺小岛只是导火索，也许会大打。

直升机在距岛十多里处一个边防团团部降落，我们下来后又装进几个生命垂危的伤员很快飞走了。

突然响起炮声。连一点闪光都没看见那炮声就从天而降了，我们好几个人下意识趴倒在地。当那炮声连续不断响下去的时候，我们才觉出炸声并不在身边，连忙面带羞色爬起来，品味那震撼人心的炮声。

炮弹接连不断落在大地上，大地像一面鼓，被人用铁锤疯狂猛砸。大地的鼓皮像用弹力极好的金属做成，每敲一下只听见震耳欲聋的响声并不见有漏洞出现。

师侦察参谋说炮弹是双方共同打的，都落在争夺中那个岛上。那么，小岛就是大地这面鼓的鼓心啊。小岛被炮弹翻过好几遍了，雪已变成黑的，草光了，树残废了，白天打完炮夜间又有人上去布雷。人要想上去必须先用炮彻底轰一遍，否则就有踏雷的危险。

我们很快得到皮帽子皮大衣和皮大头鞋，手套也是皮毛的。换上这几件皮都笨成熊了，怪不得笑话大鼻子是北极熊呢。谁到这边来都得变熊。一看救护所、记者站、政工组、通信连、运输队等等帐篷里执行特殊任务的，还有穿羊皮裤的呢。

一住进帐篷才觉得这些笨重的皮东西多么可贵了，没它们一夜非冻死不可。

因为冷，谁也不嫌帐篷挤了，一个挨一个装豆包似的睡在稻草垫上，棉袄棉裤棉帽子都不敢脱。

翻过来掉过去谁也睡不着，两排对头的地铺上躺着的全排同志像两条波浪，你翻完停了他翻，一个接一个翻个没完。索性就不睡了。科长是团职住执行所，两个带队参谋一人睡个靠门的边铺，不是占好位置是吃苦在前。两个干部睡最冷的门边，我们战士还叫什么苦哇？

"前几天跑过来个少校，你听说没有？"团侦察参谋问师侦察参谋。

"不能叫跑过来，是跑回来！据说是汉族人，解放前过去的。"师侦察参谋好像什么都知道。

团参谋："来回跑个什么劲儿呢？"

师参谋："起码是想国家大事了！"

……

我们差不多听他俩闲聊一宿。

冻一宿没睡，早晨都饿虎似的，压缩饼干和罐头吃了许多。没水喝，就用饼干桶当锅在帐篷外自己烧，罐头盒就是水碗。

那雪水被我们自己喝出许多诗意来。什么边疆雪水清又甜，喝出了英雄胆，喝下一碗又一碗，彻底埋葬帝修反。什么饥餐革命饭，喝饮反修雪，雪水润红心，心向红太阳。什么喝雪水，炼红心，喜迎全球得解放，反修前哨献青春……

诗意归诗意，免不了又要拉肚子，解小手都容易冻伤裸露的器官，拉肚子那么一蹲还不冻坏屁股吗？有好几个人冻伤了，疼得不敢坐不敢躺,晚上睡觉只能趴着。

敌人开始使用装甲车向岛上进攻。

我们排被派到岛子左边一座上设观察所的小山就近观测指挥,地形隐蔽观测及时准确,炮群一阵吼敌坦克便一辆辆瘫了。不过敌人的确如师侦察参谋所说,也很能打,他们很快又出动装甲车把瘫痪的坦克拖回去。

有辆坦克还没拖过江的主航道,又被我们炮火轰断缆绳,坦克陷进江里只露炮塔,若不是炮管搪住早该沉入江底了。双方为争夺这辆坦克又发射了许多炮弹,因我们观察所地势优越,敌人没占着便宜。

天一黑我们就秘密撤下来,休息半夜,黎明前再悄悄上去。

往下撤时又开始落雪,雪像上帝漫天撒下的消炎粉落在大地的伤口上。

前线指挥通令嘉奖我们排,救护站送来最好的冻伤药,给养站送来好白酒和新鲜下酒菜,还特殊照顾一盏汽灯,别的帐篷大多点蜡或小电池灯。汽灯光把挤挤巴巴的帐篷照得白天一样。

师侦察参谋酒后兴奋异常,唱起革命样板戏《红灯记》来:

"临行——喝妈—— 一碗酒,浑身——是胆——雄赳——赳,鸠山设宴和我交朋友,千杯——万盏——会应——酬——"

大家喝着酒听他唱戏很觉有味,欢迎他继续唱。他撩开帐篷帘子往外看了看,已经有风了,雪花从黑暗中顺着汽灯光钻进帐篷。他又唱起《智取威虎山》:

"望飞雪,满天——舞——巍——巍——崇山披——银——装,好一派哎——北——国——喔——风光昂——"

师侦察参谋尽兴唱一大段又带头欢迎科长唱。科长说不早了叫大家抓紧休息黎明前好再上观察所。

科长回招待所后师参谋抓起酒瓶说:"当个破官就带僚儿,来,咱们这帮不带长的喝!"

"我带长了,我是侦察班长!"我乘酒兴开起玩笑,战士难得跟干部开玩笑。

师参谋："你光带长没有僚，你还没资格长僚，来，为你女朋友，师部那个喂过猪的，干！"

这夜因酒的作用都睡得很死。一夜大雪把被炮火摧残和人们践踏过的痕迹统统抹去，仿佛激烈的炮战根本没在这儿发生过。

要出发时才发觉师侦察参谋不知去向了，科长骂了一阵师参谋，怕天一亮被敌人发现匆匆出发了。我们蹚雪又爬上观察所。

一直等到中午敌人坦克和步兵都没有动静，也不见一个乌龟壳影儿，陷在江上那辆坦克被雪埋成个坟包。

难熬的等待中我忽然发现我倚的松树上结着很大一个松塔，像细长的菠萝又像短粗的苞米。好漂亮的松塔。我又想到杨烨。不管她会不会要我也要为她摘下来，带回去。

我脱掉羊皮大衣攀上松树，没等摸到松塔突然嗵的一炮响了，我摔进雪里。

炮弹是在山脚下爆炸的，一棵白桦树躺倒了，几束红枝条老鹰似的飞起来。间隔几分钟，咣咣咣擂巨鼓似连响数炮，而且比第一炮更接近山头了。分明是敌炮在修正射击数据，而目标无疑是山头观察所。

敌人怎么会发现我们？近几天并没发现敌人直升机起落。观察所与阵地无线报话联络被窃译了？不可能。或者我们向观察所进发时被敌人发现了？天黑着没法发现的。

炮弹接连射过来，崩起的土块雪粉和树枝纷纷扑向我们。

炮兵科长看看炮弹炸点最近距离，对团参谋说："观察所马上要挨炮了，应该立即撤退！"

"不，应该马上展开观测，向指挥部提供射击数据！"团参谋很坚决，也代表了我的态度。

科长因而没能果断下决心，团参谋便擅自向我们下达了观测命令："目标……"

山颠了一下，又一颗炮弹在十几米处爆炸，雪和土哗啦啦把我和参谋扑倒。科长命令战士们架起参谋和我撤到山下炸过的弹坑里，排炮在我们撤开的位置炸开了。一棵棵松树相继栽倒。

敌坦克出来了，他们一定以为观察所已被摧毁。

坦克声刺激我挣扎着站起来。我的棉裤腿被伤口流出的血浸透了一条。我向团参谋建议："敌人炮阵地马上就会转移，应立即上山观测！"

团参谋也不请示科长了，站起来大声命令："同志们，为祖国立功的时候到了，跟我上！"

我紧跟他最先奔上山头，吴勇等在后面喊着"冲啊冲啊"也上来了。其实我们炮兵指挥分队占领观察所是不用喊"冲啊冲啊"的，应该悄悄地占领才对。可我们就愿意喊。

根本没容我们展开观测，炮弹又打过来。科长掏出枪逼着我和参谋骂："不撤退我枪毙你们！"

三

师侦察参谋是叛逃，这在第二天敌台广播里得到证实。那么我们观察所被炮轰肯定是他投敌所致了。我们排两人牺牲五六人受伤。前线医疗条件差，任我们怎样哀求留下来，还是被抬上开往后方的救护车。

许多迎着我们往前开的车辆叫我受不了。人家正往前线去，我还没立战功却受伤往回走。车坏了多好，或许我们还能借口赖在前线。

救护车像头懂事的牛，慢慢走着，忽然在一个拐弯处停了。司机和护送我们的医生跳下驾驶室。我侧耳等听车坏的消息。

"像是逃兵！"

"不像是兵。没有戴过领章帽徽的痕迹呀！"

"是逃兵，领章帽徽在兜里！"

"不是逃兵，你看这上面写的代号，1406，前线没这个部队。"

1406部队正是我们师代号，出什么事啦？我擦擦车窗侧身往外看，见路边趴着一个军人。是不是师侦察参谋？"问问是哪个分队的。"我隔着窗子喊。

司机朝我摆摆手："死了！"

我头发忽然一竖跳下车，腿上伤口像被狼狗猛叼了一口，疼得看见无数金星。

医生从死人身边站起来，把一副红领章拿给我看。崭新的领章像颗手榴弹在我眼前爆炸了，上面写着杨烨的姓名。

"是从这封信里拿出来的！"医生又拿给我一封信。

我哆哆嗦嗦展开信，又一颗手榴弹在眼前爆炸了，我头轰轰响着勉强看完那信。

柳直同学：

　　本来不想给你回信了，还是写了这几个字，免得你抱着什么希望。

　　你是班长、标兵、党员，彻底的革命战士。我什么也不是，也没有像你一样同我父亲划清界限的勇气。我们不再是从前说的那种同志了。不是了。

　　领章帽徽退给你。不必再给我写信。

　　　　　　　　　　　　　　　　　　　　　杨烨

我痴呆了好半天，忽然扔下信，疯子一样看着她冻变形的脸哭起来："……医生，她不是……逃兵，快……救救她吧！"

"她是你……？"

"她是我……我……"我哽咽着终于没说出她是我什么来。白雪皑皑的眼前又映出那首《未来的长诗》：

　　……
　　痛苦直渗进我心
　　空间
　　消失了
　　时间

停止了
胸中有仇恨燃烧
耳畔是雷鸣电闪
亲爱的——战友
为什么
为什么在这时刻
你却永远离开我们身边
……

1988年8月1日草毕于沈阳
1988年11月2日改毕于北京

后记

美国人写的一本书中有这样的说法：文化是"社会成员内在和外在行为的规则"，是"复杂的生活方式，是大群人的行为特征的风格"，"文化是历史的投影"。

那么，一定的文化就都是随着历史的进程发展变化的，一定历史时期的小说注意没注意到这一时期的文化注入了哪些新因素，这些新因素和旧传统发生了怎样的矛盾冲突，冲突复杂、激烈、艰难与否，冲突的发展趋向如何，一篇小说对新文化因素的产生有没有所反映，它的价值就不同了。如鲁迅的小说《头发的故事》《风波》中对辫子的描写，就有很深的文化思考。如果单是写围绕一条辫子发生的非文化原因的迭出悬念、离奇情节、惊险打斗，而不注意描写人对辫子的复杂心态，辫子所联系着的古老民风民俗，那就只是具有娱乐价值的通俗故事了。

近些年来我总是固执地认为并多次借各种机会申诉，在众多的文化专有名词如城市文化、农村文化、南方文化、北方文化、中原文化、高原文化、草原文化、民族文化、食文化、性文化、酒文化及各种行业文化等等之中还应醒目地列入一个"军营文化"。因为事实上军营文化是独立存在独具品格而又没被正式列入名册的一种特殊文化（把它鲜明地提出来不是没有意义的）。不同地域、不同种族、不同性别、不同年龄的人，不论这些人原来由什么样的文化乳汁哺育长大，具有何种生活习惯,一迈入军营都会感到有一种力量扑上来陶冶你改造你,不管你情愿与否,这力量都会纠缠着你,使你无法摆脱无法抗拒,这力量简直比汉文化对于外来文化的同化力量还要强大,几年之后,这些人就都发生了显著变化,衣食住行、言谈举止、礼节礼貌以至生存心态都重新具有了与原先大不相同又非常一致的习俗特点,这就是军营文化的作用。这种作用尽管受社会政治生活影响会发生某些形式上的变化,但本质规律是不变的。我从十九岁开始,二十多年来就是在这样的文化氛围中生活过来的,东北、西北、西南、东南沿海和内地一些部队的生活我都或多或少体验过,因而对军营文化自然要产生深厚而复杂的感情。记不准是哪国人曾在一个幽默的假设里刻画了中国人的道德观念:一栋大楼突然起火了,住在楼里的犹太人首先会抢救钱财,法国人首先会抢救情人,而中国人则会首先抢救自己的母亲。那么一个军人呢?根据我的体验一定是:上级命令你先抢救什么你就先抢救什么,不管内心愿不愿意,都得一往无前去做,做出成绩来。因而,绝对服从、整齐划一、争强好胜、崇尚武力、吃苦耐劳、不惧死亡、忠勇刚烈、建功立业、斗智用计、英雄主义等等,都是军营文化鲜明的重要的特有的元素。这些元素的化合作用可以产生打击力、征服力、破坏力、摧毁力、捍卫力、突击力……综合起来就是独特的战斗力。这种能产生战斗力的军营文化养育了无数英雄人物,这里不必列举了,这是它的科学性、进步性所在。但它也有局限性。我们国家,各地区、各民族、各阶层、各行业曾经受过和正在受着、将要受到军营文化陶冶的人简直不计其数,铁打的营盘流水的兵嘛,光是国家领导人和各界知名人士中就不胜枚举。他们在各种岗位上工作着,不可能不将军营文化有意无意带去而对其他文化产生潜移默化影响。所以正视军营文化的存在,认识它的地位和作用就不是没有意义的了。事实证明,中国独具特色的军营文化,在中国革命和中国共产党的发展壮大,在新中国的建立以至新中国建立后的每一重大转折和发展变化中,都留下了不可磨灭的历史投影和不容诋毁的丰功伟绩。但是,如果把军队特殊职能所决定的军营文化的特殊性完全等同于科学性先进性无限制地张扬，并企图使之在民族文化中占统治地位，必将有大悲剧发生。如"文化大革命"的"全民皆兵"，全国上下从工厂、学校、机关、农场到农村都实行班、排、连、营的军事化和类似的制度等等，使全国十亿人口一个步伐、一个口号、一个头脑，必然导致全民族的机械、肤浅、简单而落后。所以我选择了军营文化恶性膨胀、全国陷入军装崇拜旋涡的"文化大革命"作为时代背景，以一群红卫兵入伍的青年士兵为主要人物，描绘军营意识形态和道德风情，写成《绿色青春期》这样一本军营风俗画，惟愿给对军营生活进行文化思考的读者提供一份文学材料。文学作品应是作家对人生体悟赋予的一种艺术形式。我有过如书中描写的那种人生体验，我把那段体验赋予了一种并不复杂的文化思考之后便成了这本小书。

作品的真实感是一种力量。为了造成真实感我才选择了朴实真诚的第一人称的，否则没经历过那段荒诞岁月的人们是难以相信那些真实的荒诞的。我以真实的手法写荒诞，是真实的荒诞，便于读者毫无距离地去玩味那些荒诞的真实。顺时而下平铺直叙的生活流也有助于真实感，我便将生活流这一手法和用来写长篇容易显得单调的第一人称同时用上了。看去真实得近乎我的自传，其实不然，那是手法的作用。我赞成艺术的最高境界是无技巧之说。比之于我以前写的一些作品包括影响较大的几篇，自我感觉无技巧多了。那些逼真琐碎构不成情节的描写和叙述也不是无意写来。不是说军营文化吗？生活方式、生活制度、生活习俗、生活内容、生活心态、行为准则都属文化范畴，如果我不细说那些队列口令、内务条令、作息号令、会前课前饭前人前唱的各种歌儿、饭怎么吃、路怎么走、礼怎么敬、觉怎么睡、岗怎么站、衣怎么穿、领章怎么钉、头怎么剃、脸怎么洗、床单怎么洗、信怎么写、话怎么说、见了女人怎么想、新兵怎样下连老兵怎样离队、怎么看不同军种老乡、亲人来队怎么接待、怎样紧急集合、怎样调防、怎样拉练、怎样支农、怎样游行……怎能叫人感受特定历史时期的军营文化呢？

生活内容也好，风俗习惯也好，一年四季周而复始，写一年就够了，再多也是重复。我便把月历牌从一月挂起，挨月挂下去，军营生活的一年四季就都有了。有的月无事可写也单挂一张，哪怕只说几行字，因为几月份干什么大致都是一定的。为什么一年十二个月之外又重复到第二年的一、二月份呢？因为第一年的一月写的是入伍以前军营之外的事情，是军营文化现象膨胀造成的政治文化大背景。而二月在新中国的编年史上确实发生过一场不大但却举世瞩目牵动着全国的战事，描写军营文化不写一点战场战事未免遗漏太大，于是日历牌又多挂了两个月。其实每月就是一章。为了避免琐碎和平铺直叙吸引不住不耐烦的读者，又在每张日历下面挤缩出一段似乎情节异常曲折的话来吸引读者，这也和月历牌一样，算作不是技巧的手段吧。

我也写了士兵的性苦恼，这也不是为写此而写，是在表现军营文化的一个方面。一条床单被青春之物污染了，给战士们带来多少心理折磨和精神负担啊，正常的生理反应以为是思想道德问题。其他方面的牺牲已够大了，还要做意识形态方面更难以忍受的自我折磨。军人的艰苦是双倍的啊。简简单单的"床单文化"在地方普通青年人是算不得什么的，可在清一色男性且完全集体生活的军营士兵们，耗费许多许多心血也难以解决。这方面还写了其他形形色色的艰苦，都不是对军营性压抑的控诉，而是让人们理解军人的牺牲在这方面是更巨大的，也是让军人自己理解，那是正常的生命反应而不是耻辱和罪恶。那个偶然在水萝卜地被追撵的探家战士，那个勾引连队战士的军人家属花棉袄，那个一贯严格要求自己却与花棉袄发生瓜葛的指导员……和"我"极其复杂矛盾的性心理，都出于对军营文化的思考。

军营文化与民族文化有着血肉的联系。精神被刺激畸形的父母和感情扭曲了的儿子就有这种联系。散碎地写到一群人，都是为了写"我"的感情变化，而"我"的感情变化过程则说明了军营文化的陶冶力量。自始至终用"我"来贯穿一种自审意识，也不是信笔所至。我以为自审精神对一个民族一个国家太重要了，自审是自信和自强的表现。在自审精神指引下对本民族文化的弘扬才能带来发展。自审是有力量的表现，也是渴望前进和发展的表现。我们民族文化的发展需要自审精神。

军营文化与地域文化的千丝万缕联系也不可忽视。我写的是东北军营生活,所以好多关键情节都离不开酒什么的。东北的酒文化太丰富多彩了。东北的军营文化中含有东北酒文化的丰富因素。北国的风花雪月山岭林莽都为我的军营文化涂抹着色彩。

而军营文化又有自己顽强的传统,那传统像老汤一样尽管不断加入新水也不会丢其老味。所谓"铁打的营盘流水的兵"便是。我作为新兵刚入伍时对老兵的某种反感,几年之后便转化为我做老兵而对新兵的反感。钢铁般经久不变的军营像水泵一样吞吐着流水似的兵源,新的吞进来,老的又不完全吐出去。吐出去的滤积下浓厚的情感,留下的则像一团团酵母,将滤积的情感发酵。于是地久天长的营盘便在兵源流动的过程中日积月累,积淀出代代相传的军营文化,稍稍对这种文化做点改变,那也是很难的。

《绿色青春期》是我的长篇处女作,虽然稚拙可笑,但我十分珍惜它,它是我人生体验和时代支脉跳跃的一则记录。如能稍有一点军营文化价值我就欣慰了。

(根据作者在《绿色青春期》讨论会上的发言整理)

1990年8月于沈阳听雪书屋

《绿色青春期》的诞生

刘兆林

在大东北的沈阳，有位与新中国同龄却三十多岁就有了白发的男人。说他早早就白了头是想说明他记忆力并不出色。但他记忆力并不出色的脑子至今保留着那栋大上海温馨的小楼。

那早早有了白发的男人就是我。1988年春天（也许是夏天，南方的春夏很暧昧，容易混淆），我和邓刚一人背了一把从湖北襄樊的卧龙岗带出来的诸葛亮用的那种大羽毛扇子，千里迢迢到了上海。我的背囊上还比邓刚多插了一把从武当山买的剑。我们两个东北人背着一路上人人见了都说真大真大啊的羽毛扇，随着人流拥出黄浦江码头。我们只是路过上海，离开武汉前只冒昧给上海文艺出版社拍了封电报，不知能否有人接接站。一出站口，我们眼前和心中同时豁然一亮：王肇岐已高举双手迎在那里，手中是一张用当年编辑改稿那种红墨水写着邓刚和我名字的白纸。一下子上海在我们面前光辉灿烂起来，迎面看到的每个上海人都有了亲切感。不然，纵使大上海红男绿女人潮滚滚我们也会如到了沙漠一般地清冷吧。

邓刚我们俩都背个大包，王肇岐只一个人，况且他比我俩年纪都大许多，我俩便谁也没用他拿包，而是一齐把羽毛扇啊武当剑啊等等虽不重但怕挤怕碰的东西交给了他。那时全国都没兴起出租车业，上海的公共汽车也如沈阳那般拥挤。邓刚那说话从来不知严肃作何解释的家伙，嘻嘻哈哈开玩笑的时候，我已深深感到上海文艺出版社的好作风了。而且经验告诉我，好作风不可能是一个人弄出来的，肯定有一群好人。

我和邓刚被一股温暖引进了一栋不大但在作家心中有口皆碑的小楼，我们一下子就有了到家之感。被叫作出版社创作室的小楼在条小街里，独门独院，十分宁静。连楼道的样式、房间的结构和不大的餐厅，以及厨房的大师傅和客房的服务员，都带有家庭的亲情味道。王肇岐给我们安排好餐券，还领我们看了餐厅的位置。每顿饭大师傅都提前问我们想吃什么，如米饭、花卷还是面条，炒菜还是炖菜。虽然上海菜的风味与东北大不相同，但每餐吃得极温暖。尽管小楼的师傅为我们辽宁同胞做的饭菜很可口，王肇岐还是与他们主编一同请邓刚和我到外面去吃了上海风味的酒宴。说是酒宴，却不像我们东北那样名副其实喝酒。主人既不劝酒也不带头喝酒，只是文质彬彬喝那甜丝丝的饮料，这既是南方文明也是小楼主人的作风。中间，我以为修晓林给邓刚和我递餐巾纸呢，接过来却硬硬的，竟是合同书，让我俩同他们各签一份长篇小说的写作并出版合同，并说就留在他们那栋小楼开始写。

合同我们是签了，却没留在那儿写。邓刚的《曲里拐弯》如约交给上海文艺出版社了，我的《绿色青春期》却违约交给了解放军文艺出版社。不是我有意毁约，实在因那时我是部队作家，写的也是部队生活，并且还因了解放军文艺出版社编辑那句话："你穿军装吃军粮，又是住解放军文艺社招待所写完的《绿色青春期》，咋好意思交地方出版社？"所以，穿军装写的《绿色青春期》，户口便落在解放军文艺出版社了，而且再版过两次（而我脱下军装数年后，才将第二部长篇小说《不悔录》交由上海文艺出版社落户）。

1997年2月25日晚草于沈阳

附录

美在生活

张志忠

1.小说的发展变化，似乎总是遵循一定的规律，先短制，后长篇，因此，长篇小说在某一方面的探索和建构，虽然比中短篇小说要晚一些，但它的问世，自有其不可忽略的意义。它标志着新起的文学探索已经走过它的草创时期，开始产生它的艺术重镇了。由此而言，我称道刘兆林的长篇新作《绿色青春期》。在讨论这部作品时，诸多同人不约而同地使用了"生活流""纪实性"等字眼，这正是表明，《绿色青春期》所具有的不容混淆的艺术特色。一个年轻的"红卫兵"，满怀革命激情来到绿色军营，在时光的流水中，在平凡的日常生活中，从吃饭、站岗、睡觉到训练、野营、谈心，一点一滴地、润物无声地被纳入军营文化的模式之中，即使是怀春少年特有的青春期骚动，从灵魂到肉体，也显出特定的军营特色。这一切，又都是在流水账般的一年十二个月的"日记"中呈现，生活的流水账，流水账的生活，却又饶有情趣，艺术内容和它的载体之间，互相应和，相得益彰。这不能不令人赞叹刘兆林对那一段生活的原始记忆保藏得如此完好，时隔二十年，他把特定岁月、特定环境中的生活风貌和情感氛围"原汁原味"地复现出来，令同样从那个时代走过来的人们唤醒逝去的生命，重新体味生活的甘辛。同时，它为近年来兴起的生活流和纪实性小说增添了一部有分量的作品，并从而表明，生活流和纪实性样式的作品，在今天仍然是大有可为的：无论变革时代的生活如何变化万千，文学思潮怎样此起彼伏，文学与生活的紧密联系，人们对置身于其间的当代生活的关注（这种关注往往先于和重于对文学的关注，却又是作家们不得不经常考虑到的），总是为那些贴近生活层面、描述原生态的社会风貌的作品提供着极为有益的前提。

2.《绿色青春期》的生活流和纪实性方式，还带来另一种积极效果，即在如何表现十年内乱的题材上给人们提供了新的启示。十年内乱，作为当代中国的一个畸形怪胎，使经历过它的人们都无法摆脱它的纠缠，文学对它的思索也是顺理成章的，十余年间，时有这一题材的作品问世并产生反响。但是，此类作品的一个普遍性不足就是作家执着的思考态度与其贫弱的理性思维能力的不平衡，作家们力图高屋建瓴地把握十年内乱的来龙去脉，但其有限的思想视野又使他们不得不在庄严的面容中透出思维的苍白，并以其设置的理念切割生活，编造善恶因果的故事情节。或许，现在还不是急于作出某些总结和定论的时候，与其故作高深地摆出鸟瞰历史、纵览生活的姿态，还不如像《绿色青春期》这样，依据自己的感性经验，尽可能如实地复现自己的所历所闻，自己的情感历程。像作品中所写的"绣毛主席语录"啦，"支左大游行"啦，"支农"啦，以及那样一种笼罩着全作品的极左思潮构成的生活气氛。它们东鳞西爪，散漫不羁，却又贴合生活，它们只是些生活现象，但可信赖的现象比那些靠不住的肤浅的思考然后又以其思考肢解生活更有价值。无论是给时代留下一幅速写，还是给人们提供原始性的思想资料，都是意义昭然的。

3.由《绿色青春期》想到黑格尔与车尔尼雪夫斯基关于艺术与生活孰优孰劣的争论。自从车氏针对黑格尔的"美是理念的感性显现"而提出美在于生活的命题，有关的争辩延续了一百余年，至今仍有打不完的笔墨官司。依我之愚见，黑格尔之所以推重理念，盖由于他是一位思辨的哲学家，美学服从于哲学的需要，服从于他建造宏大的哲学体系的需要，自然会把形而上的东西看得无比重要；车尔尼雪夫斯基则是一位民主主义革命家，他的文学和美学活动都是从属于革命之必需，他提出美在于生活，一方面是在其时俄国文化逐渐向西欧倾斜，以法兰西之价值准则为准则的情况下，强调人们要看重民族的、民众的普通生活，确立新的审美尺度，一方面是适应时代之需要，通过真实地表现社会生活而引起人们的醒悟和反抗；不同的文化背景、思想导向形成不同的美学观，放弃这一前提而非要在艺术与生活之间争出高下，那恐怕是很难做到的。即以《绿色青春期》的生活流、纪实性风格而言，美在生活的命题是完全成立的。它比我们通常所称的现实主义要离生活更近一些，在尊重生活的原貌和氛围上要更精心一些；这样的作品，未必是以艺术典型取胜，而是以与生活不隔见长；作家的功力，不在于其敏锐、善思（如刘兆林先前所写的《啊，索伦河谷的枪声》那样），而是在质朴、残缺之中渗透着的大智若愚、大巧若拙，在于作家能从琐碎的日常生活中，从零零碎碎的边角材料中，发现并表现其特有的审美价值。生活就是生活，未必非得经营丹朱才获得意义。幻化的凤凰固然引人遐思，晴空一鹤，也能诱发诗情；生活的价值，就是因为它是许多人的生命的活的流程，凝结着人们的情感和体验的活的流程；对于生活流作品来说，它追求的不是"高于生活"，而是还原生活，回到生活本身。

4.这并不是说，生活流作品是生活的简单摹制，毋宁说，它更像霍去病墓前的石刻一样，在石头的天然形状上稍加勾勒，就把那些无可称道的石头赋予了生气勃勃的生命力，成为不可多得的艺术珍品。它也许丝毫不比那些小巧玲珑的玉雕和牙雕省力，却少了些斧凿之痕，添了几分纯真。因此，它对于作家的要求也就更高，在浑然天成与匠心独运之间，去寻找一个最佳的结合点。《绿色青春期》的成就和不足，也可以依此为分野，凡是那些生活感受深切的地方，它就显得从容沉着，当作家想为生活设计一些戏剧性时（例如作品结尾处用突然的战争给人物安排各自命运的描写），则容易写得生硬，牵强，背离了作品的整体风格。正如鲁迅所言，使人感到失望的，不是假中见真，而是真中见假，——这应该是生活流作品所最应该注意的吧。

绿色青春的咏叹
——论刘兆林长篇小说《绿色青春期》

李炳银

人生是需要有所忘记的。忘记并不是一件轻松的事，忘记不一定全都是背叛。忘记过去有时可能会是一种自省、进步的表现，是一种有益的解脱。一个毫无忘记能力的人，是无法承受生活的负载的。

刘兆林在他的长篇小说《绿色青春期》的前面写着这样的话："献给未来的岁月——告别往昔真实的感情"。显然，作家是为了未来而实施着对过去的告别，这无疑是一种进取的行为，是一种为了摆脱过去的负累而追求新未来的努力，可是，刘兆林在自己的小说中写下的所有文字，恰恰是那些至今仍然无法忘记的过去生活与感情印痕，告别事实上已成了对往昔生活的反思咀嚼，变成了在对沉淀记忆的重温体验中的一种辨识，一种批判。

一

数年前，当一批知识青年作家以自己的血泪情感书写他们的知青生活经历时，我们的文学曾出现过一次不小的"知青文学浪潮"。在这个文学浪潮生起以至消落的时候，与众多走向农村、走向兵团的知识青年几乎同时走向军营的许多知识青年的生活却在不意间被人们所误解，所忽视了。今天看来，文学对这样一批为数并不少的年青一代人的微弱反映，不能说不是一个无意的欠缺。因为有了这样的欠缺，"知青文学"似乎也变得不很完整了。

文学对一个特殊年代，对一代人生活命运的表现，尽管会因作家选取的视角、题材及事件人物的不同而有所区别。但是，如果真正深入到了时代生活的肌理去观察判断的话，人们就不难发现，在一个特殊的年代里，年龄层次接近的人们，他们的生活命运虽然会有不少差异，但就大的趋向来看，总是相近相似的。这种相近相似情形的出现，也许就是人们常说的那种时代生活的制约所造成的。"文革"中，在一代知识青年告别城市，告别父母兄弟奔向山乡边疆的时候，同时也有一批年龄相仿的伙伴分流走向了绿色的军营。对这后一批人，在当时和以后很长的时间里，不少人都视他们为幸运儿，以为他们的生活因绿色军装的庇护而变得轻松愉快。像"文化大革命"，作为深深地参与了这场"革命"的军队，自然也不能例外。那一大批走向军营的知识青年，由于他们的自身经历和时代生活的限制，他们是不可能，也无力把自己从当时的社会生活中脱离出来的，因之，在那样一个大的环境背景下，他们的生活经历及思想感情，也同样承受着种种痛苦与重负。我们没有理由把这些人从他们的同代人中分离出去。这些生活在军营中的知识青年，既是那一代人中的不小部分，反映他们生活的文学自然也应成为"知青文学"的一翼。

《绿色青春期》在近乎纪实的笔触下描绘知识青年柳直及他的伙伴由红卫兵转入军营之后的生活经历与感情体验。如果我们不一般地对待问题，只看到职业对人们的分离而无视社会生活从内在方面使人们纠结一起的现象，那么，就完全有理由暂且排除军装军营生活对作品人物的约束，而把柳直等人看成一个个生活在特殊环境中的知识青年。这并不是为了完善一种认识，而是因为，在柳直的身上，更多体现的似乎还不是一个战士的品格，而是一个有着红卫兵经历的知识青年的形象，在"知青文学"中，我们已有过像高加林（《人生》）这样生自农村因社会变乱又不得不返回农村的知识青年形象，也有过像曹铁强、裴晓芸（《今夜有暴风雪》）等从城市走向生产兵团的知识青年形象；那么在我看来，在知识青年形象的系列里，也应该有柳直这样从农村走到军营的知青形象，自然，还应加上那些直接从学校进入工厂者如刘思佳（《赤橙黄绿青蓝紫》）这样的人物。"知识青年"，是一代人，而不应狭义地把它理解成一代人中的某个部分。正是从这样的理解出发，我才乐意把刘兆林的这部《绿色青春期》划归到"知青文学"的范围中来，而不以其外在的生活环境视它为军事文学。这部小说的出现，丰富和完整了"知青文学"的内容，使活跃于二十世纪六七十年代中国社会中的那一代青年人的生活得到了更加全面的反映，对于此后人们了解这一代人、研究这一代人的历史活动及作用，提供了非常珍贵的素材。《绿色青春期》在"知青文学浪潮"滚过多年后出现，自然不是在重蹈他人的覆辙，这部迟到的著作也不光是在原来众多作品中增添一个数码，它是作家刘兆林以他那些不易忘记的过去生活为一代人的历史生活填补了文学的空缺。

二

在《绿色青春期》里，主人公柳直与其说是一名解放军战士，还不如说是一位知识青年更为确切。如果说，他的战士身份只是体现在生活环境和服装上的话；那么，他作为知识青年的品格行为就充分地体现在他的精神感情及日常的生活活动之中。在"文化大革命"中的1968—1969年，社会生活提供给柳直的环境，并不是一个军人所渴望的战场，而是一个充溢着浓厚政治色彩的社会大舞台，因之，当年轻的柳直由一位红卫兵头头转而成为一个解放军战士的时候，他的精神、感情及活动方式方法几乎没有多大的变化，那种强烈的政治欲望，那种充分的自我中心意识都还在变换了活动方式之后存在着。正是在这种内在的不变环境和自我行为中，柳直在他绿色的青春期内，与许多知识青年一样演绎出自己的幸与不幸。

参军入伍，对于柳直来讲，最初和最强烈的念头并不是他切实地感到自己负有这种义务，而是把它视为一种走向和接近革命的途径，他那么真诚地向往和崇拜绿军装，根源也在于在那个特定的年月里，军装似乎是一种革命的象征，如果谁能真的加入人民军队的行列里去，就是他自身革命性的有力显示。柳直与他的伙伴们，确切地说，就是与他战斗在一起的那些"东方红兵团"的战友们，为能稍早比对立派组织知道征兵消息而异常高兴；为征兵团负责人是自己战友的舅舅，从而就有可能多为受伤的解放军先输血、多输血而兴奋。这些举动，再清楚不过地表明，围绕着参军入伍这件事，柳直他们所从事的仍然还是他们原来那种红卫兵式的革命活动，小说主人公柳直的幸与不幸，正是从他这种对革命的追求和为达到革命目的采取的方法方式的错位中发生的。

当柳直怀着一腔热血，满怀激情地要以参军入伍来显示自己的革命精神与行动时，却突然因为父亲曾被内定为"右派分子"的历史问题而近于毁灭。最后，柳直为了他心目中的那个"革命"，毅然地表示要与有历史问题的父亲划清界限。他不愿意使自己比别的"革命派""矮了许多"；更不想使自己成为一个"质量不高的人"。尽管这样，要实现自己入伍的愿望，他还不得不求助于女友杨烨舅舅的人情，和自己咬破中指书写出"当兵"两个血红大字的行动。这种为了革命却不能不与亲生父母疏远的矛盾和痛苦，构成了柳直青春期间第一桩大不幸。柳直是默默长久地忍受了这种痛苦的。他不给父亲写信；父亲病危，他也不愿归家探视；父亲精神失常，跋涉千余里来看他，他竟然提出不见父亲的面；直到父亲去世，他尽管有着深层的痛苦，但都未能彻底抛却那种父亲的历史问题会影响自己的理想前途的劳什子。这种对父子感情的戕害，是柳直付出沉重精神代价的重要部分。不管柳直为自己的这种举动提出怎样的辩护，透过他的行为，我们是不难看出，在那个荒诞的岁月里，如柳直一样的年轻人，他们的灵魂被政治势力所裹挟而受到的伤害。当他们怀着激情追求心目中那些自以为崇高美好的东西时，同时却又心甘情愿，甚至毫不迟疑地破坏着纯洁真正的美。青年人的激情被不正确的政治主张误导到盲动无常的程度；他们的心灵和感情也被政治扭曲之后达到了崇高和良善的对立面。在这里，我们从柳直的身上看到了他个人实现参军目的的幸运和为此而割舍父子情分的不幸，更看到隐藏于柳直个人经历背后的一种深层的社会悲剧。当一个社会环境不足以使青年人的热情投向为社会创造、社会进步出力，却使他们以自己强烈的感情和勃勃的生机制造着个人与社会的悲剧的时候，那么，这样的社会环境就该得到指责和批判。柳直处身的"文化大革命"，就是这样的环境，自然，今天刘兆林在记述到以上这些使人感伤的情形时，已渗进了不少的自审和批判的因素，或许还因此减轻了原来生活形态给人心灵情感造成的冲击力量，但这种不堪回首的情绪与心态，正反映了昔日痛苦的剧烈及今天负载的沉重。

《绿色青春期》写了一种也许不太引人关注，但却深刻地反映着生活本质的现象，像柳直这样一些曾活跃一时的红卫兵头头们，在加入到人民解放军这个行列中之后，他们竟然可以在不太多地改变思维与活动方式之后，又在绿色的军营里演出一幕幕令他人喝彩首肯的活剧来。例如，为了同其他兄弟班排争个高低，求得个人荣誉和上风，柳直编写的荒诞现实剧《英雄来到我们排》及其表演造成的轰动；吴勇搞的一套队列口号，把指挥员的口令与相当的政治口号协调起来，诸如：立正——立场坚定！向右看齐——打倒走资奇！向前看——忠于毛主席革命路线！在军用挎包上绣毛主席像；绣忠字，忠心；以及其他一些类似的招数，都在连队乃至上级领导范围内产生了效果，或许正是因为柳直有这些不同凡俗的奇才奇智，他不光获得了好评，还破格地被任命为副班长，一直得到重用和培养。诚然，柳直他们这些创造今天看来是非常滑稽可笑的，可那个时候，这些创造却是以庄重严肃的面貌出现的。也许这些创造本身对我们并不产生多大意义，而是对这种创造萌生的过程及产生之后发生的效应产生了浓厚的兴趣。

在较深层次上，柳直他们的这些活动，其思维方式及目的，仍然带有他们还是红卫兵头头时的那些活动特点：这就是创奇树异，猎荣求功，目的在于显示自己的真诚和革命。当他们还是一个个盲目的"造反派"，是一个个头脑发热的"红卫兵"时，这样的活动发生在他们身上是贴切自然的。但是，在他们已加入到人民解放军这样一支军队行列中的时候，他们过去那种超常的思维方式和树异的欲望及种种闹剧式的表演，非但未能得到有效的抑制，反而因为军队组织的严密在某些方面得到了强化，使其效果更加突出。这后一种现象的出现并不断得到赞赏的情形，实在令人感到莫名的困惑。这种令人困惑的现实，尽管在当时那个特定的历史环境中是作为正剧不断地上演着，可它对于当事者，对于人民解放军来说，其实都是有充分悲剧色彩的滑稽表演。它不光使拥有勃气智慧的青年人步入歧途，也使军队的生活蒙受了污垢。读《绿色青春期》时，如果我们只是带着某种不无嘲讽内容的微笑看待当年柳直及军队生活中那些滑稽现象，而放弃了对这些现象进行深层的分析认识的话，那实在是忽略了刘兆林的用心，也忽略了这些历史生活现象的深刻意义和重要价值。在文学作品中，历史的价值并不存在于作家、评论家的认识结论之中，而是蕴藏于作家真实地描绘的那些生活现象之中。如果人们无视这些真实生活现象的存在和价值意义，那么，任何作品的存在都是毫无意义的。正是从这种认识出发，我才以为，刘兆林的《绿色青春期》的意义和价值，还不只是为我们提供了像柳直这样的个人悲剧和那个疯狂年月给军队生活投上的暗影，更重要的还在于这部小说从更深的层次上透视了历史生活。让人们看到，在那个荒乱无序的历史岁月里，政治的荒谬如何扭曲着人们正常的心灵情感；是怎样把人们的创造力诱导到荒唐无聊的境地，从而造成个人与他人的不幸，玷污了原本光荣的对象。在这里，刘兆林与其说是在重温过去那些青春的岁月，还不如说是在痛悼青春的流失。对早年那些真实的感情也许还不见得产生多大程度的憎恶，但留下的失落和遗憾情绪却是绵绵不绝。

与许多生活在军营大门之外的知识青年不同，柳直没有经受经济生活上的贫困和恶劣环境下的苦难。但在军营这个特殊的环境中，柳直的精神并不轻松。他除过要承受失父之痛，别友（女友杨烨）之苦等压力外，在那些看似丰富多彩的政治生活舞台上，他也因为是一个被生活扭曲的灵魂而承受着异样的压力。因为是先进分子，他就要不断地为保持和发展这种先进地位而花费脑筋；因为是战士，他就要不断地放弃自我生活习惯中的不合于军队规范的行为作风；因为是一位"支农"的解放军，他就要挖空心思地干出些超乎农民生活的事以显示自己的高明；他有浓厚的政治情绪，可我们看不出他轻松潇洒的青春举止，时常看到的却是一个政治化的影子。若是说军营外许多知青生活是以血泪汗水多的话，那像柳直这样身居军营的知青，就是完全政治化了的演员，他们似乎少有血泪汗水，可又失去了许多常人所能享有的感情及物质生活。在这样的生活中，青春不全都是美丽动人的诗章。在那些看似风光诱人的行动背后，生活正把一味痛苦的药剂注入人们心灵感情的深处。

三

《绿色青春期》里活动的主人公们，他们本来是奔向绿色的军营寻找青春的创造、青春的光华的。但遗憾的是，处在非常岁月中的军营却使他们这种想望变得虚无，变得缺少价值，乃至成了一次次感伤的体验。用生不逢时的话来看待这一代人，或许是十分妥当的。他们的青春期正赶上中国政治疯狂的时期。在政治的旋涡卷得整个国家无常地运转的时候，军队以至每一个中国人都无法稳定地生存生活下去了，柳直他们走进了军营，但个人生活环境的改变并未能使大的社会文化背景有多少变更。过去那种盲目自由的红卫兵生活被更加有组织、有秩序的军营生活所代替，可生活的内容在许多方面都是相当一致的，完全政治化了的日常生活，使本来各富个性的他们自觉或不自觉地走到一个规范化了的道路上，随着政治脉搏的跳动而机械地动作。整天没完没了的政治学习；各种政治色彩极强的军事活动；令人不安的"五好战士""四好连队"评比等弄得人像陀螺似的不停地转动。像那么多种令人眼花缭乱的表忠心的方式;像那些大多流于形式主义的政治活动;像那些被人为地弄成神秘对象的军事活动等,这些当年被认为是充溢着青春和朝气的活动,如果说不是对人青春的锈蚀的话,至少也使人的青春生活减少了色彩,存在了某种畸形的现象。不是这样的话,我们就无法认识理解和接受小说中描写的许多似乎不为当时环境所容的真实军营生活现象了。

发生在结巴老兵与驻地群众花棉袄之间的性关系,这对于当事人,对于军队来讲都是极其丢人和耻辱的事。然而奇怪的是,有过结巴老兵与花棉袄的关系之后,接着还有柳直与花棉袄之间的纠葛,更有指导员与花棉袄也因性关系导致悲剧的痛苦。确实,这或许都是些丑陋的军队生活现象,但是,只要对这些现象作进一步的分析考察,问题就不会是十分简单的。结巴老兵入伍多年,家里有个对象等他复员回去成婚,可连队因需要他总不放他走;花棉袄也是新婚不久,丈夫又在外地当兵,一年相聚不了几天。结果,这一对寡男旷妇因性的需求走到了一起,在连队生出许多风波。这事件诱发了柳直性的骚动,使他几乎也步入泥沼;更为指导员布下了路标,之后,指导员由不喜欢家乡的妻子而走到了花棉袄的怀抱直到最后生出几近亡命的是非。性生活,是人青春期生活的重要部分。可是在这里,性却因为环境和观念的问题成了禁忌,成了人们耻说和丑陋的话题,像结巴老兵、柳直和指导员这样因接触了性而造成苦恼苦难的情形自不必说,即是那些因生理发育而自然出现的性表现,也因不合理的态度似乎变得羞于启齿见人了,看看作者对那些试图掩盖遗精现象的战士们心理及行为的描写,怎能不为战士们受性压抑、性煎熬的情形感到不安?自然,军营有它的特殊性,军人当然不能像普通人们那样正常地面对性生活。但是,不给这种正常的生理、心理需求以释放、疏通的渠道,一味地借助理性约束和行政管理阻隔它,终不是个合理有效的方法,结巴老兵、柳直与指导员在这个问题上的表现,实在应引人深思,发人深省。"指导员是六连从朝鲜回国时入伍的,军龄已经满十五年。"因为与妻子缺少感情，又碍于环境情面未能离婚，所以，他几乎过着有妻无家的独身生活。对工作他恪守职责，对战士他慈如父母。可是，他却在不应出现的时候与花棉袄发生了性关系，最后，事情暴露。他始终不能见容于其时其地，以枪自毙，结束了年轻的生命。指导员的这个结局，是双重悲剧的合力结果。它是爱与不爱的痛苦，更是他青春的毁损。刘兆林描写了这一切，这是写实，更是开拓。是对新领地的视察，是对不该忽视的可长久为人们回避的生活的直面。

然而，比起个人青春的伤害来，人民解放军这个集体在"文化大革命"中受到的损伤一点也不轻微。当政治的飓风迅速兴起之后，它同样也冲击着一向稳定的军营的生活，致使军人不得不放下他们正常的军事活动、军事训练，投入到令人不可捉摸的政治风浪中去。军队对和平政治生活的投入，一方面缩短了军队与地方的联系，同时又因这种联系的增多而产生不少新的矛盾与冲突；它既削弱了军队的能动独立性，又可能因忽略了军队更重要的任务而使它的战斗性有所减弱。《绿色青春期》既在军营内展现了柳直等青年人的青春脚步，同时又在他们这种青春脚步的迈进中把一个历史时期的军队生活描绘给我们看。

未入军营的人，军营对他是神秘而富于诱惑力的，可是，打开了军营大门的军营，这种神秘和诱惑力就随之减少或消失了，刘兆林描绘给我们的，就是一个特殊历史时期中打开着的军营生活，在这里，除去外在的军绿色和固定的组织网络之外，所有的活动都大大地减弱了军队的特点，而使其流于普通的社会组织，平常震响在这里的军事训练声息渐渐地被恼人的派别斗争所困扰；重要的军事活动为"支农""支左"这样非军事性的工作所代替；应付各种突发事件的准备，疏于对待，却把精力不得不花费到参加政治游行、庆祝活动这样的事情中；甚至对付敌对阶级的军队还要时时提防来自自己人民内部的某派势力的抢枪活动，所有这一切，对于当时的军队来说，当然是严肃的，丝毫也不容放松的任务。可是，正像参与这一切活动的个人如柳直是在不知不觉间荒废并损伤着他的青春岁月一样，我们的军队也在这许多的活动中悄悄地磨损着它的战斗机制，伤害着它的声誉和生命力的增长。尽管我们的指挥员，我们的战士都有着赤诚的心灵和澎湃不息的激情，可那过去的一页，今天让他们回想起来，都不能不产生某种懊恼和失落的感情。意识到军队在"文革"中这些失措行为的人，从上到下或许都有过不少。但通过具体的形象描绘，在真实地再现历史生活中向人们指出这一点，不能不说刘兆林的《绿色青春期》是有贡献的。

四

在我们的文学创作中，把军队生活作为描写对象的作品很不少，然而，像刘兆林在《绿色青春期》里，把军营生活作为一种特殊的文化现象，在对许多带有分明军营特点，但又似乎是日常琐碎生活现象的描绘品味中让读者感到一种韵味，体会到某些意蕴，此前却似乎不多其人。

军营文化是军营生活折射的结果。军营军队生活环境的特殊性，导致了军营文化的特异性，过去，我们不少的作家作品更多看到的是军队在作战训练活动方面的文化及行动特点，并把这些看作最能表现军队军人生活的地方，这自然是不错的，但它显然是不够全面的。其实，一种文化的形成并最终对人产生重要影响，并不更多地表现在那些急剧的（如军队生活中的战争）事件动作上面，而是化合渗透到大量的日常生活中给人以潜移默化的影响。军队生活就是这样把许多来自天南海北，曾有过不同生活习惯、性格特点的人们归拢到一起，然后在一种共同的，乃至是严格规范的日常生活中使人们趋向一致的特殊文化环境，进而使这种文化影响培养出军人的气质、军人的性格来，所以，军营文化，是军人的摇篮。

刘兆林从军队的日常生活这个角度切入军营文化这个课题。为了使这种文化现象有一个比较全面的展示，他在小说的结构上就有意识地选择了能够展示军队全部生活内容的时序结构方式。这样就极方便地在一年的时间内把从征兵入伍、新兵连的体验、送老兵、进入角色、执行任务等军人所能接触到的生活内容都纳入描写，使得军营文化的色彩不致单调枯燥。在具体的描写上，刘兆林又冒着流于琐碎冗长的危险，注重写实和具体逼真，以求达到在看似平淡的生活面上反映出浓浓的文化氛围。例如小说写柳直初到部队时的认识感觉：他对军号声好奇，以为它是世界上最动听的音乐。在这美妙的号声指挥下，他们出操、吃饭、看电影、听报告，甚至站队上街。"军人对于号声和队列简直就像家庭里的孩子对于爹娘，爹娘对孩子永远是管束着的。""不站队列的时候也有无形的队列约束着。学习讨论，即使坐在床上也要坐得端端正正，不许扶什么，靠什么。被子须叠得四四方方有棱有角，说话要经过允许，上厕所要请假。走在队列里，鞋掉了必须喊一声报告，批准后才能出列穿上。早上起床号一响，几乎是唰的一声同时爬起来。晚上熄灯号一吹所有屋子里的灯光也几乎是唰一下同时灭的。"即是刚吃进嘴里的苹果，也必须迅速吞下或吐出，不许弄出一点点响动声来。这些严格统一的生活行为，是军营区别于其他地方的重要内容。它看来似乎烦琐多余，可缺少了它，就不利于培养军人动作迅速统一、执行命令坚决等作风。在这些生活细节中，包蕴着军队生活的节律、韵味及特异的文化因素。

如果说上面指出的这些生活细节还只反映了军队中比较外在的文化现象的话，那么，小说中对新兵经过训练之后正式编入连队，接替部分老兵的岗位这种交接过程中许多具体活动的描写；对于军队逢年过节气氛与会餐情形的描写；对新老兵分别为了掩盖遗精现象对床单的处理方法的描写；对某一位战士的家属来队，他的老乡表露的那种欣喜亲情的描写；对不同部队的战士坐到一起时对自己部队的述说情形的描写等，都是注入了充分的思想感情内容的部队文化生活。在这许多的文化氛围中，军队生活既不失它的特点，又使那冷峻森严的风格得到了有效而巧妙的掩饰，给人以新奇，给人以温情，给人以多方面的影响。刘兆林在他的观察体验基础上，对存在于军营里的这许多生活现象是非常重视的。他不以为这是些琐碎的生活小节，不以为这是一种简单的形式表现，而把它视为这支军队传统作风的积淀，是许多种有效感情行动凝聚之后产生的相对普遍稳定的文化现象。这些文化现象的存在，使军队生活更富有血肉，也更富有内在的精神和感情内容。对于它的研究和尊崇，在有的时候或许比推行一项政治工作还应重视一些。它同战士的心灵感情与行动更接近，更能影响军人的情绪。

诚然，刘兆林在《绿色青春期》里对研究军营文化的贡献还仅处于提出问题和提供大量有效素材的阶段。毫无疑问，他提的课题是十分重要的，他以形象化手段对这一课题所进行的论证也是相当深入生动，但这距离系统的分析和理性的解说还很遥远。

五

《绿色青春期》使我感到，刘兆林的小说创作有一种返璞归真的趋向。这部小说，突出的纪实描写和以第一人称叙述带来的亲切真实感，是很容易让人把它看成一部文学传记的。它比起刘兆林早些年小说如《雪国热闹镇》《黄豆生北国》等作品里那种明显的戏剧化情形来，给人的感觉就更加强烈。这一次的朴素文风，固然是作家为了追求更加生活化，更能充分真实地表现青春期的际遇和军营文化的凝重特点；但从其能把日常生活经历与生活现象描绘得如此富有内在的思想感情性和文学韵味来说，分明显示着刘兆林作为一个作家的老成和进步。

另外，自审意识的始终贯穿，是这部小说与读者发生亲近感和产生厚重分量的重要因素。作家对过去荒唐年月里那滑稽生活在回溯描绘时，有时不无幽默与好笑的情绪表露，但他始终都不是轻松的。那些深深地刺伤了主人公心灵情感和虚度年华产生的痛苦、怅惘记忆，伴随了今天的审视成分，就更见强烈。尽管这种审视是隐蔽的，是一种幕后的行为。或许，正是由于这种透过一个人的自身经历对历史生活进行的审视活动，使刘兆林的小说跳出了"自我"的小圈子，具备了某种社会的、历史的意义而显示出自身价值。

刘兆林主要作品获奖情况

品别	篇名	奖名	获奖时间（年）
短篇小说	《新兵老贺尝到的滋味》	获沈阳军区建国三十年文学创作奖	1979
短篇小说	《"九号半"记》	获沈阳军区建军六十周年文学创作奖	1980
短篇小说	《爸爸啊爸爸》	获《鸭绿江》文学月刊1982年优秀作品奖	1983
短篇小说	《雪国热闹镇》	获《解放军文艺》1983年优秀作品奖	1984
短篇小说	《雪国热闹镇》	获1983年全国优秀短篇小说奖	1984
中篇小说	《啊，索伦河谷的枪声》	获1984—1985年度全国优秀中篇小说奖	1986
中篇小说	《啊，索伦河谷的枪声》改编成同名电影	获1985年全国优秀故事影片奖	1986
中篇小说	《啊，索伦河谷的枪声》	获1983年《解放军文艺》优秀作品奖	1984
中篇小说	《啊，索伦河谷的枪声》	获1984年《中篇小说选刊》优秀作品奖	1985
中篇小说	《啊，索伦河谷的枪声》	获第二届全军八一文艺奖	1986
中篇小说	《黄豆生北国》	获1984年《解放军文艺》优秀作品奖	1985
中篇小说	《船的陆地》	获1985年《解放军文艺》优秀作品奖	1986
中篇小说	《妻子请来的客人》	获1993年辽宁省文学期刊优秀作品奖	1994
长篇小说	《绿色青春期》	获第二届当代军人喜爱的优秀军事图书奖	1991
长篇小说	《绿色青春期》	获"首届东北文学奖"	1992
综合奖	因创作成绩突出	荣获二等功、受提前晋级奖励 获全国1993年度"庄重文文学奖" 1993年获国务院特殊津贴终身奖励	1985
长篇小说	《不悔录》	获曹雪芹长篇小说奖	2006
长散文	《父亲祭》	获第四届冰心散文奖首奖	2010
另有多篇作品获其他文学期刊奖等			

刘兆林主要小说作品目录

品别	篇名	发表刊社	发表时间
长篇小说	《绿色青春期》	解放军文艺出版社	1989.9
长篇小说	《不悔录》	上海文艺出版社	2005
长篇小说	《雪国铁梅》	春风文艺出版社、《中国作家》杂志	
长篇传记小说	《儒林怪杰》	作家出版社	2014
小说集	《啊，索伦河谷的枪声》	解放军文艺出版社	1984.10
小说集	《雪国热闹镇》	中国文联出版公司	1985.6
小说集	《刘兆林小说选》	解放军出版社	1989.8
小说集	《三角形太阳》	北方文艺出版社	1990.2
电视剧	《索伦河谷的枪声》	沈阳军区电视剧制作中心	1985
电视剧	《连长的手相》	辽宁电视台	1985
电视剧	《船的陆地》	中央电视台	1985
中篇小说	《爱情线》	《解放军文艺》月刊	1983.2
中篇小说	《啊，索伦河谷的枪声》	《解放军文艺》月刊	1983.8
中篇小说	《啊，索伦河谷的枪声》	《小说选刊》	1984.1
中篇小说	《啊，索伦河谷的枪声》	《作品与争鸣》	1884.3
中篇小说	《啊，索伦河谷的枪声》	《中篇小说选刊》	1984.4
中篇小说	《黄豆生北国》	《解放军文艺》月刊	1984.1
中篇小说	《黄豆生北国》	《作品与争鸣》	1984.7
中篇小说	《三角形太阳》	《青春》丛刊	1986.1
中篇小说	《船的陆地》	《解放军文艺》月刊	1985.1
中篇小说	《船的陆地》	《小说选刊》	1985.3
中篇小说	《船的陆地》	《作品与争鸣》	1985.8
中篇小说	《黑土地》	《昆仑》丛刊	1987.1
中篇小说	《我的大学》	《鸭绿江》文学月刊	1987.6
中篇散文	《父亲祭》	《东北作家》	1988.3
中篇小说	《因为无雪》	《昆仑》	1990.1
中篇小说	《风雪撩人》	《人民文学》	1990.12
中篇小说	《青春十八盘》	解放军出版社	1992
中篇小说	《妻子请来的客人》	《鸭绿江》文学月刊	1991.8

(续表)

品别	篇名	发表刊社	发表时间
短篇小说	《第一组照片》	《中国文学》、吉林省中学语文课本	1972
短篇小说	《乌兰哈达》	《解放军文艺》月刊	1972.6
短篇小说	《流水清清》	《解放军文艺》月刊	1973.8
短篇小说	《脚印》	《吉林日报》副刊	1974
短篇小说	《特殊合金钢》	《解放军文艺》月刊	1975.3
短篇小说	《我的同学》	《吉林文艺》	1976.2
短篇小说	《小杨和他的三个熟人》	《解放军文艺》月刊	1977.4
短篇小说	《新兵老贺尝到的滋味》	《解放军文艺》月刊	1978.1
短篇小说	《"九号半"记》	《解放军文艺》月刊	1979.4
短篇小说	《他真的不知道》	《新苑》	1980.4
短篇小说	《小河上有座桥》	《芒种》文学月刊	1981.8
短篇小说	《月亮圆了》	《解放军文艺》月刊	1982.2
短篇小说	《爸爸啊，爸爸》	《鸭绿江》	1982年小说专号
短篇小说	《饭后一小时》	《解放军报》副刊	1982
短篇小说	《荣院的》	《黑龙江艺术》	1982
短篇小说	《雨后，山谷静悄悄》	《解放军文艺》月刊	1983.6
短篇小说	《雪国热闹镇》	《解放军文艺》月刊	1983.7
短篇小说	《雪国热闹镇》	《小说选刊》	1983.8
短篇小说	《雪国热闹镇》	《新华文摘》	1984.2
短篇小说	《我啊，我》	《莽原》丛刊	1984.4
短篇小说	《北京，土城边有个角落》	《延河》文学月刊	1984.6
短篇小说	《我家属》	《北方文学》文学月刊	1984.8
短篇小说	《心灵》	《鸭绿江》文学月刊	1984.10
短篇小说	《向北，向北》	《雨花》文学月刊	1985.1
短篇小说	《饿夜》	《鸭绿江》文学月刊	1985.6
短篇小说	《冬叶》	《北京文学》月刊	1985.12
短篇小说	《第三次执刑》	《青年文学》月刊	1985.3
短篇小说	《此处危险》	《青年文学》月刊	1985.3
短篇小说	《败给维纳斯》	《青年文学》月刊	1985.3

(续表)

品别	篇名	发表刊社	发表时间
短篇小说	《一份阅批件》	《青年文学》月刊	1985.1
短篇小说	《童心里的小屋》	《金城》文学月刊	1985.4
短篇小说	《接站》	《青年作家》文学月刊	1986.1
短篇小说	《秋声》	《解放军文艺》月刊	1986.6
短篇小说	《雾里一团烟》	《春风》丛刊	1986.4
短篇小说	《违约公布的日记》	《芒种》文学月刊	1986.12
短篇小说	《没有寄出的信》	《青年作家》	1987.11
短篇小说	《雪夜童话》	《解放军生活》	1988.1
短篇小说	《调防》	《解放军文艺》月刊	1988.6
短篇小说	《支农》	《芳草》	1989.1
短篇小说	《关怀的罪》	《文汇月刊》	1989.10
短篇小说	《孪生兄弟》	《文汇月刊》	1989.10
短篇小说	《少年与老人》	《文汇月刊》	1989.10
短篇小说	《遥远的天长山》	《春风》文学月刊	1990.2
短篇小说	《大人吃掉的熊猫》	《天津文学》	1991.8
短篇小说	《冤家路窄》	《天津文学》	1991.8
短篇小说	《多余的韭菜花》	《天津文学》	1991.8
短篇小说	《感谢跳舞》	《解放军文艺》月刊	1991.10
短篇小说	《散步去》	《春风》小说半月刊	1992.4
短篇小说	《乌苏里江故事》	《辽河》文学月刊	1992.8
短篇小说	《父子情》	《新少年》	1992.9
短篇小说	《军营轶事》	《天津文学》	1993.10
短篇小说	《买花》	《调侃》杂志	1994.2
短篇小说	《玛瑙金笔》	《鸭绿江》文学月刊	1994.8
短篇小说	《两个故乡》	《解放军文艺》	1995.10

注：散文、报告文学、文论等未列入此表

图书在版编目（CIP）数据

绿色青春期/刘兆林著. -- 北京：作家出版社，2023.11
ISBN 978-7-5212-2535-8

Ⅰ. ①绿… Ⅱ. ①刘… Ⅲ. ①长篇小说 – 中国 – 当代 Ⅳ. ①I247.5

中国国家版本馆CIP数据核字（2023）第188738号

绿色青春期

作　　者：	刘兆林
责任编辑：	桑良勇
装帧设计：	孙惟静
出版发行：	作家出版社有限公司
社　　址：	北京农展馆南里10号　　邮　　编：100125
电话传真：	86-10-65067186（发行中心及邮购部）
	86-10-65004079（总编室）

E-mail:zuojia@zuojia.net.cn
http://www.zuojiachubanshe.com

印　　刷：三河市北燕印装有限公司
成品尺寸：152×230
字　　数：282千
印　　张：20
版　　次：2023年11月第1版
印　　次：2023年11月第1次印刷
ISBN 978-7-5212-2535-8
定　　价：45.00元

作家版图书，版权所有，侵权必究。
作家版图书，印装错误可随时退换。